IAN RANKIN

Ein kalter Ort zum Sterben

Kriminalroman

Aus dem Englischen von
Conny Lösch

GOLDMANN

Die Originalausgabe erschien 2016
unter dem Titel »Rather be The Devil« bei Orion Books, London.

Dieses Buch ist auch als E-Book erhältlich.

Verlagsgruppe Random House FSC® N001967

1. Auflage
Taschenbuchausgabe Februar 2019
Copyright © der Originalausgabe 2016 by John Rebus Ltd.
Copyright © der deutschsprachigen Ausgabe 2017
by Wilhelm Goldmann Verlag, München,
in der Verlagsgruppe Random House GmbH,
Neumarkter Str. 28, 81673 München
Redaktion: Alexander Behrmann
Umschlaggestaltung: UNO Werbeagentur, München
Umschlagmotiv: Arcangel Images/Miguel Sobreira © 2014
Innenklappe: Illustration: Karte von Edinburgh: Helen Flook
TH · Herstellung: kw
Satz: Uhl + Massopust, Aalen
Druck und Bindung: GGP Media GmbH, Pößneck
Printed in Germany
ISBN: 978-3-442-48811-7
www.goldmann-verlag.de

Besuchen Sie den Goldmann Verlag im Netz

Tag eins

1

Rebus legte Messer und Gabel auf seinen leeren Teller, lehnte sich zurück und betrachtete die anderen Restaurantbesucher.

»Hier wurde jemand ermordet, wusstest du das?«, fragte er.

»Und da hört man immer, es gäbe keine Romantik mehr.« Deborah Quant hielt kurz über ihrem Steak inne. Eigentlich hatte Rebus anmerken wollen, dass sie es mit derselben Sorgfalt zerteilte, mit der sie sich auch den Leichen an ihrem Arbeitsplatz widmete, aber dann war ihm zum Glück der Mord eingefallen, den er für den besseren Gesprächseinstieg hielt.

»Tut mir leid«, entschuldigte er sich und nahm einen Schluck Rotwein, obwohl es auch Bier gab – er hatte die Kellner damit an andere Tische gehen sehen –, aber er wollte versuchen, etwas weniger zu trinken.

Ein Neustart – das war der Grund, weshalb sie essen gingen, sie feierten eine Woche ohne Zigaretten.

Sieben ganze Tage.

Hundertachtundsechzig Stunden.

(Von der einen Kippe, die er drei Tage zuvor einem anderen Raucher draußen vor einem Bürogebäude abgeschnorrt hatte, musste sie ja nichts erfahren. Außerdem war ihm sowieso schlecht davon geworden.)

»Jetzt schmeckst du auch das Essen viel besser, oder?«, fragte sie ihn nicht zum ersten Mal.

»Oh ja«, bestätigte er und unterdrückte einen Hustenreiz.

Anscheinend hatte sie genug von dem Steak und tupfte sich jetzt den Mund mit der Serviette ab. Sie waren in der Galvin Brasserie de Luxe, die zum Caledonian Hotel gehörte, das neuerdings Waldorf Astoria Caledonian hieß. Wer in Edinburgh aufgewachsen war, kannte es als »das Caledonian« oder »Caley«. Vor dem Essen hatte Rebus in der Bar ein paar Geschichten zum Besten gegeben – über den Bahnhof nebenan, der in den sechziger Jahren abgerissen worden war; oder Roy Rogers, der hier den Fotografen zuliebe sein Pferd Trigger die Hoteltreppe hinaufgeführt hatte. Quant hatte brav zugehört und ihm anschließend erklärt, dass er sein Hemd ruhig ein Stück aufknöpfen dürfe. Er war mit einem Finger an der Innenseite des Kragens entlanggefahren, hatte versucht, den Stoff ein bisschen zu dehnen.

»Du merkst aber auch alles«, hatte er gesagt.

»Wer mit dem Rauchen aufhört, nimmt leicht ein paar Pfund zu.«

»Wirklich?«, hatte er erwidert und weiter Erdnüsse aus dem Schälchen geschaufelt.

Jetzt hatte sie Blickkontakt zu einem der Kellner aufgenommen, der daraufhin kam und die Teller abräumte. Die angebotene Dessertkarte lehnten beide ab. »Wir nehmen nur einen Kaffee – entkoffeiniert, wenn Sie welchen haben.«

»Zweimal koffeinfrei?« Der Kellner sah Rebus an.

»Genau«, bestätigte dieser.

Quant schob sich eine rote Locke aus der Stirn und lächelte über den Tisch. »Du hältst dich sehr wacker«, sagte sie.

»Danke, Mum.«

Wieder lächelte sie. »Also gut, dann erzähl mir von dem Mord.«

Er griff nach seinem Glas, fing aber wieder an zu husten.

»Müsste nur mal...« begann er und zeigte in Richtung der Toiletten. Er schob seinen Stuhl zurück, stand auf und rieb sich mit einer Hand die Brust. Kaum hatte er den Toilettenraum erreicht, ging er ans Waschbecken, beugte sich darüber und hustete Schleim aus der Lunge. Wie immer war auch ein bisschen Blut dabei. Kein Grund zur Panik, hatte man ihm versichert. Noch mehr Husten, noch mehr Schleim. COPD nannte man das. Chronisch obstruktive Lungenerkrankung. Deborah Quants Lippen waren ganz schmal geworden, als er ihr davon erzählt hatte.

»Kein Wunder, oder?«

Und gleich am nächsten Tag hatte sie ihm ein Probenglas unbestimmten Alters mitgebracht. Darin: ein Stück Lunge, die Bronchien waren ausgezeichnet zu erkennen.

»Nur damit du's weißt«, hatte sie gesagt und ihm gezeigt, was er längst auch schon am Computer gesehen hatte. Trotzdem hatte sie ihm das Probenglas dagelassen.

»Geliehen oder geschenkt?«

»Für so lange du's brauchst, John.«

Er spülte gerade das Becken sauber, als er die Tür hinter sich aufgehen hörte.

»Hast du deinen Inhalator zu Hause gelassen?« Er drehte sich zu ihr um. Sie lehnte an der Tür, einen Fuß über den anderen geschlagen, die Arme verschränkt, den Kopf zur Seite geneigt.

»Bin ich nirgendwo vor dir sicher?«, brummte er.

Mit ihren strahlend blauen Augen suchte sie den Raum ab. »Hier gibt's nichts, was ich nicht schon mal gesehen hätte. Geht's dir gut?«

»Ging mir nie besser.« Er warf sich Wasser ins Gesicht und tupfte es mit einem Handtuch trocken.

»Demnächst steht Sport auf dem Programm.«

»Heute Abend noch?«

Ihr Grinsen wurde breiter. »Wenn du versprichst, nicht tot auf mir zusammenzuklappen.«

»Aber vorher trinken wir noch unsere köstlichen koffeinfreien Heißgetränke, ja?«

»Und du wirst mich mit einer Geschichte bezirzen.«

»Du meinst den Mord? Das war oben in einem der Zimmer. Die Frau eines Bankiers, hat sich gerne anderweitig vergnügt.«

»Hat ihr Liebhaber sie ermordet?«

»Das war eine der Theorien.«

Sie wischte sich unsichtbare Krümel vom Jackenaufschlag. »Wirst du lange brauchen für deine Geschichte?«

»Kommt drauf an, in welcher Ausführlichkeit ich berichten soll.«

Sie überlegte einen Augenblick. »So lang wie eine Taxifahrt zu dir oder zu mir.«

»Dann beschränke ich mich auf die Höhepunkte.«

Von der anderen Seite der Tür wurde ein Räuspern vernehmbar, anscheinend war sich ein anderer Gast unsicher, was die Etikette in einer Situation wie dieser vorsah. Er nuschelte eine Entschuldigung, schob sich an ihnen vorbei und entschied sich für eine der sicheren Kabinen.

Rebus und Quant kehrten grinsend an ihren Tisch zurück, auf dem bereits zwei entkoffeinierte Kaffee warteten.

Detective Inspector Siobhan Clarke saß mit einem guten Buch und den Resten eines Fertiggerichts zu Hause, als sie der Anruf einer Freundin erreichte, die in Bilston Glen in der Telefonzentrale saß.

»Normalerweise würde ich dich nicht damit behelligen, Siobhan, aber als ich den Namen des Opfers gehört habe…«

Also hatte Clarke sich in ihren Vauxhall Astra gesetzt und auf den Weg ins Royal Infirmary gemacht. Das Krankenhaus lag am südlichen Stadtrand, und um diese Uhrzeit gab es dort jede Menge Parkplätze. Sie zeigte ihren Ausweis am Schalter der Notaufnahme und bekam den Weg gewiesen, sie passierte eine lange Reihe abgetrennter Nischen und schaute hinter jeden Vorhang. Eine alte Frau mit fast transparenter Haut strahlte sie von ihrer fahrbaren Trage aus an. Auch bei anderen sah sie hoffnungsvolle Blicke – bei Patienten und Angehörigen. Ein betrunkener Jugendlicher, dem noch das Blut vom Kopf tropfte, wurde von zwei Pflegern beruhigt. Eine Frau mittleren Alters erbrach sich in eine Pappschale. Ein zusammengekauertes Teenagermädchen stöhnte immer wieder leise. Dann entdeckte Clarke ihn, das heißt eigentlich zuerst seine Mutter. Gail McKie beugte sich über ihren Sohn, strich ihm das Haar aus der Stirn. Darryl Christie hatte die Augen geschlossen, sie waren geschwollen und blau angelaufen, die Nase ebenfalls, getrocknetes Blut verklebte die Nasenlöcher. Eine mit Schaumstoff abgepolsterte Kopfstütze war ihm angelegt worden, die auch das Genick stabilisierte. Er trug einen Anzug, das Hemd war bis zum Hosenbund aufgeknöpft. Er hatte blaue Flecken auf Brust und Bauch, aber er atmete. Über eine Fingerklemme war er an eine Maschine angeschlossen, die seine Lebensfunktionen überwachte. Gail McKie drehte sich zu dem Neuankömmling um. Sie war zu stark geschminkt, und Tränen hatten Striemen auf ihrem Gesicht hinterlassen. Ihre Haare waren strohblond gefärbt und oben auf dem Kopf zum Pferdeschwanz zusammengebunden. Schmuck baumelte an beiden Handgelenken.

»Ich kenne Sie«, stellte sie fest. »Sie sind von der Polizei.«

»Tut mir leid, das mit Ihrem Sohn«, sagte Clarke und trat ein Stück näher. »Geht es ihm gut?«

»Sehen Sie ihn sich doch an!« Ihre Stimme wurde lauter. »Sehen Sie sich an, was die Schweine mit ihm gemacht haben! Erst Annette und jetzt das ...«

Annette war noch ein Kind, als sie ermordet wurde, der Täter war gefasst und zu einer Gefängnisstrafe verurteilt worden – aber es dauerte nicht lange, bis auch er starb, erstochen von einem Insassen, den – höchstwahrscheinlich – Annettes Bruder Darryl dazu angestiftet hatte.

»Wissen Sie, was passiert ist?«, fragte Clarke.

»Er hat in der Auffahrt gelegen. Ich hab den Wagen gehört und mich gefragt, warum das so lange dauert. Die Sicherheitsbeleuchtung war angesprungen und wieder ausgegangen, aber von ihm keine Spur, dabei stand sein Essen fertig auf dem Herd.«

»Dann haben Sie ihn gefunden?«

»Auf dem Boden neben seinem Wagen. Die müssen sich auf ihn gestürzt haben, als er ausgestiegen ist.«

»Aber Sie haben nichts gesehen?«

Darryl Christies Mutter schüttelte langsam den Kopf, richtete ihre gesamte Aufmerksamkeit auf ihren Sohn.

»Was sagen die Ärzte?«, fragte Clarke.

»Darauf warten wir noch.«

»Darryl war noch gar nicht bei Bewusstsein? Konnte noch gar nicht sprechen?«

»Was wollen Sie von ihm hören? Sie wissen genauso gut wie ich, dass Cafferty dahintersteckt.«

»Wir sollten keine voreiligen Schlüsse ziehen.«

Gail McKie grinste spöttisch und richtete sich gerade auf,

als sich zwei Personen in weißen Kitteln, ein Mann und eine Frau, an Clarke vorbeischoben.

»Ich empfehle einen Ultraschall und eine Röntgenaufnahme des Brustkorbs. Soweit wir feststellen konnten, ist vor allem der Oberkörper betroffen.« Die Ärztin brach ab, richtete ihren Blick fragend auf Clarke.

»CID«, erklärte diese.

»Für uns nicht oberste Priorität«, sagte die Ärztin und machte ihrem männlichen Kollegen Zeichen, den Vorhang zuzuziehen und Clarke auszusperren. Eine Weile verharrte sie an Ort und Stelle, versuchte zu lauschen, aber ringsum wurde viel zu viel gestöhnt und geschrien. Seufzend zog sie sich in den Wartebereich zurück. Ein paar Streifenpolizisten ließen sich von den Sanitätern Einzelheiten diktieren. Clarke zeigte ihren Dienstausweis und ließ sich bestätigen, dass sie über Christie sprachen.

»Er hat auf der Fahrerseite auf dem Boden gelegen, zwischen dem Range Rover und der Wand«, erklärte einer der Polizisten. »Der Wagen war abgeschlossen, den Schlüssel hatte er noch in der Hand. Das Tor schließt elektrisch, und anscheinend hatte er es zugemacht, nachdem er durchgefahren war.«

»Und wo genau wohnt er?«, unterbrach Clarke.

»Inverleith Place. Mit Blick auf den Park, gleich am Botanischen Garten. Ein freistehendes Haus.«

»Nachbarn?«

»Wir haben noch nicht mit ihnen gesprochen. Seine Mutter hat's gemeldet. Er kann höchstens ein paar Minuten dort gelegen haben ...«

»Hat sie die Polizei gerufen?«

Der Constable schüttelte den Kopf.

»Uns hat sie gerufen«, erwiderte der Sanitäter. Er war grün

gekleidet und wirkte erschöpft, ebenso wie seine Kollegin. »Als wir ihn gesehen haben, haben wir euch sofort verständigt.«

»Schwerer Tag?«, fragte Clarke, weil er sich die Augen rieb.

»Nicht schwerer als sonst.«

»Dann wohnt seine Mutter also bei ihm«, fuhr Clarke fort. »Sonst noch jemand?«

»Zwei jüngere Brüder. Die Mutter wollte unbedingt verhindern, dass die ihn so sehen.«

Clarke wandte sich an die Constables. »Haben Sie den Brüdern schon Fragen gestellt?«

Beide schüttelten den Kopf.

»Ein geplanter Überfall?«, fragte die Sanitäterin. Und ergänzte, ohne die Antwort abzuwarten: »Ich meine, wenn einer auf der Lauer liegt ... mit einem Baseballschläger, einer Brechstange oder einem Hammer und dann über jemanden herfällt, bevor der überhaupt merkt, wie ihm geschieht ...«

Clarke ignorierte sie, fragte stattdessen: »Kameras?«

»An den Hausecken«, bestätigte der zweite Constable.

»Na, immerhin etwas«, sagte Clarke.

»Aber wir wissen doch alle Bescheid, oder?«

Clarke starrte die Sanitäterin an. »Was wissen wir?«

»Unabhängig davon, ob der Anschlag tödlich hätte enden sollen oder nur eine Warnung sein sollte ...«

»Ja?«

»Big Ger Cafferty steckt dahinter«, sagte die Frau schulterzuckend.

»Den Namen höre ich immer wieder.«

»Die Mutter des Opfers schien sich sehr sicher zu sein«, meinte jetzt auch der Sanitäter. »Hat's gleich überall herumposaunt, ausgeschmückt mit ein paar ausgesuchten Beschimpfungen.«

»Zum gegenwärtigen Zeitpunkt sind das reine Spekulationen«, ermahnte Clarke sie.

»Ohne kommt man nicht weiter«, sagte die Sanitäterin, aber ihr Lächeln gefror, als sie Clarkes Blick sah.

Rebus saß im Gästezimmer seiner Wohnung auf dem Bett. Früher war es Sammys Zimmer gewesen, bevor seine Frau sie ihm weggenommen hatte. Inzwischen war Sammy selbst Mutter und Rebus sogar schon Großvater. Aber sie sahen sich nicht oft. Das Sammelsurium an Postern hatte er abgehängt, aber ansonsten hatte sich hier wenig verändert, die Tapete war immer noch dieselbe. Die Matratze war abgezogen, aber die Daunendecke lag zusammen mit dem Kissen im Schrank, sollte mal ein Besucher über Nacht bleiben wollen. Er konnte sich allerdings nicht erinnern, wann dies das letzte Mal vorgekommen war, und vielleicht war das sogar besser so, denn hier war es kaum gemütlicher als in einer Abstellkammer. Auf und unter dem Bett befanden sich Kisten, ebenso auf dem Schrank und daneben. Sogar vor dem Fenster, so dass es unmöglich war, die hölzernen Fensterläden zu schließen. Er musste endlich was dagegen unternehmen, wusste aber auch, dass es nicht dazu kommen würde. Irgendwann, nach seinem Tod, würde sich jemand anders damit herumschlagen müssen – vermutlich Sammy.

Endlich hatte er die fragliche Kiste gefunden und saß jetzt damit auf der Bettkante, sein Hund Brillo zu seinen Füßen. 17. Oktober 1978. Maria Turquand. Erwürgt in Zimmer 316 des Caledonian Hotel. Rebus hatte kurz in der Angelegenheit ermittelt, war dann aber mit einem Vorgesetzten aneinandergeraten. Obwohl er von dem Fall abgezogen wurde, hatte er sich weiterhin dafür interessiert, Zeitungsausschnitte gesammelt und die ein oder andere Information notiert, hauptsächlich Gerüchte und Tratsch. Er erinnerte sich aus einem ganz bestimmten Grund daran: Fast genau ein Jahr zuvor waren zwei junge Mädchen nach einem Abend im World's End ermordet worden. Da man bei den Ermittlungen kaum oder gar nicht vorangekommen war, wurden sie schließlich eingestellt, 1978 aber doch nochmal aufgenommen, in der Hoffnung, der Jahrestag habe Erinnerungen geweckt. Rebus wurde wegen Befehlsverweigerung dazu verdonnert, unendlich viele einsame Stunden am Telefon zu sitzen und darauf zu warten, dass es klingelte. Und das tat es tatsächlich, allerdings riefen ausschließlich Irre an. In der Zwischenzeit trotteten die Kollegen durchs Caley, befragten mögliche Zeugen, tranken Tee und aßen Kekse.

Maria Turquands Mädchenname war Frazer. Wohlhabende Eltern, Privatschule. Sie hatte einen jungen Mann mit glänzenden Aussichten geheiratet. Er hieß John Turquand und arbeitete für eine Privatbank namens Brough's. Brough's bot dem alten schottischen Adel finanziell eine Heimat, und nur wer ordentlich was auf der hohen Kante hatte, bekam überhaupt ein Scheckheft ausgehändigt. Traditionell war man dort sehr verschwiegen, was sich aber änderte, als die Schatzkammern sich zunehmend füllten und man nach neuen Investitionsmöglichkeiten Ausschau hielt. Wie sich herausstellte, wurde sogar eine Übernahme der Royal Bank of Scotland in Erwägung gezogen, was einem K.-o.-Sieg Davids im Kampf gegen Goliaths größeren und kräftigeren Bruder entsprochen hätte. Durch den Mord an Maria Turquand war Brough's auf den Titelseiten der Zeitungen gelandet, und der Name wurde dort immer wieder erwähnt, als sich die Geschichten über Marias turbulentes Privatleben mehrten. Sie hatte offensichtlich eine ganze

Reihe von Liebhabern gehabt, die sie in einem Zimmer des Caley zu empfangen pflegte. Einige von Rebus' Notizen bezogen sich auf Liebhaber, deren Namen er aufgeschnappt hatte – die Angabe war zwar unbestätigt, aber es sollte sogar ein Abgeordneter der Konservativen darunter gewesen sein.

Hatte ihr Ehemann davon gewusst? Anscheinend nicht. Außerdem hatte er sowieso ein Alibi, eine Besprechung mit dem Vorsitzenden der Bank, Sir Magnus Brough, die den ganzen Tag in Anspruch genommen hatte. Marias letzter Liebhaber, ein Playboy und gerissener Geschäftemacher namens Peter Attwood – zufällig ein Freund ihres Mannes –, bewegte sich eine Weile auf sehr dünnem Eis, da er nicht erklären konnte, was er an dem fraglichen Nachmittag getrieben hatte, bis sich plötzlich seine neue Geliebte gemeldet hatte, eine verheiratete Frau, die er hatte schützen wollen.

Sehr anständig von ihm, fand Rebus.

Die Geschichte hätte auch so schon ausreichend Zugkraft besessen, doch dann musste zufällig auch noch ein Rockstar eine Nebenrolle übernehmen. Zur selben Zeit wie Maria Turquand war auch Bruce Collier mit seiner Band und seinem Management im Caley abgestiegen, da sich das Hotel in unmittelbarer Nähe zur Usher Hall befand, wo er auftreten sollte. Collier war Anfang der siebziger Jahre Sänger einer Rockband namens Blacksmith gewesen, Rebus hatte sie live gesehen. Irgendwo, da war er fast sicher, hatte er sogar noch drei Blacksmith-Alben. Es war ein Schock gewesen, als Collier die Gruppe verlassen und eine Solokarriere gestartet hatte, bei der er sanftere Töne anschlug und mit wachsendem Erfolg Coverversionen von Pophits der fünfziger und sechziger Jahre veröffentlichte. Sein Comebackauftritt in seiner Heimatstadt am Beginn einer ausverkauften Tournee durch das gesamte Vereinigte Königreich hatte landesweit und sogar international Journalisten und Fernsehteams angelockt. Rebus ging die Ausschnitte durch und fand jede Menge Fotos. Collier im Blitzlichtgewitter mit wilder Mähne und Röhrenjeans, mehrere Seidenschals um den Hals, auf den Stufen des Hotels. Dann in seinem alten Viertel, wo er vor dem Reihenhaus stand, in dem er aufgewachsen war. Auf Nachfrage der Presse hatte er eingeräumt, dass die Polizei auch ihn vernehmen wolle. Mit dem Artikel war ein Foto von Maria Turquand erschienen (entstanden auf einer Party), das in den Wochen nach ihrem Tod sehr häufig zu sehen war. Darauf trug sie ein kurzes, sehr tief ausgeschnittenes Kleid, machte einen Knutschmund für die Kamera und hielt eine Zigarette in der einen Hand und einen Drink in der anderen. In dem umfänglichen Begleittext ging es um ihren »ungezügelten Lebensstil«, ihre zahlreichen »Liebhaber und Verehrer« sowie ihre Ski- und Karibikurlaube. Kaum jemand beschäftigte sich mit ihrem Ende, der Angst, die sie gehabt haben musste, dem entsetzlichen Schmerz, als ihr der Mörder mit bloßen Händen die Kehle zudrückte.

Starke Männerhände, laut Obduktion.

»Was machst du da?«

Rebus schaute auf. Deborah Quant stand in der Tür, trug das lange, weiße T-Shirt, das sie in seinem Schlafzimmer in einer Schublade aufbewahrte, für den Fall, dass sie über Nacht bleiben wollte. Fast ein Jahr sahen sie sich jetzt schon mehr oder weniger regelmäßig, aber keiner von beiden wollte mit dem anderen zusammenziehen – sie waren zu festgefahren in ihren jeweiligen Gewohnheiten, es zu sehr gewohnt, alleine zu sein.

»Ich konnte nicht schlafen«, sagte er.

»Der Husten?« Sie fasste ihre langen Haare zusammen, zog sie nach hinten auf den Rücken.

Er zuckte mit den Schultern, statt zu antworten. Wie hätte er ihr sagen sollen, dass er von Zigaretten geträumt hatte und mit dem dringenden Verlangen nach Nikotin aufgewacht war, so dringend, dass es sich mit Pflastern, Kaugummis oder E-Zigaretten nicht unterdrücken ließ.

»Was ist das?« Sie tippte mit einem nackten Fuß an eine der Kisten.

»Warst du noch nie hier? Das sind … alte Fälle. Mit denen ich mich irgendwann mal beschäftigt habe.«

»Ich dachte, du bist pensioniert.«

»Bin ich auch.«

»Aber du kannst nicht loslassen.«

Wieder zuckte er mit den Schultern. »Ich hab gerade an Maria Turquand gedacht. Als ich anfing, dir ihre Geschichte zu erzählen, hab ich gemerkt, dass ich mich an manches gar nicht mehr erinnern kann.«

»Versuch lieber zu schlafen.«

»Anders als andere muss ich morgen nicht arbeiten. *Du* solltest schlafen.«

»Meine Kundschaft beschwert sich in der Regel nicht, wenn ich ein paar Minuten später anfange – das ist einer der Vorteile, wenn man mit Toten zu tun hat.« Sie hielt inne. »Ich brauch Wasser. Soll ich dir was mitbringen?« Er schüttelte den Kopf. »Mach nicht mehr so lange.«

Er sah ihr nach, als sie in den Flur zurück und in die Küche ging. Ein Ausschnitt war ihm vom Schoß und zu Boden geglitten. Er war ein paar Jahre später datiert. Auf Grand Cayman war jemand in einem Swimmingpool ertrunken. Das Opfer hatte mit Freunden dort Urlaub gemacht, darunter auch Anthony und Francesca Brough, die Enkel von Sir Magnus. Da war ein Foto des Hauses, eine elegante Fassade, versehen mit einer Bildunterschrift, die erklärte, dass es dem kürzlich verstorbenen Sir Magnus gehört hatte. Rebus war nicht sicher, weshalb er diesen Nachtrag zum Mord an Maria Turquand aufgehoben hatte, abgesehen davon, dass die Geschichte der Redaktion einen Vorwand geliefert hatte, erneut ein Foto von Maria abzubilden, was Rebus wieder daran erinnerte, wie schön sie gewesen war und wie gereizt er reagiert hatte, als er von dem Fall abgezogen wurde.

Er betrachtete die Ausgaben des *Scotsman* aus der Mordwoche, die er aufbewahrt hatte: vietnamesische Flüchtlinge an der Schwelle zu einem neuem Leben; BB King im Fernsehen bei *The Old Grey Whistle Test* und *Inspector Clouseau* kommt ins Kino; eine Anzeige für die Royal Bank of Scotland mit einem Foto der Twin Towers; Margaret Thatcher kurz vor den Nachwahlen zu Besuch in East Lothian; Müllberge in Edinburgh, der Streik der Müllabfuhr dauert an …

Und auf der Sportseite: »Keine Tore für schottische Vereine in Europa«.

»Manches ändert sich wohl nie«, brummte Rebus.

Nachdem er alles, was auf 1977 bis 1980 datiert war, zurück in die Kiste gepackt hatte, klopfte er sich den Staub von den Händen, blieb noch einen Augenblick sitzen und ließ den Blick durch den Raum gleiten. Die meisten Unterlagen gehörten zu Fällen, die schließlich doch irgendwann aufgeklärt worden waren – aber was war das hier eigentlich? Der Krempel eines Polizisten.

Und doch war die wahre Geschichte, die dahintersteckte, noch nicht aufgeschrieben worden, die verschiedenen Berichte und hingekritzelten Notizen stellten lediglich vage Vermutungen dar. Die nackten Tatsachen, die Festnahmen und Verurteilungen – sie erzählten nur einen Teil der Wahrheit. Er fragte sich, wer überhaupt Sinn in all das bringen konnte, und bezweifelte, ob es überhaupt jemanden interessierte. Seine Tochter bestimmt nicht – sie würde einen flüchtigen Blick darauf werfen und dann alles auf den Müll kippen.

Du kannst nicht loslassen...

Schon wahr. Er hatte sich von seinem Job erst verabschiedet, als man ihm erklärt hatte, dass ihm keine andere Wahl mehr blieb. Man hatte ihn in den Ruhestand abgeschoben, seine Fähigkeiten waren nicht mehr gefragt, seine Hilfe nicht mehr erwünscht. Adios. Brillo schien seine Stimmung zu spüren und hob den Kopf, stupste Rebus so lange ans Bein, bis dieser ihn tröstend streichelte.

»Okay, mein Junge. Schon gut.«

Er stand auf, schaltete das Licht aus und wartete, bis ihm der Hund gefolgt war, dann machte er die Tür zu. Das Wasser hatte gekocht, und Quant goss es jetzt in einen Becher.

»Willst du?«

»Lieber nicht«, sagte Rebus. »Sonst muss ich in einer Stunde aufstehen und pinkeln.«

»Bis dahin bin ich weg, viel zu tun.« Sie nickte in Richtung seines Handys, das auf der Arbeitsfläche lag und lud. »Das Ding hat vibriert.«

»Ach ja?« Er nahm es und schaute aufs Display.

»Hab zufällig gesehen, dass die SMS vom Krankenhaus kam.«

»Stimmt.«

»Machen die noch mehr Tests?«

»Anscheinend.« Er schaute weiter aufs Display, wich ihrem Blick aus.

»John...«

»Ist nichts, Deb. Wie du gesagt hast – bloß noch ein paar Tests.«

»Aber was wird da getestet?«

»Das erfahr ich, wenn ich dort bin.«

»Du hattest wohl nicht vor, mir überhaupt was davon zu erzählen, oder?«

»Da gibt es nichts zu erzählen. Ich hab Bronchitis, schon vergessen?« Er tat, als würde er husten, und klopfte sich dazu mit der Faust auf die Brust. »Die wollen einfach noch ein paar Tests machen.« Nachdem er seinen Code eingegeben hatte, sah er, dass er noch eine Nachricht erhalten hatte, direkt unter der automatisch vom NHS geschickten. Sie stammt' von Siobhan Clarke. Er kniff die Augen zusammen, als er sie las.

In letzter Zeit mal wieder was von Cafferty gehört?

Quant hatte beschlossen, ihn mit Schweigen zu strafen, blies in ihren Tee und trank vorsichtig davon.

»Ich muss antworten«, brummte Rebus. »Ist von Siobhan.«

Er ging in das dunkle Wohnzimmer, eine halbleere Flasche Wein stand auf dem Wohnzimmertisch. An der Anlage leuchtete noch ein Lämpchen und verriet ihm, dass er sie nicht ausgeschaltet hatte. Das letzte Album, das er aufgelegt hatte, war *Solid Air* von John Martyn gewesen, und er hatte das Gefühl, durch genau diese undurchdringliche Luft zu gehen, als er über den Teppichboden zum Fenster schlurfte. Was sollte er Deb sagen? Da ist ein Schatten auf meiner Lunge – und es geht um lauter schrecklich klingende Dinge wie »Ultraschall-Tomografie« und »Gewebeentnahme«. Er wollte gar nicht dran denken, schon gar nicht laut darüber sprechen. Seine lebenslange Raucherkarriere holte ihn jetzt ein. Ein Husten, der nicht mehr weggehen wollte; er spuckte Blut ins Becken, hatte einen Inhalator verschrieben bekommen, außerdem einen Zerstäuber, er litt an einer Raucherlunge ...

Lungenkrebs.

Auf keinen Fall würde er *diesen* Begriff in seinen mentalen Wortschatz aufnehmen. Nein, nein, nein. Immer schön aktiv bleiben im Gehirn, an was anderes denken, nicht an all die schönen Zigaretten, die genau hier geraucht wurden, viele davon mitten in der Nacht, während sich ein Album von John Martyn auf dem Plattenteller drehte. Stattdessen wartete er jetzt auf Clarkes Antwort und schaute an seinem eigenen schwach erkennbaren Spiegelbild vorbei zu den Fenstern auf der gegenüberliegenden Straßenseite, deren Vorhänge entweder zugezogen waren oder hinter denen es sowieso dunkel war. Auch auf dem Gehweg unten war niemand zu erkennen, keine Autos, keine vorbeifahrenden Taxis und am Himmel keinerlei Anzeichen dafür, dass es bald Tag werden würde.

»Hätte auch warten können«, sagte Clarke schließlich.

»Wieso schickst du mir dann eine Nachricht um vier Uhr früh?«

»Als ich sie abgeschickt habe, war's erst Mitternacht. Warst du beschäftigt?«

»Mit schlafen, ja.«

»Aber jetzt bist du wach?«

»So wach wie du – also, was hat Cafferty angestellt?«

»Hast du in letzter Zeit mit ihm gesprochen?«

»Vor zwei oder drei Wochen.«

»Hält er sich schön aus allem raus? Immer noch der geläuterte Ex-Gangster?«

»Spuck's aus.«

»Darryl Christie wurde gestern Abend vor seinem eigenen Haus verprügelt. Schadensbericht: ein bis drei gebrochene Rippen und ein paar Zähne weniger. Die Nase ist nicht gebrochen, sieht aber so aus. Seine Mutter hat sofort Cafferty ins Spiel gebracht.«

»Cafferty ist über vierzig Jahre älter als Darryl.«

»Dafür hat er deutlich mehr Muskeln. Und wir beide wissen, dass er jemanden engagieren würde, wenn er es für nötig hielte.«

»Warum?«

»Ist noch nicht lange her, da hat er geglaubt, Darryl hätte einen Preis auf seinen Kopf ausgesetzt.«

Rebus dachte darüber nach. Jemand hatte auf Caffertys Kopf gezielt, als er eines Abends zu Hause in seinem Wohnzimmer gestanden hatte, und sein Rivale Darryl Christie war der naheliegendste Kandidat gewesen. »Was sich aber als Irrtum herausgestellt hat«, sagte er einen Augenblick später.

»Aber aufregend fand er's schon, oder? Vielleicht ist ihm aufgegangen, dass er's vermisst, die Nummer eins in der Stadt zu sein.«

»Und was genau hätte er damit gewonnen, Darryl Christie eine Abreibung zu verpassen?«

»Er könnte ihm einen Schrecken einjagen oder ihn zu übereilten Aktionen verleiten wollen...«

»Meinst du wirklich?«

»Ich spekuliere nur«, erwiderte Clarke.

»Hast du Darryl mal gefragt?«

»Der ist bis in die Haarspitzen vollgepumpt mit Medikamenten und bleibt über Nacht im Krankenhaus.«

»Keine Zeugen?«

»In ein paar Stunden wissen wir mehr.«

Rebus drückte einen Finger an die Fensterscheibe. »Soll ich Big Ger drauf ansprechen?«

»Meinst du nicht, es wäre besser, wenn sich die Polizei darum kümmert?«

»Apropos – redest du immer noch nicht mit Malcolm?«

»Was hat er denn gesagt?«

»Nicht viel, aber ich hatte den Eindruck, dass du ein bisschen gereizt auf seine Beförderung nach Gartcosh reagiert hast.«

»Dann hat dich deine unglaubliche Intuition ausnahmsweise getäuscht.«

»Na schön. Aber wenn ich doch mal mit Cafferty sprechen soll, musst du's nur sagen.«

»Danke.« Er hörte sie seufzen. »Und wie läuft es sonst so?«

»Wahnsinnig viel zu tun, wie immer.«

»Und was genau?«

»Diese ganzen Hobbys, die man sich als Rentner so zulegt. Eigentlich könntest du mir dabei auch helfen.«

»Ach ja?«

Er wandte sich vom Fenster ab. Brillo saß hinter ihm und wartete erneut darauf, gestreichelt zu werden. Rebus grinste und zwinkerte ihm zu. »Kommst du an die Akten der alten ungeklärten Fälle ran?«, fragte er ins Telefon.

Tag zwei

2

Malcolm Fox hasste es zu pendeln – vierzig Meilen jeweils hin und zurück, den Großteil davon auf der M8. An manchen Tagen hatte das was von *Wacky Races*, Autos fädelten sich in den Verkehr ein, scherten aus, Laster schoben sich auf die Überholspur, krochen an anderen Lastern vorbei, Baustellen und Pannen, Windböen begleitet von peitschendem Regen. Nicht dass er sich bei jemandem hätte beschweren können – seine Kollegen in Gartcosh, dem Scottish Crime Campus, hielten sich für die Crème de la Crème des Polizeiapparats, und zum Beweis, dass sie es tatsächlich waren, hatte man sie in dem allerneuesten Gebäude untergebracht. Wenn man erstmal einen Parkplatz gefunden und sich am Tor vorne ausgewiesen hatte, betrat man ein abgeriegeltes Gelände, das es verdammt darauf anlegte, einer neu errichteten Elite-Universität zu ähneln. Jede Menge Platz, helle, gut beheizte Büros, Gemeinschaftsräume, in denen sich die Spezialisten aus den unterschiedlichen Disziplinen treffen und austauschen konnten. Nicht nur die verschiedenen Abteilungen der Specialist Crime Division, sondern auch die Kriminaltechniker, die Staatsanwaltschaft und die Steuerfahndung waren hier untergebracht. Alle unter ein und demselben Dach vereint. Nie hatte er gehört, dass sich jemand darüber beschwert hätte, wie lange er bis Gartcosh und wieder nach Hause zurück brauchte, obwohl er wusste, dass er nicht der Einzige war, der in Edinburgh lebte.

Edinburgh. Er war bereits vor einem Monat versetzt worden, vermisste aber immer noch sein altes Büro beim CID. Andererseits interessierte sich hier niemand dafür, dass er früher für Professional Standards gearbeitet hatte und deshalb eigentlich von allen anderen gehasst wurde. Ob hier jemand die Geschichte kannte, die letztlich ausschlaggebend für seine Versetzung gewesen war? Ein Detective, der zur dunklen Seite übergelaufen war, hatte ihn sterbend liegen lassen und war von zwei Berufsverbrechern – Darryl Christie und Joe Stark – verschleppt und seither nicht mehr gesehen worden. In den oberen Etagen wollte man die Geschichte ungern an die große Glocke hängen. Außerdem hatte der Staatsanwalt nichts davon gehalten, einen der beiden Gangster vor Gericht zu stellen, solange nicht einmal eine Leiche aufgetaucht war.

»Jeder gute Strafverteidiger würde uns in der Luft zerreißen«, hatte man Fox bei einem von mehreren streng geheimen Treffen versichert.

Stattdessen hatten sie ihn also mit der Versetzung nach Gartcosh geködert – und hätten kein Nein akzeptiert.

Und jetzt war er hier, versuchte, seinen Platz in der Major Crime Division zu finden.

Was ihm nicht gelang.

Er erinnerte sich an ein altes Bürosprichwort, demzufolge immer die kleinen Lichter befördert werden. Er betrachtete sich nicht unbedingt als kleines Licht, aber er wusste, dass er sich bislang auch noch nicht besonders hervorgetan hatte. Siobhan Clarke war eine, die herausstach, und wäre in Gartcosh besser aufgehoben gewesen. Er hatte ihren Gesichtsausdruck gesehen, als er ihr die Nachricht überbracht hatte – welche Mühe es sie gekostet hatte, sich ihre Sprachlosigkeit nicht anmerken zu lassen. Eine kurze Umarmung, die sie nutzte, um die Fassung wiederzuerlangen. Auch ihre Freundschaft hatte darunter gelitten, immer öfter hatte sie Ausreden gefunden, um nicht mit ihm essen zu gehen oder einen Film zu sehen. Und das alles nur, damit er jeden Tag vierzig Meilen hin- und abends wieder zurückfahren durfte, jeden Tag.

»Reiß dich zusammen«, ermahnte er sich, als er das Gebäude betrat. Er lockerte seine Schultern, zog die Krawatte gerade und knöpfte das Jackett zu – den Anzug hatte er sich extra neu zugelegt. Auch die Schuhe waren neu und gerade so weit eingelaufen, dass er nicht mehr jeden Tag frische Pflaster an den Fersen brauchte.

»Detective Inspector Fox!«

Fox blieb unten an der Treppe stehen und drehte sich zu der Stimme um. Schwarzes Polohemd, kurze Ärmel, Reißverschluss am Kragen; Rangabzeichen, zwei Lichtbildausweise an Bändern um den Hals. Und dazu ein sonnengebräuntes Gesicht, buschige schwarze Augenbrauen und graumeliertes Haar. Assistant Chief Constable Ben McManus. Instinktiv richtete Fox sich zu seiner vollen Größe auf. In Gartcosh gab es zwei Assistant Chief Constables, und McManus war für das organisierte Verbrechen und die Terrorbekämpfung zuständig. Nicht für alltägliche Schwerstkriminalität – Morde und Ähnliches –, sondern für die Fälle, über die nur leise und andeutungsweise hinter einer Reihe von verschlossenen Türen gesprochen wurde, welche sich nur mit einer der Magnetstreifenkarten öffnen ließen, die McManus jetzt um den Hals baumelten.

»Ja, Sir?«, fragte Fox. Der Assistant Chief Constable streckte ihm die Hand entgegen, packte die von Fox, als er sie ihm anbot, und legte seine freie Hand auf beide.

»Wir wurden einander noch gar nicht richtig vorgestellt. Ich weiß, Jen hält Sie ganz schön auf Trab ...«

Jen war Fox' Chefin, Assistant Chief Constable Jennifer Lyon.

»Ja, Sir«, bestätigte Fox.

»Ich habe gehört, Sie haben sich schon gut eingelebt. Ich weiß, am Anfang kann das alles ein bisschen irritierend sein – ganz anders als das, was Sie gewohnt sind. Aber da mussten wir alle erstmal durch, glauben Sie mir.« McManus hatte Fox inzwischen losgelassen und sprang leichtfüßig die Treppe hinauf. Fox konnte gerade so mithalten. »Aber schön, dass Sie bei uns sind. Aus der Division Six hört man ja nur das Allerbeste über Sie.«

Division Six: City of Edinburgh.

»Und natürlich spricht Ihre Personalakte für sich selbst – sogar das, was wir lieber für uns behalten.« McManus schenkte ihm ein Grinsen, das vermutlich Mut machen sollte, Fox aber nur verriet, dass dieser Mann etwas von ihm wollte und ihn deshalb hatte überprüfen lassen. Oben an der Treppe gingen sie auf eine der schalldichten Glaskabinen zu, die für ungestörte Unterredungen vorgesehen waren. Bei Bedarf konnten auch Jalousien heruntergelassen werden. An dem rechteckigen Tisch war für acht Personen Platz. Aber nur eine wartete dort.

Sie stand auf, als sie eintraten, schob sich ein paar abtrünnige blonde Strähnen hinter das Ohr. Fox schätzte die Frau auf Anfang bis Mitte dreißig. Sie war knapp eins siebzig groß, trug einen dunklen Rock und eine hellblaue Bluse.

»Ach, man hat uns sogar Kaffee gebracht«, verkündete McManus, als er die Kanne und die Becher entdeckte. »Nicht dass es lange dauern wird, aber bitte bedienen Sie sich doch.« Fox und die Frau verstanden den Wink und schüttelten die Köpfe.

»Ich bin übrigens Sheila Graham.«

»Verzeihung«, unterbrach McManus sie, »mein Fehler. Sheila, das ist DI Fox.«

»Malcolm«, sagte Fox.

»Sheila«, fuhr McManus fort, »ist von der britischen Steuer- und Zollfahndung. Ich vermute, man hat Ihnen die entsprechenden Räumlichkeiten im Gebäude noch nicht gezeigt?«

»Ich bin ein paar Mal dran vorbeigelaufen«, sagte Fox. »Viele Menschen vor Computerbildschirmen.«

»So ungefähr«, pflichtete McManus ihm bei. Er hatte sich gesetzt und machte Fox jetzt Zeichen, es ihm gleichzutun.

»Wir sind auf den üblichen Gebieten tätig«, sagte Graham, die Fox direkt ansah. »Alkohol und Tabak, Geldwäsche, Internetkriminalität und Betrug. Wirtschaftskriminalität macht einfach einen Großteil des Ganzen aus, wobei im digitalen Zeitalter eigentlich gar nichts einfach daran ist. Schmutziges Geld kann blitzschnell irgendwohin auf der Welt überwiesen werden, Konten werden ebenso schnell eröffnet wie wieder gekündigt. Von Bitcoins und dem Darknet mal ganz zu schweigen.«

»Ich komme jetzt schon nicht mehr mit«, sagte McManus grinsend und warf demonstrativ kapitulierend die Hände in die Höhe.

»Werde ich versetzt?«, fragte Fox. »Ich meine, ich kann meinen eigenen Kontoauszug prüfen, aber da hört es auch schon auf ...«

»Wir haben jede Menge Zahlenakrobaten«, sagte Graham mit der zartesten Andeutung eines Lächelns. »Und im Moment beschäftigen sie sich mit einem Mann, den Sie anscheinend kennen – Darryl Christie.«

»Allerdings.«

»Haben Sie gehört, was gestern Abend passiert ist?«

»Nein.«

Die Antwort schien Graham zu missfallen, als hätte er sie bereits irgendwie enttäuscht. »Er wurde verprügelt und liegt im Krankenhaus.«

»In seiner Branche hat man immer irgendwo noch eine Rechnung offen«, sagte McManus. Er hatte sich erhoben und schenkte sich Kaffee ein, ohne Fox und Graham etwas anzubieten.

»Und wieso interessiert sich die Steuerfahndung für ihn?«, fragte Fox.

»Sie wissen vermutlich, dass Christie Wettbüros besitzt.« Fox beschloss, nicht durchblicken zu lassen, dass ihm auch dies neu war. »Wir glauben, dass er schmutziges Geld darüber wäscht – eigenes und das von anderen.«

»Zum Beispiel von Joe Stark in Glasgow?«

»Zum Beispiel von Joe Stark in Glasgow«, wiederholte Graham und klang dabei, als hielte sie Fox zumindest für teilweise rehabilitiert.

»Vor ein paar Monaten kam Stark mit seinen Jungs nach Edinburgh«, erklärte Fox. »Und jetzt sind Joe und Darryl dicke Freunde.«

»Es gibt aber auch noch andere außer Stark«, warf McManus ein, bevor er laut schlürfend aus seinem Becher trank. »Und auch nicht nur in Schottland.«

»Ein Großunternehmen«, meinte Fox.

»Die Umsätze gehen bis in die Millionen, das ist praktisch sicher«, pflichtete Graham ihm bei.

»Wir brauchen jemanden vor Ort, Malcolm.« McManus beugte sich über den Tisch Fox entgegen. »Jemanden, der sich auf dem Gebiet auskennt und uns berichten kann.«

»Wozu?«

»Könnte sein, dass bei den Ermittlungen im Fall der Körperverletzung Namen oder Informationen auftauchen. Während Christie sich erholt, werden erstmal eine Menge Leute kopflos wie die Hühner herumirren. Und er selbst wird sich fragen, mit wem er's eigentlich zu tun hat – Freund oder Feind?«

»Vielleicht fängt er an, Fehler zu begehen.«

»Vielleicht«, pflichtete Graham ihm langsam nickend bei.

»Dann kehre ich also nach Edinburgh zurück.«

»Nur als Tourist, Malcolm«, bremste McManus ihn mit erhobenem Zeigefinger. »Denken Sie daran, dass Sie *unser* Mann sind und man das dort auch weiß.«

»Erzähle ich, dass die Steuerfahndung Christie auf den Fersen ist?«

»Lieber nicht«, bat Graham.

»Sie werden für mich arbeiten, Malcolm.« McManus hatte seinen Kaffee bereits getrunken und erhob sich. Das Gespräch war beendet. »Ist ja auch so nachvollziehbar, dass wir von der Abteilung für organisiertes Verbrechen wissen wollen, was vor sich geht.«

»Ja, Sir. Sie sagen, er wurde gestern Abend überfallen? Dann haben die Ermittlungen ja gerade erst begonnen ...«

»Die Ermittlungen werden geleitet von ...« Graham suchte nach dem Namen, schloss einen Augenblick die Augen. »Detective Inspector Clarke.«

»Natürlich«, sagte Fox und zwang sich zu lächeln.

»Ausgezeichnet!« McManus klatschte mit den Händen, drehte sich abrupt um und riss die Tür auf. Fox erhob sich, sah Sheila Graham direkt an.

»Gibt es sonst noch etwas, das ich wissen sollte?«

»Ich denke nicht, Malcolm.« Sie reichte ihm ihre Visitenkarte. »Mobil bin ich am besten zu erreichen.«

Er reichte ihr seine Karte.

»Das mit den Wettbüros war Ihnen neu, oder?«, fragte sie augenzwinkernd. »Nicht schlecht, Ihr Pokerface ...«

Als Siobhan Clarke vor Christies Haus parkte, fiel ihr sofort auf, dass es von der Größe und vom Stil her Caffertys Haus auf der anderen Seite der Stadt aufs Haar genau glich – ein freistehendes, dreistöckiges viktorianisches Steingebäude mit großen Erkerfenstern auf beiden Seiten des Eingangs und einer langen Auffahrt seitlich, die zu einer ebenfalls freistehenden Garage führte. Das Tor vorne war nicht abgeschlossen, und so ging sie den Weg entlang und klingelte. Die Überwachungskameras, die der Constable am Abend zuvor beschrieben hatte, waren ihr bereits aufgefallen, eine weitere war ins Mauerwerk neben der Türklingel eingelassen.

Gail McKie öffnete die Tür. Sie stand im Windfang, die bunt verglaste Tür hinter ihr führte in die Diele. Augenscheinlich hatte sie nicht geschlafen – sie trug noch dieselben Kleider wie im Krankenhaus, und ihre Haare hingen ihr auf die Schultern.

»Hätte gar nicht aufgemacht, wenn ich gewusst hätte, dass Sie das sind«, erklärte sie statt eines Grußes. Clarke zeigte auf die Kamera.

»Die benutzen Sie gar nicht?«

»Ist eine Attrappe, wie die anderen auch. Die waren schon da, als wir das Haus gekauft haben – Darryl wollte die ganze Zeit richtige einbauen lassen.«

»Wie geht's ihm?«

»Er kommt heute nach Hause.«

»Gut.«

»Es waren schon ein paar von euch hier, haben die Nachbarn belästigt.«

»Wär's Ihnen lieber, die Polizei würde sich raushalten?«

»Interessiert euch doch sowieso nicht, wer's war.«

»Einige von uns schon.«

»Dann gehen Sie und reden Sie mit Cafferty.«

»Ich habe nie gesagt, dass wir das nicht machen werden, aber zuerst müssen wir feststellen, was überhaupt genau passiert ist, angefangen mit der Stelle, an der Sie Darryl gefunden haben.«

»Das wird Sie nicht weiterbringen. Ich hab niemanden gesehen.«

»Darryl war bewusstlos?«

»Einen Moment lang hab ich gedacht, er wäre tot.« McKie unterdrückte einen Schauder.

»Könnten Ihre anderen Söhne etwas gesehen oder gehört haben?«

Sie schüttelte den Kopf. »Hab sie gestern schon gefragt.«

»Kann ich selbst mit ihnen sprechen?«

»Sind in der Schule.«

Clarke dachte einen Augenblick nach. »Wollen wir uns mal zusammen die Auffahrt ansehen?«

McKie schien zu zögern, aber dann ging sie ins Haus und kam mit einem cremefarbenen Burberry-Mantel auf den Schultern zurück. Sie ging voraus, zeigte auf eine der Überwachungskameras.

»Kleines rotes Lämpchen, alles dran. Sehen schon echt aus, oder?«

»Wird in der Gegend häufig eingebrochen?«

McKie zuckte mit den Schultern. »Wenn man hat, was andere wollen, macht man sich schnell Sorgen.«

»Vielleicht hat Darryl geglaubt, dass niemand sich an sein Haus herantrauen würde – in Hinblick darauf, wer er ist.«

Clarke wartete, aber McKie schwieg. »Ist eine gute Gegend hier«, fuhr sie fort.

»Anders als die, aus der wir kommen.«

»Hat Darryl das Haus ausgesucht?«

McKie nickte. Sie hatten jetzt den weißen Range Rover Evoque erreicht. Er stand neben dem Hintereingang des Hauses. Über der Garage und der Hintertür waren Bewegungsmelder angebracht. Clarke zeigte auf die Lampen.

»Wer auch immer auf ihn gewartet hat, die Lampen müssen angegangen sein, oder?«

»Kann schon sein. Aber wenn man im Haus ist und die Vorhänge zugezogen sind, sieht man das nicht.«

»Und die Nachbarn?«

»Hier in der Gegend gibt's jede Menge Füchse, wir sind direkt neben dem Botanischen Garten. Wenn irgendwo Licht angeht, denke ich, dass es die Füchse waren.«

In der Auffahrt befanden sich Spuren von getrocknetem Blut neben der Fahrertür des Wagens, McKie wandte den Kopf ab.

»Wird ihm nicht gefallen, dass ich Ihnen das sage«, meinte sie leise, »aber ich sag's trotzdem.«

»Ich höre.«

»Wir hätten gewarnt sein sollen.«

»Inwiefern?«

»Eines Abends hat Darryl den Wagen draußen stehen lassen. Am nächsten Morgen waren die Vorderreifen aufgeschlitzt. Das war vor ungefähr vierzehn Tagen. Letzte Woche ist die Mülltonne in Flammen aufgegangen.«

»Wie?«

»Hab sie für die Müllabfuhr rausgestellt, und jemand hat sie angezündet. Sehen Sie sich's doch an.«

Die Tonne stand rechts neben der Hintertür, der Plastikdeckel war verzogen und rußschwarz, auf einer Seite war sie halb heruntergeschmolzen.

»Haben Sie das gemeldet?«

»Darryl meinte, wahrscheinlich waren das irgendwelche Jugendlichen. Ich weiß nicht, ob er's selbst glaubt. In der ganzen Straße haben die das sonst bei niemandem gemacht.«

»Sie glauben, die Aktion hat sich gezielt gegen Darryl gerichtet?«

McKie zuckte mit den Schultern, so dass ihr Mantel zu Boden rutschte. Sie bückte sich, hob ihn auf, klopfte ihn ab und hängte ihn sich wieder über.

»Haben Sie seit gestern Abend mit ihm gesprochen?«

»Er hat nichts gesehen. Die haben ihn am Hinterkopf erwischt, als er den Wagen abschließen wollte. Hat gemeint, er sei umgekippt wie ein Stein. Die Schweine haben einfach weiter auf ihn eingeschlagen, als er das Bewusstsein schon längst verloren hatte.«

»Glaubt er, es waren mehrere Täter?«

»Er hat keine Ahnung – das sage ich.«

»Sind Ihnen andere Zwischenfälle oder Drohungen bekannt? Briefe?«

McKie schüttelte den Kopf. »Was das auch immer sollte, Darryl wird es herausfinden.« Sie sah Clarke böse an. »Vielleicht ist es ja das, wovor Sie Angst haben?«

»Mrs McKie, Ihr Sohn wäre nicht gut beraten, wenn er die Angelegenheit selbst in die Hand nimmt.«

»Der kommt sehr gut alleine klar, das war schon so, als er noch klein war. Hat darauf bestanden, weiter unter dem Namen seines Vaters bei der Schulbehörde registriert zu werden, auch als uns der Arsch längst hat sitzen lassen. Und als

Annette gestorben ist…« Sie holte tief Luft, als müsse sie starke Gefühle unterdrücken. »Darryl ist schnell erwachsen geworden. Schnell, stark und klug. Klüger als ihr alle.«

Clarkes Telefon brummte. Sie kramte es aus ihrer Tasche und schaute aufs Display.

»Gehen Sie ruhig dran.«

Aber Clarke schüttelte den Kopf. »Das kann warten. Würden Sie Darryl bitte etwas von mir ausrichten?«

»Was denn?«

»Dass ich mich mit ihm unterhalten möchte. Es wäre gut, wenn er sich auf ein Gespräch einlassen würde.«

»Sie wissen doch, dass er Ihnen nichts erzählen wird.«

»Ich würde es trotzdem gerne versuchen.«

McKie dachte darüber nach, dann nickte sie langsam.

»Danke«, sagte Clarke. »Ich könnte heute Abend nochmal vorbeischauen, vielleicht kann ich dann auch gleich mit Ihren anderen Söhnen sprechen.«

»Sie kriegen wohl mehr Geld für Überstunden.«

»Schön wär's.«

Endlich lächelte Gail McKie. Dadurch wirkte sie um Jahre jünger, und Clarke erinnerte sich wieder an die Frau, die nach Annettes Verschwinden vor den Kameras posiert und bei Pressekonferenzen Fragen beantwortet hatte. Seitdem hatte sich viel verändert, vor allem Darryl war ein anderer geworden.

»Ungefähr um sieben?«, schlug Clarke vor.

»Mal sehen«, sagte McKie.

Als sie auf das Tor zuging, schaute Clarke erneut auf ihr Handy. Ein verpasster Anruf. Keine Nachricht. Eine Nummer, die sie kannte.

»Was zum Teufel willst du eigentlich, Malcolm?«, seufzte sie und schob das Telefon in die Tasche zurück.

3

Rebus stand in einer breiten, grünen Straße in Merchiston vor Caffertys Haus und starrte auf das »zu verkaufen«-Schild. Er hatte bereits eine Runde durch den Garten gedreht, in sämtliche Fenster gespäht, hinter denen weder Vorhänge noch Rollos die Sicht versperrten, und sich davon überzeugt, dass es vollkommen ausgeräumt war. Er zog sein Telefon aus der Tasche und rief Cafferty auf dessen Handy an, aber es klingelte einfach nur endlos. Eine Nachbarin gegenüber auf der anderen Straßenseite beobachtete ihn von einem Fenster im Erdgeschoss aus. Rebus winkte ihr, überquerte die Straße und traf sie an der Wohnungstür, als sie diese öffnete.

»Wann ist er ausgezogen?«, fragte Rebus.

»Zehn Tage wird das her sein.«

»Haben Sie eine Ahnung, warum?«

»Warum?«, wiederholte sie. Offensichtlich war dies nicht die Frage, die sie erwartet hatte.

»Oder seine neue Adresse?«, setzte Rebus hinzu.

»Angeblich wurde er in Quartermile gesehen.«

Quartermile: das frühere Krankenhaus Old Royal Infirmary, das jetzt umgebaut und saniert worden war.

»Ob er wohl seine neue Adresse irgendwo hinterlassen hat?«

»Mr Cafferty ist eher für sich geblieben.«

»Vermutlich kam's bei den Nachbarn auch nicht so gut an,

als vor einer Weile durchs Wohnzimmerfenster auf ihn geschossen wurde.«

»So wie ich die Geschichte gehört habe, ist er gestolpert und gegen die Scheibe gefallen.«

»Glauben Sie mir, so war's nicht. Wie viel will er dafür haben?« Rebus nickte in Richtung des Hauses gegenüber.

»Über so was wird hier nicht gesprochen.«

»Dann ruf ich wohl besser den Makler an.«

»Machen Sie das.« Und damit schloss sie die Tür, nicht hastig, aber mit der höflichen Bestimmtheit, die für Edinburgh typisch ist. Rebus kehrte zu seinem Saab zurück, stieg ein und tippte die Nummer des Maklers in sein Handy.

»Einen Preis können wir Ihnen nur nennen, insofern ernstzunehmendes Kaufinteresse besteht«, beschied man ihm.

»Signalisiere ich nicht gerade mein Kaufinteresse?«

»Wenn Sie einen Besichtigungstermin vereinbaren möchten...«

Stattdessen legte er auf und fuhr zurück in die Stadt. Im Zentrum von Quartermile gab es eine Tiefgarage, aber Rebus stellte seinen Wagen lieber auf eine durchgezogene gelbe Linie. Heutzutage gab es hier allerhand Annehmlichkeiten wie Geschäfte, ein Fitnesscenter und ein Hotel. Die alten Gebäude des ehemaligen Krankenhauses aus roten und grauen Backsteinen waren jetzt um Türme aus Glas und Stahl ergänzt worden, die besten Wohnungen waren nach Süden ausgerichtet mit Blick über The Meadows und auf die Pentland Hills. Im Maklerbüro bewunderte Rebus ein maßstabsgerechtes Modell der Anlage und nahm sogar eine Broschüre mit. Die Frau, die dort ihren Dienst versah, bot ihm eine Praline aus einer offenen Schachtel an, und er nahm sich lächelnd eine heraus, bevor er sich nach Caffertys genauer Anschrift erkundigte.

»Oh, solcherart Informationen dürfen wir nicht herausgeben.«

»Ich bin ein Freund.«

»Dann werden Sie ihn sicher finden.«

Rebus zog ein Gesicht, holte erneut sein Handy heraus und schrieb eine SMS. *Ich stehe vor deiner neuen Wohnung. Komm und sag Hallo.*

Wieder am Wagen, dachte er daran, dass er Pausen wie diese normalerweise mit einer Zigarette überbrücken würde, stattdessen aber ging er zu Sainsbury's im Middle Meadow Walk und stellte sich an, um Kaugummis zu kaufen. Fast hatte er den Saab wieder erreicht, als sein Handy brummte: Nachricht erhalten.

Du bluffst.

Also tippte Rebus eine Antwort: *Schöner Sainsbury's – man darf nur nichts gegen Studenten haben.*

Und wartete.

Es dauerte vier oder fünf Minuten, bis Cafferty aus der Tür eines der älteren Blocks trat. Sein Kopf war riesig, hatte die Form einer Kanonenkugel, das silbergraue Haar war sehr kurz rasiert. Er trug einen langen, schwarzen Wollmantel und einen roten Schal, dazu ein weißes Hemd mit offenem Kragen, aus dem sich das Brusthaar hervorkräuselte. Der Blick aus seinen schon immer scheinbar viel zu kleinen Augen wirkte durchdringend wie eh und je. Rebus vermutete, dass sie Cafferty über die Jahre gute Dienste geleistet und sich als nicht weniger scharfe Waffe als alles andere in seinem Arsenal erwiesen hatten.

»Was zum Teufel willst du hier?«, knurrte Cafferty.

»Zur Einweihungsparty eingeladen werden.«

Cafferty stopfte die Hände in die Taschen. »Kommt mir

nicht vor wie ein Freundschaftsbesuch, aber soviel ich weiß, warst du neulich noch pensioniert – also, was ist los?«

»Es geht um unseren alten Freund Darryl Christie. Ich weiß noch, als wir uns das letzte Mal über ihn unterhalten haben, hast du ihm mehr oder weniger den Kampf angesagt.«

»Und?«

»Und jetzt liegt er im Krankenhaus.«

Caffertys Mund formte ein O. Er zog eine Hand aus der Tasche und rieb sich die Nase.

»Hast du Schauspielunterricht genommen?«, erkundigte sich Rebus.

»Ich hör's gerade zum ersten Mal.«

»Und ich vermute, du hast ein absolut wasserdichtes Alibi für gestern Abend?«

»Sind das nicht die Fragen, die normalerweise ein Detective stellt?«

»Kommt bestimmt noch. Dein Name ist schon das ein oder andere Mal gefallen.«

»Will Darryl Stunk machen?« Cafferty nickte vor sich hin. »Warum auch nicht? Ist schließlich eine einmalige Chance, und wahrscheinlich würde ich's genauso machen.«

»Genau genommen hast du das schon – als die Kugel deine Fensterscheibe zerschlagen hat.«

»Ist ein Argument.« Cafferty sah sich um und schnupperte in die Luft. »Ich wollte gerade meinen Vormittagskaffee trinken. Wahrscheinlich kann's nicht schaden, wenn du mir Gesellschaft leistest.«

»Sind die Cafés jetzt nicht voller Leute, die Vorlesungen schwänzen?«

»Ich bin sicher, wir finden ein ruhiges Eckchen«, erwiderte Cafferty.

In den ersten beiden Cafés, in denen sie es versuchten, hatten sie kein Glück, dafür aber im dritten, einem Starbucks an der Ecke zur Forrest Road. Ein doppelter Espresso für Cafferty und ein schwarzer Kaffee für Rebus. Er hatte den Fehler gemacht, einen großen zu bestellen, und einen Becher mit dem Fassungsvermögen seines eigenen Kopfes bekommen.

Cafferty rührte Zucker in sein winziges Tässchen. Ein Eckchen hatten sie nicht gefunden, aber abgesehen von ein paar wenigen Studenten, die sich über Bücher und Laptops beugten, waren kaum Leute da, und ihr Tisch schien abgeschieden genug.

»In diesen Läden läuft immer Musik«, meinte Cafferty und schaute auf die Lautsprecher an der Decke. »In den meisten Restaurants und Geschäften auch. Mich macht das wahnsinnig …«

»Dabei ist es noch nicht mal richtige Musik«, setzte Rebus hinzu. »Jedenfalls nicht das, was wir früher darunter verstanden haben.«

Die beiden Männer warfen sich gegenseitig einen Blick und ein schiefes Grinsen zu, konzentrierten sich anschließend einen Augenblick lang ausschließlich auf ihre Getränke.

»Hab mich schon gefragt, wann du wohl auftauchst«, sagte Cafferty schließlich. »Nicht wegen Darryl Christie, ganz allgemein. Hab mir vorgestellt, wie du regelmäßig am Haus vorbeifährst und dir überlegst, wie du mich auf frischer Tat bei irgendwas erwischen und vor Gericht bringen kannst.«

»Nur dass ich kein Detective mehr bin.«

»Als ob dich das davon abhalten würde.«

»Wieso willst du dein Haus verkaufen?«

»Hab mich da drin ganz verloren gefühlt, wurde Zeit für was Kleineres.«

»Außerdem ist es das Haus, in dem auf dich geschossen wurde.«

Cafferty schüttelte den Kopf. »Damit hat das nichts zu tun.« Er nahm noch einen Schluck von der dicken, schwarzen Flüssigkeit. »Dann ist Darryl also jemandem auf den Fuß getreten. Berufsrisiko – das wissen wir beide.«

»Aber er ist eine große Nummer in der Stadt, wahrscheinlich sogar die größte, es sei denn, dir fällt noch jemand ein.«

»Trotzdem ist er nicht unangreifbar.«

»Besonders nicht, wenn der Mann, den er verdrängt hat, ein Comeback plant.«

»Mich hat niemand *verdrängt*«, brauste Cafferty auf, machte die Schultern breit.

»Na schön, dann hast du eben friedlich Platz gemacht und freust dich tierisch darüber, dass jetzt ihm die Stadt gehört.«

»So weit würde ich nicht gehen.«

»Hast du Namen für mich?«

»Namen?«

»Hast es doch selbst gesagt – er ist jemandem auf den Fuß getreten.«

»Das ist nicht mehr dein Job, Rebus. Hat dir das noch keiner gesagt?«

»Neugierig bin ich trotzdem.«

»Sieht so aus.«

»Jeder braucht ein Hobby. Ich will mir gar nicht überlegen, was deins sein könnte.« Cafferty sah ihn böse an, und die beiden schwiegen wieder, schauten in ihre Kaffeebecher, bis Rebus einen Finger hob. »Die Stimme kenne ich«, sagte er.

»Bruce Collier, oder?«

Rebus nickte. »Hast du den mal live gesehen?«

»In der Usher Hall.«

»78?«

»Um den Dreh.«

»Dann erinnerst du dich auch an den Mord an Maria Turquand?«

»Im Caley?« Cafferty nickte. »Der Liebhaber, oder? Hat seine neue Flamme überredet, dass sie für ihn lügt, und sich dadurch ›lebenslänglich‹ erspart.«

»Meinst du?«

»Das haben damals alle gedacht, deine Leute auch. Er ist wieder hergezogen, weißt du das?«

»Der Liebhaber?«

»Nein, Bruce Collier. Ich glaube, ich hab's irgendwo gelesen.«

»Tritt der noch auf?«

»Weiß der Henker.« Cafferty trank den letzten Schluck Kaffee. »Wir sind hier fertig, oder wartest du immer noch auf mein Geständnis, dass ich Darryl verprügelt habe?«

»Ich hab's nicht eilig.« Rebus zeigte auf seinen Becher. »Hab hier noch ein halbes Fass Kaffee.«

»Trink das mal schön alleine. Bist schließlich Rentner, wird Zeit, dass du dich damit abfindest.«

»Und du? Womit vertreibst *du* dir die Zeit?«

»Ich bin Geschäftsmann. Ich mache Geschäfte.«

»Natürlich total legale.«

»Es sei denn, deine Nachfolger beweisen mir das Gegenteil. Wie geht's Siobhan?«

»Hab sie eine Weile nicht gesehen.«

»Trifft sie sich immer noch mit DI Fox?«

»Willst du mich beeindrucken? Beweisen, dass dir irgendwie doch alles zu Ohren kommt? Wenn das so ist, solltest du mal einen Hörtest machen.«

Cafferty stand bereits, zog seinen Schal enger um den Hals. »Okay, Mr Amateur-Detektiv. Ich hab was für dich.« Er beugte sich über den noch sitzenden Rebus, so dass sie beinahe mit der Stirn zusammenstießen. »Such den Russen. Bedanken kannst du dich später bei mir.«

Daraufhin verschwand er mit einem Grinsen und einem Augenzwinkern.

»Was soll das denn heißen?«, brummte Rebus vor sich hin, die Stirn in Falten gelegt. Dann wurde ihm bewusst, dass es sich bei dem Song, den Bruce Collier gerade zu Ende gesungen hatte, um eine Coverversion von *Back in the USSR* von den Beatles gehandelt hatte.

»Such den Russen«, wiederholte Rebus, starrte in seinen Kaffee und hatte plötzlich das dringende Bedürfnis zu pissen.

Die Wache am Gayfield Square nur zu betreten hatte Siobhan Clarke früher schon herrlich aufregend gefunden. Jeder Tag brachte neue Fälle und Herausforderungen, und vielleicht gab es sogar ein großes Rätsel zu lösen – einen Mord oder einen Fall von schwerer Körperverletzung aufzuklären. Aber jetzt gab es bei Police Scotland eine eigene Abteilung für besonders schwere Fälle, und den jeweils ortsgebundenen CIDs kam nur noch eine unterstützende Rolle zu – wo blieb da der Spaß? Ständig wurde gemeckert und genörgelt; die Kollegen zählten ihre Tage bis zur Rente oder ließen sich krankschreiben. Tess in der Zentrale war immer für allgemeinen Tratsch gut, auch wenn es nichts Erfreuliches zu berichten gab.

Clarke hatte sich auf einen kostenpflichtigen Parkplatz draußen stellen müssen, weil sie auf dem der Wache keine Lücke mehr gefunden hatte. Sie hatte so viel eingeworfen, wie erlaubt war, und gab jetzt, als sie die Treppe zu den Büros des CID hinaufstieg, eine Erinnerung in ihr Handy ein. In vier Stunden musste sie umparken, sonst blühte ihr ein Strafzettel. Dabei hatte sie sogar ein Schild, das sie hinter die Windschutzscheibe klemmen konnte – EINSATZFAHRZEUG DER POLIZEI. Einmal hatte sie es benutzt, und als sie zurückkam, war ihr Auto vollkommen verkratzt gewesen.

Toll.

Die Büros des CID waren nicht groß, aber andererseits war ja auch nicht viel los. Ihre beiden DCs, Christine Esson und Ronnie Ogilvie, saßen an ihren Computern und tippten. Beide hielten den Kopf gesenkt, nur Essons kurze, dunkle Haare waren zu sehen.

»Schön, dass du auch mal reinschaust«, meinte sie zu Clarke.

»Ich war bei Darryl Christie.«

»Hab gehört, er hatte eine Art Unfall.« Esson hörte auf zu tippen und musterte ihre Chefin.

»Wir wissen alle, dass er jetzt ein angesehener Unternehmer ist«, sagte Clarke, zog ihre Jacke aus und hängte sie über die Stuhllehne, »könntest du mir trotzdem alles raussuchen, was wir über seine Aktivitäten und Geschäftspartner wissen?«

»Kein Problem.«

Clarke wandte sich an Ogilvie. »Die Kollegen unterhalten sich mit den Nachbarn. Ich muss wissen, was sie in Erfahrung bringen. Und vergewissert euch, dass auch sämtliche Aufzeichnungen aus den Überwachungskameras von der Abenddämmerung bis zum Eintreffen der Rettungssanitäter überprüft werden.«

Esson schaute von ihrem Bildschirm auf. »Gilt Morris Gerald Cafferty als Geschäftspartner?«

»Alles andere als das, würde ich sagen, es sei denn, jemand beweist uns das Gegenteil.«

»Dann nehmen wir den Überfall also ernst?«, fragte Ogilvie. Er hatte angefangen, sich einen Schnurrbart stehen zu lassen, und strich jetzt mit dem Finger und dem Daumen darüber. So blass und schlaksig, wie er war, erinnerte er Clarke immer an eine langstielige Pflanze, die zu wenig Sonnenlicht abbekam.

»Laut Christies Mutter«, sagte sie, »wurden Auto und Mülltonne in letzter Zeit beschädigt. Sieht aus wie ein klassischer Fall von Eskalation.«

»Also war das gestern ein Mordversuch?«

Clarke dachte einen Augenblick nach, dann zuckte sie mit den Schultern. »Ist der Chef in seiner Besenkammer?«

Esson schüttelte den Kopf. »Aber ich glaube, ich vernehme gerade seine anmutigen Schritte.«

Ja, jetzt konnte auch Clarke sie hören. DCI James Page kam mit seinen klappernden Ledersohlen die letzten Stufen herauf, lief über den teppichbodenfreien Gang und öffnete die Tür.

»Schön, dass du hier bist«, sagte er, als er Clarke entdeckte. »Schau mal, wen ich zufällig getroffen habe.« Er trat beiseite, so dass Malcolm Fox zum Vorschein kam. Clarke merkte, wie sie sich automatisch versteifte und gerade aufrichtete.

»Und was führt dich aus den heiligen Hallen hierher?«, fragte sie.

Page schlug Fox auf die Schulter. »Wir freuen uns natürlich immer riesig, unsere lieben Brüder aus Gartcosh begrüßen zu dürfen. Hab ich recht?«

Esson und Ogilvie starrten einander an, ihnen fiel keine Antwort ein. Clarke hatte inzwischen die Arme verschränkt.

»DI Fox braucht unsere Hilfe, Siobhan«, sagte Page. Dann an Fox gewandt: »Oder hab ich das zu dramatisch ausgedrückt, Malcolm?«

»Darryl Christie«, sagte Fox, so dass alle es hören konnten.

Page hob mahnend den Finger, sah Clarke dabei an. »Du kannst dir vorstellen, wie ich mich gefreut habe, als Malcolm mir erzählt hat, dass meine eigenen Leute im Fall Christie ermitteln – das war mir völlig neu, Siobhan.« Die ganze falsche Herzlichkeit wich aus Pages Stimme, und er sah sie wütend an. »Sobald Zeit ist, werden du und ich uns nochmal darüber unterhalten müssen.«

Fox versuchte, nicht allzu betreten zu schauen, zumal er schuld daran war, dass Clarke jetzt Ärger bekam. Sie dagegen schenkte ihm einen Blick, von dem sie hoffte, dass er sein Unbehagen nicht linderte.

»Dann gehen wir mal in mein Büro und unterhalten uns ein bisschen, hm?«, sagte Page, klopfte Fox ein letztes Mal auf die Schulter und ging voran.

Pages Allerheiligstes war eine umgebaute Abstellkammer ohne Tageslicht. Es passten gerade so ein Schreibtisch, ein Aktenschrank und zwei Besucherstühle hinein.

»Nehmt Platz«, befahl er und machte es sich selbst gemütlich.

Das Problem war, dass Clarke und Fox so dicht beieinander saßen, dass sich ihre Füße, Knie und Ellbogen beinahe berührten. Clarke spürte, dass Fox versuchte, ein bisschen auf Abstand zu ihr zu gehen.

»Warum interessiert man sich in Gartcosh überhaupt für eine Schlägerei?«, fragte Clarke in die Stille hinein.

Fox senkte seinen Blick auf den Schreibtisch. »Darryl Christie ist ein bekannter Akteur. Er hat direkte Verbindungen zu Joe Starks Bande in Glasgow. Wir haben ihn natürlich auf dem Schirm.«

»Dann bist du also hier, um dich zu vergewissern, dass wir unsere Arbeit machen?«

»Ich bin Beobachter, Siobhan. Meine Aufgabe besteht einzig und allein darin zu berichten.«

»Und wieso können wir das nicht selbst?«

Er drehte sich zu ihr um. Ihr fiel auf, dass ihm Farbe in die Wangen gestiegen war. »Weil es nun mal so ist. Wenn gewissenhaft und gründlich ermittelt wurde – und so wie ich dich kenne, habe ich keinen Zweifel daran –, gibt es auch kein Problem.«

»Du musst verstehen, Malcolm«, unterbrach Page ihn, »dass einen das wurmen kann, wenn plötzlich ohne jede Vorwarnung ein Aufpasser vorbeigeschickt wird.«

»Ich mache nur meinen Job, DCI Page. Irgendwo muss es eine Mail oder eine telefonische Nachricht von ACC McManus gegeben haben, mit der er dich von meiner Rolle in Kenntnis gesetzt hat.« Fox schaute auf Pages Laptop, der zugeklappt auf dem Schreibtisch lag.

»McManus leitet die Abteilung für organisiertes Verbrechen«, meinte Clarke. »Ich dachte, du gehörst zur Schwerstkriminalität.«

»Ich wurde verliehen.«

»Warum?«

Er hielt ihrem Blick stand. »Bis vor kurzem war das hier mein Revier. Vielleicht dachte man in Gartcosh, dass man mich mit offenen Armen empfangen würde.«

Clarkes Mundwinkel zuckten.

»Natürlich bist du uns willkommen, Malcolm«, behauptete Page, »und wir werden unser Bestes tun, dir weiterzuhelfen, damit du das auch in deinen Bericht schreiben kannst und wir alle unsere Fleißsternchen bekommen.«

Page lehnte sich zurück. »Aber Siobhan, sag mal, ist das wirklich ein Fall, der normalerweise Gartcosh auf den Plan ruft?«

Clarke dachte darüber nach. »Christies Verletzungen sind nicht lebensbedrohlich, aber seine Mutter sagt, sein Wagen wurde kurz zuvor beschädigt und die Mülltonne in Brand gesetzt.«

»Ein klassischer Fall von Eskalation«, meinte Fox und erntete einen Blick von ihr, den er nicht ganz zu deuten verstand.

»Meinst du, er weiß, wer dafür verantwortlich ist?«, fragte Page.

»Ich habe ihn bislang noch nicht selbst vernehmen können. Er wird heute aus dem Krankenhaus entlassen; heute Abend wollte ich nochmal bei ihm vorbeischauen.«

Page nickte. »Keine Zeugen? Niemand wurde beim Verlassen des Tatorts gesehen?«

»Wir sprechen noch mit den Anwohnern, obwohl wir ein paar Leute mehr gut gebrauchen könnten.«

»Ich will sehen, was ich tun kann.«

»Sollten wir Christie vielleicht etwas anbieten?«, fuhr Clarke fort. »Ein oder zwei Nächte lang einen Streifenwagen vor die Tür stellen?«

»Ich möchte bezweifeln, dass er sich bei uns bedanken würde.«

»Dann eben ein Zivilfahrzeug – und er muss auch nichts davon mitbekommen.«

»Hat er keine Leibwächter?«

»Anscheinend hat er sie abgeschafft.«

»Heißt was?«

Sie zuckte mit den Schultern. »Vielleicht will er Ausgaben sparen. Das Haus, in dem er wohnt, kann nicht billig gewesen sein.«

»Du meinst, er ist knapp bei Kasse?« Fox verengte die Augen, zog die Möglichkeit in Betracht.

»Womit verdient er überhaupt sein Geld?« Page sah Fox an. »Das müsstet ihr doch am allerbesten wissen.«

»Er hat sein Hotel«, erwiderte Fox. »Ein paar Bars und Nachtclubs, außerdem eine Reihe von Wettbüros.«

»Und noch mehr«, ergänzte Clarke. »Ich glaube, auch eine Autowaschanlage und eine Firma, die ähnliche Dienste von Tür zu Tür anbietet.«

»Okay«, sagte Page, den Blick immer noch auf Fox gerichtet. »Und wenn wir an der Oberfläche kratzen?«

»Ich bin nicht in alles eingeweiht, was in Gartcosh vorliegt«, gestand Fox und rutschte erneut auf seinem Platz herum. »Drogen ... Geldwäsche ... wer weiß?«

»Christine soll das überprüfen«, sagte Clarke. »Am Ende des Tages haben wir vielleicht schon ein bisschen was Handfesteres.«

»Für CID-Ermittlungen ist das ein bisschen dünn«, meinte Page. »Ständig werden Leute zusammengeschlagen.« Er hielt inne. »Aber da es sich um Darryl Christie handelt und sich unsere Kollegen vom organisierten Verbrechen dafür interessieren ... na schön, dann bieten wir eben alles auf, was wir an Ressourcen erübrigen können.«

»Und observieren sein Haus?«, fragte Clarke.

»Ein oder zwei Nächte lang vielleicht. Besser wäre noch eine Liste mit den Namen aller, die was gegen ihn haben könnten – frag Mr Christie danach, wenn du mit ihm sprichst.«

»Ich bin sicher, er wird freudig Rede und Antwort stehen.«

Pages Mundwinkel zuckten. »Dann biete eben deinen gesamten Charme auf, Siobhan. Und halte Malcolm auf dem Laufenden.«

»Bei allem gebührenden Respekt, Sir«, unterbrach Fox ihn, »ich glaube, ich werde ein bisschen mehr brauchen.« Page sah ihn erklärungssuchend an. »Ich muss DI Clarke bei jedem Schritt begleiten«, führte Fox aus. »Ich glaube kaum, dass ACC McManus eine andere Vorgehensweise gutheißen würde.«

Clarke sah ihren Chef flehentlich an, Page aber seufzte nur und nickte.

»Na, dann los, ihr beiden.«

»Sir ...«, wollte Clarke sich beschweren.

»Das hast du davon, Siobhan, wenn du mir nicht erzählst, was sich vor meiner eigenen Nase abspielt.«

Kaum hatte er dies gesagt, klappte Page seinen Laptop auf und fing an zu tippen.

Fox ging in das Büro des CID voran, aber Clarke machte Zeichen Richtung Gang, woraufhin er ihr folgte und stehen blieb, als sie sich zu ihm umdrehte.

»Frag mich mal, ob mir das alles gefällt«, zischte sie.

»Ich hab versucht, dich anzurufen ...«

»Du hättest eine Nachricht auf die Mailbox sprechen können.«

»Dann hast du also mitbekommen, dass ich versucht habe, dich zu erreichen?«

»Ich hatte zu tun, Malcolm.«

»Im Gegensatz zu mir bist du heute noch nicht zweimal die M8 abgefahren. Wenn hier jemand Grund hat, schlecht gelaunt zu sein, dann bin ich das.«

»Wer sagt, dass ich schlechte Laune habe?«

»Du klingst so.«

»Weil ich stinksauer bin.«

»Und das nur, weil ich die Stelle in Gartcosh bekommen habe und nicht du?«

»Was?« Sie tat erstaunt. »Das hat überhaupt nichts damit zu tun.«

»Gut. Anscheinend müssen wir nämlich eine Weile miteinander auskommen. Und ansonsten geht es mir übrigens gut, ich hab mich ausgezeichnet in den neuen Job eingelebt, danke der Nachfrage.«

»Ich hab dir gleich am ersten Tag eine SMS geschickt!«

»Das wüsste ich.«

Clarke dachte einen Augenblick nach. »Jedenfalls hatte ich es vor.«

»Schönen Dank auch.«

Sie schwiegen, bis Clarke einen Seufzer ausstieß. »Okay, also was jetzt?«

»Du behandelst mich, als würde ich zum Team gehören, weil es nämlich so ist.«

»Bis du dich wieder nach Westen verziehst, um Bericht zu erstatten. Übrigens kann das keine Einbahnstraße sein – ich will wissen, was in den Akten in Gartcosh steht.«

»Nur wenn ich das genehmigt bekomme.«

»Dann stell einen Antrag.«

»Wenn ich das tue, können wir dann wenigstens vorübergehend Frieden schließen?« Er streckte ihr die Hand hin, und endlich schlug sie ein.

»Frieden«, sagte sie.

Clarke stand draußen vor dem Wohnhaus in der Arden Street und drückte auf die Klingel, dann trat sie ein paar Schritte zurück, so dass sie von den Fenstern im zweiten Stock aus gesehen werden konnte. Als Rebus' Gesicht auftauchte, winkte sie ihm. Er schien kurz zu zögern, dann verzog er sich wieder in sein Wohnzimmer. Sekunden später ertönte der Summer, der ihr verriet, dass die Tür jetzt offen war. Sie stieß sie auf, stoppte sie mit der Schulter und nahm eine Kiste vom Boden.

»Hältst du mir jetzt eine Standpauke?«, bellte Rebus von oben. Seine Stimme hallte von den gekachelten Wänden des Treppenhauses wider.

»Wieso …?« Sie unterbrach sich, weil ihr einfiel, weshalb. »Warst du bei Cafferty? Na klar warst du da.«

»Hab ein Geständnis in voller Ausführlichkeit.«

»Aha, klar. Hat er dir irgendwas Verwertbares erzählt?«

»Was glaubst du wohl?« Sie war oben in seinem Stockwerk angekommen, und er sah die Kiste. »Hab ich Weihnachten vergessen?«

»Sozusagen. Obwohl ich mir's nach der Nummer mit Big Ger jetzt vielleicht nochmal anders überlegen sollte.«

Er nahm ihr die Kiste ab und trug sie ins Wohnzimmer. Clarke ließ den Blick schweifen.

»Deborah Quant tut dir gut. Viel ordentlicher, als ich's in Erinnerung hatte. Und nicht mal ein Aschenbecher – sag nicht, sie hat dich überredet aufzuhören?«

Rebus stellte die Kiste auf den Esstisch, so dass der Brief vom Krankenhausarzt nicht mehr zu sehen war. »Deb steht nicht auf Unordnung – du weißt ja, wie's im Leichenschauhaus aussieht. Von den Seziertischen könntest du essen.«

»Solange keiner draufliegt«, erwiderte Clarke. Brillo war aus seinem Korb in der Küche gekommen, und sie ging in die Hocke, um ihn zu begrüßen, kraulte ihm die kleinen Löckchen, denen der Hund seinen Namen zu verdanken hatte.

»Gehst du immer noch zwei Mal täglich mit ihm spazieren?«

»Zum Supermarkt und über Bruntsfield Links.«

»Er sieht super aus.« Sie erhob sich wieder. »Und dir geht's auch gut?«

»Gesund und munter.«

»Deborah hat was von einer Bronchitis erzählt …«

»Ach ja?«

»Bei meinem letzten Besuch im Leichenschauhaus.«

»Und du hast nicht alles stehen und liegen lassen und bist zu mir geeilt?«

»Dachte, du würdest mir's schon erzählen, wenn du willst.« Sie hielt inne. »Aber so wie ich dich kenne, wird es dazu wohl nicht kommen.«

»Na ja, mir geht's gut. Ich nehm ein paar Mittelchen, hab einen Inhalator und lauter so ein Zeug.«

»Und du hast aufgehört zu rauchen?«

»Ist ein Kinderspiel, wie man so schön sagt. Also was ist in der Kiste?« Er war bereits dabei, den Deckel abzunehmen.

»Frisch aus dem Kühlhaus.«

Rebus las den Namen auf der oben liegenden, braunen Mappe: Maria Turquand. »Das kann aber nicht schon der ganze Fall sein.«

»Um Gottes willen, nein, es gibt noch ungefähr drei Regalbretter mehr. Aber du hast hier sämtliche Zusammenfassungen und noch ein paar andere Sachen.«

Rebus schlug die erste Mappe auf und sah, was sie meinte. »Der Fall wurde zwischenzeitlich schon einmal wieder aufgenommen.«

»Von deinen alten Freunden beim SCRU.«

»Kurz bevor ich da angefangen habe.«

»Vor acht Jahren, um genau zu sein.«

Rebus las jetzt das Deckblatt der Akte. »Ich dachte, Eddie Tranter hätte die Einheit damals geleitet. Aber hier steht ein anderer Name.« Er kramte ein bisschen tiefer.

»Reicht das, um dich auf Trab zu halten?« Clarke machte einen Rundgang durchs Zimmer, als würde sie einen Tatort abschreiten.

»Hör auf, hier rumzuschnüffeln«, sagte Rebus. »Und sag mir, ob es was Neues gibt.«

»Du meinst, über Christie? Nicht viel. Die Befragung der Anwohner hat absolut nichts ergeben. Aber ganz interessant …«

»Was?«

»Sein Haus sieht exakt genauso aus wie das von Cafferty – zumindest von außen.«

»Vielleicht eifert er ihm nach?«

»Oder er will ihm was damit sagen.«

»Ich frage mich, ob Darryl weiß, dass Cafferty eine neue Adresse hat und umgezogen ist.«

»Ach?«

»Schöne, moderne Wohnung in Quartermile.«

»Glaubst du, das hat was zu bedeuten?«

»Vielleicht fühlte sich Big Ger durch die Geste des jungen Prinzen nicht ausschließlich geschmeichelt?«

»Dadurch, dass er in ein fast identisches Haus gezogen ist, meinst du?«

Rebus nickte langsam und setzte den Deckel wieder auf die Kiste. »Bekommst du keinen Ärger, wenn du mir die dalässt?«

»Solange sie niemand im Archiv sucht, nicht.«

»Ich weiß das wirklich zu schätzen, Siobhan. Ehrlich. Sonst würde ich nur rumsitzen und die Wand anstarren.«

»Dagegen hätte dir doch der Hund helfen sollen.«

»Brillo ist genauso sportbegeistert wie ich.« Er sah, wie Clarke ihr Handy checkte. »Musst du weg?«

»Ich hoffe, dass ich heute Abend noch mit Darryl sprechen kann.« Sie hielt inne. »Aber nicht alleine – Malcolm ist in der Stadt.«

»Hat ja nicht lange gedauert, bis die ihn zurückgeschickt haben.«

»Er soll so was sein wie der Mann an der Basis und aufpassen, dass wir's nicht vermasseln.«

»Im Ernst?« Rebus schüttelte langsam den Kopf. »Bekommt eigentlich jeder verprügelte Verbrecher eine solche Vorzugsbehandlung?« Clarke grinste müde. »Vielleicht ist Darryl ja inzwischen privat versichert.« Sie sah zu, während sich Rebus' Schmunzeln zu einem Husten auswuchs. Mit der Hand vor dem Mund verließ er das Zimmer, und sie hörte, wie sich der Anfall fortsetzte. Als er zurückkehrte, wischte er sich über die Augen und den Mund. Clarke hielt ein kleines Glas mit einer klaren Flüssigkeit hoch, in der etwas schwamm.

»Ist es das, wofür ich es halte?«, fragte sie.

»Du bist nicht die Einzige, die mir Geschenke mitbringt«, presste Rebus gequält heraus.

Als Siobhan Clarke gegangen war, leerte Rebus die Kiste, verteilte ihren Inhalt auf dem Esstisch. Der für die Wiederaufnahme der Ermittlungen verantwortliche Kollege war ein gewisser Detective Inspector Robert Chatham.

»Fat Rab«, sagte Rebus beim Lesen. Er kannte ihn vom Hörensagen, hatte aber nie mit ihm gearbeitet. Chatham war »F Troop« gewesen, das heißt, er hatte der West Lothian F Division mit Sitz in Livingston angehört. Die Lothian and Borders Police hatte sich aus sechs Divisionen zusammengesetzt – sieben, wenn man das Präsidium in der Fettes Avenue dazurechnete. Mit der Einführung von Police Scotland hatte sich das alles geändert. Jetzt gab es keine Lothian and Borders mehr, und die City of Edinburgh war »Division Six«, was eher nach einer strauchelnden Fußballmannschaft klang. Rebus nahm an den Treffen der ehemaligen L&B-Kollegen nicht mehr teil, aber er hatte mitbekommen, was man sich so erzählte. Viele ließen sich vorzeitig pensionieren; junge Kollegen gaben nach nur wenigen Jahren auf.

»Sei froh, John, das bleibt dir erspart.« Er stand auf, kochte sich einen Tee und löffelte Futter in Brillos Napf. »Lust auf einen Spaziergang?«, fragte er und wedelte mit der Hundeleine. Brillo ignorierte ihn, war zu sehr mit Fressen beschäftigt. »Hab ich mir gedacht.«

Wieder am Esstisch, machte er sich an die Arbeit. Der Fall war aufgrund eines Zeitungsartikels wiederaufgenommen worden, den Rebus offensichtlich übersehen hatte. Der Journalist hatte mit Bruce Colliers Tourmanager gesprochen, einem Mann namens Vince Brady. Der Artikel handelte vom Tourleben der siebziger Jahre, das offensichtlich von Sex und Drogenexzessen geprägt war. Brady sagte, er habe Maria Turquand im dritten Stock des Hotels im Gang gesehen, wie sie sich mit Collier unterhalten habe. Brady war in dem Zimmer direkt neben Turquand untergebracht gewesen, während Collier – als »berühmter Prominenter« – die Suite am Ende des Gangs bezogen hatte.

Nach dem Konzert hätte es noch eine Party geben sollen, und ich glaube, Bruce hatte sie eingeladen. Aber noch bevor wir auf die Bühne sind, haben wir erfahren, dass sie mausetot war, die Stimmung war also eher gedrückt.

Der Journalist hatte Collier um einen Kommentar gebeten, aber nur eine knappe Mitteilung, bestehend aus zwei Worten, erhalten, die inhaltlich ungefähr auf dasselbe hinauslief wie »kein Kommentar«. Chatham und sein Team hatten sich die Interviewaufnahme mit Brady angehört, dann Brady und Collier selbst vernommen. Collier hatte behauptet, der Tourmanager müsse sich irren. Er konnte sich an keine Begegnung erinnern, wie flüchtig auch immer.

Nach der Tour musste ich Vince rausschmeißen. Er hat uns bei den Fanartikeln beschissen, mehr Geld eingesteckt, als überhaupt bei mir gelandet ist. Und jetzt will er's mir heimzahlen, wenn Sie verstehen, was ich meine.

Während derselben Vernehmung hatte Collier behauptet, er habe den Großteil der Zeit mit einem Freund im Hotel verbracht und »über gute alte Zeiten gequatscht«. Dieser Freund war ein einheimischer Musiker namens Dougie Vaughan. Die beiden hatten auf der High School zusammen in einer Band gespielt. Vaughan jobbte immer noch als Gitarrist, trat überall in Edinburgh in Folk-Clubs oder bei Open-Mic-Abenden auf.

Auch er zählte zu Maria Turquands ehemaligen Liebhabern – Rebus war in seiner eigenen Kiste mit Zeitungsausschnitten über den Fall auf ihn gestoßen. Vaughan hatte wenige Monate nach dem Mord der *Evening News* seine Geschichte erzählt. Nachdem Turquand ihn auf einer Party spielen gesehen hatte, hatten sie eine Nacht miteinander verbracht. Als er später noch einmal Kontakt zu ihr aufnehmen wollte, war er aber abgeblitzt.

Ein Wahnsinnsmädchen war das. Schrecklich, was ihr passiert ist.

Und ja, Vaughan war an dem Nachmittag in dem Hotel gewesen und hatte seinen alten Schulfreund besucht. Und auch er war von der Polizei vernommen worden, hatte aber nicht helfen können. Er hatte keine Ahnung, dass Maria Turquand nur wenige Türen von Colliers Suite entfernt abgestiegen war. Niemand hatte dies erwähnt.

Bis er fertig gelesen hatte, war Rebus' Tee kalt. Er rieb sich mit den Händen übers Gesicht, zwinkerte, bis er wieder scharf sehen konnte. Brillo saß erwartungsvoll im Flur.

»Wirklich?«, fragte Rebus. »Na ja, wenn du meinst...« Er holte die Leine und schnappte sich seine Jacke, die Schlüssel und das Handy. Die Arden Street befand sich nur wenige Minuten von The Meadows und Bruntsfield Links entfernt. Ständig waren dort Hundebesitzer unterwegs. Manchmal blieben sie sogar stehen und unterhielten sich ein bisschen, während sich ihre Tölen gegenseitig beschnupperten. Oft wurde Rebus gefragt, wie alt sein Hund sei.

Keine Ahnung.

Und welche Rasse?

Mischling.

Dabei dachte Rebus die ganze Zeit an nichts anderes als an Zigaretten.

Die Sonne sank bereits am Horizont. Er schätzte, dass es später noch Frost geben würde. Während Brillo losrannte, griff Rebus in seine Tasche, zog statt eines frischen Päckchens Zigaretten sein Handy heraus. Er fragte sich, ob Fat Rab noch im aktiven Dienst war, und rief die Einzige an, von der er glaubte, dass sie ihm helfen konnte.

»Na, was gibt's?«, hörte er Christine Esson an seinem Ohr. »Sie sind heute schon das zweite Gespenst aus der Vergangenheit, das mich heimsucht.«

»Siobhan hat mir von Fox erzählt.«

»Immerhin hat er Blumen und Pralinen mitgebracht.«

»Nur weil ich nie anrufe, heißt das nicht, dass ich Ihren Charme und Witz nicht vermisse, DC Esson.«

»Aber Sie rufen eher wegen meiner anderen Talente an, habe ich recht?«

»Sie haben es mal wieder erfasst, Christine.«

»Also, was kann ich für Sie tun?«

»Es ist ganz einfach, hoffe ich. Ein DI namens Robert Chatham, zuletzt anscheinend in Livingston stationiert. Ich muss mit ihm sprechen.«

»Geben Sie mir fünfzehn Minuten.«

»Mädchen, Sie sind Gold wert.« Rebus beendete das Gespräch. Zehn Meter entfernt nahm die Natur ihren Lauf. Rebus steckte sein Handy wieder ein und zog ein kleines, schwarzes Plastiktütchen aus der Tasche, dann ging er zu Brillo.

»Wer war das?«, fragte Fox quer durch den Raum.

»Niemand.«

»Komisch, genau danach hat's geklungen.« Fox ging zu Esson an den Schreibtisch. Sie waren alleine im Büro, Ronnie Ogilvie war Sandwiches holen gegangen. »Was ist das für eine Erledigung, mit der Siobhan beschäftigt ist?«

»Hat sie Ihnen doch erzählt – hat nichts mit Darryl Christie zu tun.«

»Wer ist Robert Chatham?«, fragte Fox mit Blick auf Essons Notizen.

»Malcolm, würden Sie sich bitte verziehen?«

Er hob kapitulierend die Hände, blieb aber an ihrem Schreibtisch stehen, viel zu nah für ihren Geschmack.

»Spricht Siobhan eigentlich manchmal von mir?«

Esson schüttelte den Kopf.

»Das mit Gartcosh ist nicht auf meinem Mist gewachsen, wissen Sie? Aber ich wäre doch blöd gewesen, die Stelle abzulehnen.«

»Keine Einwände.«

Er neigte den Kopf, um auf ihren Computerbildschirm zu schauen. Wieder schenkte sie ihm einen tödlichen Blick.

»Sie müssen doch inzwischen irgendwas gefunden haben«, beschwerte er sich.

»Eine Liste der Geschäftsinteressen von Mr Christie.«

»Darf ich mal sehen?«

»Ich maile sie Ihnen.« Sie tippte auf ein paar Tasten. »Schon passiert. Also, lassen Sie mich jetzt in Ruhe?«

Fox ging auf die gegenüberliegende Seite des Büros, schaute auf sein Handy und fand ihre E-Mail. Nichts, das er nicht schon gewusst hätte, aber Esson hatte außerdem die Adressen von zwei Wettbüros aufgetrieben. Was hatte Sheila Graham gesagt? Christie wusch Geld darüber – aber wie funktionierte das? Fox war nicht dazu gekommen, sie zu fragen. Er schaute Esson an, konnte – oder wollte – auch sie nicht fragen. Wahrscheinlich würde sie ihn für dämlich halten, wenn er zugab, so wenig Bescheid zu wissen. Außerdem hatte er eine bessere Idee.

»Bin gleich wieder da«, verkündete er.

»Was ist mit dem Sandwich?«

»Das hält sich so lange.«

»Sehr unklug von Ihnen, Malcolm – Sie haben Ronnie noch nicht erlebt, wenn er Hunger hat.«

»Ich lasse es drauf ankommen.«

»Was soll ich Siobhan sagen, wenn ich sie sehe?«

Fox dachte einen Augenblick nach. »Sagen Sie ihr, ich habe auch was zu erledigen.«

Die Treppe runter und raus, ein paar Atemzüge Frischluft. Er schloss den Wagen auf und stieg ein, rollte langsam aus der Parklücke und fuhr Richtung Leith Walk.

Clarke saß in ihrem Wagen und sah ihn wegfahren, prompt kam eine SMS, und sie las grinsend:

Malc = raus. Kannst kommen!

Sie fragte sich, woher Christine so gut Bescheid wusste. Vermutlich hatte sie's erraten. Dann eine zweite Nachricht: *Vielleicht fällt sogar ein Sandwich für dich ab!*

Clarke stieß die Wagentür auf und stieg aus.

4

Fox war seit seiner Teenagerzeit in keinem Wettbüro mehr gewesen. Eigentlich hatte sein Vater nicht gezockt, nur samstagmorgens immer die Wettzeitung gelesen und auf vier verschiedene Pferde gesetzt – einen »Yankee« hatte man das früher genannt. Wenn Malcolm zu Hause war und Mitch keine Lust auf den Spaziergang hatte, schickte er ihn die Straße runter zum Buchmacher, auch wenn er protestierte, dass ein Anruf denselben Zweck erfüllen würde oder zur Abwechslung auch mal seine Schwester Jude gehen könnte. Mitch aber wollte eine Quittung auf Papier, um einen Beleg dafür zu haben, dass die Wette wirklich abgegeben wurde. Wobei Malcolm sich an keinerlei Gewinne erinnern konnte – nichts, womit man gegenüber seinem Sohn hätte angeben können. Und Jude war sowieso immer irgendwo anders gewesen.

Als er das Diamond Joe's betrat, war er überrascht, keine abgerissenen alten Männer mit Zigaretten- und Bleistiftstummeln in den Fingern anzutreffen. Hinter einer Glasscheibe saß ein Kassierer – wie früher auch –, aber heutzutage standen überall blinkende Automaten herum, und Fernsehbildschirme hingen an den Wänden. Auf einem Kanal wurde ein Golfturnier gezeigt, auf einem anderen Tennis, auf den restlichen liefen Pferderennen. Aber die wenigen Besucher konzentrierten sich auf die Automaten. Vor jedem stand ein Hocker. Jede Menge fröhlich leuchtende Lichter und bunte Lämpchen, dazu ein ständiges Piepen und Fiepen. Nicht nur technisch hochgerüstete einarmige Banditen gab es hier, sondern auch Blackjack und Roulette. Fox konnte sich nicht entscheiden und näherte sich schließlich einem der schlichteren Modelle. Es hatte vier Walzen in der Mitte. Er warf ein Pfund ein und drückte auf den Knopf, der aufleuchtete. Kaum hatten die Walzen aufgehört, sich zu drehen, wiesen ihn erneut blinkende Lämpchen mit viel Geklimper darauf hin, dass er etwas tun sollte. Aber was? Erst drückte er auf einen Knopf, dann auf noch einen. Nichts schien sich zu verändern, aber er hatte noch einen Versuch frei. Also drückte er erneut auf den Startknopf, beobachtete die Walzen, bis sie wieder hielten. Hatte das was gebracht? Nichts. Er versuchte es noch einmal mit dem Startknopf, aber er ließ sich nicht überlisten.

Fünfzehn Sekunden und schon war ein Pfund weg.

Er blieb auf dem Hocker sitzen und tat, als würde er eine SMS schicken, versuchte dabei, die im Raum herrschende Atmosphäre in sich aufzunehmen. Die Kassiererin wirkte gelangweilt. Sie kaute Kaugummi und betrachtete das Display ihres Handys. Fox ging zu ihr.

»Kann ich hier Pferdewetten abschließen?«, fragte er.

Sie starrte ihn an, dann richtete sie den Blick auf die Reihe von Bildschirmen.

»Aber wie mache ich das?«, beharrte er.

»Die Zettel sind da drüben«, erwiderte sie und zeigte drauf. »Sonst geht's auch online.« Sie wedelte mit ihrem Handy. »Die App ist kostenlos. Und Neueinsteiger bekommen sogar zehn Pfund gutgeschrieben.«

Er dankte ihr mit einem Nicken und ging zu dem Regal mit den Wettscheinen, nahm einen und las. Er fühlte sich an Mathehausaufgaben erinnert, lauter Raster, Symbole und Buchstaben, deren Bedeutung er eigentlich kennen müsste. Sein Vater hatte früher einfach die Namen der Pferde aufgeschrieben, dazu die Zeit und die Rennstrecke, den Zettel abgerissen und zusammen mit seinem Einsatz abgegeben.

Neben den Wettscheinen war noch ein Ständer mit Totoscheinen. Die hatte Mitch auch jeden Samstag ausgefüllt und es – als Hearts-Fan – nie fertiggebracht, auf etwas anderes als einen Sieg seiner Mannschaft zu setzen. Fox lächelte bei der Erinnerung, dann hörte er ein Geräusch, als würde Luft aus einem Reifen entweichen. Einer der anderen zog das Wort »Ja!« endlos in die Länge. Als ein Zettel aus einem Schlitz kam, rieb er sich die Hände und ging damit zur Kassiererin.

»Das genügt mir für heute, Lisa«, sagte er.

Die Kassiererin musterte den Zettel, schob ihn in eines ihrer Geräte, zog anschließend eine Schublade auf und zählte zehn Zwanzigpfundscheine ab.

»Die Quittung nehme ich auch mit«, sagte der Mann. Die Kassiererin reichte sie ihm, und der Kunde stopfte alles in seine Jackentasche. »Immer wieder schön, Geschäfte mit Ihnen zu machen.« Er ging zur Tür, hielt aber inne, seine Finger schwebten knapp über dem Griff. Dann machte er noch einmal kehrt und gab der Kassiererin einen der Zwanziger, wofür er einzelne Pfundmünzen erhielt. Er fegte sie sich in die Hand, begab sich an einen der anderen Automaten, setzte sich und fütterte diesen damit.

Fox merkte, dass er beobachtet wurde. Er gestikulierte, um der Kassiererin zu zeigen, dass er außerdem noch einen Totoschein genommen hatte, dann trat er wieder hinaus in die Welt und warf den Totoschein zerknüllt in den nächsten Mülleimer.

Er war nicht sicher, ob er etwas Nützliches erfahren hatte, aber da er nichts Besseres zu tun hatte, fuhr er zur nächsten

Adresse. Das Wettbüro hieß dank eines verblüffend originellen Einfalls Diamond Joe's Too. Fox trat ein und ging direkt zum Kassierer – die Einrichtung war identisch mit der der anderen Filiale, nur dass hier ein argwöhnisch dreinblickender Mann Mitte vierzig hinter der Scheibe saß. Fox gab ihm einen Zwanziger und bat um Pfundmünzen.

»Kennen Sie schon unsere neue App?«, fragte der Kassierer.

»Mit zehn Pfund Guthaben«, sagte Fox. »Benutz ich ständig.«

»Ist aber nicht wirklich dasselbe, oder?« Der Mann nickte in Richtung der Automaten.

»Kein Vergleich«, pflichtete Fox ihm bei und ging auf einen Hocker zu.

Er hatte bereits acht Pfund verballert, glaubte aber langsam dahinterzukommen, als die Tür aufging und eine Frau hereinkam. Sie stellte ihre Tasche auf den Boden neben einen Blackjack-Automaten, schüttelte sich die Lederjacke von den Schultern und machte sich ans Werk, wirkte dabei wie ein Arbeiter, der seinen Dienst am Fließband antritt. Sie hatte kaum jemanden angesehen, streichelte jetzt lange mit einem Finger über den Automaten vor sich, als könne sie dessen Spendierlaune damit wecken.

Fox wartete, fütterte seinen eigenen Automaten träge mit Münzen. Er gewann sogar ein kleines bisschen was, behielt die Münzen aber, um damit weiterzuspielen. Nach fünfzehn Minuten hatte er zwanzig Pfund verloren. Er war nicht sicher, wie es sich mit der Etikette verhielt, wenn man anderen Spielern über die Schulter schaute. Der finstere Blick des jungen Mannes auf dem Hocker neben ihm verriet es ihm. Fox spazierte daher weiter zu der Frau am Blackjack-Automaten und blieb neben ihr stehen. Sie schaute weiter stur auf das blinkende Ding.

»Kein Interesse«, sagte sie.

»Hallo, Jude.«

Fox' Schwester drehte langsam den Kopf zu ihm um. Wie immer hätten ihre strähnigen Haare eine Wäsche nötig gehabt, und ihr Lidschatten war verschmiert. Ihr Mund bildete eine schmale Linie.

»Steh ich jetzt unter Beobachtung, oder was?«

»Reiner Zufall«, erwiderte er schulterzuckend.

»Hätte dich nie für einen Zocker gehalten – Mister Immer-auf-Nummer-sicher.«

»Und du?«

Sie grinste und zeigte dabei Zähne. »Wir sind nun mal verschieden wie Tag und Nacht, Bruder. Tag und Nacht.«

»Kommst du öfter her?«

»Du hast doch immer gesagt, dass ich was brauche, um aus dem Haus zu kommen.«

»Oh ja, ist ein guter Ort hier, um Leute kennenzulernen.«

»Wozu soll ich denn ›Leute kennenlernen‹?«

»Normalerweise macht man das so im Leben, Jude.«

Sie konzentrierte sich kurz wieder auf ihr Spiel, dann wandte sie sich ihm erneut zu. »Wach auf, verdammt noch mal, Malcolm«, sagte sie und betonte jedes einzelne Wort.

»Hast du schon mal online gespielt? Vielleicht sogar mit Diamond Joe's praktischer, kleiner App?«

»Geht dich gar nichts an.«

»Nur dass ich jede Woche eine dreistellige Summe auf dein Konto überweise.«

»Wenn du ein Dankeschön hören willst, dann such dir lieber ein anderes Wohltätigkeitsopfer.«

»Ich dachte, ich helfe meiner Schwester ein bisschen dabei, wieder auf die Füße zu kommen.«

Sie drehte sich auf ihrem Hocker, saß ihm jetzt vollständig zugewandt gegenüber und sah ihn wütend an.

»Nein, Malcolm, dein schlechtes Gewissen besteht aus Geld, und du verschiebst es von einem Familienmitglied auf ein anderes. Als Dad gestorben war, hattest du nur noch mich. Und du musstest es ja irgendjemandem geben, oder? Damit dir schön warm wird ums selbstzufriedene Herz?«

»Herrgott nochmal, Jude …«

Er sah, dass ihr Blick etwas freundlicher wurde. Doch anstatt sich zu entschuldigen, widmete sie sich wieder ihrem Spiel.

»Könnt ihr mit dem Gequatsche aufhören?«, verlangte der Besucher am Automaten gegenüber. »Ich versuch mich hier zu konzentrieren.«

»Fick dich, Barry«, schnauzte Jude ihn an. »In fünf Minuten bist du doch sowieso pleite und schiebst deinen stinkenden Hintern hier raus.«

»Ist das wirklich deine Schwester?«, gab der Mann mit Blick auf Fox zurück. »Ich wette, du wärst lieber ein einsames Heimkind gewesen.«

»Das wünschen wir uns beide«, erklärte Jude und steckte noch mehr Münzen in den unersättlichen Schlitz.

Robert Chatham wohnte in einem Reihenhaus direkt am Ufer in Newhaven. Eine Frau öffnete, und Rebus erklärte, er sei ein alter Kollege, der einfach mal vorbeischauen wolle.

»Heute Abend arbeitet er.«

»Ach?«

»Irgendwo in der Lothian Road. Da ist er Türsteher.«

Rebus dankte ihr mit einem Nicken und stieg wieder in seinen Saab, fuhr zurück in die Stadt und parkte an einer Bushaltestelle auf halber Höhe der Lothian. In der breiten Straße befanden sich ein halbes Dutzend Bars, die meisten wechselten Namen und Inneneinrichtung so oft, dass Rebus, selbst wenn er es drauf angelegt hätte, den Überblick verlor. Im ersten Laden, an dem er vorbeikam, waren die schwarzgekleideten Türsteher zu jung, aber er sprach sie an.

»Ich suche Robert Chatham«, erklärte er und erntete missmutiges Kopfschütteln. »Trotzdem danke fürs Gespräch.«

In der nächsten Bar schien man keine Türsteher zu brauchen. Sie wirkte warm und einladend. Als ein Gast die Tür aufstieß, um draußen eine Zigarette zu rauchen, drang Gelächter heraus.

Ein Bier bringt dich nicht um, dachte Rebus. Könntest dir ja ein halbes bestellen. Aber stattdessen ging er weiter. Am Wochenende konnte es auf der Lothian Road brenzlig werden – Junggesellen- und Junggesellinnenabschiede in kleinen Grüppchen, die aneinandergerieten; junge Lohnempfänger, berauscht von Drogen, Alkohol und dem Leben an sich. Aber heute war ein Tag mitten in der Woche, und es war relativ ruhig oder einfach noch zu früh und zu kalt, so dass auf den Gehwegen nicht viel los war. Als Rebus sich der dritten Bar näherte, fiel ihm gleich der einsame Mann am Eingang auf. Breitschultrig stand er in einem dunklen, dreiviertellangen Mantel da, der Schädel war rasiert und kein Hals erkennbar. Er musste Anfang fünfzig sein, wirkte körperlich aber superfit. Sein Dienstausweis steckte in durchsichtiger Folie und war an einer Armbinde um den Bizeps befestigt.

»Ihr Gesicht kommt mir bekannt vor«, sagte er, als Rebus sich vor ihn stellte.

»Ich war früher DI«, erklärte Rebus.

»Haben wir mal zusammengearbeitet?«

Rebus schüttelte den Kopf, dann streckte er ihm eine Hand entgegen. »John Rebus ist mein Name.« Chatham packte fest zu, und Rebus erwiderte den Gruß, so gut er konnte. »Und Sie sind Robert Chatham.«

»Meine bessere Hälfte hat angerufen und gesagt, dass Besuch unterwegs ist. Sie sind aber nicht mehr im Dienst, oder?«

»Ich arbeite als Zivilist. Wann sind Sie ausgeschieden?«

»Vor drei Jahren.« Chatham unterbrach sich, um zwei Neuankömmlingen die Tür aufzuhalten, was Rebus einen Blick ins Innere der Bar ermöglichte. Zu dunkel für seinen Geschmack, dazu stampfende Musikbeschallung.

»Ist das Techno?«, fragte er.

»Für mich ist es Krach«, erwiderte Chatham. »Was kann ich für Sie tun?«

»Sie waren zeitweise beim SCRU?«

»Nur ganz kurz – Eddie Tranter war krankgeschrieben.«

»Ein bisschen später hab ich selbst dort gearbeitet.«

»Ach ja?«

»Und mich mit einem bestimmten Fall beschäftigt – Maria Turquand.« Chatham nickte langsam, sagte aber nichts. »Sie haben ihn noch mal aufgerollt, nachdem Vince Brady neue Beweise geliefert hatte.«

»Beweise?«, schnaubte Chatham. »Sein Wort stand gegen das von Bruce Collier. Collier hat sofort seine Anwälte eingeschaltet und gedroht, Brady, Lothian and Borders und jede Zeitung zu verklagen, mit der wir uns unterhielten.«

»Meinen Sie, Collier hat was zu verbergen?«

Chatham überlegte. »Eigentlich nicht«, sagte er schließlich.

»Sie glauben, es war der Liebhaber?«

»Wenn ich Sie richtig verstanden habe, kennen Sie die Akte – was denken Sie denn?«

»Können wir das vielleicht irgendwo anders besprechen?«

»Vor Mitternacht komme ich hier nicht weg.«

»Morgen Vormittag?«

Der Türsteher starrte Rebus an. »Ich glaube wirklich nicht, dass ich Ihnen helfen kann.«

»Ich würde mich trotzdem sehr freuen.«

»In der North Junction Street gibt's ein Café«, lenkte Chatham schließlich ein. »Die machen die besten Speckbrötchen der Stadt. Passt Ihnen zehn Uhr?«

»Zehn ist wunderbar.« Sie schüttelten sich erneut die Hand, und Rebus ging zu seinem Wagen. Er drehte sich noch einmal um, wollte Chatham einen letzten Blick zuwerfen, aber dieser machte sich schon wieder an seinem Handy zu schaffen, hielt es sich dicht vor die Nase und tippte aufs Display. Schrieb er eine Nachricht, oder telefonierte er? Die Frage war beantwortet, als Chatham sich das Handy ans Ohr hielt. Seine Lippen bewegten sich, und er starrte in Rebus' Richtung.

»Lippenlesen, John«, murmelte Rebus. »Das wäre doch ein schönes Hobby für dich.« Er schloss den Saab auf und stieg ein, drehte die Heizung auf. Bis nach Hause in seine Wohnung in Marchmont waren es nur fünf Minuten. Brillo musste bestimmt mal raus.

Eigentlich waren sie für sieben Uhr mit Darryl Christie verabredet gewesen, aber dann hatte Christie den Termin auf acht verlegt. Als sie vor seiner Tür standen, entschuldigte seine Mutter ihn jedoch, Darryl habe »viel zu tun« und ob sie wohl in einer Stunde wiederkommen könnten?

Sie kehrten zu ihren Autos zurück, die sie am Straßenrand geparkt hatten. Fox wartete ein oder zwei Minuten, dann zog er die Beifahrertür von Clarkes Astra auf.

»Müssen wir wirklich in zwei getrennten Wagen sitzen?«

»Wie du willst«, sagte Clarke. Aber der Blick, den sie ihm schenkte, als er einstieg, war nicht gerade ein herzlicher. Sie beschäftigte sich mit ihrem Handy, während Fox durch die Windschutzscheibe die Gegend betrachtete.

»Dachte gerade, ich hätte einen meiner Namensvettern entdeckt«, meinte er schließlich.

Clarke schaute auf. »Hier gibt's anscheinend tatsächlich eine ganze Menge Füchse.« Wie aufs Stichwort sprang der Bewegungsmelder draußen vor dem Nachbarhaus neben dem von Christie an. Eine schmale Gestalt ging dort.

»Warum, glaubst du, haben die sich für diesen Ort hier entschieden? Wer auch immer Darryl verprügelt hat, meine ich – wieso vor seinem Haus?«

»Muss nicht unbedingt einen Grund dafür geben.«

»Ist seine Adresse denn allgemein bekannt?«

»Glaube ich kaum.«

»Was den Kreis ein bisschen einschränkt.«

»Kann sein«, lenkte Clarke ein. Nach weiteren fünfzehn Sekunden hörte sie auf, so zu tun, als sei sie mit ihrem Handy beschäftigt, und drehte sich halb zu ihm um. »Mich interessiert eigentlich viel mehr, wieso er überhaupt verprügelt wurde.«

»Ich war heute Nachmittag in seinen Wettbüros.«

»Ach?«

»Hab mich nur mal umgeschaut.«

»Christine hat gesagt, sie hat dir die Liste seiner verschiedenen Unternehmen und Läden geschickt. Darf ich fragen, wieso du dich ausgerechnet auf die Wettbüros versteift hast und keines seiner anderen Interessengebiete.«

»Vielleicht weil sie ganz oben auf der Liste standen.«

»Standen sie aber nicht.«

Fox dachte einen Augenblick nach. »Die Steuerbehörde interessiert sich für ihn. Man glaubt, er wäscht dort Geld.«

»Das hast du schon bei Page im Büro gesagt.«

»Wenn er für die gesamte kriminelle Konkurrenz des Landes Geld wäscht, ist möglicherweise jemandem was sauer aufgestoßen.«

»Weil er übers Ohr gehauen wurde?«

»Keine Ahnung.«

»Und wenn ich Caffertys Namen in den Ring werfe?«

»Dem traue ich alles zu. Sollte er zu dem Schluss kommen, Darryl sei in seiner Position irgendwie geschwächt, würde er wahrscheinlich was unternehmen.«

»Was, zum Beispiel?«

Fox zuckte mit den Schultern. »Vielleicht kommen wir drauf, wenn wir uns mit Darryl unterhalten.«

»*Ich* unterhalte mich mit ihm, Malcolm. Du hörst zu.«

»Schon kapiert.« Kurz schwieg er. »Heißt das, zwischen uns herrscht allmählich Tauwetter?«

»Vielleicht ein kleines bisschen. Hast du in Gartcosh gefragt, inwiefern man dort bereit ist, Informationen mit uns zu teilen?«

»Die denken noch drüber nach.«

»Schönes Gefühl, ein und derselben großen, glücklichen Familie anzugehören …« Clarke unterbrach sich und beobachtete Gail McKie, die jetzt den Gartenweg heraufkam, das Türchen öffnete und auf den Astra zuging. Clarke ließ ihre Scheibe herunter, und McKies Gesicht tauchte vor dem Fenster auf.

»Er ist jetzt so weit«, sagte sie, drehte sich wieder zum Haus um.

»Na schön«, sagte Clarke zu Fox, ließ die Scheibe wieder hoch und zog den Schlüssel aus dem Zündschloss.

McKie wartete draußen vor der Haustür auf sie. »Er ist im Wohnzimmer«, sagte sie. »Hat mir verboten, Ihnen was zu trinken anzubieten – viel Zeit werden Sie nicht haben.«

»Sind Ihre anderen beiden Söhne da? Können wir uns danach kurz noch mit ihnen unterhalten?«, erkundigte sich Clarke. McKie schüttelte den Kopf.

»Sind mit Freunden unterwegs.«

»Schade.«

»Die haben wirklich nichts zu sagen.«

»Das würde ich gerne von ihnen selbst hören.« Clarke stieß die Tür auf und trat ins Wohnzimmer. Ein geblümtes Sofa, fast der ganze Boden bedeckt mit einem riesigen, bunten Teppich, irgendwas Persisches oder Indisches. Blumen in Vasen auf vereinzelten Tischchen und mitten im Raum auf einem Esszimmerstuhl, der von irgendwoher geholt worden war, Darryl Christie. Er trug einen Jogginganzug und funkelnagelneue Sportschuhe, wirkte aber steif und von Schmerzen geplagt. Seine Nase war verbunden, die Augen immer noch zugeschwollen und dunkel verfärbt.

»Wie geht es Ihnen?«, fragte Clarke.

»Ging schon mal besser.« Er sprach leise, als würde ihm jedes Wort Schmerzen bereiten.

»Gebrochene Rippen, habe ich gehört.«

»Die haben mir so eine Art Korsett angelegt.« Sein Blick ruhte auf Fox, der mit den Händen in den Taschen dicht hinter Clarke stand.

»Sie sehen viel besser aus als bei unserer letzten Begegnung«, meinte Christie. Fox' Gesicht blieb wie versteinert. »Falls Sie sich wegen dem Stuhl wundern, der ist besser für mich als ein Sessel. Aber machen Sie es sich ruhig bequem.«

Sie nahmen nebeneinander auf dem Sofa Platz. Christie hob

langsam eine Hand, fuhr sich damit durch die Haare, die dringend hätten gewaschen werden müssen. Auf Kinn und Wangen wucherten Stoppeln, und die Fingerknöchel der linken Hand waren aufgeschürft.

»Einen Zahn hab ich auch verloren«, sagte er, »daher das Pfeifen.« Er versuchte zu grinsen, damit sie die Lücke sah.

»Wir haben alle Anwohner befragt«, sagte Clarke. »Niemand hat etwas gehört oder gesehen, und auf dem wenigen Filmmaterial der Überwachungskameras ist nicht zu sehen, wer's getan hat. Deshalb hoffen wir, dass Sie uns helfen können.«

»Tut mir leid, dass ich Sie enttäuschen muss. Wer auch immer es war, die haben mir aufgelauert, vielleicht hinter dem Haus oder neben der Garage. Als ich in die Auffahrt gebogen bin, sprang sowieso der Bewegungsmelder an, deshalb hab ich nicht weiter drauf geachtet. Dann haben die sich von hinten angeschlichen und mir was über den Schädel gezogen. Ich bin umgekippt und befand mich längst im Reich der Träume, als die weiter auf mich eingeschlagen haben.«

»Meinen Sie, das waren Profis?«

»Sie nicht?«

»Was mich direkt zur nächsten Frage führt – haben Sie eine Ahnung, wer es auf Sie abgesehen haben könnte?«

»Ich habe auf der ganzen Welt keinen einzigen Feind, DI Clarke.«

»Nicht einmal Big Ger Cafferty?«, schaltete Fox sich ein und erntete einen strengen Seitenblick von Clarke.

»Cafferty war's nicht – jedenfalls nicht selbst. Den hätte ich vor Anstrengung keuchen hören.«

»Glauben Sie, dass es ein oder zwei Täter waren?«, fragte Clarke.

»Einer hätte schon genügt. Ich bin nicht gerade der Kräftigste. Als ich zum letzten Mal ein Fitnessstudio betreten habe, war ich noch auf der High School.«

»Gab's in letzter Zeit Streit mit Geschäftspartnern?«

Fox hatte diese Frage gestellt. Christie sah ihn an. »Wissen Sie, warum ich nicht mehr mit mehreren Leuten unterwegs bin? Weil's gar nicht mehr nötig ist. Wie gesagt, ich hab keine Feinde.«

»Außerdem weiß jeder, wenn er sich an Ihnen vergreift, bekommt er es gleich noch mit Joe Stark und seiner Bande zu tun. Mich wundert nur, dass er noch nicht aus Glasgow angerauscht ist, um Ihnen Weintrauben und Vitaminsaft ans Bett zu bringen.«

»Joe hat mit der Sache hier nichts zu tun.« Christie rutschte auf seinem Stuhl herum, seine Mundwinkel zuckten vor Schmerz.

»Wir wissen von Ihren Autoreifen und der brennenden Mülltonne«, sagte Clarke. »Wenn ein Einzelner es auf Sie abgesehen hat, wird er vermutlich nicht damit aufhören. Aber im besten Fall will man Ihnen nur einen Schrecken einjagen.«

»Das beruhigt mich ungemein, DI Clarke.«

»Sie müssen auch an Ihre Familie denken, Darryl.«

»Ich denke an nichts anderes!«

»Vielleicht wollen Sie sie erstmal wegschicken, bis alles ausgestanden ist?«

Christie nickte langsam. »Vielleicht mache ich das sogar, danke.«

»Auch wenn Sie vielleicht keine persönlichen Leibwächter brauchen, könnten ein oder zwei Männer nicht schaden – tagsüber in Ihrer Nähe und nachts hier vor der Tür. Wir lassen regelmäßig Streifenwagen durchs Viertel fahren, zumindest ein oder zwei Tage lang.«

Christie nickte immer weiter. »Kommt einem fast vor, als würde Ihnen was an mir liegen«, sagte er schließlich. Sein Blick huschte von Clarke zu Fox.

»Gehört zu unseren Aufgaben«, stellte Clarke fest. »Wobei wir ohne Ihre Mitarbeit möglicherweise trotzdem keinen weiteren Überfall verhindern können.«

»Oder eine Eskalation«, setzte Fox hinzu.

»Ich dachte, ich wäre gerade dabei zu kooperieren?«, tat Christie, als wolle er sich beschweren.

»Wenn Sie in Ihrer Branche keine Feinde haben, Darryl«, sagte Clarke und erhob sich, »dann haben Sie was falsch gemacht. Ich weiß, dass Sie Schmerzen haben und wahrscheinlich keine Tabletten nehmen, weil Sie einen klaren Kopf bewahren wollen – um besser darüber nachdenken zu können, wer zu den möglichen Kandidaten zählt. Also gebe ich Ihnen einen guten Rat: Zetteln Sie keinen Krieg an. Sie können *uns* die Namen verraten, *wir* werden diese überprüfen. Das wird kein Zeichen von Schwäche sein, das verspreche ich. Ganz im Gegenteil.« Sie stand jetzt mit verschränkten Händen direkt vor ihm. »Und vielleicht tauschen Sie auch die Attrappen gegen richtige Kameras aus – okay?«

»Wie Sie meinen, DI Clarke.«

Clarke ging zur Tür, Fox folgte ihr. Als er einen Blick in Christies Richtung warf, zwinkerte der ihm fast unmerklich zu. Fox behielt seinen ungerührten Gesichtsausdruck bei und folgte Clarke nach draußen.

»Ich dachte, ich hätte gesagt, dass du dich nicht einmischen sollst?«, brummte sie.

»Konnte es mir nicht verkneifen, Verzeihung.« Clarke schloss den Wagen auf, stieg aber nicht ein. Stattdessen blieb sie auf dem Gehweg stehen und starrte das Haus an, das sie gerade verlassen hatten. »Haben wir irgendwas Nützliches erfahren?«, fragte Fox.

»Ich dachte, dass er vielleicht Cafferty nacheifert, werden will wie er«, erwiderte Clarke. »Aber darum geht's ihm gar nicht mit dem Haus.«

»Worum dann?«

»Was glaubst du wohl, wer das Zimmer eingerichtet und den ganzen Chintz gekauft hat?«

»Seine Mutter?«

Clarke nickte. »Das ist alles für sie. Er hat den Namen seines Vaters behalten, aber sein Herz gehört Mama ...«

Tag drei

5

»Sie haben nicht gelogen, was die Brötchen angeht«, sagte Rebus und biss noch mal rein.

»Der Speck ist richtig knusprig gebraten«, bekräftigte Robert Chatham.

Sie saßen einander an einem Resopaltisch auf Polsterbänken gegenüber. Becher mit dunkelbraunem Tee und Teller vor sich, Radio Forth plärrte aus der Küche.

»Tut mir leid, wenn ich gestern Abend ein bisschen kurz angebunden war«, fuhr Chatham fort. »Hätte nicht gedacht, im Leben noch mal was über Maria Turquand zu hören. Haben Sie die Fotos von ihr gesehen? Sah die nicht hammerhart aus?«

»Allerdings.«

»Und im Kopf hatte sie außerdem was – hat Latein und Griechisch studiert.«

»Und Alte Geschichte«, ergänzte Rebus, um zu zeigen, dass auch er seine Hausaufgaben gemacht hatte.

»Wahrscheinlich hätte sie niemals heiraten dürfen – sie war einfach viel zu wild.«

»Worüber man in John Turquands Kreisen vermutlich die Nase gerümpft hat.«

Chatham nickte und kaute. »Wir hatten das Problem, dass viele der Nebendarsteller schon gestorben waren. Es gab nicht mehr die Möglichkeit, Hotelmitarbeiter oder Gäste zu vernehmen und auf diese Weise Angaben zu überprüfen. Und nach dreißig Jahren hatten diejenigen, die wir aufgespürt haben, längst vergessen, was sie jemals gewusst haben. An dem Tag war in dem Hotel der Teufel los – ein einziges Kommen und Gehen, Reporter hatten Interviews mit Collier vereinbart oder einfach auf gut Glück versucht, an ihn ranzukommen. Draußen standen Fans und grölten seinen Namen, andere haben sich ins Foyer geschlichen und versucht, über die Treppe nach oben zu gelangen.« Chatham nahm einen Schluck Tee. »Wir hatten einen Computerspezialisten beauftragt, ein dreidimensionales Modell des Foyers zu erstellen, mit allen Leuten, die den Mörder möglicherweise hatten kommen oder gehen sehen, aber es gab viel zu viele Variablen. Zum Schluss hat er's aufgegeben.«

»Was ist mit den Pressefotografen?«

Chatham nickte langsam. »Wir haben alles gesichtet, was wir finden konnten. Und sogar ein paar von Colliers eingefleischten Fans dazu gebracht, uns Bilder auszuhändigen, die sie von der Straße aus geschossen hatten.« Er formte eine Null aus Daumen und Zeigefinger.

»Wenn Sie weder Marias Geliebtem noch ihrem Ehemann nachweisen konnten, am Tatort gewesen zu sein, haben Sie dann der Version von Vince Brady Glauben geschenkt?«

»Brady hat ja nicht mehr gesagt, als dass Collier im dritten Stock auf dem Flur mit dem Opfer geredet hat. Collier hat das abgestritten, und wie sich herausstellte, hatte es zuvor böses Blut zwischen Brady und ihm gegeben. Er ist tot, wissen Sie das?«

»Vince Brady?«

»Letztes Jahr. Nach dem dritten oder vierten Herzinfarkt ist er gestorben, soviel ich weiß.« Chatham legte das, was von seinem Brötchen übrig war, auf den Teller, wischte sich die Finger an einer Serviette sauber und sah Rebus an. »Woher das plötzliche Interesse? Ist was passiert?«

Statt einer Antwort hatte Rebus eine weitere Frage parat. »Haben Sie sich auch noch mal mit dem Mann und dem Geliebten unterhalten – wie sieht es denn mit den beiden aus?«

»Turquand und Attwood? Sie kennen doch die Akten, sagen Sie's mir.«

»Es findet ja nicht alles seinen Weg in die Akten.«

Chatham lächelte müde. »Zufällig hab ich mich sogar mit beiden unterhalten – inoffiziell.«

»Wieso inoffiziell?«

»Weil wir Weisung hatten, uns auf Brady und Collier zu konzentrieren. In den oberen Etagen hielt man es nicht für lohnenswert, sich weiter umzusehen. Aber Sie werden sich erinnern, dass einer der Hotelmitarbeiter vom Zimmerservice behauptete, er habe einen Mann gesehen, der ein bisschen wie Peter Attwood aussah.«

»Aber er war sich nicht sicher.«

Chatham nickte. »Und Attwood hatte behauptet, mit Maria Schluss gemacht zu haben – nur hatte er es ihr nicht gesagt. Hat sich feige aus dem Staub gemacht – sie in ihrem Zimmer warten lassen, während er sich irgendwo anders bereits mit ihrer Nachfolgerin vergnügte.«

»Ein Mann mit Klasse.«

»Als ich ihn vor acht Jahren besucht habe, war er glücklich verheiratet. Hat sich aufs erste Enkelkind gefreut. In den Siebzigern sei er ein ›anderer Mensch‹ gewesen, hat er gemeint.«

»Dann weilt er also noch unter den Lebenden?«

»Keine Ahnung. Normalerweise brüte ich nicht über den Todesanzeigen.«

»Was ist mit John Turquand?«

»Pensioniert, wohnt in einem Schloss in Perthshire. Jagt, schießt und angelt. Immer vorausgesetzt natürlich, dass auch er den Löffel noch nicht abgegeben hat.«

»Hat er je wieder geheiratet?«

»Anscheinend hat er sich lieber auf die Arbeit gestürzt, Millionen verdient und auch ausgegeben.«

»Dann hat es das Leben mit den beiden Hauptverdächtigen also recht gut gemeint.«

»Ja, nicht wahr? Und Bruce Collier tourt immer noch.«

»Hab gehört, er wohnt jetzt sogar wieder hier.«

»Hat ein Townhouse am Rutland Square, wobei man ihn wahrscheinlich eher in einem seiner anderen Häuser antrifft – auf Barbados und in Kapstadt, meine ich gelesen zu haben.«

»Am Rutland Square?«

»Da musste ich auch grinsen. Praktisch direkt neben dem Caley. Ob das was zu bedeuten hat?«

»Ich weiß nicht. Wahrscheinlich nicht. Ich frage mich, ob er noch mit seinem alten Freund Dougie Vaughan zu tun hat.«

»Ah, und noch was: Laut Vince Brady wollte Collier, dass er Dougie Vaughan seine Zimmerschlüssel gibt, was er auch gemacht hat.«

»Das hab ich gelesen. Haben Sie eine Ahnung, weshalb?«

»Damit Vaughan, wenn nötig, ein Nickerchen machen kann. Anscheinend wurde ziemlich viel getrunken.«

Rebus verengte die Augen. »Brady hatte doch das Zimmer neben Maria Turquand.«

»Genau.«

»Und Vaughan hatte einen Schlüssel?«

»Sozusagen – er meinte, er könne sich dunkel an einen Schlüssel erinnern, aber nicht mehr, für welches Zimmer dieser gewesen sein sollte oder was daraus geworden war. Er schwört,

er sei nie irgendwo anders als in Bruce Colliers Suite gewesen.«
Chatham schob seinen Teller beiseite und beugte sich über den
Tisch. »Wussten Sie, dass es eine Verbindungstür gab?«

»Was?«

»Zwischen Marias Zimmer und dem von Vince Brady. Aber
machen Sie sich nicht die Mühe, das zu überprüfen – das
Hotel wurde schon vor Jahren umgebaut. Jetzt sind da massive
Wände, nur damals waren die nicht so massiv.«

»Und Vaughan und das Opfer hatten schon mal eine Affäre.«

»Aber er schwört nach wie vor, dass er ihr an jenem Tag
nicht begegnet ist.«

»Wie sieht es mit Vince Bradys Alibi aus?«

»Er ist rumgerannt wie ein Wahnsinniger, immer hin und
her zwischen der Usher Hall und dem Hotel, weil er sich um
die Crew und den Merchandise-Stand kümmern musste. Über
ein Dutzend Menschen haben bestätigt, an zig verschiedenen
Orten mit ihm gesprochen zu haben.«

»Aber irgendwann muss er doch auch auf seinem Zimmer
gewesen sein.«

»Mag sein, aber er hat nichts gehört oder gesehen.«

»Außer dass Maria Turquand auf dem Gang mit Bruce Collier gesprochen hat.«

»Abgesehen davon, ja.«

Rebus dachte einen Augenblick nach. »Eine letzte Frage: Ist
irgendwo ein Russe aufgetaucht?«

Chathams Stirn legte sich in Falten. »Ein Russe?«

»Irgendwo?«

Chatham schüttelte den Kopf, und die beiden Männer tranken einen Augenblick lang schweigend ihren Tee.

»Worum geht es eigentlich?«, wollte Chatham wissen.

»Für die Frage haben Sie aber lange gebraucht.«

»Dachte, Sie werden es mir schon noch verraten.«

Rebus nickte langsam. »Ist nur so ein Gefühl, aber ich hatte es schon damals zu Beginn der Ermittlungen: dass wir etwas übersehen, auf irgendwas nicht geachtet haben.«

»Und das fällt Ihnen jetzt nach so langer Zeit wieder ein?«

»Früher hatte ich viel zu tun. Jetzt nicht mehr.«

Chatham nickte zum Zeichen, dass er verstand. »Ich habe nach meiner Pensionierung auch eine Weile gebraucht, einen neuen Rhythmus zu finden.«

»Wie haben Sie das gemacht?«

»Mit Hilfe der Liebe einer wunderbaren Frau. Außerdem hab ich jetzt *diesen* Job – und gehe häufig ins Fitnessstudio.« Er zeigte auf seinen Teller. »So was gönne ich mir nur hin und wieder mal, und heute Nachmittag wird es abtrainiert.«

»Ich hab einen Hund zum Spazierengehen.« Rebus hielt inne. »Und eine wunderbare Frau auch.«

»Dann verbringen Sie doch mehr Zeit mit den beiden. Lernen Sie loszulassen.«

Rebus nickte zustimmend. »Ich werde eine Weile brauchen, bis ich das verdaut habe«, sagte er.

»Ich auch.« Chatham klopfte sich mit einer Hand auf die Brust.

»Den Speck hab ich gar nicht gemeint. Obwohl, wenn ich mir's recht überlege – den auch. Danke, dass Sie sich mit mir getroffen haben.«

Die beiden Männer gaben sich über den Tisch hinweg die Hand.

»Schon zurück?«

Fox war sich nicht sicher gewesen, was das Protokoll vorsah, und hatte sich einfach in den Eingang zu den Räumen der Zoll- und Steuerbehörde gestellt, in der Hoffnung, Blickkontakt zu Sheila Graham aufnehmen zu können. Irgendwann hatte es schließlich geklappt, und jetzt stand sie vor ihm.

»Dann haben Sie entweder was Neues erfahren«, fuhr sie fort und verschränkte die Arme, »oder entschieden, dass der Auftrag Zeitverschwendung ist.«

»Ich denke, ich brauche ein paar Informationen mehr. Tatsächlich würde ich am liebsten alles sehen, was Sie über Christie haben.«

»Warum?«

»Damit ich Ihnen nicht erzähle, was Sie längst wissen.«

Sie musterte ihn, ihr Gesicht war ausdruckslos. Schließlich rang sie sich ein Lächeln ab. »Ich lade Sie auf einen Kaffee ein«, sagte sie.

In einer Ecke des Lichthofs unten im Erdgeschoss gab es einen Kiosk, also stellten sie sich dort an, nahmen ihre Getränke mit in eine der Nischen – bequeme Sitze, die durch kleine, runde Tischchen voneinander getrennt waren.

»Also, was haben Sie bislang erfahren?«, fragte Graham.

»Christie war nicht zum ersten Mal Ziel von Anschlägen – vorher wurden bereits seine Reifen zerstochen und seine Mülltonne angezündet. Es gibt keinerlei Aufzeichnungen von dem Überfall, und keiner der Nachbarn konnte helfen. Wir suchen also nach möglichen Feinden, ohne vom Opfer selbst allzu große Hilfe erwarten zu dürfen.«

»Geht es ihm besser?«

»Er ist zu Hause«, bestätigte Fox. »Ich habe ihn gestern Abend gesehen.«

»Sie haben ihn gesehen?«

»DI Clarke hat ihn vernommen, und ich war dabei.«

»Aber er kennt Sie doch, oder?«

»Ich habe nicht dazugesagt, dass ich inzwischen in Gartcosh arbeite.«

»Aber weiß er das nicht längst?«

»Wenn es so wäre, hätte er wohl etwas gesagt, nur damit ich weiß, dass er's weiß.«

»Wir wollen nicht, dass er mitbekommt, dass wir seine Geschäfte unter die Lupe nehmen«, ermahnte Graham ihn.

»Aber er hat bestimmt eine Ahnung.«

Graham dachte darüber nach. »Kann sein«, räumte sie ein.

»Ich habe mir außerdem seine beiden Wettbüros angesehen. Allerdings ist mir nichts Ungewöhnliches aufgefallen.«

»Welche?«

»Beide Diamond Joe's.« Fox hielt inne. »Wieso?«

»Es gibt noch ein drittes, wobei sich Christies Name auf keinem einzigen Dokument findet. Und ehrlich gesagt möchte ich bezweifeln, dass Ihnen dort etwas auffallen würde, selbst wenn das Geld direkt vor Ihrer Nase gewaschen wird.«

»Wie kann das sein?«

»Automaten mit festen Gewinnquoten – meistens Roulette. Verluste können auf ungefähr vier Prozent minimiert werden. Irgendwann hört man auf zu spielen, druckt einen Bon aus und lässt sich an der Kasse das Geld dafür auszahlen. Man bekommt eine Quittung. Falls man also mit einer verdächtig hohen Summe Bargeld erwischt wird, kann man nachweisen, dass man es legal erworben hat.«

»Im Prinzip berechnet der Buchmacher also eine Gebühr von vier Prozent?«

»Eine billige Art, schmutziges Geld zu waschen. In einer Stunde lassen sich Tausende durch eine Maschine schicken. Derzeit versucht man in Brüssel, das Gesetz zu ändern – sämtliche Gewinne über zweitausend Euro müssen mit genauen

Angaben über den Empfänger ausgewiesen werden. Aber hierzulande kämpft die Branche dagegen an.«

»Wenn jemand über Stunden einen Automaten mit Beschlag belegt, Tausende reinsteckt, muss der Kassierer das doch merken.«

»Häufig nicht, oder es ist ihm egal. Und wenn der Besitzer des Wettbüros in den Schwindel eingeweiht ist ...«

»So wie Darryl Christie, meinen Sie?«

Sie nickte langsam. »Aber an Mr Christie hängt noch sehr viel mehr als das.«

»Ach?«

Ihre Gesichtszüge wurden strenger. »Das bleibt unter uns, Malcolm.« Sie schob sich ein Stück auf ihrem Sitz nach vorne, und er tat es ihr gleich. Im Umkreis von sieben Metern war niemand zu entdecken, aber Graham senkte dennoch die Stimme.

»Das Wettbüro, von dem ich spreche, heißt Klondyke Alley. Darüber befindet sich ein Einzimmerapartment, das vermutlich auch Christie gehört.«

»Ich höre.«

»Sicher wissen Sie, was SLPs sind.«

»Nein.«

»Vielleicht sollte ich es Ihnen dann zeigen.« Anscheinend hatte sie sich schon entschieden. Sie sprang auf, nahm ihren Kaffee und bat ihn, ihr zu folgen. Sie gingen zurück in die Räume der Steuerbehörde, wo sie einen zusätzlichen freien Stuhl fanden und an ihren Schreibtisch heranzogen. Auf die fragenden Blicke ihrer Kollegen hin stellte sie Fox vor.

»Er ist praktisch einer von uns, also entspannt euch«, sagte sie.

Dann machte sie sich an ihrer Tastatur zu schaffen, bis eine lange Liste auf dem Bildschirm erschien.

»Scottish Limited Partnerships. Raten Sie mal, wie viele davon unter der Adresse der Wohnung über dem Klondyke Alley eingetragen sind?«

Fox kniff die Augen zusammen. »Alle?«

Graham hatte mehrfach mit der Maus geklickt, und die Liste war immer länger geworden. »Über fünfhundert«, erklärte sie. »Fünfhundert Firmen, unter deren Geschäftsadresse sich eine einzige Einzimmerwohnung in Leith verbirgt.«

»Ich hoffe, Sie werden mir verraten, weshalb.«

»Das sind Briefkastenfirmen, Malcolm. Eine Möglichkeit, Werte zu verstecken und rund um den Globus zu verschieben. Versucht man, die tatsächlichen Eigentümer ausfindig zu machen, landet man meist in irgendeinem Steuerparadies in Übersee, auf den Jungferninseln oder den Cayman Islands – das sind Rechtssysteme, die nicht unbedingt entgegenkommend reagieren, wenn die britische Steuerbehörde ein paar Fragen hat. Aber es wird eine Gesetzesänderung geben. Eigentümer mit britischer Staatsbürgerschaft werden offenlegen müssen, wer die tatsächlichen Profiteure sind – ob wir uns auf diese Information verlassen können, ist natürlich fraglich. Einstweilen sind diese Briefkastenfirmen toll, wenn nicht rauskommen soll, wer man ist und was man macht.«

»Und Darryl Christie leitet das Ganze?«

Graham schüttelte den Kopf. »Ein Dienstleistungsanbieter namens Brough Consulting hat die Wohnung von Christie angemietet.«

»Gibt's da eine Verbindung zu der Privatbank?«

»Nicht direkt, aber hinter Brough Consulting verbirgt sich Anthony Brough, Enkel von Sir Magnus, dem ehemaligen Geschäftsführer der Bank bis zu deren Übernahme durch eine der fünf großen Londoner Banken.«

»Wie nahe steht er Darryl?«

»Ziemlich nahe.«

»Diese Briefkastenfirmen... sind also sozusagen ein erweiterter Zweig der Geldwäscherei?«

»Genau das wollen wir herausfinden. Die Spur der belastenden Dokumente lässt sich vor allem digital nachvollziehen. Wir sitzen also den ganzen Tag hier, arbeiten uns von einer Firma zur nächsten, von einem Eigentümer zum anderen und suchen Menschen aus Fleisch und Blut, die sich irgendwo zwischen Hunderttausenden von Transaktionen verstecken.« Sie sah ihn an. »Das ist echte Detektivarbeit, wenn Sie so wollen... Wirtschaftskriminalitätsprüfung.«

»Konnten Sie schon etwas nachweisen?«

»Brough Consulting? Wenn, dann hätten wir längst Champagnerkorken knallen lassen.«

»Aber Sie kommen der Sache näher?«

»Wir dachten, dass uns vielleicht Darryl Christie weiterbringen könnte.«

»Das ist aber bislang noch nicht passiert.« Fox dachte kurz nach. »Könnte eine dieser Briefkastenfirmen mit Darryl im Clinch liegen?«

»Das können wir nicht wissen.«

»Können Sie seine E-Mails und Anrufe nicht abfangen?«

»Nicht ohne Genehmigung von ganz oben. Und vermutlich müssten wir auch unsere Ressourcen verdoppeln – haben Sie nicht gehört, dass wir den Gürtel enger schnallen sollen? Das ist die neue britische Sparpolitik.« Sie drehte sich auf ihrem Stuhl herum, so dass ihre Knie seine berührten. »Sie müssen das für sich behalten, Malcolm, denken Sie daran. Selbst wenn es sich in irgendeiner Form auf die Ermittlungen im Fall der Körperverletzung auswirkt – bevor Sie Ihren Freunden in Edinburgh etwas erzählen, sprechen Sie mit mir.«

»Verstanden«, sagte Fox. »Und danke. Es bedeutet mir viel, dass Sie mir Ihr Vertrauen geschenkt haben.«

»Ich könnte Ihnen noch mehr erzählen, aber vermutlich wäre Ihnen manches davon auch einfach zu hoch – das ist es mir teilweise selbst.«

»Zahlen waren noch nie meine Stärke.«

»Immerhin sind Sie in der Lage, Ihren eigenen Kontoauszug zu prüfen – das haben Sie bei unserem ersten Treffen jedenfalls behauptet.«

»Vielleicht habe ich ein bisschen übertrieben.« Er tippte sich mit einem Finger an die Wange. »Ich hab ein Pokerface, schon vergessen?«

Graham lächelte erneut. »Fahren Sie wieder zurück nach Edinburgh?« Fox nickte. »Eine Hand wäscht die andere – halten Sie mich auf dem Laufenden.«

»Wird gemacht«, sagte Fox.

»Wie wird jetzt weiter ermittelt?«

»Das hat DI Clarke zu entscheiden.« Sein Handy vibrierte in seiner Jackentasche. Er zog es heraus und schaute aufs Display. »Wenn man vom Teufel spricht«, sagte er, öffnete die SMS. Graham sah, dass er erstaunt die Augenbrauen hochzog.

»Gibt's was Neues?«, fragte sie.

»Allerdings«, bestätigte er und drehte das Handy, so dass sie die Nachricht lesen konnte.

Wir haben ein Geständnis.

»Dann nichts wie los«, sagte Graham. »Und vergessen Sie nicht, mich anzurufen.«

»Mache ich«, sagte Fox, ließ die Reste seines Kaffees stehen und ging zur Tür.

6

Eine einsame Journalistin hielt die Stellung auf dem Gehweg vor der Wache am Gayfield Square. Sie hieß Laura Smith und war die Gerichtsreporterin des *Scotsman*.

»Ich frier mich hier halb tot, DI Fox«, beschwerte sie sich, als er an ihr vorbei wollte.

»Kein Kommentar, Miss Smith.«

»Es ist ja nicht so, dass ich euch in der Vergangenheit nicht schon mal den ein oder anderen Gefallen getan hätte.«

»Bei mir sind Sie an der falschen Adresse, wenden Sie sich an DI Clarke.«

»Die geht nicht ans Telefon.«

»Vermutlich, weil sie Ihnen nichts mitzuteilen hat. Ist ein Überfall nicht langweilig für eine Gerichtsreporterin?«

»Nicht, wenn man bedenkt, wer das Opfer ist.«

»Der Geschäftsmann Darryl Christie?«

Sie grinste. »Keine Sorge – unsere Anwälte achten darauf, dass ich nichts schreibe, womit wir uns Schwierigkeiten einhandeln.«

»Das ist gut, denn ich wage zu behaupten, dass Mr Christie ebenfalls Anwälte hat.«

»Geben Sie mir einen Satz – dann kann ich Sie als ›polizeiliche Quelle‹ anführen.«

»Ich habe nichts für Sie, Laura. Aber ich lege ein gutes Wort bei DI Clarke für Sie ein.«

»Versprochen?«

»Nein, ich will ja nicht wegen falscher Versprechen von Ihnen verklagt werden.« Er zog die Tür auf und ging hinein, vorbei am Empfang, dann gab er die Zahlenkombination für die innere Tür ein und ging anschließend den schmalen Gang weiter bis zu den Vernehmungszimmern. Kein Zweifel, in welchem sich der Geständige befand – eine Gruppe uniformierter Kollegen hatte sich davor versammelt, sie tuschelten und lauschten.

Fox hatte Laura Smith belogen – er hatte versucht, Clarke anzurufen, aber ohne Erfolg. Also bat er jetzt einen der dienstälteren Constables, ihn über den aktuellen Stand aufzuklären.

»Der ist einfach auf einen Polizisten zu und hat gesagt, er müsse ihm was erzählen.«

»Wo war das?«

»Bei Greggs auf der South Bridge. Eine Einkaufstüte hatte er dabei und sah aus, als müsste er mal nass abgespritzt werden. Der Kollege hat mitgespielt und ihn gefragt, was er denn verbrochen habe. Er meinte, er habe Darryl Christie was auf den Kopf gegeben und ihm außerdem ein paar Tritte in die Rippen verpasst.«

»Wahrscheinlich ein Irrer«, meinte ein anderer Polizist.

»Um welche Verletzungen es sich handelt, wurde aber doch nirgendwo erwähnt, oder?«, fragte der ältere Constable.

»Die im Krankenhaus wissen Bescheid. Die Angehörigen und die Nachbarn auch. So was spricht sich immer irgendwie rum.«

»Ist schon ein Anwalt unterwegs?«, fragte Fox.

»Er hat gesagt, er will keinen. Wurde auch noch nicht unter Anklage gestellt.«

»Und wer ist bei ihm da drin? DI Clarke?«

»Und DC Esson.«

Fox starrte die Tür an, an der statt FREI jetzt BESETZT stand. Die Tür war stark verkratzt, die Farbe blätterte ab. Er fragte sich, ob er nicht einfach reinspazieren sollte. Natürlich *konnte* er das – es war sein gutes Recht. Aber Siobhan wollte Antworten aus dem Mann herausbekommen. Was, wenn er dichtmachte, weil der magische Bann durch die Störung gebrochen wurde?

»Hat er einen Namen?«, fragte er stattdessen.

»Der Kollege, mit dem er gesprochen hat, muss ihn haben, aber der schreibt schon seinen Bericht.«

»Wird er da auch reinschreiben, dass er selbst gerade bei Greggs anstand, um sich Doughnuts zu kaufen?«

»Jeder Mensch muss essen«, sagte der ältere Constable, als wäre dies eine ewige Weisheit. »Außerdem war's eine Steakpastete.«

Von drinnen wurde jetzt ein Geräusch laut, und die Tür öffnete sich, womit niemand gerechnet hatte. Wie alle Türen ging auch diese nach außen auf, so dass sich niemand von drinnen verbarrikadieren konnte. Einem der Streifenpolizisten schlug die Türkante an die Schulter. Er stieß einen kleinen Schrei aus, als Christine Esson auftauchte.

»Geschieht dir recht«, sagte sie, statt sich zu entschuldigen. Siobhan Clarke war direkt hinter ihr. Sie entdeckte Fox und machte ihm Zeichen, ihr zu folgen, als sie die Treppe zu den Räumen des CID hinaufging. Esson erklärte inzwischen den uniformierten Kollegen, wie sie sich gefälligst nützlich machen konnten – zwei sollten den Mann im Auge behalten, der noch im Vernehmungszimmer saß, der dritte ihm etwas zu essen und zu trinken holen.

»Der Kerl stinkt zum Himmel«, erklärte Clarke Fox und nahm ein paar tiefe Atemzüge Frischluft.

»Obdachlos?«

»Nicht direkt. Er wohnt in Craigmillar. Arbeitslos. Heißt William Shand. William Crawfurd Shand.«

»Und er weiß das mit den gebrochenen Rippen?«

Clarke sah ihn an. »So was spricht sich rum.«

»Nur nicht bis zu Laura Smith.«

»Laura kann warten.« Clarke ging ins Büro, sah Ronnie Ogilvie an und zeigte mit dem Finger auf die Tür von DCI Page.

»Nicht da«, erklärte Ogilvie. Ihm fiel auf, dass Fox ihm auf den Schnurrbart starrte.

»Ist der neu?«, fragte Fox. Ogilvie nickte. »Weiß nicht, ob dir das steht, Ronnie.«

»Ich unterbreche nur ungern aufkeimende Zärtlichkeiten«, behauptete Clarke und sah Ogilivie an, »aber hast du eine Ahnung, wo er sein könnte?«

»Der DCI? In der Fettes ist großes Bürokratentreffen.«

Clarke seufzte und zwickte sich in die Nasenwurzel. »Ich brauche sein Okay«, murmelte sie.

»Wofür?«, fragte Fox.

»Shand hat nach einem gewissen Zivilisten verlangt. Er sagt, er will ihm gegenüber ein Geständnis ablegen. Anscheinend gibt's eine Vorgeschichte zwischen den beiden. Ich denke, das muss der DCI vorher abnicken.«

Fox starrte sie an. »Dein Tonfall lässt vermuten, dass ich weiß, um welchen Zivilisten es sich handelt.«

Clarke verdrehte die Augen, als Malcolm Fox den Namen laut aussprach: »Rebus.«

»Sag nicht, Laura steht immer noch draußen«, meinte Clarke, als sie Rebus über den Gang führte.

»Doch, natürlich.«

Clarke fluchte leise. »Was hast du ihr gesagt?«

»Hab behauptet, ich würde mich mit einer alten Freundin treffen.« Rebus drehte sich zu ihr um. »Wie geht's dir überhaupt?«

»Ging schon mal besser.«

»Zwei Dinge musst du wissen, Siobhan.«

»Ich höre.«

»Erstens, er wird Craw genannt. Ich möchte bezweifeln, dass ihn außer Richtern und Gerichtsdienern jemand William nennt.«

»Ist er vorbestraft?«

»Das bringt mich direkt zu Punkt zwei – ihr habt euch einen Blindgänger andrehen lassen. Ein kurzer Blick in die Akten hätte euch verraten, dass Craw bekannt dafür ist, dass er sich immer stellt, sobald irgendwas Großes in den Nachrichten auftaucht.«

»Wir haben ihn ins System eingegeben – in den vergangenen fünf Jahren hatte er eine blütenreine Weste.«

»Dann ist er eben rückfällig geworden.« Sie waren jetzt am Vernehmungszimmer angekommen, wo Fox wartete. Rebus schüttelte ihm die Hand. »Was führt dich her, Malcolm?«

»Neugierde.«

»Na ja, dann bist du genau richtig – der Herr hinter der Tür da ist eine Ein-Mann-Freak–Show.« Rebus griff nach dem Knauf, hielt aber noch mal inne. »Am besten mache ich das alleine.«

»Hast du vergessen, dass du gar nicht mehr im aktiven Dienst bist?«, fragte Clarke.

»Trotzdem…«

»So geht das nicht, John. Es muss jemand dabei sein, der Police Scotland vertritt.«

Rebus sah von Clarke zu Fox und wieder zurück. »Dann werft ihr beiden doch eine Münze.«

Kaum hatte er's gesagt, zog er die Tür auf und trat ein. Craw Shand saß an dem schmalen Tisch, spielte mit einem Sandwich aus zwei dünnen Scheiben Weißbrot und einer sehr dünnen Schicht orangefarbenem Streichkäse. In dem Styroporbecher waren noch gut zwei Zentimeter Tee, oben bildete sich eine schmutzige Schicht. Rebus wedelte mit der Hand vor seiner Nase.

»Herrjesses, Craw. Wann hast du das letzte Mal ein Stück Seife gesehen?« Er machte den uniformierten Kollegen Zeichen zu gehen. Ohne nachzufragen, wer Rebus überhaupt war, taten sie, wie ihnen geheißen.

Hast es immer noch drauf, John.

»Alles klar, Mr Rebus?«, fragte Craw. Seine Zähne waren schwarz, sein Haar – oder das, was davon übrig war – klebte dünn und fettig am Schädel. »Ist schon eine ganze Weile her, hm?«

»Fast zwanzig Jahre, Craw.«

»Wirklich schon so lange?«

Rebus zog den Metallstuhl unter dem Tisch hervor und setzte sich. »Haben die dir das nicht gesagt? Ich bin pensioniert.«

»Ach was?«

»Hab gedacht, ich kann mich aus dem ganzen Schlamassel zurückziehen – weil Leute wie du's kapiert haben und keine Spielchen mehr spielen.«

»Das ist kein Spielchen, Mr Rebus.«

»Dann gibt's wohl für alles ein erstes Mal.«

Craw Shand starrte sein Gegenüber aus trüben Augen an. »Können Sie sich an Johnny Bible erinnern, Mr Rebus?«

»Klar.«

»Die Wache in Craigmillar. Sie haben mich verhört.«

»Heutzutage heißt das nicht mehr ›verhören‹, Craw – man sagt ›Vernehmung‹.«

»Sie waren hart, aber fair.«

»Das hoffe ich.«

»Bis Sie mich auf den Boden gestoßen und fast erwürgt haben.«

»Ach, Craw, mein Gedächtnis ist auch nicht mehr das, was es mal war.«

Craw Shand grinste. »Aber Sie erinnern sich?«

»Kann sein, kann aber auch nicht sein. Was hat das mit Darryl Christie zu tun?«

Beide Männer drehten sich zur Tür um, als diese erneut aufging und Clarke hereinkam. Hinter ihr wurde Fox im Gang sichtbar, der versuchte, einen Blick auf Shand zu erhaschen. Clarke zog die Tür zu, gerade als Rebus winken wollte.

»Du hast mir noch nicht gesagt«, fuhr Rebus fort, »wieso du unbedingt mit mir sprechen wolltest. Wie schon gesagt, DI Clarke hier ist absolut kompetent.«

»Ich hab mich an Craigmillar erinnert und gedacht, dass ich Sie gerne wiedersehen würde.«

»Damit ich die Behandlung wiederhole? Tut mir leid, wenn ich dich enttäuschen muss, Craw, aber wir sind inzwischen beide über sechzig, und es gibt eine Menge neuer Vorschriften.« Rebus schaute demonstrativ auf seine Armbanduhr. »In einer Stunde fängt mein Domino-Turnier an, ich wäre dir also sehr verbunden, wenn wir bei der Sache bleiben könnten.«

»Ich hab ihn verprügelt.«

»Wen?«

»Er heißt Darryl Christie, lebt in einem großen Haus am Botanischen Garten.«

»Das ist super, Craw. Stimmt mit allen Artikeln überein, die im Netz über den Fall zu lesen sind.«

»Er ist aus dem Wagen gestiegen – einem weißen Range Rover. Ich hab mich von hinten angeschlichen und ihm was über den Kopf gezogen.«

»Was?«

»Eine Latte. Hat neben der Garage gelegen. Da hab ich gewartet.«

»Im Dunkeln, oder wie?«

»Als ich die Auffahrt rauf bin, ist der Bewegungsmelder angesprungen, aber es ist niemand aus dem Haus gekommen.«

»Hast du dir keine Sorgen gemacht wegen der Überwachungskameras?«

»Wir wissen alle, dass die kaum zu gebrauchen sind.«

»Warum hast du das gemacht, Craw? Wieso hast du dir Christie als Opfer ausgesucht?«

»Ich war wütend.«

»Aber weshalb?«

»Leute mit Geld. Leute mit zu viel von allem – mit großen Häusern und so. Die hab ich einfach satt.«

»Dann hast du so was schon öfter gemacht?«

»Jedenfalls oft dran gedacht.«

»Aber es nie wirklich getan?« Rebus sah Craw Shand den Kopf schütteln. Er lehnte sich auf seinem harten Metallstuhl zurück. »Bist du sicher, dass der Wagen weiß war?«

»Als er in die Auffahrt bog, ging das Licht wieder an.«

»War das Tor abgeschlossen, als du gekommen bist?«

»Die kleine Pforte am Fußweg nicht. Und das Tor zur Auffahrt öffnete sich automatisch, als der Wagen näher kam.«

Rebus sah Clarke an, die eine Augenbraue hob. Bislang war es ihm nicht gelungen, dem Mann nachzuweisen, dass er log.

»Was hast du hinterher mit der Latte gemacht?«

»Weggeworfen.«

»Wo?«

»Irgendwo im Inverleith Park.«

»Das ist ein großes Gelände, Craw. Könnte lange dauern, bis wir die finden.«

Bei diesem Gedanken schien Shand munter zu werden.

»Natürlich immer vorausgesetzt, dass wir dir glauben. Und ich persönlich halte dich für genauso verlogen wie eh und je.« Rebus erhob sich und ging um den Tisch herum, bis er hinter Shand stand. Er spürte, wie dessen Anspannung wuchs.

»Das sind dieselben scheiß Spielchen, die du immer schon gespielt hast«, brummte Rebus. »Nur weil sich dadurch endlich mal wieder was in deiner dreckigen Unterhose regt. Aber jetzt ist es vorbei damit. Wird Zeit, dass du dich in deinen Schweinestall verziehst und Pornos im Internet schaust.«

»Ich sage Ihnen aber, ich hab's getan, ich war's.«

»Und ich sage dir, zieh verdammt noch mal Leine, bevor ich die Jungs von der Schädlingsbekämpfung rufe.«

»John«, ermahnte Clarke ihn. Sie hatte sich an die Wand gelehnt, trat jetzt aber einige Schritte näher an den Tisch heran. An Shand gerichtet sagte sie: »Können Sie das Geschehene vielleicht noch ein bisschen ausführlicher beschreiben, Craw? Das Haus, den Wagen, wie sich alles im Einzelnen abgespielt hat?«

»Ich hab ihm was von hinten über den Schädel gezogen«, wiederholte Shand. »Dann hab ich mich über ihn gebeugt und ihm ins Gesicht geboxt. Bin wieder aufgestanden und hab ihm ein paar Mal in die Rippen getreten – hab vergessen, wie oft. Zum Schluss noch ein Tritt auf die Nase, und das war's.«

»Nur weil er reich ist?«

»Genau.«

Rebus legte Shand eine Hand auf die Schulter, woraufhin dieser zusammenzuckte. »Dann sollten wir Darryl Christie die frohe Botschaft überbringen. Fall abgeschlossen. Wir dürfen nach Hause gehen, nur Craw hier wandert nach Saughton in den Knast, wo ein geringer Preis auf seinen Kopf ausgesetzt wird.« Er stutzte, beugte sich noch näher an Shands linkes Ohr heran. »Du weißt doch, wer Darryl Christie ist, Craw?«

»Dem gehört ein Hotel.«

»Das stand auch in der Zeitung – aber die haben vergessen zu erwähnen, dass er der Nachfolger von Big Ger Cafferty ist. Vielleicht denkst du mal darüber nach, hm?« Er richtete sich auf, sah Siobahn Clarke an, aber sie konzentrierte sich auf den sitzenden Mann.

»Noch was, Mr Shand? Irgendwas, das Ihnen außerdem im Gedächtnis geblieben ist?«

Shand riss die Augen auf. »Die Tonne hinten an der Tür – eine Hälfte war weggeschmolzen!« Er sah von Clarke zu Rebus und wieder zurück, beinahe triumphierend. Clarke hatte allerdings nur Augen für Rebus.

»Nenn mir einen einzigen Grund, ihn nicht vor Gericht zu stellen.«

Rebus spitzte die Lippen. »Sieht aus, als wäre meine Arbeit hier getan.« Er packte Craw Shand erneut an der Schulter. »Viel Glück, Craw. Und das meine ich ernst: Du hast ein halbes Leben dafür gebraucht, aber jetzt hast du's endlich geschafft. Gott steh dir bei …«

Rebus saß im Hinterzimmer der Oxford Bar. Draußen war es schon dunkel, und die Menge vorne in der Kneipe war guter frühabendlicher Stimmung. Rebus nahm ein paar Schluck von seinem Bier, drehte sich zum Fenster um und hörte ein Klopfen. Einer der Stammgäste, der zum Rauchen rausgegangen war. Er machte Rebus Zeichen, er möge rauskommen und ihm Gesellschaft leisten, aber Rebus schüttelte den Kopf. Erst fünf Minuten war es her, dass er mit einem Hustenanfall auf dem Klo gestanden, Schleimklumpen ins Becken gespuckt und weggespült hatte. Nachdem alle Beweise vernichtet waren, hatte er sich den Schweiß von der Stirn gewischt und gedacht, dass er das nächste Mal lieber dran denken sollte, seinen Inhalator mitzunehmen. Sein Gesicht im Spiegel erzählte aber eine eigene Geschichte, und wenig wies darauf hin, dass es eine mit Happyend sein würde.

Clarke hatte eine SMS geschickt und wissen wollen, wo er war, und deshalb wunderte er sich nicht, dass sie jetzt die Stufen herunterkam und in den Raum schaute.

»Malcolm ist dran mit ausgeben«, erklärte sie. Rebus schüttelte den Kopf, hatte die Hand am Glas vor sich auf dem Tisch.

Endlich tauchte auch Fox mit Clarkes Gin Tonic und einem Tomatensaft in der Hand auf. Sie zogen sich Stühle heran und setzten sich Rebus gegenüber.

»Was zum Teufel ist das?«, fragte Fox ungläubig.

»Man nennt es ein kleines Bier«, sagte Rebus, hob das Glas und schwenkte es.

»Denise hinter der Bar hat mich vorgewarnt, aber ich dachte, sie macht Witze.«

»John achtet jetzt auf sich«, erklärte Clarke.

»Haben wir das Deborah Quant zu verdanken?«

»Im Gegensatz zu anderen Anwesenden trinke ich wenigstens überhaupt noch«, sagte Rebus, woraufhin Fox ihm schmunzelnd zuprostete. Rebus wandte sich an Clarke. »Glaubst du wirklich, dass Craw Shand plötzlich zum Ninja mutiert ist?«

»Woher weiß er das mit der Mülltonne?«

»Vielleicht hat er was aufgeschnappt. Vielleicht ist er hingegangen und hat sich alles angesehen.«

Clarke genoss den ersten Schluck, sagte nichts.

»Willst du ihn wirklich vor Gericht stellen?«

»Der DCI sieht keinen guten Grund, warum nicht.«

»Dann musst du ihn davon überzeugen, dass er sich irrt. Weiß Christie, dass Craw in Gewahrsam ist?«

»Wir haben ihm mitgeteilt, dass es eine Festnahme gab.«

»Und?«

»Mr Shands Name war ihm bekannt.«

»Craw hat sich schon immer gerne in üblen Spelunken herumgetrieben, und Darryl gehören einige davon.«

»Er sagt, er hat nie mit ihm gesprochen oder Geschäfte gemacht...«

Malcolm räusperte sich, kündigte an, sich einzumischen. »Shand hat doch behauptet, er habe sein Opfer zufällig ausgesucht. Dann ist eigentlich auch unerheblich, ob sie sich kennen oder nicht.«

Rebus bedachte ihn mit einem ungehaltenen Blick. »Malcolm, Craw Shand ist genauso wenig dazu in der Lage, jemanden zu verprügeln, wie ich den Forth schwimmend überqueren könnte. Er ist Mitte sechzig, wiegt so viel wie eine Vogelscheuche und bewegt sich, als hätte er einen Stock im Arsch.«

»Außerdem«, ergänzte Clarke, »hatte er keine Ahnung von den aufgeschlitzten Reifen – und schwört, auch die Mülltonne nicht angezündet zu haben. Andererseits weiß er zu viel, als dass es eine seiner üblichen Geschichten sein könnte...«

»Zugegeben«, lenkte Rebus schließlich ein. »Womit wir wieder bei dem Punkt von vorhin wären – er muss etwas gehört oder das Haus ausspioniert haben. Danach müsst ihr ihn fra gen. Außerdem sollten wir ihn warnen, was es für ihn bedeutet, dass Darryl Christie seinen Namen kennt.«

»Dann ist er in Polizeigewahrsam wohl am sichersten, meinst du?«

»Nur in Einzelhaft.«

Sie blieben eine Weile schweigend sitzen, konzentrierten sich auf ihre Getränke. Wieder wurde ans Fenster geklopft, Rebus erneut eingeladen rauszukommen. Er schüttelte den Kopf und formte das Wort »Nein« mit den Lippen.

»Sehe ich das richtig?«, fragte Fox. »Du hast mit dem Rauchen aufgehört?«

»Nennen wir's mal eine Trennung auf Probe«, erwiderte Rebus.

»Donnerwetter, dann werde ich meine Tabakaktien abstoßen müssen.«

»Ich find's toll«, sagte Clarke.

»Auch wenn er damit das einzige Hobby verliert, das er je hatte«, meinte Fox.

Clarke wandte sich an Rebus. »Apropos …«

»Was?«

»Die Akten, die ich dir gebracht habe – haben sie dich weitergebracht?«

»Ein bisschen.«

»Welche Akten?«, wollte Fox wissen.

»John beschäftigt sich mit einem High-Society-Mord aus den siebziger Jahren. Ich wünschte, ich wäre damals schon dabei gewesen.«

Rebus starrte sie an. »Hast du dir den Fall angesehen?«

»Nur die Zusammenfassung, und dann hab ich mich ein bisschen im Netz umgeschaut. Viel gibt's nicht, aber der Fall wird sogar in Büchern über berühmte Verbrechen erwähnt.«

»Erzähl mir mehr«, meinte Fox.

»Es geht um eine Frau namens Maria Turquand«, setzte Clarke an. »Sie hatte eine Reihe von Liebhabern hinter dem Rücken ihres Ehemanns, einem wohlhabenden Banker, der für Sir Magnus Brough gearbeitet hat. Maria wurde in einem Zimmer des Caledonian Hotel erdrosselt aufgefunden. Ihr letzter Liebhaber – ein alter Freund ihres Mannes – galt als Hauptverdächtiger, bis ihm eine seiner anderen Eroberungen ein Alibi geliefert hat. Zur Tatzeit war das Hotel voll mit Musikern, Roadies und Medienvertretern. Kennst du Bruce Collier?«

»Ich glaube nicht«, gestand Fox.

»Weil du nicht auf Musik stehst. Damals war der tierisch berühmt. Einer von hier, der ganz groß rausgekommen und als Haupt-Act in der Usher Hall aufgetreten ist. Angeblich wurde er gesehen, wie er sich mit Maria unterhielt. Ein Freund von ihm wollte das gesehen haben – einer, der vorher ebenfalls was mit ihr hatte. Und dann war da noch der Tourmanager …« Sie sah Rebus an, weil ihr der Name nicht einfiel.

»Vince Brady«, folgte er der Aufforderung. »Sein Zimmer lag neben dem von Maria. Und es gab eine Verbindungstür.«

»Das wusste ich gar nicht«, sagte Clarke.

»Ich hab mit Robert Chatham gesprochen.«

»Wer ist Robert Chatham?«, fragte Fox.

»Ehemals CID«, erklärte Rebus. »Inzwischen pensioniert. Vor ein paar Jahren hat er den Fall wieder aufgenommen.«

»Und du bist darauf gestoßen, weil …?«

»… wie du ganz richtig festgestellt hast, jeder Mensch ein Hobby braucht.«

Fox nickte verständnisvoll. »Sir Magnus Brough war die treibende Kraft bei Brough's, oder? Der Privatbank?«

»Richtig.«

»Lebt der noch?«

»Ist schon lange tot.«

»Und die Bank wurde verkauft? Gibt's Angehörige, die noch was damit zu tun haben?«

Rebus starrte ihn an. »Hab nie ein Konto dort besessen. Worauf willst du hinaus, Malcolm?«

Fox' Mundwinkel zuckten. »Nichts.«

»Lügner.«

»Du bist hier unter Freunden«, setzte Clarke hinzu und beugte sich vor, so dass sich ihre Schultern berührten.

»Wirklich?«, fragte er und fixierte sie mit seinem Blick.

»Wirklich«, behauptete sie, Rebus nickte.

»Sein Name wurde erwähnt«, gab Fox schließlich zu.

»In Gartcosh?«

Jetzt war es an Fox zu nicken. »Nicht der von Sir Magnus, sondern der seines Enkels.«

»In welchem Zusammenhang?«

»Das kann ich euch nicht verraten.«

»Warum?«

»Aus internen Gründen.«

Rebus und Clarke sahen sich an. »Ich vergesse immer wieder«, erklärte Rebus schleppend, »dass du dich inzwischen in höheren Kreisen bewegst, Malcolm. Sieh nur zu, dass du das Beste unter Verschluss hältst. Wäre nicht gut, wenn Normalsterbliche in den Genuss all dieses Wissens kämen – würde uns ja doch nur zu Kopf steigen.«

»Es ist nicht so, dass ich euch nicht vertraue – euch beiden. Aber ich musste oberste Geheimhaltung schwören. Ach, und übrigens hast du mich noch nicht gefragt, was ich in der Stadt mache, das heißt, Siobhan hat es dir bereits verraten. Ich weiß nicht genau, ob mir gefällt, wie ihr mich bedrängt.«

»Na schön, dann wissen wir ja jetzt alle, wo wir stehen, stimmt's, Siobhan?«

Fox saß mit hängenden Schultern und krummem Rücken da, nahm sein fast leeres Glas und neigte den Kopf darüber.

»Ich bin sicher, Malcolm weiß, was er tut«, erklärte Clarke unterkühlt.

»Es gibt für alles ein erstes Mal«, pflichtete Rebus ihr bei.

Clarke hatte ausgetrunken und wollte aufstehen. »Bleibst du noch, John? Sonst kann ich dich auch im Wagen mitnehmen.«

»Ausgezeichnet«, sagte Rebus und nahm seinen Mantel, den er neben sich gelegt hatte.

»Was ist mit mir?«, beschwerte Fox sich. »Mein Wagen steht noch am Gayfield Square.«

Clarke war schon fast an der Tür, rief ihm aber noch zu: »Du kannst verdammt noch mal zu Fuß gehen.«

»Wird dir guttun«, ergänzte Rebus und tätschelte Fox im Vorbeigehen den Kopf.

Jedes Schlagloch war eine Tortur, selbst in einem Wagen mit so ausgezeichneten Stoßdämpfern wie Darryl Christies Range Rover. Er saß auf dem Beifahrersitz, versuchte, nicht ständig zusammenzuzucken. Harry, sein Fahrer, hatte großes Talent dafür, keine Unebenheit und keinen Krater auszulassen. Schließlich kamen sie in Merchiston an – vermutlich nicht auf dem schnellsten Weg, da Harry sich vollkommen auf sein Navi verließ.

»Welches Haus?«, fragte er Christie jetzt.

»Hausnummer zwanzig.«

»Dann ist es das hier.« Harry trat auf die Bremse und entlockte seinem Beifahrer ein schmerzverzerrtes Stöhnen.

»Tut mir leid, Darryl. Alles okay?«

Aber Christie beachtete ihn nicht. Stattdessen starrte er das Schild an, auf dem »zu verkaufen« stand. Langsam stieg er aus dem Wagen, richtete sich mühsam auf. Dann stieß er das Tor auf und ging den Weg entlang. Im Haus brannte kein Licht. An einem der Fenster waren die Vorhänge zurückgezogen, so dass er in das ausgeräumte Wohnzimmer spähen konnte.

»Willst du's kaufen?«, fragte Harry.

»Steig wieder in den Wagen und warte da«, fuhr Christie ihn an. Er ging die Auffahrt entlang – die seiner eigenen so ähnlich war – zur Rückseite des Hauses. Ein Sensor sprang an, und eine Lampe leuchtete auf, warf Licht in den Garten und auf die freistehende Remise, in der Caffertys Leibwächter früher geschlafen hatte. Irgendwann hatte Cafferty den Mann ausgezahlt, weil er seine Dienste nicht mehr benötigte. Über der Hintertür blinkte das rote Lämpchen der Alarmanlage. Christie schätzte, dass sie vermutlich keine Attrappe war. Sein Handy brummte in seiner Tasche, und er zog es heraus. Ein Anruf von Joe Stark. Christie presste sich das Telefon ans Ohr.

»Was kann ich für dich tun, Joe?«

»Hab gehört, du wurdest überfallen.«

»Kein großes Ding.«

»Glaub mir, groß genug – jetzt weiß jeder Arsch, dass man's mit dir machen kann.«

»Ich kümmere mich drum.«

»Das will ich hoffen.«

»Und ich danke dir dafür, dass du dir solche Sorgen um mich machst.«

»Sorgen?« Stark hob die Stimme, während Christie über die Auffahrt zurückging. »Die mache ich mir nur um mein verfluchtes Geld – wann krieg ich es?«

»Bald, Joe, bald.«

»Du kannst froh sein, wenn ich dir das glaube, Kleiner.«

»Hab ich dich je enttäuscht?«

»So kommen wir nicht weiter, Darryl. Ich hab schon genug Nachsicht walten lassen.«

»Willst du mir damit sagen, du hast die Prügel bestellt?«

»Wenn's so wäre, hättest du mindestens einen gebrochenen Kiefer und würdest durch jede Menge Draht mit mir sprechen. Ich will das Geld oder deinen Kopf, Kleiner. Geld oder Kopf.«

Dann war die Leitung tot. Christie ließ das Telefon wieder in seiner Tasche verschwinden. Harry hielt ihm das Tor auf.

»Zurück zur Ranch, Chef? Oder willst du noch irgendwo was trinken?«

»Nach Hause«, erwiderte Christie. Aber er machte noch einmal kurz halt, bevor er in den Wagen stieg, drehte sich um und betrachtete noch einmal Caffertys altes Haus.

Willst du's kaufen?

Er fragte sich, was seine Mutter davon halten würde ...

Tag vier

7

Am Abend zuvor war Rebus noch spät mit Brillo in Bruntsfield Links spazieren gewesen, hatte sich anschließend mit seinem Laptop an den Esstisch gesetzt und einen Suchbefehl nach Anthony Brough gestartet. Alles, nachdem Siobhan Clarke ihn abgesetzt hatte.

»Ich mein's ernst wegen Craw«, hatte Rebus sie erinnert. »Wenn du Darryl nicht überzeugen kannst, dass er's nicht war, ist das sein Todesurteil.«

»Ich tu, was ich kann. Aber wenn wir ihn nicht mal unter Anklage stellen, können wir auch die Untersuchungshaft nicht verlängern.«

»Dann behalte ihn zur psychiatrischen Beurteilung da.«

»Wäre schön, wenn es einen aussichtsreicheren Verdächtigen gäbe.«

»Hat schon jemand mit Joe Stark gesprochen?«

»Ich dachte, Joe und Darryl sind Freunde?«

»Weshalb Darryl eigentlich geschützt sein müsste. Aber da das nicht der Fall zu sein scheint …«

»Ob die sich überworfen haben und Joe ihn zur Strafe hat verhauen lassen?«

Rebus hatte mit den Schultern gezuckt. »Könnte sich lohnen, da mal einen genaueren Blick draufzuwerfen, oder?«

Ebenso hielt er es für lohnenswert, Sir Magnus Broughs Enkel unter die Lupe zu nehmen. Tatsächlich hatte er alles, was er finden konnte, über die Familie Brough und deren Bank-imperium ausgegraben. Das Geldinstitut war gegen Ende des achtzehnten Jahrhunderts gegründet worden und hatte seinen Erfolg zunächst dem Handel in Übersee zu verdanken – Skla-ven wurden nach Amerika verkauft, Baumwolle und Tabak ins Vereinigte Königreich eingeführt. Von Kohle aus Fife bis Tee aus Indien und Wein aus Bordeaux, die Familie Brough hatte überall ihre Finger im Spiel. Nach dem Krieg wurde die Bank vorübergehend nicht mehr von der Familie selbst geleitet, aber dann war Sir Magnus als Juniorpartner eingestiegen und hatte sich hochgearbeitet, bis ihm das gesamte Unternehmen wie-der gehörte. Rebus hatte sich gefragt: Was muss man für ein Mensch sein, um so was hinzubekommen? Die Antwort hatte er in Form einer Handvoll Essays und Kapitel in wirtschafts-historischen Büchern gefunden – skrupellos, habgierig, tat-kräftig, entschlossen und unermüdlich. Sir Magnus' Sohn war nichts davon, er hatte dem Bankgeschäft den Rücken gekehrt und es vorgezogen, sich an entlegenen Orten dem Müßig-gang zu widmen. Irgendwann war Jimmy Brough schließ-lich zur Ruhe gekommen und hatte Lisanne Betley geheira-tet. Sie hatten zwei Kinder, Anthony und Francesca, die im Teenageralter verwaist zurückblieben, als ihre Eltern bei einem Autounfall ums Leben kamen. Seither standen sie unter der Obhut von Sir Magnus. Heute mussten sie beide Mitte drei-ßig sein. Anthony war in den Dienst der Bank getreten, hatte aber die Übernahme nicht überlebt. Francesca hatte aufgrund von Drogen den Verstand verloren, und die Internetsuche nach ihr blieb ergebnislos. Anthony aber hatte die Anthony Brough Investment Group sowie Brough Consulting gegründet, zwei Unternehmen mit Sitz in Edinburgh.

Am Rutland Square, um genau zu sein.

»Die Welt ist klein, und jetzt ist sie noch kleiner geworden«, hatte Rebus gebrummt und war ins Bett gegangen.

So kam es, dass Rebus nach einem sehr zeitigen Spaziergang zum Laden an der Ecke, gefolgt von einem Frühstück für Hund und Herrchen, Brillo zugesehen hatte, wie er es sich in seinem Korb in der Küche gemütlich gemacht hatte, und dann gegangen war. Der Verkehr Richtung Tollcross und die Lothian Road runter war zur Rushhour immer sehr zäh, was sich durch die zahlreichen Baustellen noch verstärkte. Allmählich glaubte er, zu Fuß wäre er schneller vorangekommen, wobei ihm doch allein schon die Vorstellung ein verächtliches Schnauben entlockte. Am Rutland Square fand er eine freie Parklücke, und so beschloss Rebus, den pflichtbewussten Bürger zu spielen, sie zu nehmen und sogar ein paar Münzen in die Parkuhr zu stecken. Von dort, wo er stand, hatte er eine gute Aussicht auf das Hotel, das Caley. Der Rutland Square selbst bestand aus vierstöckigen Reihenhäusern, die zur Zeit ihres Entstehens vermutlich Wohnhäuser gewesen waren, inzwischen aber hauptsächlich Büros beherbergten, zumindest jeweils im Erdgeschoss. Er fragte sich, welches davon wohl Bruce Collier gehörte und ob das Internet ihm eine Antwort darauf liefern würde. Die eleganten Fassaden mit den steinernen Säulen verrieten wenig, auch wenn man gelegentlich Büromitarbeiter durch die Fenster sah, die von ihren Schreibtischen aufstanden, Unterlagen in der einen Hand, einen Kaffee in der anderen. Rebus ging um den Platz herum. In der Mitte befand sich eine sauber gepflegte Rasenfläche, von schmiedeeisernen Parkbänken gesäumt und umzäunt. Das Tor war verschlossen, der kleine Park nur mit Schlüssel zugänglich. Eine Straße rechts führte zum Shandwick Place, wo sich die Durchfahrt einer funkelnagelneuen Straßenbahn durch einen hellen Glockenton ankündigte. Die Wache in der Torphichen Street war nur einen Steinwurf in die andere Richtung entfernt. Ein paar Taxis, die vor dem Hotel Fahrgäste aufgenommen hatten, fuhren an Rebus vorbei. Auf einem der Schilder, an denen er vorüberging, stand, dass sich der sogenannte Scottish Arts Club hier befand. Ansonsten wies aber alles darauf hin, dass sich vor allem seriöse Firmen hier angesiedelt hatten – Wirtschaftsprüfer, Anwälte, Steuerberater und Anlageberater. Brough Investment befand sich praktisch direkt gegenüber des Scottish Arts Club. Rebus stieg die Stufen hinauf. Die Tür – aus massivem Holz, glänzend schwarz lackiert, mit poliertem Briefschlitz und Klopfer aus Messing – stand offen. Dahinter führte ein Windfang zu einer zweiten Tür aus Milchglas. Auf dem Klingelschild befanden sich ein halbes Dutzend Knöpfe, neben jedem stand ein anderer Firmenname. Rebus betrachtete das Schild mit der Aufschrift ABIG, zögerte kurz mit dem Finger über der Klingel. Was sollte er sagen?

Ich frage mich, weshalb DI Malcolm Fox sich so für Sie interessiert.

Rebus grinste. Stattdessen trat er einen Schritt zurück auf den Bürgersteig und telefonierte.

»Na, was gibt's?«, meldete sich Fox.

»Rate mal, wo ich bin«, sagte Rebus.

»Ich tippe … Rutland Square.«

Überrumpelt schaute Rebus nach links und nach rechts. Keine Spur von Fox oder seinem Auto. »Bist ein Fuchs«, sagte er, nachdem er sich wieder gefasst hatte.

»Du warst gestern Abend ziemlich neugierig. Ich wusste, dass du's nicht einfach auf sich beruhen lassen würdest.«

»Die bringen euch tatsächlich was bei, da in Gartcosh.«

»Nicht genug, sonst hätte ich den Namen nicht erwähnt.«

»Bist du bereit, mir zu verraten, worum es geht. Oder soll ich bei Brough klingeln und ihn selbst fragen?«

»Klingeln wird dir nichts nützen.«

»Warum nicht?«

»Weil er nicht da ist. Ich hab vor zwanzig Minuten angerufen und mich als Klient ausgegeben. Die Sekretärin hat mich sofort abgewimmelt und behauptet, er habe sämtliche Termine abgesagt, weil er wegmusste.«

»Wohin?« Rebus betrachtete die Fenster des Gebäudes.

»Hatte den Eindruck, dass sie's selbst nicht wusste. Irgendwie wirkte sie ein bisschen ratlos.«

»Weißt *du*, warum er nicht da ist?«

»Nicht wirklich.«

»Was bedeutet, dass du eine Ahnung hast. Vielleicht sollten wir uns treffen und uns darüber unterhalten.«

»John – nimm es mir nicht übel, aber das geht dich nichts an.«

»Das ist natürlich richtig.«

»Die meisten Menschen deines Alters würden sich freuen, wenn sie mal die Füße hochlegen oder ihr Geld im Wettbüro verjubeln dürften.« Er unterbrach sich plötzlich, und Rebus legte die Stirn in Falten. War Fox gerade wieder etwas rausgerutscht?

»Was ist, Malcolm?«

»Ich muss in Gartcosh anrufen, wegen Brough Bescheid sagen.«

»Weil es eine Verbindung zwischen ihm und Darryl Christie gibt. So ist es doch, oder?«

»Hab ich nicht gesagt.«

»Natürlich nicht, Malcolm. Dein Geheimnis ist bei mir sicher.« Rebus beendete das Gespräch und ging auch nicht dran, als Fox es sofort noch einmal bei ihm versuchte. Er tippte mit dem Handy an seine Zähne, die Tür des Nachbarhauses ging auf. Die Person, die herauskam, einen silberfarbenen Porsche aufschloss und sich hineinsetzte, war unschwer zu erkennen, obwohl Rebus sie nur von Fotos und der Bühne kannte.

»Hallo, Bruce«, sagte Rebus zu sich selbst, ging auf die Parklücke zu, die gerade frei geworden war, begleitet von lautem Motorengebrüll, das dem Fahrer zweifellos gut gefiel. Dann blieb er vor der Haustür von Bruce Collier stehen. Auch diese war glänzend schwarz gestrichen, aber kein Namensschild und auch nichts anderes wies darauf hin, dass hier ein Mann zu Hause war, der eine ganze Reihe von Nummer-eins-Hits in Amerika zu verbuchen hatte. Vor den Fenstern im Erdgeschoss befanden sich hölzerne Fensterläden, die aber weit genug auseinanderklafften, so dass Rebus einen Blick hineinwerfen konnte. Bunte Gemälde an cremeweißen Wänden; weiße Ledersofas und Stühle. Keine goldenen Schallplatten, keine Stereoanlage oder Musikinstrumente. Der früher so extravagante Collier pflegte inzwischen offenbar einen ruhigeren Lebensstil. Rebus drehte sich um und sah dem Porsche hinterher, der jetzt vom Platz fuhr. Gesetzter, ja, aber andererseits auch noch lange nicht bereit, in Anonymität zu versinken …

Craw Shand wurde unter Anklage gestellt, obwohl die Staatsanwältin Zweifel hatte.

»Das ist alles sehr dünn, Siobhan«, hatte sie gewarnt.

»Ich weiß«, hatte Clarke ihr zugestimmt.

Angeklagt und auf Kaution entlassen. Shand schien mit diesem Ergebnis vorläufig sehr zufrieden. Als Clarke ihn ermahnte, sich eine Zeit lang bedeckt zu halten und vielleicht ein paar Tage nicht zu Hause aufzukreuzen, bedankte er sich bei ihr für ihre Anteilnahme.

»Verstoße ich damit nicht gegen meine Kautionsauflagen?«, hatte er gefragt.

»Nicht, wenn Sie sich vorschriftsmäßig auf der für Sie zuständigen Wache melden – glauben Sie mir.«

Er hatte ihr sogar die Hand geben wollen, aber sie hatte ihre weggezogen und den Kopf geschüttelt, ihm nachgesehen, als er auf den Gayfield Square hinaustrat, den Laura Smith inzwischen Gott sei Dank geräumt hatte.

Clarke rief bei Christie zu Hause an, seine Mutter meldete sich.

»Er ist nicht da«, sagte sie. »Das Schwein habt ihr aber schnell gefasst. Tut mir leid, dass ich meine Zweifel hatte.«

»Na ja, Sie haben die Chance, es wiedergutzumachen«, sagte Clarke. »Ich muss mit Darryl sprechen.«

»Er ist bei der Arbeit.«

»Und in welchem seiner zahlreichen Unternehmen?«

»Im Devil's Dram, glaube ich.«

»Danke.«

Clarke kannte The Devil's Dram. Der Club war benannt nach der Menge an Whisky, die in jedem Fass verdunstet, und befand sich in der Cowgate nicht weit vom städtischen Leichenschauhaus entfernt. Zuletzt war sie dort gewesen, als Deborah Quant einen Abend unter Freundinnen organisiert hatte. Clarke brauchte weniger als zehn Minuten für den Weg, konnte aber keinen Parkplatz finden. Schließlich stellte sie ihren Wagen vor dem Leichenschauhaus ab, neben einem der anonymen schwarzen Transporter im Hof. Cowgate war eine steil ansteigende Straße mit schmalen Gehwegen und zwei Fahrstreifen, fast schluchtartig. Vor noch nicht allzu langer Zeit hatte Clarke einen Mörder von hier aus verfolgt, bis sie schlappgemacht hatte – ein Detail, das sie in ihrem Bericht lieber unerwähnt gelassen hatte.

Die vollgesprühten Stahltüren des Devil's Dram waren abgeschlossen. Es gab keine Fenster, nur Steinmauern, ebenso verschmiert – schwer zu sagen, ob es sich um künstlerisches Design oder Vandalismus handelte. Clarke trat und hämmerte gegen die Tür. Schließlich hörte sie, wie aufgeschlossen wurde. Ein junger Mann sah sie böse an, er hatte die Ärmel hochgekrempelt, die Arme waren bunt tätowiert. Sein makelloses Haar hatte er streng aus der Stirn gekämmt, und dazu trug er einen dichten Bart.

»Sie sehen aus, als würden Sie hinter der Bar arbeiten«, meinte Clarke.

»Mir gehört die Bar«, korrigierte er.

»Auf dem Papier vielleicht.« Clarke hielt ihm ihren Dienstausweis unter die Nase. »Ich bin hier, weil ich Ihren Chef sprechen möchte.«

Er rang sich ein spöttisches Grinsen ab, trat dann aber beiseite, so dass sie sich an ihm vorbei in das düster beleuchtete Gewölbe zwängen konnte, durch das man in den Hauptraum gelangte. Wasserspeier aus Plastik stierten bedrohlich von der Decke, bärtige Satyrn tanzten an den Wänden. Rockmusik dröhnte aus den Lautsprechern.

»Ich höre morgens früh eigentlich immer ganz gerne Burt Bacharach«, sagte Clarke.

»Das ist Ninja Horse.«

»Tun Sie mir einen Gefallen und stellen Sie's in den Stall.«

Mit einem letzten abfälligen Blick verschwand der junge Mann. Eine gläserne Treppe führte auf eine VIP-Galerie direkt über der langen verspiegelten Bar. Als Clarke sich an den Aufstieg machte, verstummte plötzlich die Musik. Offensichtlich bereitete man sich auf den bevorstehenden Abend vor, Staubsauger brummten, Kühlschränke wurden aufgefüllt, Stühle und Hocker zurechtgerückt. Darryl Christie sah von seinem Tisch oben aus zu, seine Nase war noch immer bandagiert, aber seine Augen schon etwas weniger geschwollen, wenn auch immer noch grün und blau. Er hatte Papiere vor sich ausgebreitet und drehte jedes einzelne demonstrativ um, so dass nur noch leere Seiten sichtbar waren, als Clarke an ihn herantrat.

»Ich bin nicht von der Steuerbehörde, Darryl«, tat sie enttäuscht.

»Vielleicht will ich ja auch nur mein Geschäftsgeheimnis wahren – wie man aus dem Nichts einen erfolgreichen Club aufbaut.«

Vor ihm stand ein Glas sprudelndes Mineralwasser. Er hob es an den Mund, trank durch einen knallroten Strohhalm, wartete auf das, was sie zu sagen hatte.

»Craw Shand ist wieder auf freiem Fuß«, erklärte sie.

»Tatsächlich?«

»Wenn ihm was zustößt, werden Sie sich mir gegenüber rechtfertigen müssen.«

»Vor der großen, bösen DI Clarke?« Christie konnte sich sein Grinsen kaum verkneifen. »Ich habe gelernt, wenn man eine Rechnung zu begleichen hat, kann es nie schaden, sich ein bisschen Zeit zu lassen. So was kann Wochen oder Monate dauern – und einstweilen steigt die Vorfreude.«

»War das so bei dem Mann, der Ihre Schwester auf dem Gewissen hatte?«

Christie biss angespannt die Zähne aufeinander. »Das war ein Kindermörder. War von vornherein klar, dass er's im Gefängnis nicht lange macht.«

»Barlinnie, oder? Ich vermute, Joe Stark hat das organisiert – in seiner Stadt, seinem Einflussbereich. Verstehen Sie sich immer noch so gut mit ihm, Darryl?«

»Wieso interessiert Sie das, Officer?«

»Nur weil wir Shand unter Anklage gestellt haben, heißt das nicht, dass wir nicht weiter ermitteln. Wir interessieren uns für alle, die Sie kennen, Freund oder Feind.«

»Dann haben Sie Cafferty sicher auch schon vorgeladen?«

»Vielleicht machen wir das, wenn wir mit Joe Stark gesprochen haben.«

»Sie können reden, bis Sie schwarz werden, für mich macht das nicht den geringsten Unterschied.« Mit Mühe erhob er sich, stöhnte leicht, als ihn der Schmerz in den Rippen traf.

»Ihre Mutter glaubt, Sie wären mir was schuldig, weil wir Shand so schnell gefasst haben.«

»Und wenn ich ihn in Frieden lasse, sind wir quitt? Netter Versuch, Siobhan.« Er stand nur wenige Zentimeter von ihr entfernt. »Hat mich gefreut, dass Sie vor ein paar Wochen hier waren. Hatten Sie einen schönen Abend? Auf den Überwachungsmonitoren sah es eigentlich ganz danach aus. Sieben Gin Tonic hab ich gezählt.« Wieder grinste er und zeigte auf die Treppe. »Wenn Sie mich jetzt entschuldigen wollen …«

Kurz hielt sie noch die Stellung, bis er ihr mit einem leichten Kopfnicken signalisierte, dass sie ihren Standpunkt klargemacht hatte. Dann stieg sie die Treppe wieder runter. Es roch stark nach Putzmitteln. Als sie durch den Hauptraum zur Tür zurückging, wurde die Musik wieder aufgedreht, die ihr in Kombination mit den starrenden Blicken der Kobolde und Dämonen durch und durch ging. Wieder draußen auf dem Gehweg blieb sie einen Augenblick stehen, holte ein paar Mal tief Luft, dann merkte sie, dass ihr Handy brummte. Sie sah aufs Display: ihre Freundin in der Zentrale von Police Scotland.

»Was gibt's, Tess?«

»An den Leith Docks wurde eine Leiche aus dem Wasser gefischt, nicht weit von der *Britannia*.«

»Selbstmord?«

»Wenn ja, dann war's wohl ein Entfesselungskünstler. Das Gegenteil davon, meine ich.«

»Spuck's aus.«

»Anscheinend waren ihm die Hände auf den Rücken gefesselt.«

»Das ist allerdings verdächtig.«

»Dachte ich auch. Und dass dich der Fall interessieren könnte, weil einer von euch das Gesicht erkannt hat.«

Clarke erstarrte mit Blick auf die Tür des Devil's Dram.

Bitte, lieber Gott, sagte sie zu sich selbst. Aber doch bestimmt nicht so schnell...? Dann hörte sie, dass Tess den Namen bereits buchstabierte, ein Name, der ihr durchaus etwas sagte.

»Kannst du das bitte nochmal wiederholen?«, bat sie, beendete anschließend das Gespräch und wählte Rebus' Nummer.

»Siobhan?«, meldete er sich.

»Robert Chatham wurde an den Docks tot aus dem Wasser gefischt«, sagte sie.

»Ach du Scheiße«, erwiderte John Rebus.

Sie überlegte noch, was sie sonst berichten konnte, merkte dann aber, dass er längst aufgelegt hatte.

Die königliche Yacht *Britannia* lag hinter dem Ocean Terminal Shopping Centre und dem daran anschließenden mehrstöckigen Parkhaus. Neben dem Anlegeplatz befand sich ein Gebäude, in dem sich die Passagiere der kleineren Kreuzfahrtschiffe an- und abmeldeten. Wenn keine solchen Schiffe angelegt hatten, war das Gebäude in der Regel verschlossen, jetzt allerdings war es geöffnet, und Polizei, Kriminaltechniker, Fotografen und eine ganze Reihe anderer Spezialisten und Mitarbeiter schwirrten unter der Aufsicht des Leiters der Spurensicherung herum. Die Leiche lag unter einem provisorisch errichteten Zelt, vor Blicken geschützt. Rebus entdeckte Deborah Quant und einen ihrer Kollegen, beide in Schutzanzügen mit Hauben und Überziehern an den Füßen. Sie hatte ihren Mundschutz hochgezogen, so dass dieser jetzt auf ihrer Stirn saß, und sie hielt sich die Hand vor den Mund, um sich unbelauscht zu unterhalten. In der Nähe parkte ein kleiner weißer Transporter. Die Fenster hinten waren offen, und man sah Taucheranzüge und Sauerstoffflaschen, zwei Männer warteten mit verschränkten Armen auf weitere Anweisungen.

Der Leiter der Spurensicherung hieß Haj Atwal. Er hatte ein Klemmbrett dabei und gestikulierte jetzt damit in Richtung Siobhan Clarke.

»Haben Sie sich schon eingetragen?«

»Vorne an der Absperrung«, bestätigte sie. »Kennen Sie John Rebus?«

Die beiden gaben sich die Hand. Rebus fragte, wie lange das Opfer im Wasser gelegen habe.

»Darüber beraten die Kriminaltechniker noch. Soweit ich bislang gehört habe, wird man nach der Obduktion ein paar Fragen beantworten können.« Atwal hielt inne, starrte Rebus an. »Ich dachte, man hätte Sie längst aufs Abstellgleis geschoben?«

»Heute darf ich noch mal ausfahren«, erwiderte Rebus.

»John hat gestern Morgen noch mit dem Opfer gesprochen«, erklärte Clarke. »Vorausgesetzt, es handelt sich um den, für den wir ihn halten.«

»Der erste Kollege vor Ort hat gleich das Gesicht erkannt«, erklärte Atwal. »Außerdem hatte er seine Brieftasche einstecken – Kreditkarten und Führerschein. Sein Handy haben wir auch.«

»Fehlt auf den ersten Blick etwas?«

»Nichts.«

»Also kein Raubüberfall?«

Atwals Gesichtsausdruck bedeutete ihr, dass er sich auf keine Ratespielchen einlassen würde. Seine Stärken lagen im Verfahrenstechnischen und Überprüfbaren. Clarke sah einen anderen Transporter heranschaukeln. Er war größer als der der Tauchermannschaft und schwarz lackiert. Möglicherweise war es sogar derselbe, neben dem sie vor dem Leichenschauhaus geparkt hatte.

»Die können es alle gar nicht abwarten, sich an die Arbeit zu machen«, meinte Atwal.

»Ist nur natürlich«, sagte Rebus, nickte in Richtung des Opfers. »Schließlich liegt da einer von uns.«

»Wobei er ja auch schon pensioniert war, genau wie Sie – über Dienstliches haben Sie wohl kaum miteinander gesprochen, oder?«

»Das Problem ist, dass wir *genau* das getan haben – über einen Fall, den alle für längst erledigt hielten.«

»Mir scheint, gerade ist er wieder aktuell geworden«, schlussfolgerte Atwal und ging ein paar Schritte weiter, um einem seiner Mitarbeiter eine Frage zu beantworten.

Rebus und Clarke hielten Abstand zur Leiche, sahen den anderen beim Arbeiten zu. Schließlich entdeckte Deborah Quant die beiden, und nachdem sie kurz ein paar Worte mit ihrem Kollegen gewechselt hatte, ging sie auf sie zu. Erneut schob sie ihren Mundschutz nach oben. Kein Lächeln, kein Gruß; rein dienstlich.

»Verdacht auf Mord«, stellte sie fest. »Mehr als nur ein Verdacht, so viel kann ich jetzt schon sagen.«

»Platzwunden oder Prellungen?«, fragte Rebus.

»Keine, die nicht im Wasser entstanden sein können.«

Rebus betrachtete die Umgebung. »Hohe Zäune und Überwachungskameras. Nicht ganz einfach, hier eine Leiche loszuwerden.«

»Wir werden die Strömungen überprüfen müssen. Könnte auch sein, dass er irgendwo zwischen Cramond und Portobello ins Wasser geworfen wurde.«

»Er hat am Hafen in Newhaven gewohnt.«

Quant starrte ihn an. »Wieso wundert es mich nicht, dass du ihn gekannt hast?«

»Hab erst gestern noch mit ihm gesprochen, Deborah.«

Ihr Blick wurde sanfter. »Warst du mit ihm befreundet?«

»Das war erst unsere zweite Begegnung«, stellte Rebus richtig. »Weißt du schon, ob er ertrunken ist?«

»Ich würde sagen, wahrscheinlich. Es gibt keine erkennbaren Verletzungen, und erdrosselt wurde er auch nicht.«

»Dann hat er vermutlich in Todesangst um Hilfe gerufen.«

»Das ist vorstellbar.«

»Was bedeutet, dass es jemand gehört haben könnte«, meinte Clarke.

Quant musterte sie. »Leitest du die Ermittlungen, Siobhan?«

»Nicht dass ich wüsste – noch hat mich niemand damit beauftragt.«

»Verdammt«, unterbrach Rebus und schaute Clarke über die Schulter. »Sieht aus, als hätte sich's bereits rumgesprochen.«

Malcolm Fox kam auf die Gruppe zumarschiert, versuchte offensichtlich, seine Gesichtszüge so zu arrangieren, dass er einen freundlichen, aber respektvollen Eindruck machte.

»Detective Inspector Fox«, sagte Quant. »Wir dachten, wir hätten Sie an Gartcosh verloren.«

»Hab ein Touristenvisum ergattert.« Fox schaute etwas auf seinem Handy nach. »Ist der Leiter der Spurensicherung vor Ort?«

»Der Typ, der aussieht wie ein Italiener«, sagte Rebus und zeigte auf Atwal. Fox nickte dankend und ging zu ihm.

»Hajs Eltern stammen aus Indien«, sagte Deborah Quant.

»Ich weiß.« Rebus grinste müde.

»Was will Malcolm überhaupt von ihm?«, fragte Clarke mit gerunzelter Stirn.

»Ich denke, Malcolms Touristenvisum wurde gerade verlängert. Robert Chatham war wie gesagt einer von uns ...« Rebus starrte Clarke an, bis ihr dämmerte, worauf er hinauswollte.

»Die in Gartcosh wollen den Fall übernehmen?«, rief sie.

Rebus nickte langsam. »Malcolm allen voran.«

Quant betrachtete Fox, der sich langsam entfernte. »Ihr meint, er will die Ermittlungen leiten?«

»Sieht ganz danach aus, meinst du nicht?«

»Danke für die Vorarbeit, Malcolm. Aber die Leitung übernehme jetzt ich.«

Fox stand vor Detective Superintendent Alvin James. Er war einige Jahre jünger als Fox, drahtig, markante Wangenknochen und Sommersprossengesicht, sein rötlich-blondes Haar war ordentlich gekämmt und gescheitelt. Fox vermutete, dass er Langstreckenläufer war, sein Körperbau deutete darauf hin. Vielleicht spielte er auch Fünferfußball. Sportlich, anständig und immer für eine Beförderung zu haben.

»Ja, Sir«, sagte Fox, die Hände hinter dem Rücken verschränkt.

James schenkte ihm ein schmales Lächeln. »Sagen Sie ruhig ›Alvin‹ – und ich hab's ernst gemeint, wegen der Vorarbeit.«

Sie standen in einem unbelüfteten Büro im ersten Stock der Polizeiwache Leith an der Ecke Constitution und Queen Charlotte Street. Das Gebäude war einst das Rathaus von Leith gewesen, massiv, aber heruntergekommen, die Öffnungszeiten eingeschränkt. Der Büroraum, in dem sie sich gerade befanden, wurde eigens für Fälle wie diesen frei gehalten und diente sonst keinem anderen Zweck – er wurde nur benutzt, wenn ein Major Investigation Team in der Stadt war. Alvin James war der leitende Ermittler, höchstpersönlich von ACC Lyon in Gartcosh dazu bestimmt. Sein Team bestand aus CID-Beamten und Verwaltungsangestellten. Sie waren bereits bei der Arbeit, schlossen Laptops an, stellten Internetverbindungen her, öffneten die Fenster, um die stickigen Räume zu lüften.

Fox erkannte keinen der Detectives, was bedeutete, dass sie mit ziemlicher Sicherheit nicht von hier stammten. James schien seine Gedanken zu lesen.

»Ich weiß, dass viele unserer Kollegen hier in der Gegend Police Scotland lediglich für eine Fortsetzung von Strathclyde unter anderem Namen halten, aber so ist es nicht. Okay, ich habe zwar den Großteil meines Berufslebens in Glasgow verbracht, aber hier sind auch Kollegen aus Aberdeen und Dundee. Andererseits kennt sich hier niemand so gut aus wie Sie – deshalb werden Sie auch mein direkter Ansprechpartner für Lokales sein. Klingt das für Sie sinnvoll?«

»Die Sache ist nur die, dass ich derzeit noch an einem anderen Fall arbeite.«

»Das hat mir ACC Lyon bereits erklärt, aber laut Ben McManus sind Sie wohl ein Meister des Multitasking. Wenn ich Sie brauche, sind Sie hier, ansonsten beackern Sie weiter Ihren eigenen Fall. Wie klingt das?«

»Klingt … machbar.«

»Hervorragend. Also, was muss ich wissen?« James sah Fox mit der Frage ringen, dann grinste er zahnreich und fuchtelte mit dem Zeigefinger. »War nur Spaß. Tatsächlich hätte ich aber gerne, dass Sie sich über Ihre Kollegen Gedanken machen – lebende, meine ich. Vorzugsweise vom CID. Möglicherweise müssen wir uns ein paar ausborgen, falls es viel zu tun gibt.«

»Siobhan Clarke ist der beste DI der Stadt, und sie hat zwei erstklassige DCs unter sich.«

»Sehen Sie? Und schon haben Sie mir sehr geholfen. Vielen Dank.« Kaum hatte er's gesagt, machte James kehrt, rieb sich die Hände und erteilte seinem Team Anweisungen. Da Fox noch keine Aufgabe hatte, blieb er stehen, trat von einem Bein aufs andere. Als sein Handy klingelte, empfand er dies als Erleichterung. Ohne sich zuerst zu vergewissern, wer anrief, presste er es sich ans Ohr.

»Ich bin's«, sagte Rebus.

»Herzlichen Dank auch für den kleinen Scherz, den du dir vorhin erlaubt hast«, erwiderte Fox leise.

»Welchen?«

»Du hast gesagt, der Leiter der Spurensicherung sei Italiener.«

»Ich hab gesagt, er sieht so aus. Hast du einen Augenblick Zeit?«

»Kann sein.«

»Gestern Abend im Pub hab ich Robert Chatham erwähnt, erinnerst du dich?«

»Nicht so richtig.«

»Nein, weil du die ganze Zeit nur über Sir Magnus Brough und seinen Enkel nachgedacht hast.«

Fox ging aus dem Büro in den leeren Gang. »Chatham ist doch der, den wir gerade aus dem Wasser gezogen haben.«

»Ganz genau.«

»Und er wurde noch am selben Tag umgebracht, an dem du mit ihm gesprochen hast?«

»Ja.«

»Du lieber Gott, John …«

»Werden die Ermittlungen von Leith aus geleitet?«

»Das Team ist mehr oder weniger bereit loszulegen. Ein gewisser Detective Superintendent Alvin James ist hier der Chef.«

»Der Name sagt mir nichts, aber ich vermute mal, er kommt aus Glasgow.«

»Woher weißt du das?«

»Die in Gartcosh haben ihn ausgewählt – da liegt das nahe.«

»Und ich hab ein gutes Wort für Siobhan eingelegt.«

»Möglicherweise wird sie's dir nicht danken. Und jetzt los, verklicker Alvin und seinen Chipmunks, dass ein pensionierter Cop von der Ostküste mehr weiß als er und in zwanzig Minuten da ist, um ihm alles brühwarm zu erzählen.«

8

»Dann ist das also die schöne neue Welt, von der man immer wieder hört?« Rebus kam mit den Händen in den Taschen ins Zimmer geschlendert.

»Und Sie sind wohl John Rebus?«, sagte Alvin James und erhob sich von seinem Schreibtisch, um ihm die Hand zu schütteln.

»Superintendent James?«

»*Detective* Superintendent James.«

Rebus nahm die Belehrung mit leicht zuckenden Mundwinkeln zur Kennntnis. Er nickte Richtung Fox, der am Schreibtisch neben James saß. Im Raum befanden sich vier weitere Personen. Anscheinend hatten sie bereits zuvor miteinander gearbeitet, denn jetzt starrten sie ihn kollektiv skeptisch an. James zeigte nacheinander auf jeden Einzelnen.

»DS Glancey und DS Sharpe; DC Briggs und DC Oldfield.«

Nur eine Frau, DC Briggs, adrett und professionell. Glancey quoll über seinen Stuhl hinaus. Er hatte sein Jackett abgelegt und tupfte sich mit einem blütenreinen Taschentuch über das Gesicht. Sharpe schaute schlau, aber argwöhnisch, wenn Glancey ein Bulle war, war er eine Eule. Oldfield war jünger, sehr selbstbewusst und tatendurstig. Rebus wandte sich von ihnen ab und Fox zu.

»Kommt dir bestimmt alles bekannt vor, Malcolm.« Dann an James gewandt: »Ist noch nicht lange her, da hatten wir schon mal Besuch von Kollegen aus Glasgow. Da wurde es aber ganz schön chaotisch.«

»Wir sind nicht alle aus Glasgow«, fühlte James sich bemüßigt klarzustellen. »Wir sind eine Einheit, die sich zum Ziel gesetzt hat herauszufinden, wer Robert Chatham auf dem Gewissen hat, Mr Rebus.« James verschränkte die Arme und hockte sich mit halbem Hintern auf eine Ecke seines Schreibtischs. »Malcolm sagt, möglicherweise haben Sie Informationen, die uns weiterhelfen. Wir können uns also weiter Sandkastenspielen widmen oder uns zusammenreißen und etwas Sinnvolles zustande bringen.« Er hielt inne und neigte leicht den Kopf zur Seite. »Was sagen Sie?«

»Ich sage mit Milch, aber ohne Zucker, *Detective* Superintendent James.«

»Nennen Sie mich bitte ›Alvin‹.« Dann an Fox gerichtet: »Das haben wir ganz vergessen, Malcolm. Würden Sie bitte alles Notwendige besorgen?«

»Ich?«

»Sie sind der Einzige hier, der Johns Geschichte bereits kennt«, argumentierte James. Ringsum grinsten die Kollegen hinter vorgehaltener Hand, als Fox aus dem Raum nach nebenan ging, wo sich weitere Mitarbeiter aufhielten.

»Gibt's irgendwo einen Wasserkocher?«

»Im Laden«, beschied man ihm.

Leise vor sich hin brummend verließ er das Gebäude und ging Richtung Leith Walk. In einem Geschäft erstand er einen elektrischen Wasserkocher und ein halbes Dutzend Becher, in einem anderen Kaffee, Tee, Zucker, Milch und ein paar Plastiklöffel. Der gesamte Einsatz hatte nicht länger als fünfundzwanzig Minuten gedauert, gerade so lange, wie Rebus brauchte, um seine Geschichte zu Ende zu erzählen. Das

Problem war jetzt nur, dass Fox nicht wusste, ob er etwas verschwiegen hatte. So wie er Rebus kannte, war bei ihm die Wahrheit nie die ganze Wahrheit; er wusste immer gerne ein bisschen mehr als die anderen, mit denen er sich die Bühne teilte. Fox stellte DC Oldfield beide Tüten auf den Schreibtisch.

»Teekochen können Sie«, erklärte er. Oldfield sah James ratsuchend an, aber James nickte. Mit einem finsteren Blick Richtung Fox erhob Oldfield sich, nahm den Wasserkocher aus der Verpackung und ging hinaus, um fließendes Wasser zu suchen.

»So, sind jetzt alle auf dem aktuellen Stand der Dinge?«, erkundigte Fox sich und ließ sich auf seinen Stuhl fallen.

»Wir sind gebannt«, behauptete James. Er saß an seinem Tisch, tippte sich mit einem Kugelschreiber an die Wange. Vor sich hatte er ein paar Notizen auf liniertem DIN-A4-Papier, auf die er schaute, während er weitersprach.

»Ohne außer Acht zu lassen, was Sie uns gerade gesagt haben, John«, meinte er, »gibt es gewisse Verfahrensvorschriften, die wir nicht ignorieren sollten. Das heißt, wir sollten erst einmal die Ergebnisse der Obduktion abwarten, Mr Chathams Lebensgefährtin vernehmen und uns an seinem Arbeitsplatz umhören.«

»Türsteher machen sich vermutlich mehr Feinde als andere«, meinte Glancey, faltete sein Taschentuch andersherum und tupfte sich erneut über das Gesicht.

»Und während seiner Zeit beim CID wird er auch die ein oder andere missliebige Person verstimmt haben«, setzte Briggs hinzu und trommelte mit ihrem Kugelschreiber auf ihren Notizblock.

»Wir werden uns seine Akte in Livingston ansehen müssen,

wo er DI war«, pflichtete James ihr bei. »Als Sie mit ihm gesprochen haben, schien es ihm demnach gut zu gehen, John?«

»Absolut.«

»Und er hat nicht gesagt, was er nach dem Treffen vorhatte?«

»Nein.«

»Keine Anrufe oder Nachrichten, während Sie zusammen im Café waren?«

»Mir ist klar, dass Sie durch alle möglichen Reifen springen müssen, aber das kann doch kein Zufall sein. Am selben Tag, an dem ich mit ihm über den Mord an Maria Turquand spreche, wird er um die Ecke gebracht.«

James nickte, aber Fox merkte, dass sich seine Begeisterung in Grenzen hielt – und das wurmte Rebus.

»Sie werden uns die Akten wieder zurückbringen müssen«, sagte Sharpe leise. »Akten, die Sie eigentlich ohnehin nicht hätten mit nach Hause nehmen dürfen.«

Rebus nahm kurz Blickkontakt zu Fox auf, damit dieser Bescheid wusste. Er hatte die Wahrheit ein bisschen frisiert, um Siobhan Clarkes Namen aus dem Spiel zu lassen. Soweit James und sein Team wussten, hatte Rebus Chathams Notizen während seiner Dienstzeit dort selbst mitgehen lassen. In einer Ecke des Raums schloss Oldfield möglichst geräuschvoll den Wasserkocher an den Strom an und hantierte mit den Bechern.

»Denken Sie dran, was ich über Sandkastenspielchen gesagt habe, Mark«, wies James ihn zurecht. Ein Klopfen an der geöffneten Tür. Haj Atwal stand im Eingang.

»Fertig draußen am Dock?«, fragte James.

»Alles so weit erledigt.« Atwal fuhr sich mit der Hand über den rasierten Schädel. »Bis Dienstschluss finden Sie alles, was ich bislang habe, in Ihren E-Mails.«

»Danke. Und die Taucher?«

»Haben sich kurz umgesehen, aber da es anscheinend keine Waffe in dem Sinne gab…«

»Und er vermutlich sowieso irgendwo an der Küste entlang angetrieben wurde«, konnte Rebus sich nicht verkneifen zu ergänzen.

»Wollen Sie sagen, wir hätten es auch bleiben lassen können?« James schien eine Antwort zu erwarten, aber Rebus fiel nicht mehr als ein Schulterzucken dazu ein. »Und wieso sind Sie so sicher, dass er nicht an der Fundstelle ins Wasser geworfen wurde?«

»Wegen der hohen Zäune und Überwachungskameras.«

»Aber wir haben noch gar nicht nachgesehen, was aufgezeichnet wurde, oder?«

Fox wusste, worauf er hinauswollte – James fragte sich, wie weit er Rebus vertrauen konnte. Wollte er ihn in die Irre führen? Er sah, dass Rebus zu demselben Schluss gelangt war, sich steif aufrichtete und die Zähne aufeinanderbiss.

»Wollen Sie mich als Verdächtigen vernehmen, Alvin?«, fragte Rebus.

James setzte einen erstaunten Blick auf. »Nein, überhaupt nicht«, meinte er.

»Dann sind wir hier wohl fertig. Und mir steht es frei zu gehen?«

»Selbstverständlich.«

Also ging Rebus zur Tür, warf Fox noch einen letzten Blick zu und schob sich an Haj Atwal vorbei.

»Die Kleidung des Opfers wird ins Labor geschickt«, sagte Atwal in den Raum hinein. »Als Nächstes kommt dann die Obduktion.«

»Danke«, sagte James und tat, als hätte er zu tun, bis der Leiter der Spurensicherung wieder im Gang verschwunden war.

»Hätte fragen sollen, wer die Obduktion durchführt«, meinte Sharpe. Seine Stimme war kaum lauter als ein Flüstern – Fox fragte sich, ob eine bewusste Masche dahintersteckte; der Mann sprach so leise, dass man nicht anders konnte, als ihm seine volle Aufmerksamkeit zu schenken.

»Professor Quant«, erwiderte Fox. »Deborah Quant.«

Alvin James warf ihm einen taxierenden Blick zu. »Und gibt es etwas, das wir über Professor Quant wissen sollten, Malcolm?«, fragte er.

»Sie ist hochqualifiziert, sympathisch und unkompliziert.« Fox tat, als würde er einen Augenblick nachdenken. »Ach so, sie ist mit Rebus zusammen.«

James hob eine Augenbraue. »Ach was?«

»Falls John Rebus tatsächlich der Mörder sein sollte, wird sie möglicherweise dafür sorgen, dass er ungeschoren davonkommt.«

Alvin James warf den Kopf in den Nacken und lachte. »Humor hilft immer, oder?«

Fox tat, als würde er das nicht ganz aufrichtige Lächeln erwidern, das ihm von allen Seiten entgegenkam.

»Ich habe eine Frage an alle«, unterbrach Oldfield.

»Was denn, Mark?«

»Tee oder Kaffee?« Dann eigens an Fox gewandt: »Wie trinken Sie Ihren?«

»Ohne Spucke«, sagte Fox. »Da ich vorher noch mal austreten muss, ist die Versuchung möglicherweise groß ...«

Rebus zog den Strafzettel unter einem der Scheibenwischer seines Saab hervor und schaute sich auf der Straße nach dem Übeltäter um.

»Pech gehabt«, meinte Fox.

»Dabei hab ich bloß meine kleine Rente.« Rebus stopfte sich den Zettel in die Tasche. »Meinst du, dieser James ist der Aufgabe gewachsen?«

»Zu früh, um was dazu zu sagen.«

Rebus kaute jetzt Kaugummi.

»Hilft das?«

»Kaum«, meinte Rebus. »Denk dran: Lass bloß nicht durchblicken, dass Siobhan mir die Akte besorgt hat.«

»Botschaft angekommen. Hast du sonst noch was unter den Teppich gekehrt?«

»Nicht dass ich wüsste.«

»Wie soll ich dann verhindern, dass ich's ausplaudere?«

»Indem du vielleicht einfach mal die Klappe hältst.« Rebus sah ihn finster an. »Kann nicht sagen, dass mich der liebe Alvin zuversichtlich stimmt. Ist mir viel zu glatt.«

»Der Anzug oder das Gesicht?«

»Alles an ihm, Malcolm. Der hat nichts anderes im Blick als die nächste Sprosse auf der Karriereleiter.«

Fox konnte ihm nicht widersprechen. »Ich glaube aber nicht, dass er die Turquand-Spur außer Acht lassen wird.«

»Es ist die einzige, die er hat.«

»Dann wird er ihr irgendwann auch nachgehen.«

»Klar, aber erstmal hält er sich an die Verfahrensvorschriften. Du musst ihn weiter bearbeiten, Malcolm. Damit er kapiert, was los ist.«

Fox nickte langsam. »Wer wusste sonst noch, dass du dich mit dem Fall beschäftigt hast?«

Rebus überlegte. »Deborah hab ich einen kurzen Einblick geliefert. Und Siobhan natürlich.«

»Außerdem derjenige, der Siobhan die Akte ausgehändigt hat.«

»Stimmt.«

»Und alle, denen Robert Chatham davon erzählt hat.«

Jetzt war es an Rebus zu nicken, was er geistesabwesend tat. »Wir brauchen die Liste seiner Anrufe – müssen sehen, mit wem er nach unserem Treffen gesprochen hat.«

»Wo hast du dich mit ihm verabredet?«

»In einem fettigen Imbiss nicht weit vom Ocean Terminal. Ihm haben die Speckbrötchen da besonders gut geschmeckt.«

»Dann hat der Todgeweihte also noch ein herzhaftes Mahl zu sich genommen, wie Professor Quant schon bald feststellen wird.«

»Meinst du, die lassen mich zuschauen?«, fragte Rebus mit gerunzelter Stirn.

»Könnte sich als schlechte Idee entpuppen.«

»Auch wieder wahr – James und seine Gang würden mir den Mord sowieso schon am liebsten anhängen.«

»Jetzt übertreibst du wohl ein kleines bisschen.«

»Du musst Augen und Ohren für mich offen halten, Malcolm. Versprich mir das.«

»Ich geh lieber wieder rein. Sonst rufen die noch beim Guiness-Buch der Rekorde an und lassen meine Blase ausmessen.«

Fox drehte sich um und stieß die Tür auf, ließ sie quietschend hinter sich zufallen. Plötzlich sollte er für jedermann Augen und Ohren offen halten, wobei ihm wieder einfiel ... Er suchte Sheila Grahams Nummer und drückte auf die grüne Hörertaste, als er die beeindruckende Treppe hinaufstieg.

»Hab mir gedacht, dass Sie das sind«, sagte Graham.

»Dann haben Sie's schon gehört?«

»ACC Lyon hat ACC McManus berichtet, und ACC McManus war so freundlich, die Information weiterzugeben.«

»Ich kann den Fall Christie trotzdem im Auge behalten.«

»Sicher?«

»Genau genommen hat das sogar was für sich: Laut Anthony Broughs Sekretärin ist Brough verschwunden – hat Termine abgesagt usw. Ich hatte den Eindruck, dass sie keine Ahnung hat, wohin er ist oder warum.«

»Vielleicht rächt es sich jetzt ...«

»Wie meinen Sie das?«

»Da muss ich erstmal drüber nachdenken, Malcolm. Gibt es sonst was zu berichten?«

»Seit heute Mittag hatte ich einiges zu tun.«

»Sind das Ihre ersten Ermittlungen als Angehöriger eines Major Investigation Teams?«

»Ich habe die Professional Standards Unit geleitet, Sheila. Ich hatte schon öfter mit den großen Jungs zu tun.«

Er konnte ihr Grinsen am anderen Ende der Leitung spüren. »Wir sprechen später weiter«, sagte sie und beendete die Verbindung, als er die Tür zum Büro der Ermittler erreichte. Alvin James zeigte auf den Becher auf Fox' Schreibtisch.

»Ich habe ihn streng bewacht, keine Angst.«

»Danke«, sagte Fox.

»Wobei wir ja alle ein bisschen enttäuscht von Ihnen sind, Malcolm.«

»Wieso?«

»Keine Kekse«, sagte Briggs.

»Keine Kekse«, pflichtete Alvin James ihr bei.

»Und die längste Pinkelpause der Geschichte«, ergänzte Mark Oldfield.

»Allerdings glauben wir nicht, dass du wirklich auf dem Klo warst«, setzte James augenzwinkernd hinzu.

»Na ja, ihr habt recht – ich hab mit Gartcosh telefoniert. Ich kann euch auch den Namen nennen, wenn ihr's überprüfen wollt.«

»Wir sind hier doch unter Freunden, Malcolm. Schwamm drüber.«

»Nur noch eins«, unterbrach Briggs. »Das nächste Mal bringst du Kekse mit. Vorzugsweise Vollkorn.«

»Mit Schokolade«, präzisierte Wallace Sharpe flüsternd.

Die Obduktion war auf halb fünf angesetzt, kurz nachdem Chathams Lebensgefährtin Liz Dolan die Leiche identifiziert hatte.

Fox hatte die Aufgabe erhalten, sie zu begleiten. Ihr waren die Knie eingeknickt, und er hatte Mühe gehabt, sie auf die Füße zu ziehen.

»Oh Gott«, hatte sie immer wieder gesagt. »Oh Gott, oh Gott, oh Gott.«

Fox machte so etwas nicht zum ersten Mal und versicherte ihr, wie üblich, seine Anteilnahme, wobei sie davon nichts hören wollte. Sie zitterte, klammerte sich an ihn, umarmte ihn tränenüberströmt.

Das ist nicht einfach, Liz.

Ist wirklich eine schlimme Sache.

Gibt es eine Freundin, die ich anrufen soll? Angehörige?

Mit anderen Worten jemanden, dem man die Verantwortung zuschieben konnte.

Aber sie hatten nie Kinder gehabt, und beider Eltern lebten nicht mehr. Sie hatte nur noch eine Schwester in Kanada; Chathams Bruder war bereits vor ihm gestorben.

»Was soll ich machen?«, fragte sie mit zitternder Stimme, weißer Speichel sammelte sich in ihren Mundwinkeln. »So ein guter Mann. So ein guter Mann.«

»Ich weiß«, pflichtete Fox ihr bei, lenkte sie ins Wartezimmer und auf einen Stuhl. »Ich hole uns Tee – wie trinken Sie ihn?«

Aber sie starrte die Wand gegenüber an, den Blick reglos auf ein Plakat mit einer Luftaufnahme von Edinburgh gerichtet. Fox streckte den Kopf zur Tür hinaus, sah nach links und nach rechts, machte schließlich einen vorübergehenden Mitarbeiter auf sich aufmerksam.

»Ich hab hier eine Angehörige, die was vertragen könnte«, meinte er bittend.

»Valium vielleicht?«, bot der Mann an.

»Ich glaube, Tee würde es auch erstmal tun.«

»Milch und zwei Stück Zucker?«

»Ich bin nicht sicher, ob sie ihn mit Zucker nimmt.«

»Glauben Sie mir, die trinken ihn alle mit Zucker...« Der Mann ging in seinen wadenhohen Gummistiefeln davon.

Liz Dolan saß vornübergebeugt da, sah aus, als wollte sie sich gleich übergeben. Sie trug schwarze Leggings unter ihrem knielangen, gemusterten Rock. Ihre Finger kneteten den Saum, während sie in unregelmäßigen Abständen nach Luft schnappte.

»Wird es denn gehen, Liz?«, fragte er.

»Nicht lange.«

»Tee ist unterwegs.«

»Dann ist ja alles gut.« Zum ersten Mal sah sie ihm direkt in die Augen, um ihn wissen zu lassen, dass die Bemerkung ironisch gemeint war. Langsam setzte er sich, ließ nur einen Platz zwischen ihnen frei. »Also, was passiert jetzt?«, fragte sie schließlich und wischte sich die Nase am Ärmel ab.

»Sie werden alles Mögliche zu organisieren haben – die Beerdigung und so weiter.«

»Ich meinte Sie – Rab wurde ermordet, was machen *Sie* jetzt?«

»Nun, sobald Sie sich dem gewachsen fühlen, würden wir Ihnen gerne ein paar Fragen stellen, um herauszufinden, was er gemacht hat.«

»Er war mit jemandem frühstücken – einem ehemaligen Polizisten.«

»Das wissen wir.«

»Danach hat er voll am Rad gedreht.«

»Wieso?«

»Hat mich angefahren, als ich ihn gefragt habe, was los ist.«

»Hat er's Ihnen gesagt?«

Sie schüttelte den Kopf. »Aber er war fix und fertig, später ist er noch mal weg.«

»Und wann war das?«

»Am frühen Nachmittag. Ich hab ihm gesagt, dass er nicht genug geschlafen hat.«

»Er hat nachts gearbeitet, stimmt's?«

»Von fünf bis Mitternacht, am Wochenende manchmal auch länger.«

»Seit wann kannten Sie sich?«

»Seit sechseinhalb Jahren.«

»Also schon vor seiner Pensionierung?«

Sie nickte wieder. »Er war vorher schon zweimal verheiratet gewesen. Wehe den beiden Hexen, wenn die versuchen, zur Beerdigung zu kommen.«

»Sie sind einander wohl nicht grün?«

»Sie sind doch Polizist, Sie wissen, wie's ist – lange Dienstzeiten, Fälle setzen einem zu, aber man will nicht darüber sprechen ...« Sie sah ihn an, bis er nickte. »Beide Ehefrauen haben sich irgendwann mit einem anderen armen Schwein aus dem Staub gemacht.«

»Hat er mit Ihnen über seinen Job gesprochen?«

»Ein bisschen, als er aus dem aktiven Dienst ausgeschieden war. Es gab Ehemaligen-Treffen, und manchmal hat er mich eingeladen mitzukommen.«

»Dann werden Sie ein paar Geschichten gehört haben.«

»Ein paar, ja.«

Der Tee kam, und Fox bedankte sich mit einem Nicken bei dem Mitarbeiter. Der Mann blieb einen Augenblick stehen.

»Herzliches Beileid«, sagte er zu Liz Dolan.

»Danke.« Sie starrte wie gebannt auf die Stiefel des Mannes, während dieser wieder an seine Arbeit ging.

»Oh Gott«, sagte sie leise.

»Deborah Quant kümmert sich um Rab«, sagte Fox. »Sie ist sehr gut, sehr respektvoll.«

Dolan nickte und stierte erneut auf das Plakat, hielt den Becher in beiden Händen. »Als Türsteher... na ja, da gab's auch ein paar Geschichten zu erzählen.«

»Kann mir vorstellen, dass das kein leichter Job ist.«

»Wenn sich alle benehmen, ist es kein Problem, aber das fand Rab langweilig.«

»Hat's ihm besser gefallen, wenn was los war?«

»So manches Mal ist er mit Platzwunden und blauen Flecken nach Hause gekommen. Die Mädchen sind die Schlimmsten, hat er immer gesagt. Die kratzen und beißen.«

»Das schwache Geschlecht, hm?«

Ihr gelang fast so etwas wie ein Lächeln. »Und angemacht haben die ihn auch – das hat ihm allerdings sehr gut gefallen.«

»Dann war er wohl ein ganz normaler Kerl.«

»Ein ganz normaler Kerl«, wiederholte sie. Aber dann fiel ihr wieder ein, dass an dem Tag, den sie gerade durchlebte, absolut nichts normal war, und erneut strömten ihr Tränen übers Gesicht.

»Oh Gott.«

Und obwohl sie das Angebot bereits schon einmal abgelehnt hatte, zog Fox jetzt wieder ein Taschentuch aus seinem Jackett.

9

Es war fast sieben, als Deborah Quant aus der den Mitarbeitern vorbehaltenen Tür des Leichenschauhauses trat. Sie hatte geduscht und sich umgezogen und kramte in ihrer Tasche nach den Autoschlüsseln, als eine Gestalt zwischen den geparkten Transportern hervortrat.

»Du lieber Gott, John!«, ächzte sie. »Ich wollte dich gerade mit einem Karateschlag niederstrecken.«

»Kannst du Karate?«, fragte Rebus. »Wusste ich gar nicht.«

Sie stampfte zu ihrem Wagen, schloss auf, stieg ein und wartete, bis Rebus die Beifahrertür aufgezogen und ebenfalls Platz genommen hatte.

»Und?«, fragte er.

»Beim Eintritt ins Wasser war er noch am Leben. Mageninhalt: Speck und Brot. DC Briggs hat gesagt, du hast mit dem Verstorbenen gefrühstückt.«

»Die haben die einzige Frau des Teams zur Obduktion geschickt?«

Quant sah ihn finster an. »Wir bringen Kinder zur Welt; eine Leiche ist vergleichsweise harmlos. Jedenfalls war das Brötchen das Letzte, was Mr Chatham gegessen hat.«

»Kein Mittagessen, nichts zu Abend?«

»Nicht mal eine kleine Tüte Chips. Aber Whisky – uns kam ein ordentlicher Destilleriegestank entgegen, als wir ihn aufgeschnitten haben.«

»Genug, um ihn außer Gefecht zu setzen?«

»Das wird uns die Blutanalyse verraten.«

»Wann ist damit zu rechnen?«

»Das weißt du so gut wie ich.«

»Sonst noch was?«

Sie drehte sich halb zu ihm um. »Wird das was Persönliches, John?«

»Wie meinst du das?«

»Du hast den Mann getroffen, an dem Tag, an dem er umgebracht wurde. Vielleicht glaubst du, du wärst irgendwie dafür verantwortlich.«

»Möglicherweise hab ich einen Nerv getroffen.«

»Beim Opfer?«

»Oder jemandem, dem er später noch in der Stadt begegnet ist.«

»Aber das ist nicht dein Problem. DC Briggs hat sich dahingehend klar ausgedrückt.«

Er starrte sie an. »Was hat sie gesagt?«

»Sie wusste, dass wir ... befreundet sind.«

»Befreundet?«

»So hat sie es genannt. Und zufällig denke ich, dass du dich im Moment lieber auf dich selbst konzentrieren solltest anstatt auf alte oder neue Fälle.«

»Mir geht's gut, Deb.«

»Glaube ich nicht.«

»Mit wem hast du gesprochen?«

Sie schüttelte den Kopf. »Ich hab mit niemandem hinter deinem Rücken gesprochen, John – und keinem Arzt oder Krankenhausmitarbeiter würde es einfallen, mit einer dritten Person über einen Patienten zu sprechen.«

Rebus starrte aus dem Seitenfenster, wo außer einem der

Transporter nichts zu sehen war, möglicherweise allerdings der, mit dem Robert Chatham vom Hafen hergebracht worden war. »Ich komme schon klar damit«, sagte er leise. Sie griff nach seiner Hand und drückte sie.

»Du bist ein sturer, alter Bock. Lieber beißt du ins Gras, als zuzulassen, dass jemand unter deinem Panzer eine Schwäche entdeckt.«

Er wandte sich ihr zu. Ihre Augen waren feucht. Er beugte sich zu ihr, küsste sie auf die Wange. Sie presste ihre Stirn an seine, und dann saßen sie fast eine halbe Minute lang so da, ohne dass Worte nötig gewesen wären. Schließlich richtete sie sich auf und atmete tief durch.

»Okay?«, fragte Rebus.

»Du weißt, dass ich für dich da bin? Jederzeit, wann immer du mich brauchst?«

Er nickte. »Ich brauche dich jetzt sofort, Professor Quant.« Er sah, wie sie die Augen leicht zusammenkniff, weil sie wusste, was er sagen würde. »Erzähl mir, wie seine Hände gefesselt waren.« Und nach einer kurzen Pause: »Du würdest einen sturen, alten Bock damit sehr glücklich machen ...«

In Craigmillar wurde aufgeräumt, zumindest oberflächlich.

Viele der unschönen feuchten Wohnhäuser waren bereits dem Erdboden gleichgemacht und durch schöne, neue »Apartmentblocks« ersetzt worden. Abends ließen die Ladeninhaber zur Sicherheit immer noch die Metallgitter runter, aber inzwischen gab es sogar einen Lidl und einen Tesco Metro. Clarke hätte nicht unbedingt von Gentrifizierung sprechen wollen – die meisten hatten Craigmillar vor allem noch als Durchgangsgebiet zwischen der Stadt und den Ausfallstraßen nach Süden im Kopf. Am Wochenende vormittags und nachmittags war der Verkehr am dichtesten, wenn die Einkaufenden nach Fort Kinnaird zu den Filialen von Next, Boots und Gap dort strömten. Aber in Fort Kinnaird gab es auch Autohäuser, in denen Bentleys und Porsches verkauft wurden, was Clarke nur wusste, weil sie eine kurze Weile einmal selbst darüber nachgedacht hatte, sich einen Porsche zuzulegen. Warum nicht? Sie verdiente gut und hatte wenig Ausgaben. Die Raten für die Wohnung waren niedrig, und vermutlich würde dies auch so bleiben. Einmal hatte sie den Cayman also Probe gefahren, und das hatte ihr sehr gut gefallen, aber dann hatte sie sich doch dagegen entschieden. Sie würde sich niemals sicher fühlen, einen solchen Wagen draußen abzustellen. In der Stadt gab es Banden, die es auf genau solche Autos abgesehen hatten. Außerdem würden sich am Gayfield Square alle das Maul zerreißen, und man würde ihr unterstellen, Schmiergelder zu kassieren oder auf jemandes Gehaltsliste zu stehen – der von Darryl Christie.

Sie hielt in einer Seitenstraße in Craigmillar, stieg aus und klopfte aufs Dach ihres Astra.

»Du tust es auch«, sagte sie und ging zu Craw Shand an die Tür. Es war ein Reihenhaus aus den Siebzigern, die Farbe blätterte von der Tür und den Fensterrahmen ab. Es gab weder Klingel noch Klopfer, also hämmerte sie mit der Faust dagegen und trat dann einen Schritt zurück, um zu schauen, ob sich hinter den Vorhängen etwas tat. Nichts. Aber das Licht ging an. In der Nähe bellte ein Hund, jemand schrie ihn an, er solle still sein. Kinder fuhren mit Kapuzen auf den Köpfen und kaum zu erkennenden Gesichtern auf Fahrrädern vorbei. Clarke klopfte erneut, dann bückte sie sich und hob die Klappe vom Briefschlitz.

»Ich bin's, Craw. DI Clarke.«

»Was wollen Sie?«, rief eine Stimme von drinnen.

»Nachsehen, ob alles in Ordnung ist. Ich sehe, dass Sie meinen Rat nicht befolgt haben.«

»Welchen Rat?« Shand lallte. Mit der Nase am Briefschlitz konnte Clarke aber weder Alkohol noch Marihuana riechen.

»Abzutauchen, irgendwo anders zu übernachten, nur nicht zu Hause.«

»Mir geht's gut.«

»Wollen wir hoffen, dass das so bleibt.« Sie schob eine ihrer Visitenkarten durch den Schlitz. »Sie haben meine Handynummer, falls Sie sie brauchen.«

»Ich brauch sie nicht.«

Sie betrachtete den Türrahmen. »Ein Tritt, und ehe Sie sich's versehen, sind die im Haus.«

»Vielleicht sollten Sie mich dann in Schutzhaft nehmen.«

»Das haben wir überlegt, Craw, aber mein Chef hat nein gesagt.«

»Dann müssen Sie eben beide damit leben, wenn was passiert.«

»*Wir* werden aber im Gegensatz zu Ihnen wenigstens noch leben, Craw. Erzählen Sie mir, woher Sie wirklich so gut über Christies Haus Bescheid wissen – sind Sie hingegangen, nachdem Sie von dem Vorfall erfahren hatten, war es so?«

»Verpiss dich, Bullenschwein.«

»Das ist nicht sehr nett, Craw. Ich bin so ziemlich die einzige Person weit und breit, die überhaupt auf Ihrer Seite ist.«

»Hau ab«, wiederholte Shand, knipste das Licht im Wohnzimmer aus, wie um anzuzeigen, dass er das Gespräch für beendet hielt. Clarke blieb, klopfte sachte ans Fenster. Die Vorhänge wirkten dünn und billig. War wohl auch ein Leben, dachte sie. Wer wollte behaupten, dass er weniger zufrieden damit war als alle anderen? Alle anderen in der Stadt? Sein halbes Leben hatte er für ein Verbrechen verantwortlich sein wollen, und endlich war es ihm vergönnt.

Clarke hoffte, er würde lange genug überleben, um seinen Triumph auszukosten.

Wieder im Astra, sah sie im Rückspiegel einen Wagen auf sich zukriechen. Im Vorüberfahren erkannte sie das Kennzeichen. Darryl Christies Range Rover. Clarke ließ den Motor an und folgte ihm. Anstatt auf die Hauptstraße zu fahren, schien er Runden zu drehen, weiter in die Wohnsiedlung rein, dann bog er ein paar Mal ab, so dass er schließlich wieder an Shands Haus vorbeikam. Clarke ließ das Fernlicht aufblinken, aber der Fahrer ignorierte sie, weshalb sie wartete, bis die Straße breit genug war, dann gab sie Gas, fuhr an ihm vorbei und trat auf die Bremse. Sie stieg aus, achtete darauf, dass der Fahrer sie gut sehen konnte. Während sie sich näherte, fuhr die Scheibe auf der Fahrerseite zur Hälfte herunter.

»Der bestaussehende Autodieb seit langem.«

Tätowierte Arme, die Haare zurückgekämmt, Vollbart. Der »Besitzer« des Devil's Dram. »Was machen Sie in diesem Wagen?«, wollte Clarke wissen.

»Er gehört Darryl.«

»Das weiß ich.«

»Er kann noch nicht wieder damit fahren, also hat er ihn mir so lange überlassen.«

»Hätte nicht vermutet, dass er normalerweise in Craigmillar spazierengefahren wird.«

»Hier wohnt irgendwo ein Freund von mir. Ich wollte damit angeben.«

»Der Freund heißt nicht zufällig Craw Shand?«

Kopfschütteln.

»Wie lautet die Adresse Ihres Freundes?«, beharrte Clarke.

»Das ist ja das Problem – ich kann mich nicht erinnern. Hab gedacht, es fällt mir wieder ein, wenn ich's sehe.«

»Sie haben sich die Geschichte gut überlegt, wie?«

Seine Gesichtszüge verhärteten. »Was geht Sie das überhaupt an? Leben wir jetzt im Polizeistaat, oder was?«

»Ich will, dass Sie aus Craigmillar verschwinden und sich nicht noch mal hier blicken lassen. Sagen Sie Ihrem Chef, dass Craw Tag und Nacht überwacht wird.«

»Ich hab keine Ahnung, wovon Sie sprechen.«

»Dann sag ich es ihm selbst, während Sie sich und die Karre hier aus Craigmillar entfernen.«

»Da vorne versperrt ein Haufen Schrott die Fahrbahn, Officer.«

Clarke hatte ihr Handy bereits aus der Tasche gezogen und suchte Christies Nummer, als sie in ihren Wagen stieg und ihn an den Straßenrand fuhr. Der Range Rover röhrte hupend vorbei. Bei Christie zu Hause meldete sich eine ihr unbekannte männliche Stimme.

»Ist da Joseph oder Cal?«, fragte sie.

»Cal.«

»Hallo, ich wollte mit Darryl sprechen.«

»Augenblick, bitte.« Sie sah zu, wie die Rücklichter des Range Rover immer kleiner wurden, und hörte Cal in ein Zimmer voller Musik gehen. Halb erkannte Clarke die Melodie, irgendein aktueller R'n'B-Hit.

»Für dich«, sagte Cal.

»Wer ist dran?«

»Weiß nicht.«

»Was hab ich dir gesagt, Cal? Du sollst immer erst *fragen*.« Das Telefon wurde weitergereicht, die Anlage leiser gedreht.

155

»Ja?«, fragte Christie.

»Hier ist DI Clarke.«

»Ich bin nicht im Dienst.«

»Sie scheinen wohl zu vergessen, dass dieses Mal Sie das Opfer sind, Mr Christie. Wir stehen auf derselben Seite, wobei sich das möglicherweise gerade urplötzlich geändert hat.«

»Wieso?«

»Ich hab mich mit Ihrem Freund aus dem Devil's Dram unterhalten.«

»Harry?«

»Er ist ziemlich unverwechselbar mit seinem Bart. Nicht unbedingt der Typ für verdeckte Aktionen.«

»Wovon reden Sie?«

»Er hat Craw Shands Haus ausspioniert.«

»Was Sie nicht sagen.«

»Ist zweimal in einem Ihrer Fahrzeuge vorbeigefahren – einem, das sich zufälligerweise ähnlich schlecht tarnen lässt.«

»Hab ihm den Wagen geliehen.«

»Die Geschichte hat er mir auch erzählt.«

»Und damit ist sie auch schon zu Ende.«

»Das glaube ich kaum.«

Als wollte er ihr das Gegenteil beweisen, legte Christie auf. Sie starrte aufs Display, wusste, dass sich niemand melden würde, wenn sie es noch einmal versuchte. Stattdessen warf sie das Handy auf den Beifahrersitz und fuhr in derselben Richtung davon wie der Range Rover. Konnte ja nicht schaden, sich eine Weile an ihn dranzuhängen, nur damit der bärtige Harry die Botschaft auch wirklich verstand. Am Cameron-Toll-Kreisel war sie zwei Autos hinter ihm, dann leuchtete das Display ihres Handys auf. Malcolm Fox. Sie drückte auf die Bluetooth-Taste an ihrem Lenkrad.

»Dachte, du verbringst den Abend mit deinen neuen Freunden?«, sagte sie. Nach kurzem Schweigen ertönte seine Stimme über die Lautsprecher.

»Was soll ich sagen?«

Ich will, dass du sagst, wie leid es dir tut, dass sich die neue Chefetage die besten und interessantesten Fälle unter den Nagel reißt!

»Kann ich was für dich tun, Malcolm?«

»Fährst du gerade?«

»Genial deduziert.«

»Nach Hause?«

»Langsam, aber sicher.«

»Ich dachte, wir könnten nach dem langen Tag, den wir beide hatten, vielleicht noch was trinken gehen?«

»Weil du hören willst, was es bei mir Neues gibt, oder weil du mir erzählen willst, was sich bei euch Neues ergeben hat?«

»Um was zu trinken, Siobhan. Wir müssen nicht über die Arbeit reden.«

»Werden wir aber.«

»Wahrscheinlich.«

Sie dachte einen Augenblick nach. Der Range Rover fuhr definitiv zurück in die Stadt. Auftrag erledigt. »Wie wär's mit Essen? Curry bei Pataka?«

»Mir auch recht.«

»Ich brauche keine zehn Minuten.«

»Ich um die fünfzehn.«

»Wer zuletzt kommt, zahlt«, sagte Clarke und grinste zum ersten Mal seit Stunden.

Rebus stand an der Tür und drückte auf die Klingel. Einen Augenblick später knisterte die Sprechanlage.

»Ja?«

»Guten Abend, ich hab mich gefragt, ob Sie in letzter Zeit Ihren Nachbarn von gegenüber gesehen haben.«

»Welchen?«

»Anthony Brough.«

»Nie von ihm gehört – sind Sie sicher, dass der hier wohnt?«

»Sein Büro befindet sich auf der anderen Seite des Platzes. Wir machen uns Sorgen um sein Wohlergehen.«

Die Person am anderen Ende der Sprechanlage schien über Rebus' Formulierung nachzudenken. »Sind Sie von der Polizei? Warten Sie mal…«

Als die Tür aufging, achtete Rebus darauf, überall hinzusehen, nur nicht der Person in die Augen, die gerade aufgemacht hatte.

»Danke«, brummte er. »Wie gesagt, er wurde eine Weile lang nicht gesehen, und es besteht Grund zur Besorgnis…« Rebus hob den Blick und sah den Mann an, der jetzt eine Stufe über ihm stand. Er tat überrascht. »Entschuldigung, aber Sie sehen aus wie Bruce Collier.«

»Liegt wahrscheinlich daran, dass ich Bruce Collier bin.«

Er trug sein Jeanshemd am Kragen offen, das Gesicht war sonnengebräunt, über dem möglicherweise ein kleines bisschen zu eng geschnallten Gürtel wölbte sich ein kleiner Bauch. Glänzend braune Schuhe und Goldkettchen an beiden Handgelenken und um den faltigen Hals.

»Ich bin ein Riesenfan«, sagte Rebus. »Schon seit Blacksmith-Zeiten.«

»Dann sind Sie wohl Paläontologe.« Wenn er grinste, war Colliers Gesicht voller Fältchen.

»Darf ich…« Rebus streckte eine Hand aus, in die Collier einschlug.

»Kommen Sie rein, Officer«, sagte er und ging voran. Das

Haus war in einer Mischung aus traditionell und modern eingerichtet – Steinfußboden, hölzerne Garderobe, eingebaute Deckenbeleuchtung. Rebus nickte in Richtung eines Warhol-Drucks an der Wand.

»Ist das ein Original?«

»Hat mir mal ein Ölscheich geschenkt, als wir auf seiner Geburtstagsparty aufgetreten sind. Ich werde Ihnen nicht verraten, wer der Headliner war, aber er hat einen Rembrandt bekommen. Wie sagten Sie, heißen Sie?«

»Rebus. John Rebus.«

»Na ja, ich bin Bruce. Freut mich, einen Fan kennenzulernen, der noch im Vollbesitz seiner geistigen und körperlichen Kräfte ist. Lust auf ein Bier?«

»Vielleicht einen Kaffee?«

Collier musterte ihn. »Ich hab das immer für ein Klischee gehalten – von wegen kein Alkohol im Dienst.«

»Ich könnte Koffein gebrauchen.«

»Dann bitte hier lang.«

Sie gingen die gewundene Treppe hinunter in den Keller. Die Küche war lang und schmal, mit den neuesten Geräten ausgestattet. Nach hinten raus wurde sie durch einen gläsernen Anbau ergänzt, mit Blick auf einen gepflegten, von einer Mauer umgebenen und von Halogen-Lampen beleuchteten Garten.

»Soll Einbrecher abschrecken«, erklärte Collier das Licht. »Ist dir Instant recht?«

»Wunderbar.«

Rebus sah zu, wie der Mann einen Löffel Kaffeepulver in einen Becher gab und unter den Hahn über der Spüle hielt.

»Kochendes Wasser ist hier auch instant«, erklärte Collier. »Also, wer ist dieser Typ, der sich in Luft aufgelöst hat?«

»Er heißt Anthony Brough und leitet eine Investmentfirma.«

»Hat er was mit der Bank zu tun?«

»Er ist der Enkel von Sir Magnus Brough.«

»Mit dem alten Sack bin ich mal aneinandergeraten«, sagte Collier schnaubend. »Hatte mal ein Konto bei denen – allein für das Vorrecht haben die einem ein Vermögen abgeknöpft. Man musste mindestens hunderttausend auf dem Konto haben, und ein bis drei Monate lang lag ich drunter. Bevor ich wusste, wie mir geschieht, klingelte das Telefon, und der Alte hing am anderen Ende. Das kann man sich heutzutage gar nicht mehr vorstellen, oder? Ich glaube, ich musste sogar höchstpersönlich in der Hauptvertretung antanzen, nur um das Konto zu eröffnen.« Collier unterbrach sich. »Tut mir leid, ich labere. War wohl zu lange allein.«

»Bist du verheiratet, Bruce?«

Collier holte die Milch aus dem Kühlschrank und gab sie Rebus zusammen mit dem Becher. »Meine Frau ist in Indien und reist mit einer Freundin durchs Land. Deshalb ist es hier auch so aufgeräumt – seit sie weg ist, wurde nicht mehr gekocht.«

»Mir fällt gerade ein«, sagte Rebus, während Collier die Kühlschranktür aufzog, »war die Brough Bank in den Siebzigern nicht mal in einen Skandal verwickelt?«

»Was für einen Skandal?« Collier hatte die Milch zurückgestellt und den Weißwein herausgeholt. Er schraubte die Flasche auf und schenkte sich einen Schluck in ein bereitstehendes Glas.

»Ein Mord in einem Hotel.«

»Das war direkt hier um die Ecke!«, rief Collier. »Im guten alten Caley. Zufällig hab ich an dem Tag dort übernachtet.«

»1978 in der Usher Hall? Ich glaube, da hab ich dich gesehen.«

»Hätte eigentlich eine Konfettiparade anlässlich meiner Rückkehr in die Heimat werden sollen. Der Junge von nebenan, der's zu was gebracht hat und so.«

»Und stattdessen wurde eine Frau ermordet?«

Collier musterte ihn über den Rand seines fast vollen Glases hinweg. »Du musst dich doch dran erinnern. Wann hast du denn bei der Polizei angefangen?«

»Ich bin nicht so alt, wie ich aussehe. Nimmst du denn noch Platten auf, Bruce?«

Collier verzog das Gesicht. Sein Haar war unnatürlich braun und unnatürlich dicht. Eine Welle, eine Perücke, gute Gene oder ein bisschen Farbe? Rebus konnte es nicht sicher feststellen. »Hier und da mal«, sagte er schließlich.

»Hast du ein Studio?«

»Ich zeig's dir.«

Rebus folgte ihm aus der Küche durch die Diele. Der Raum war klein und ohne Tageslicht. Hinter einem Fenster befand sich ein weiterer kleiner Raum. Rebus konnte das Mischpult erkennen.

»Wenn ich einen Flügel oder ein Schlagzeug brauche, nehmen wir woanders auf, aber ansonsten ist das ganz gut. Manche Bands heutzutage machen alles nur noch am Computer, die brauchen nicht mehr als einen Laptop, ein paar Apps und Internetanschluss.«

»Das hast du noch nicht gemacht«, meinte Rebus und betrachtete das gute Dutzend gerahmter goldener Schallplatten an drei Wänden. Eine Auswahl an elektrischen und akustischen Gitarren auf Ständern. Collier nahm eine und setzte sich damit auf einen Hocker. Er spielte ein paar Akkorde, den Blick auf Rebus gerichtet.

»Das ist ›A Monument in Time‹«, sagte Rebus.

»Und das?« Weitere Akkorde, Collier verspielte sich und fing noch mal an.

»›Woncha Fool Around with Me‹«, sagte Rebus.

»Du kennst dich aus«, sagte Collier. Er wollte die Gitarre wieder abstellen, aber dann hielt er sie Rebus hin.

»Ich kann nicht spielen«, erklärte dieser.

»Jeder sollte ein Instrument beherrschen.«

»Hast du in der Schule angefangen?«

»Unser Musiklehrer hat in einer Jazzband gespielt. Ich hab ihn so lange gepiesackt, bis er mich eines Abends mitgenommen hat – ich war noch minderjährig, aber er hat mich trotzdem reingeschmuggelt.«

»Und fandest du's toll?«

»Ich fand's *grauenhaft*. Am nächsten Tag hab ich angefangen, Gitarre zu lernen, weil ich unbedingt was spielen wollte, das *er* furchtbar fand.«

Die beiden Männer grinsten. Collier grinste immer noch, als er einen Schritt auf Rebus zu machte.

»Du bist doch nicht wirklich wegen diesem Investmenttypen hier, oder?«

»Eigentlich schon. Aber das ist natürlich ein Zufall ...«

»Was?«

»Das mit dir, den Broughs und dem Caley.«

»Wieso?«

»Heute Morgen wurde ein Mann namens Robert Chatham in Leith an den Docks aus dem Wasser gefischt.«

»Hab's in den Nachrichten gehört. War Selbstmord, oder?«

»Sagt dir der Name nichts? Robert Chatham? Detective Inspector Robert Chatham?«

Collier dachte einen Augenblick lang nach, dann nickte er träge. »Doch, scheiße, ja, der hat mich vor ein paar Jahren mal in die Mangel genommen! Da hattet ihr diesen verfluchten Fall wieder aufgenommen, weil mein Tourmanager dachte, dass er den Löffel abgibt, und nochmal möglichst viel Ärger machen wollte – der Wichser hatte gerade seinen ersten Herzinfarkt hinter sich. Und jetzt hat sich dieser Chatham umgebracht? Ich schätze mal, das ist wirklich ein Zufall.«

»Es war kein Selbstmord, Sir. Ihm waren die Hände auf den Rücken gefesselt.«

Collier riss die Augen auf und verzog das Gesicht.

»Ich gehe nicht davon aus, dass du in letzter Zeit was mit ihm zu tun hattest, oder?«, fragte Rebus und stellte den halbleeren Becher auf den Hocker.

»Seit Jahren nicht, wie viele das jetzt auch immer her ist.«

»Acht«, erinnerte Rebus ihn.

»Dann seit acht Jahren.«

»Dein Freund Dougie Vaughan – siehst du den noch?«

Sämtliche Spuren von Belustigung waren jetzt aus Colliers Gesichtsausdruck gewichen. »Ich möchte, dass Sie jetzt gehen. Wenn nicht, rufe ich sofort meinen Anwalt an.«

»Sie haben mich reingebeten, Mr Collier.«

»Weil *Sie* gelogen und behauptet haben, Sie würden sich für einen meiner Nachbarn interessieren – ich möchte bezweifeln, dass Ihre Vorgesetzten so was lustig finden.«

»Ich bin sozusagen selbstständig.«

»Sie haben behauptet, Sie sind von der Polizei.«

»Das hab ich nie gesagt.«

»Polizist oder nicht, ich will, dass Sie gehen.«

»Kann ich trotzdem noch mal mit ein paar Alben vorbeikommen und sie mir signieren lassen?«

»Sie können mir den Buckel runterrutschen, wer auch immer Sie sind.«

»Darin bin ich allerdings wirklich nicht gut.«

»Und ich hab keine große Geduld mit Leuten, die sich unter Vorspiegelung falscher Tatsachen Zutritt zu meinem Haus erschwindeln.«

Collier hatte Rebus am Unterarm gepackt. Rebus starrte ihn an, bis er losließ.

»Guter Junge«, sagte Rebus, verließ das Studio und ging zur Treppe. »Danke für den Kaffee und die Tour. Vielleicht sehen wir uns ja mal auf einem Konzert.«

»Ich schreib Ihren Namen auf die Gästeliste – damit man Sie auf keinen Fall reinlässt.«

Rebus blieb an der Treppe stehen. »Das ist interessant«, sagte er, ohne sich zu Collier umzudrehen.

»Was?«

»Robert Chatham hat in der ganzen Stadt als Türsteher gearbeitet – vielleicht sind Sie ihm begegnet, ohne es zu merken.«

»Ich gehe nirgends trinken, wo man Türsteher braucht.«

Rebus stieg die Treppe hinauf. »War schön, mit Ihnen zu sprechen, Bruce«, sagte er.

Rebus hatte Siobhan Clarke von zu Hause aus gesimst und ein Treffen vorgeschlagen. Sie hatte geantwortet – *Achtung, Doggy Bag* –, was ihn verwirrt hatte, bis er die Tür aufgemacht hatte und sie mit einer Tüte von Pataka in der Hand davorstehen sah.

»Und dazu eine Runde Softdrinks«, setzte Fox hinzu und hob seinerseits eine Plastiktüte voller Dosen.

»Ist ja wie Silvester – dann kommt mal rein.«

Brillo wartete im Wohnzimmer. Clarke und Fox schenkten ihm jede Menge Aufmerksamkeit, während Rebus sich in der Küche Essen auf einen Teller häufte. Fox überflog die Akte Maria Turquand, bis Rebus wiederkam.

»Die Unterlagen hier müssen zurück zu Alvin James«, erinnerte Fox ihn.

»Gleich als Erstes morgen früh«, versprach Rebus.

»Malcolm sagt, du hast meinen Namen aus dem Spiel gelassen«, setzte Clarke hinzu. »Danke.«

»Ich mag ja vieles sein, aber eine Petze bin ich nicht.« Rebus setzte sich auf seinen Stuhl und fing an, sein Curry in sich hineinzulöffeln. Schließlich setzte Fox sich zu Clarke aufs Sofa, und sie bot ihm ein Irn-Bru an.

»Eigentlich hab ich das San Pellegrino für mich gekauft«, beschwerte er sich.

»Pech gehabt«, beschied sie ihm, da sie es sich selbst unter den Nagel gerissen hatte.

»Also, wie läuft es bei den Großen in der Schule?«, fragte Rebus, den Blick auf Fox gerichtet.

»Bis jetzt noch keine Hänseleien auf dem Schulhof«, meinte Fox.

»Sind die Leute im Team okay? Erzähl mal, wer alles dabei ist.«

»Die beiden Detective Sergeants sind ziemlich abgebrüht. Sean Glancey kommt ursprünglich aus Aberdeen.«

»Ist das der, der so schwitzt?«

Fox nickte. »Hat sich freitags und samstags nachts im Kampf gegen die ungehobelten Arbeiter von den Ölbohrinseln verdient gemacht. Wallace Sharpe kommt aus Dundee. Seine Eltern haben für Timex gearbeitet, eigentlich wollten sie, dass er was mit Elektronik macht. Er ist fest davon überzeugt, hätte er's getan, hätte er inzwischen längst ein Spiel erfunden, das sich millionenfach verkauft, und würde jetzt auf einer Luxusyacht leben. Wenn er spricht, versteht man ihn kaum, so leise redet er, aber schlau ist er schon.«

»Was ist mit den DCs?«

»Mark Oldfield scheint versessen darauf, sich mit mir anzulegen.«

»Was hast du denn gemacht? Ihn Teekochen geschickt?«

Clarke drehte sich zu Fox um. »Hast du?« Er zuckte mit den Schultern, sah immer noch Rebus an.

»Bleibt Anne Briggs. Wie Oldfield ist sie typisch Westküste. Wenn die beiden wollen, unterhalten sie sich in einem Code, den nur sie verstehen. Wieso grinst du so komisch?«

»Es gibt eine Folksängerin namens Anne Briggs.« Rebus zeigte auf den LP-Stapel vor seiner Anlage. »Wenn ich suche, finde ich bestimmt ein oder zwei Alben von ihr.«

»Vermutlich handelt es sich nicht um dieselbe«, meinte Fox.

»Vermutlich nicht«, pflichtete Rebus ihm bei. »Aber ich hatte heute meinen Musikertag.«

»Warst du bei Bruce Collier?«, riet Clarke.

»Zufällig wohnt er gegenüber von Anthony Broughs Büro«, sagte Rebus zu Fox und sah, wie sich Brillo in die Lücke zwischen Fox und Clarke kuschelte.

»Und?«

»Und er hatte nicht viel beizutragen, wobei er sich aber an die Vernehmung durch Chatham erinnern konnte.« Rebus hielt inne. »Dann hatten Malcolm und ich heute einiges zu tun – was ist mit dir, Siobhan? Fühlst du dich ausgeschlossen?«

»Ist das der Dank dafür, dass ich dir was zu essen mitgebracht habe?« Er hob entschuldigend eine Hand.

»Malcolm sagt, er hat heute ein gutes Wort für dich eingelegt.«

Sie versuchte, finster zu gucken, aber Rebus grinste nur und schob sich einen weiteren Löffel Rogan Josh in den Mund. »Ich hatte auch zu tun«, behauptete sie schließlich. »Bin zu Craw

Shand gefahren, aber er weigert sich immer noch, sein Haus zu verlassen.«

»Das ist wirklich der letzte Ort, an dem er sich aufhalten sollte.«

»Was ich versucht habe ihm klarzumachen. Der Verdacht hat sich dann auch gleich bestätigt, als Darryl Christies Wagen vorbeirollte.« Sie sah, dass ihr beide Männer gespannt zuhörten. »Allerdings ist nicht Darryl gefahren, sondern ein Mann namens Harry, dem angeblich das Devil's Dram gehört.«

»Du meinst, er hat die Lage sondiert?«

»Sieht so aus. Hab ihn angehalten und ein paar Worte mit ihm gewechselt.«

»Keine sichtbar herumliegenden Waffen? Kein Benzingestank?«

Clarke schüttelte den Kopf.

»Wieso sollte …?« Fox unterbrach sich, als er allmählich draufkam. »Um es durch den Briefschlitz zu kippen …«

»Mit ein bisschen Glück geht Darryl davon aus, dass wir Craw rund um die Uhr beobachten.«

»Tun wir aber gar nicht, oder?«, fragte Rebus.

»Ich hab den Kollegen von der Streife die Adresse durchgegeben – vielleicht schaffen sie's, jede Stunde einmal vorbeizufahren, sofern nicht woanders was los ist. Das ist mehr oder weniger dieselbe Behandlung, die Darryl Christie selbst zurzeit genießt.«

»Viel mehr können wir nicht machen«, meinte Rebus. Er sah die Blicke, die ihm vom Sofa entgegenkamen. »Und mit ›wir‹ meine ich natürlich ›ihr‹.« Da er aufgegessen hatte, stellte er den Teller auf den Boden. Brillo hatte ein Auge geöffnet und sah ihm zu. Rebus unterdrückte ein Rülpsen.

»Nach dem Essen ist es angeblich am schlimmsten«, sagte Fox. »Stimmt das?«

»Kommt drauf an, was du meinst.«

»Das Verlangen nach Nikotin.«

Rebus sah ihn durchdringend an. »Du wärst ein ausgezeichneter Folterknecht, Malcolm, hat dir das schon mal jemand gesagt?«

»Ein Bekannter hat mir erzählt, dass Akupunktur helfen kann«, setzte Clarke hinzu. »Man kneift sich einfach ins Ohrläppchen, wenn man den Drang verspürt.«

»Also wenn ihr beiden jetzt anfangen wollt, mich zu ärgern, heißt das wohl, es ist fast schon wieder Rausschmeißzeit.«

Fox und Clarke tranken aus und standen auf.

»Weißt du, was mir irgendwie nicht einleuchtet?«, fragte Clarke. »Darryl Christies Reaktion. Ich meine, wenn Craw es nicht gewesen ist, dann läuft derjenige, der ihn verprügelt hat, immer noch frei da draußen rum. Sollte er sich nicht wenigstens ein bisschen fürchten?«

»Wie kommst du drauf, dass er's nicht tut?«

Sie dachte einen Augenblick nach. »Als ich ihn angerufen hab, war er zu Hause und hat Musik gehört. Mindestens einer seiner Brüder war bei ihm. Das klingt alles viel zu normal, findest du nicht?«

»Vielleicht hat er Wachen organisiert«, schlug Fox vor.

»Oh nein, du hast es geschafft«, sagte Rebus. »Du hast ihr den Floh ins Ohr gesetzt, jetzt muss Siobhan hinfahren und sich selbst davon überzeugen. Hab ich recht?«

Clarke dachte darüber nach. »Liegt ja praktisch auf meinem Heimweg«, lenkte sie ein.

Aber als sie dort eintraf, war das Haus der Christies vollkommen dunkel. Kein Range Rover in der Auffahrt, keine Sicherheitsleute weit und breit, keine parkenden Wagen am

Straßenrand. Eine typische vorstädtische Straße in einer der wohlhabenderen Gegenden, in denen wenige Straftaten verübt werden. Clarke hielt auf der Straßenseite gegenüber, blieb bei laufendem Motor stehen, beobachtete und wartete. Eine Nachricht von Rebus erreichte sie, bestehend aus einem einzigen Wort.

Und?

Als Antwort gab sie selbst ebenfalls nur ein einziges Wort ein – *Nada* – und fuhr gähnend nach Hause.

Tag fünf

10

Craw Shand war kein Vollidiot, auch wenn ihn alle dafür hielten.

Er beobachtete vom Fenster oben, was draußen vor sich ging, öffnete es sogar, um nach links und rechts zu sehen. Dann spähte er noch einmal durch die Gardinen nach draußen, falls jemand auf den Stufen direkt vor seiner Haustür saß. Nachdem er sich vergewissert hatte, dass die Luft rein war, schlüpfte er in seinen Mantel, stopfte sich eine Einkaufstüte in die Tasche und ging nach draußen.

Er hatte den Kragen aufgestellt und hielt den Kopf gesenkt, die Grüße der Nachbarn erwiderte er nur mit einem Brummen. Er wollte zu Lidl und sich Vorräte für die nächsten Tage zulegen. Sechsundzwanzig Pfund in bar hatte er dabei, das war mehr als genug. Dosensuppe und Ravioli, Brot und ein paar Bier. Vielleicht noch gesalzene Erdnüsse. Nicht die große Packung – die aß er nur auf einmal auf, und hinterher war ihm schlecht. Und auch keinen Wein – davon bekam er heutzutage nicht nur auf der Zunge, sondern auch im Gehirn so ein pelziges Gefühl. Er musste seine sieben Sinne beieinanderhalten. Also nur ein paar Bier, als Ergänzung zu den Tabletten, die er noch zu Hause hatte. Ein Kumpel hatte sie ihm gegeben. Glücklichmacher gegen Depressionen. Die brachten einen wunderbar wieder hoch, wenn man sie mit ein paar Bierchen runterspülte.

»Prima, prima«, sagte er leise zu sich selbst, als er den Laden betrat. In fünf Minuten rein und wieder raus – er kannte die Regale wie seine Westentasche. Es sei denn, sie hatten umgeräumt. Manchmal machten die das. Einmal hatte er sich an der Kasse darüber beschwert.

»Wir nennen es ›auffrischen‹«, hatte man ihm erklärt.

»Ich nenne es ›Täuschungsmanöver‹«, hatte er zurückgegeben. Aber dann war der Filialleiter gekommen und hatte gefragt, ob es ein Problem gebe. Und das war's dann gewesen.

Heute Morgen aber war alles in Ordnung, alles an seinem Platz. Fünf Minuten rein und wieder raus, wie ein echter Profi. Craw hatte gerade etwas aus dem Regal genommen, als er gegen einen Mann rempelte.

»Hab Sie gar nicht gesehen«, entschuldigte er sich.

»Wenn man so alt ist wie ich«, meinte der Mann freundlich, »hat man das Problem, dass man fast unsichtbar wird.« Er grinste, die Hände leer – kein Einkaufskorb, keine Einkäufe. »Wie geht's dir, Craw?«

»Kennen wir uns?« Shand sah sich um, aber nirgendwo waren Sicherheitsleute.

»Vielleicht sagt dir mein Name was – Cafferty.«

Shand konnte sein Erstaunen nicht verbergen. »Mr Cafferty«, stammelte er.

»Dann kennst du mich also?« Das Grinsen wurde breiter.

»Hab schon viel von Ihnen gehört.«

»Und ich von dir, Craw.«

»Ach?«

»Früher hab ich Darryl Christie mal für einen Freund gehalten. Na ja, vielleicht nicht direkt für einen ›Freund‹, aber für jemanden, mit dem man Geschäfte machen konnte. Das hat sich natürlich längst geändert. Darryl ist sehr vielen Menschen auf die Füße getreten, auf meine mit besonders viel Nachdruck, wenn du verstehst, was ich meine.« Cafferty wartete, aber Shand fiel nichts dazu ein. Also zeigte er stattdessen auf Shands Einkaufskorb. »Fast fertig?«

»Fast.«

»Vielleicht sollten wir zu dir nach Hause gehen und uns ein bisschen unterhalten.«

»Unterhalten?«

»Keine Sorge, Craw. Wer auch immer Darryl verprügelt hat, möglicherweise hat er geglaubt, mir einen Gefallen damit zu tun. Ich muss zugeben, fast wünschte ich, ich hätte zuschauen dürfen. Wenn du das warst, na ja, dann würde ich dir gerne gratulieren.«

Shand senkte den Blick. Cafferty hatte eine Hand im schwarzen Lederhandschuh ausgestreckt. Als er einschlagen wollte, packte Cafferty so fest zu, dass Shand unwillkürlich zusammenzuckte. Cafferty sprach weiter, lockerte dabei keineswegs den Griff.

»Aber wenn du es nicht warst, Craw, dann muss ich wissen, wer sonst und auch warum, weil mich heimliche Wohltäter fast genauso nervös machen wie alle anderen verlogenen Drecksäcke. Wir gehen also zu dir, trinken einen Tee und reden.« Cafferty griff mit seiner freien Hand an Shand vorbei und zog eine Packung Kekse aus dem Regal.

»Ich lad dich ein«, sagte er.

»Ich hab ihn verprügelt«, platzte Shand heraus. »Und steh schon unter Anklage und alles.«

Cafferty ließ los. »Vielleicht, vielleicht aber auch nicht. Vielleicht deckst du jemanden oder hast etwas gehört, was nicht für deine Ohren bestimmt war. Ich hab dich auf dem Weg hierher beobachtet, Craw. Du bist fast genauso unsichtbar wie ich. Das heißt, die meisten Leute merken nicht mal, wenn du praktisch direkt vor ihnen stehst.« Cafferty verzog das Gesicht. »Wobei der Gestank, den du verbreitest, natürlich schon einen Hinweis liefert.«

»Hab kein heißes Wasser.«

»Hast wohl die Gasrechnung nicht bezahlt, Craw?« Cafferty kramte in seiner Tasche und zog ein ganzes Bündel zusammengerollte Scheine heraus. »Vielleicht kann ich dir helfen. Also, gehen wir jetzt ein bisschen plaudern, hm? Irgendwo, wo wir ein bisschen ungestörter sind ...«

Vierzig Minuten später zog Cafferty die Tür von Craw Shands Haus zu und ging über den überwucherten Gartenpfad hinaus. Er hatte bereits ein Taxi gerufen, zog es aber vor, draußen in der Kälte zu warten. Während der gesamten Zeit hatte er seine Handschuhe anbehalten, hauptsächlich, um den direkten Kontakt mit den schmierigen Möbeln zu vermeiden. Tee hatte er dann schließlich doch keinen mehr verlangt, da er davon ausging, dass die Tassen kaum sauber sein würden. Shand hatte die Packung Kekse aufgemacht, Cafferty hatte einen davon gegessen und zugesehen, wie sich sein Gastgeber das angeschlagene Gehirn nach Lohnenswertem zermarterte. Cafferty hatte nachgebohrt, war geduldig geblieben, und schließlich hatte Shand eine letzte Karte ausgespielt.

Eine Bar in der Cowgate ... Craw wusste nicht genau, welche. Der Mann war um die Ecke gegangen, um unbeobachtet zu telefonieren. Es war nach Mitternacht, und Studenten zogen singend und grölend um die Häuser. Shand spazierte nur so herum. Er hatte eine Zigarette geschnorrt und war stehen geblieben, um sie in Ruhe zu rauchen. Und hatte Fetzen des Telefonats aufgeschnappt. Ein paar Einzelheiten waren hängen geblieben. Es ging um einen Mann, der in seiner eigenen Auffahrt verprügelt worden war. Am nächsten Morgen war er nach Inverleith gefahren und hatte die Straße gefunden, auch das entsprechende Haus. Und er hatte sich entschieden zu behaupten, dass er's getan hatte.

Nein, den Mann, der telefoniert hatte, hatte er nicht gesehen. Dem Akzent nach war er von hier.

Viel war es nicht, und Cafferty bezweifelte, dass es schon die ganze Geschichte war – aber immerhin etwas.

»Sicher, dass er einen einheimischen Akzent hatte?«, hatte er gefragt.

»Es war laut und spät, ich hatte schon ein bisschen was getrunken…«

Cafferty rieb sich das Kinn, blieb auf dem Gehweg stehen. Er kannte sich in der Gegend aus, hatte teilweise seine Jugend hier verbracht. Damals war's eine wilde Zeit gewesen, entweder hatte man schnell gelernt, oder man war untergegangen. Die Straßen waren seine Schule gewesen, und dank seiner Ausbildung hier hatte er sich bis heute über Wasser halten können. Vermutlich aber gab es viele wie Craw Shand, die den Verhältnissen zum Opfer gefallen waren, sich treiben ließen und von jeder nahenden Welle umgeworfen wurden. Cafferty hatte im Laufe der Zeit so einigen standgehalten.

Und jetzt hatte er geglaubt, diese Zeiten seien vorüber. Vielleicht hätte er sich zufrieden in den Ruhestand begeben, wenn ein anderer und nicht ausgerechnet Darryl Christie auf der Bildfläche erschienen wäre. Cafferty hatte sich einst für Christies Lehrmeister gehalten, und der Junge hatte eine Weile mitgespielt, gleichzeitig aber längst geplant, Cafferty zu verdrängen – kein Bitte und kein Danke. Sein Unternehmen war schnell gewachsen und er mit ihm.

Kein Bitte und kein Danke – stattdessen hatte er sich mit sämtlichen Gegenspielern Caffertys in anderen Städten verbündet, bis Caffertys eigenes Territorium geschrumpft war. Konnte er wirklich untätig bleiben und Christie das alles durchgehen lassen? Bislang hatten sie ihn in Frieden gelassen, aber die Geschichte lehrte, dass dies kaum so bleiben würde. Cafferty wusste, die Abrechnung würde kommen.

Als das schwarze Taxi eintraf, stieg er hinten ein. Sein Gesicht war fast genauso düster wie die Wolken am Himmel.

»Später gibt's vielleicht sogar noch Schnee«, teilte ihm der Fahrer mit.

»Hab keinen Wetterbericht bestellt«, knurrte Cafferty. »Fahr, verdammt noch mal.«

Weiter unten an der Straße parkte ein weißer Range Rover, leicht versteckt hinter einem rostigen Transit. Der Fahrer telefonierte über die Freisprechfunktion, als er das Taxi zur Peffermill Road davonfahren sah.

»Jetzt ist er weg«, sagte er. »Soll ich hierbleiben, oder was?«

»Hat er Shand nicht mitgenommen?«

»Nein.«

»Dann fahr ihm hinterher. Würde schon gerne wissen, wo er neuerdings wohnt ...«

Als Siobhan Clarke am Gayfield Square eintraf, erklärte man ihr, ein Besucher sei gerade nach oben gegangen und würde auf sie warten.

»Danke«, sagte sie.

Sie stieg die Treppe hinauf zum CID, aber Christine Esson und Ronnie Ogilvie waren die Einzigen im Büro.

»Zwei Türen weiter«, sagte Esson. Clarke ging also den Gang

weiter runter und bog in ein anderes Büro ab, wo John Rebus sich bereits am Fotokopierer zu schaffen machte.

»Hätte ich mir auch denken können«, sagte sie.

Rebus drehte sich halb zu ihr um und entdeckte ihren Kaffeebecher. »Ich hoffe, der ist für mich.«

»Bestimmt nicht.« Clarke sah zu, wie er die Blätter, die er gerade ausgedruckt hatte, zusammenfasste. Das Gerät spuckte immer noch weitere aus. »Das sind die Akten, die ich dir mitgebracht habe«, meinte sie.

»Natürlich.«

»Gibst du James und seinem Team die Originale und behältst die Kopien für dich?«

»Genau.«

Clarke lehnte sich an den nächsten Schreibtisch. »Eigentlich sollte ich mich nicht wundern.«

»Hab's schon lange vorgehabt, Siobhan, und jetzt dachte ich, dann kann ich's auch hier umsonst machen.«

»Obwohl du weißt, dass ich's mitbekomme.«

»Ich gehe immer erstmal davon aus, dass du auf meiner Seite bist.«

»Außerdem hätte ich es so oder so rausbekommen.« Sie nahm schlürfend einen Schluck Kaffee.

»Warst du heute Morgen nochmal bei Darryl?«

»So schwer masochistisch veranlagt bin ich dann auch wieder nicht.«

»Also, was steht heute auf dem Programm?«

»Wir sollen Darryl ein paar Fotos und Tonaufnahmen zeigen.«

»Um festzustellen, ob er Craw als seinen Angreifer identifizieren kann?«

»Zeitverschwendung, oder?«

»Klar.«

»Was ist mit dir – ich vermute, du hast auch schon was vor?«

»Ich bringe den Kram hier nach Leith.«

»Und danach?«

»Hab ich weitere Eisen im Feuer, Siobhan.«

»Pass nur auf, dass du dich nicht dran verbrennst.«

»Ich bin doch immer vorsichtig.«

»Das hat Robert Chatham vermutlich auch gedacht.«

Rebus hielt inne, dann nickte er. »Du fährst bestimmt später noch bei Craw vorbei.«

»Wenn ich die Zeit finde.«

»War gestern Nacht alles friedlich?«

»Die Kollegen von der Streife sind drei Mal bei ihm vorbei und durch die Gegend gefahren. Ob du's glaubst oder nicht, die sind sogar ein bisschen dort herumspaziert.«

»Meinst du, die sind wirklich ausgestiegen?«

»Die würden doch keine Kollegen vom CID anlügen, oder?«

»Gott bewahre«, sagte Rebus, dann fluchte er leise. »Schon wieder Papierstau. Was ist bloß mit diesen Dingern los?« Er sah Clarke ratsuchend an.

»Na gut, lass mich mal sehen.« Clarke stellte ihren Kaffee auf den Schreibtisch und ging zum Kopiergerät, öffnete das Papierfach und zog das hängengeliebene Blatt zwischen den Walzen hervor. Als sie über ihre Schulter schaute, erwischte sie Rebus dabei, wie er heimlich von ihrem Kaffee trank.

»Keine Sorge«, versicherte er ihr. »Ich hab nichts Ansteckendes…«

Dass bei einem Elf-Uhr-Termin vor Viertel vor zwölf nicht viel passieren würde, hatte er sich vorher nicht klargemacht. Das Wartezimmer im Krankenhaus war nicht der anregendste Ort.

Er hatte nicht daran gedacht, eine Zeitung mitzubringen, und mit der Ausgabe von gestern, die er auf einem Stuhl gefunden hatte, konnte er sich nicht viel länger als zehn Minuten die Zeit vertreiben. Er wollte gerade der Dame am Empfang erklären, dass er ein vielbeschäftigter Mann sei und einen anderen Termin würde vereinbaren müssen, als schließlich doch sein Name aufgerufen wurde.

Und danach…

Nach der lokalen Betäubung, der Computertomografie, der Nadelbiopsie…

Vermutlich kein Anlass zur Sorge, aber wir wollen lieber sichergehen…

Ein Schatten auf der Lunge kann auch ganz bedeutungslos sein…

Wir haben ein bisschen Lesematerial für Sie zusammengestellt und können Ihnen eine Reihe von Websites empfehlen, nur zu Ihrer Beruhigung…

Die Worte kamen der Ärztin über die Lippen, als hätte sie sie schon vor langer Zeit auswendig gelernt. Wie viele Patienten hatten gesessen, wo Rebus saß, hatten ihre Worte vernommen, aber nicht wirklich zugehört? Und waren dann, begleitet von einem dumpfen Schmerz, in eine Welt entlassen worden, die nicht wirklich begreifen konnte, wie sie sich fühlten, bewaffnet nur mit ein paar Tabletten, um diese besser zu ertragen.

»Kopf hoch, John«, sagte er sich auf dem Weg zum Parkplatz. »Noch hast du dein letztes Ticket nicht gezogen.«

Fox hatte die Aufgabe erhalten, die alte Fallakte zu sichten. Er hätte jeden Penny darauf verwettet, dass Rebus sich Kopien gemacht hatte, was er Alvin James gegenüber aber natürlich nicht erwähnte. Die Hälfte wusste er sowieso bereits dank Siobhans Zusammenfassung in der Oxford Bar vor zwei Tagen. James wollte Rebus formell vorladen und vernehmen und das Gespräch aufzeichnen, damit sie seine Darstellung des Gesprächs mit Chatham in den Unterlagen hatten. Mark Oldfield war in das Café geschickt worden, um Rebus' Geschichte mit dem Frühstück zu überprüfen. Sean Glancey und Anne Briggs vernahmen Liz Dolan zu Hause. Wallace Sharpe saß an seinem Schreibtisch, studierte hochkonzentriert den Obduktionsbericht, während Alvin James telefonierte. Die Milch vom Vortag war inzwischen sauer und nicht durch frische ersetzt worden, was bedeutete, dass es nur schwarzen Tee oder schwarzen Kaffee gab. Fox war der Einzige, dem dies nichts auszumachen schien.

Er hatte Bruce Collier im Internet gesucht, sogar ein paar Clips von ihm in seiner Blütezeit gesehen. Es gab jede Menge Archivmaterial über sein Konzert von 1978. Natürlich hatte die Show weitergehen müssen, aber in einigen Artikeln wurde auch der Mord an Maria Turquand erwähnt. Über Colliers Musikerfreund Dougie Vaughan gab es online weit weniger zu finden, ebenso wie über die anderen Protagonisten des Dramas, die ihr Leben größtenteils im prä-digitalen Zeitalter verbracht hatten. Ein paar Fotos von Maria und John Turquand an ihrem Hochzeitstag und später auf Bällen der vornehmen Gesellschaft. Sir Magnus Brough war natürlich ebenfalls vertreten, wie er in Perthshire in feinem Tweed ein Raufußhuhn oder einen Fasan vom Himmel schoss; im Nadelstreifenanzug und mit Melone auf den Stufen seiner Bank am Charlotte Square posierend; oder wie er bei der gut besuchten Beerdigung seines Sohnes und seiner Schwiegertochter in die Kamera stierte, jeweils eine Hand auf die Schultern seiner Enkelkinder gelegt, die zu diesem Zeitpunkt gerade mal Teenager waren.

Was Fox natürlich darauf brachte, auch nach Anthony Brough zu suchen. Nicht zum ersten Mal, aber man wusste ja nie, welches Detail einem vielleicht entgangen war – und wenn man eins über Fox sagen konnte, dann, dass er gewissenhaft war. Außer Belanglosem war aber nichts zu finden, keinerlei neue Einblicke. Ein Freund von ihm war auf Grand Cayman ertrunken. Anthonys »sensible« Schwester Francesca hatte das Unglück am folgenschwersten getroffen. Ein bisschen Werbung für seine Investmentfirma, aber natürlich nichts über Briefkastenfirmen oder Darryl Christie.

Nichts wies darauf hin, weshalb er in letzter Zeit nicht mehr gesehen worden war.

Fox sah Alvin James sein Gespräch beenden. Anscheinend stand er jetzt ein bisschen unter Strom. Auch Wallace Sharpe hatte die Veränderung bemerkt und wartete darauf, von seinem Chef über die Neuigkeiten aufgeklärt zu werden.

»Der toxikologische Bericht ist da«, erklärte James. »Unser Opfer hatte eine knappe Flasche Whisky intus.« Noch beim Sprechen hatte er angefangen, eine SMS zu schreiben. »Ich bitte Sean, bei der Witwe nachzufragen, wie viel er normalerweise am Nachmittag oder Abend getrunken hat.«

»Hätte er an dem Abend, an dem er gestorben ist, nicht arbeiten sollen?«, erkundigte Fox sich. »Ob er vor Schichtbeginn so viel getrunken hätte?«

»Guter Einwand, Malcolm. Er hatte auch was davon auf der Kleidung – jedenfalls vermutet man das im Labor.«

»Als hätte man ihn zum Trinken gezwungen?«

»Oder als wäre er vor Angst außer sich gewesen und hätte gezittert.«

»Was Neues über die Schnur?«, fragte Sharpe flüsternd.

»Blaues Polyurethan«, sagte Sharpe und las von dem Blatt

vor sich ab. »Wird für billige Zeltleinen verwandt – und Ähnliches. Ich bin nicht sicher, ob uns das weiterbringt. Einfacher Doppelknoten, aber fest genug gebunden, um ihm das Blut abzuschnüren.«

»Er hat gelebt, als er ins Wasser geworfen wurde, aber wissen wir, ob er bei Bewusstsein war?«, fragte Fox.

»Nach einer ganzen Flasche Whisky?« James rieb sich die Stirn. »Ich wäre weg gewesen. Und Sie?«

»Ich trinke nicht«, gab Fox zu. »Ich möchte stark bezweifeln, dass ich davon munter geworden wäre.« Er sah James auf sein Handy schauen, anscheinend hatte er eine neue SMS erhalten.

»Na, und jetzt kommt's, Malcolm – unser Freund war ebenfalls abstinent. Beinahe schon ein ganzes Jahr lang, jedenfalls laut Miss Dolan.«

»Dann wurde er also von einer oder mehreren unbekannten Personen außer Gefecht gesetzt«, sinnierte Sharpe, »gefesselt und in den Forth geworfen.«

»Oder zuerst gefesselt«, gab Fox zu bedenken. »Auf die Art wäre es leichter gewesen, ihm den Whisky reinzuzwingen.«

Übellaunig signalisierte Sharpe sein Einverständnis. James musterte die an der Wand befestigte Grafik – eine Zeitachse von Chathams letztem Tag, die bislang aber hoffnungslos unvollständig war.

»Wir brauchen so schnell wie möglich die Verbindungsnachweise – vom Festnetzanschluss zu Hause und von seinem Handy. Außerdem müssen die Überwachungskameras in der Stadt überprüft werden. An allen seinen Arbeitsstellen, wir brauchen alles, was in den vergangenen Tagen aufgezeichnet wurde. Ich will die Namen von allen, mit denen er gesprochen hat, jeden Ort, an dem er war. Kollegen, Freunde, alle, die in seinem Umkreis aufgetaucht sind. Bis jetzt wissen wir nicht mehr, als dass er mit John Rebus gefrühstückt hat, anschließend ein paar Stunden zu Hause war, nervös und angespannt wirkte und sich dann wortlos verzogen hat. Danach ist es, als hätte er gar nicht mehr existiert. Wir müssen herausfinden, wo er hingegangen ist. Wo war er zwischen zwölf Uhr mittags und dem Todeszeitpunkt – wir müssen die Lücken füllen.« James sah Fox an. »Womit würden Sie anfangen, Malcolm?«

Fox dachte einen Augenblick nach. »Mit einem Stadtplan«, sagte er.

»Ich hoffe, das ist ein schlechter Traum«, sagte Cafferty und starrte die Gestalt vor seiner Tür an.

»Hast mir gar keine Karte mit deiner neuen Adresse geschickt«, sagte Darryl schulterzuckend.

»Wie hast du mich dann gefunden?«

»Hab auf ein paar Klingeln gedrückt, bis jemand geantwortet hat. Hab behauptet, ich hätte ein Paket für Cafferty. Hübsche Wohnung…« Er wollte eintreten, aber Cafferty versperrte ihm den Weg. Einige Sekunden lang verharrten sie so, dann trat Cafferty beiseite. »Komm rein.«

Über den Flur gelangte man in einen großen offenen Wohnraum, überall helles Holz und schmucklose weiße Wände. Eine Glastür führte auf den Balkon. Christie öffnete sie, ohne vorher um Erlaubnis zu bitten, und trat hinaus.

»Schöne Aussicht«, sagte er und schaute auf die wie üblich zahlreichen Studenten, Radfahrer und Jogger, die kreuz und quer im Park unterwegs waren. Dann hob er den Blick, sah Richtung Marchmont und auf die Pentland Hills dahinter. »Kann Rebus' Wohnung von hier aus gar nicht sehen – ich wette, die würdest du gerne im Auge behalten.«

»Ich hab gedacht, du liegst flach«, meinte Cafferty.

»Anscheinend hab ich körperlich weniger Schaden genommen als seelisch.« Christie tastete sich mit den Fingerspitzen über die Nase. Der Verband war ab, aber sie war verfärbt und auch noch leicht geschwollen. »Wenn ich tief durchatme, tut das immer noch weh, falls dich das tröstet.« Christie hielt inne. »Wenn dich einer so fertigmacht, dann fragst du dich, wieso er sich nicht so sehr vor dir fürchtet, wie er sich eigentlich fürchten müsste.« Er betrachtete immer noch die Aussicht. »Hast auf dem Gebiet ja selbst schon Erfahrungen gesammelt, ich sag dir also nichts, was du nicht weißt.«

»Du glaubst, dass ich was damit zu tun hatte, ist es das?«

»Du persönlich? Nein.«

»Aber dass ich jemanden bezahlt habe?«

»Na ja, der Gedanke ist mir tatsächlich gekommen.«

»Und was sagt dein Freund Joe?«

Christie schien darüber nachzudenken. »Mr Stark hat sich relativ bedeckt gehalten.«

»Sieht ihm gar nicht ähnlich.«

»Er hat angerufen und mir sein Mitgefühl versichert.«

»Kein Krankenbesuch? Die Liebe zwischen euch beiden ist wohl ein bisschen abgekühlt …«

»Durch die Schläge wirke ich schwach. Und Joe Stark kann Schwäche nicht ausstehen.« Die beiden Männer lehnten am Balkongeländer, hielten sich mit den Händen daran fest. »Wenn du mich wirklich loswerden willst«, fuhr Christie fort, »hast du jetzt die Chance – ein Stoß, und ich bin weg vom Fenster.«

»Es gäbe aber Zeugen.«

»Dein Wort gegen ihres.«

»Es gibt keinen Auftrag, dich zu töten, Darryl – jedenfalls habe ich keinen erteilt. Oder sagen wir mal, nicht letzte Woche.«

Die beiden Männer grinsten sich argwöhnisch an.

»Die haben jemanden unter Anklage gestellt, wusstest du das?«, fragte Christie und drehte sich endlich doch zu Cafferty um. »Er heißt Craw Shand.«

»Ach was?«

»Du bist ihm nicht zufällig begegnet?«

»Der Name sagt mir nichts …«

»Zum Beispiel heute Morgen. Bei ihm zu Hause.«

Cafferty verengte den Blick. »Du lässt ihn beobachten?«

»Natürlich.«

»Aber du glaubst nicht, dass er dich verprügelt hat?«

»Der lügt zum reinen Zeitvertreib. Aber er weiß Sachen, die er eigentlich nicht wissen dürfte, und das bedeutet, dass er denjenigen kennt, der's war, wer auch immer das sein mag.«

»Ich nicht, Junge.«

»Nein?« Cafferty schüttelte langsam den Kopf, hielt dem Blick aber stand. »Wieso hast du ihn dann besucht?«

»Aus demselben Grund, den du gerade genannt hast – er weiß was.«

»Und?«

»Er ist bei seiner Geschichte geblieben«, sagte Cafferty, achtete darauf, nicht zu blinzeln oder sich sonst irgendwas anmerken zu lassen.

»Wieso ist dir das so wichtig?«

»Weil ihr beide meinen Namen auf dem Zettel habt – du und der CID. Ich hab ein ebenso großes Interesse daran herauszufinden, wer es war, wie du.«

»Damit du dich herzlich bedanken kannst?«

»Damit ich Bescheid weiß.«

Christie dachte darüber nach. »Ich glaube, ich erinnere mich, dass du schon mal so was gesagt hast – damals, als du noch geglaubt hast, ich würde nach deiner Pfeife tanzen. Irgendwas Abgedroschenes, Wissen ist Macht oder so.«

»Das ist nur deshalb zum Klischee geworden, weil es stimmt.«

Christie nickte, tat beim Weitersprechen, als würde er sich erneut für die Aussicht interessieren. »Das alles könnte mit einem Mann namens Anthony Brough zu tun haben.«

»Ich höre.«

»Wir hatten eine geschäftliche Vereinbarung, aus der dann aber doch nichts wurde. Jetzt ist er nirgends mehr aufzutreiben.«

»Der ist von hier, oder? Schotte, meine ich?«

»Ja.«

»Und was macht er beruflich?«

»Er ist Investmentbroker, hat sein Büro am Rutland Square.«

»Schuldet er dir Geld oder du ihm?«

»Ich möchte nur gerne wissen, wo er steckt.«

»Und du meinst, dass ich dir helfen kann?«

Christie zuckte mit den Schultern. »Alleine hatte ich bis jetzt kein Glück.«

»Hast du überlegt, Joe Stark oder einen von deinen anderen Freunden zu fragen?«

»Sieht aus, als wär ich auf mich allein gestellt.«

»Dann bin ich jetzt plötzlich wieder dein bester Freund, oder wie?«

Christie sah Cafferty in die Augen. »Joe Stark ist ein alter Mann. Der wird's nicht mehr lange machen.«

»Und du füllst dann die Leerstelle?«

»Ich hätte nichts dagegen, seine Geschäfte zu übernehmen und Edinburgh einem anderen zu überlassen. Ist eine schöne Stadt, aber allmählich langweile ich mich hier.« Er hielt inne.

»Du könntest wenigstens versprechen, drüber nachzudenken – um der guten alten Zeiten willen.«

»Natürlich, ich denke drüber nach.«

Die beiden Männer schüttelten sich die Hände und gingen hinein.

»Hast du mein Haus gesehen?«, fragte Christie.

»Nein.«

»Sieht ein bisschen aus wie dein altes. Aber das hier ist ganz anders – wieso wolltest du dich verändern?«

»Achtzehn Zimmer, und ich hab nur vier davon benutzt. Du hast wenigstens noch Familie.«

Christie nickte. »Hörst du dich um?«, fragte er und sah Cafferty die Balkontür schließen.

»Wegen Anthony Brough? Wüsste nicht, was dagegen spricht.«

»War mir klar, dass du noch Verbindungen draußen hast.«

»Dafür hab ich auch ein Leben lang anderen einen ausgegeben und hier und da ein paar Scheine verteilt.« Cafferty stutzte. »Du solltest dich schützen – ernsthaft.«

»Du meinst Leibwächter?«

»Entweder das oder eine Waffe – ich schätze, du kennst Leute, die dir helfen können.«

»Das war nie wirklich mein Stil, aber danke für den guten Rat.« Christie trat an die Wohnungstür heran. Cafferty beugte sich vor, griff an ihm vorbei, um sie zu öffnen.

»Übrigens«, fragte Cafferty, »hast du den Russen in letzter Zeit mal gesehen?«

Christie blieb auf der Fußmatte vor der Tür stehen. »Welchen Russen?«

Cafferty hob eine Hand, die Innenfläche abwehrend nach außen gekehrt. »Wie du willst, Darryl.«

»Nein, ich mein's ernst – welchen Russen?«

»Hab nur so was läuten hören.«

Christie zuckte mit den Schultern und schüttelte den Kopf.

»Dann hab ich wohl was falsch verstanden«, sagte Cafferty und wollte die Tür schließen.

Christie ging zum Fahrstuhl, drückte auf den Knopf und wartete mit geballten Fäusten, die Augen starr auf sein eigenes verschwommenes Spiegelbild auf den Edelstahltüren gerichtet.

»Der stammt aus der Ukraine, du blödes Arschgesicht«, sagte er leise.

11

Fox musste schon zugeben – er war beeindruckt.

In den Räumen des Ermittlerteams herrschte konzentrierte Geschäftigkeit, Alvin James saß im Zentrum und achtete darauf, dass dies auch so blieb. Ein Stadtplan war aufgetrieben und an die Wand gepinnt worden. Bunte Nadeln zeigten den Fundort der Leiche an, wo das Opfer gewohnt hatte und andere Orte, die in irgendeinem Zusammenhang mit seiner Person standen, angefangen mit dem Café, in dem er Rebus getroffen hatte, bis hin zu den Bars und Clubs, in denen er gearbeitet, und dem Fitnesscenter, in dem er einen Großteil seiner Freizeit verbracht hatte. James hatte es bereits gesagt: Der Mann war kein schmales Hemd gewesen. Vermutlich suchten sie nach zwei oder mehr Tätern. Die Strömung im Firth of Forth war genau studiert worden. Der Westhafen, wo die Leiche gelandet war, wurde von zwei Molen eingefasst und war nur über einen schmalen Kanal zugänglich. Laut dem befragten Experten musste die Leiche entweder direkt dort oder in unmittelbarer Nähe ins Wasser geworfen worden sein. Dennoch kam ein recht langer Küstenabschnitt in Frage. Man hatte Luftaufnahmen aufgetrieben und neben der Karte an der Wand befestigt. Die wichtigsten Ergebnisse des Obduktionsberichts hingen ebenfalls dort, ebenso wie eine Liste aller Freunde und Bekannten des Verstorbenen. Nur die Chronik von Chathams letztem Tag war nach wie vor alles andere als vollständig.

Anne Briggs tippte die Vernehmung von Liz Dolan, während die anderen telefonierten, Termine mit den Personen auf der Liste vereinbarten. Fox hatte eine eigene Liste abzuarbeiten. Sie war gerade von Chathams Handybetreiber eingetroffen und lag neben einem ähnlichen Schreiben mit allen Verbindungen des Festnetzanschlusses des vergangenen Monats auf seinem Schreibtisch. Internetsuchen und Downloads wurden pauschal angegeben, aber die gewählten Rufnummern und SMS-Nachrichten waren nachvollziehbar aufgeführt. Die Nummer, die Chatham am häufigsten angerufen hatte, war seine eigene Festnetznummer zu Hause, meist abends – vermutlich hatte er sich gelangweilt und gefroren, während er auf der Arbeit gewartet hatte, dass endlich etwas passierte. Eine Nummer interessierte Fox besonders – eine Handynummer. Kein einziger Anruf, aber in einem einzigen Monat über hundert SMS. Fox hatte sie in sein eigenes Handy eingegeben, aber es war sofort die Mailbox angesprungen. Er legte auf und fragte Briggs nach Liz Dolans Handynummer. Briggs sagte sie ihm. Sie war es nicht. Und jetzt entdeckte er auch diese – Chatham hatte im Verlauf des Monats ein paar Dutzend Nachrichten dorthin geschickt. Fox setzte ein Fragezeichen hinter die mysteriöse Nummer und arbeitete weiter. Keine fünf Minuten später stieß er auf etwas. James sah es ihm an und ging zu ihm an den Tisch.

»Raus damit«, meinte er.

»Jeden Samstag um zwölf Uhr mittags«, meinte Fox und tippte auf die angerufene Nummer. »Ein zwei- bis dreiminütiger Anruf auf demselben Festnetzanschluss.«

»Ja?«

»Ich hab gerade selbst dort angerufen, es ist ein Wettbüro namens Klondyke Alley.«

»Und?«

Fox schaute weiter auf die Liste. »Wussten wir, dass er gewettet hat?«

James machte Anne Briggs auf sich aufmerksam. Sie schob die Kopfhörer von den Ohren, so dass er ihr die Frage stellen konnte.

»Ja«, sagte sie. »Seine Lebensgefährtin hat uns das erzählt – ab und zu hat er auf Pferde gesetzt.«

»Oft genug, um sich Ärger einzuhandeln?«, fragte Fox.

»Ich hatte nicht den Eindruck, dass die beiden Geldsorgen hatten.«

»Aber Malcolm hat nicht ganz unrecht – wir sollten uns Mr Chathams Kontoauszüge ansehen.«

»Wäre mir neu, dass geprellte Buchmacher so brutal vorgehen«, meinte Briggs skeptisch, »nicht mal bei großen Summen.«

»Wir lassen nichts unversucht, Anne«, ermahnte James sie. Die alte Akte, die Rebus abgeliefert hatte, war ihm jetzt ins Auge gefallen. Fox hatte ihm eine zweiminütige Zusammenfassung geliefert, und James hatte keinen Grund gesehen, der Sache zu diesem Zeitpunkt Priorität einzuräumen.

»Ich könnte mir Klondyke Alley ja mal ansehen«, bot Fox an. »Laut Homepage ist das in der Great Junction Street, keine zehn Minuten zu Fuß von hier.«

James musterte ihn. »Was denken Sie?«

»Möglicherweise hat Chatham nicht nur telefonisch, sondern auch persönlich Wetten abgeschlossen.«

James dachte darüber nach. »Zehn Minuten, sagen Sie?«

»Jeweils hin und zurück«, korrigierte Fox ihn. »Auf dem Rückweg kann ich Milch mitbringen.«

»Und Kekse«, rief Briggs von ihrem Schreibtisch aus.

»Und Kekse«, willigte Fox ein.

Das Klondyke Alley befand sich zwischen einem Café und einem Secondhandladen, direkt davor war eine Bushaltestelle. Durch das grell erleuchtete Fenster war ein riesiger einarmiger Bandit zu sehen. Fox trat ein. Es sah fast exakt genauso aus wie bei Diamond Joe's und Diamond Joe's Too – ein gelangweilt dreinschauender Kassierer, ein paar Kunden, die mit trüben Blicken vor ihren Lieblingsautomaten saßen; Fernsehbildschirme an den Wänden. Fox stellte sich vor die Kasse und wartete, bis der kräftige Mann hinter der Scheibe seine SMS fertig getippt hatte. Was eine ganze Weile dauerte. Anschließend bedachte er Fox mit einem unfreundlichen Blick.

»Kann ich helfen?«, blaffte er.

»Ich kenne ja nicht viele Romanschriftsteller«, sagte Fox und zeigte auf das Handy des Mannes. »Aber Sie haben offensichtlich gerade ein Kapitel vollendet.«

»Und Sie sind wohl nicht hier, um Wetten abzuschließen.«

»Da könnten Sie recht haben.« Fox hielt seinen Dienstausweis in einer Hand und ein neueres Foto von Robert Chatham in der anderen. »Kennen Sie den Mann?«, fragte er.

»Nein.«

»Er war Kunde hier.«

»Das möchte ich bezweifeln.«

»Jeden Samstagmittag hat er telefonisch gesetzt.«

»Dann zeigen Sie mir ein Bild von seiner Stimme.«

Fox lächelte unamüsiert. »Er ist nie hier gewesen?«

»Nicht während meiner Dienstzeit.«

»Er hieß Robert Chatham.«

»Ach ja?«

»Und er wird keine Wetten mehr abschließen.«

Der Kassierer seufzte und gab Chathams Namen in den Computer ein. »Er hatte ein Konto bei uns«, bestätigte er.

»Wie lief's denn so für ihn?«

Der Mann schaute auf den Bildschirm. »Kam mehr oder weniger bei null raus.«

»Schuldet er Ihnen Geld oder Sie ihm?«

»Neuzehn Pfund Guthaben stehen hier. Sagen Sie das seinen nächsten Angehörigen.«

»Mache ich«, erwiderte Fox. »Und hat er seine Wetten nie persönlich abgeschlossen?«

»Immer nur am Telefon.«

»Wie sieht's online aus?«

Der Mann schaute erneut auf den Bildschirm. »Anscheinend nicht.«

Fox drehte das Foto um. Auf die Rückseite hatte er die Handynummer notiert, an die Chatham so häufig SMS geschrieben hatte. »Was ist damit?«

»Soll mir das was sagen?«

»Kennen Sie die Nummer?«

Der Mann schüttelte den Kopf. »Sind wir hier fertig?«, fragte er. Fox merkte, dass hinter ihm ein Kunde stand, der Kleingeld benötigte. Er signalisierte nickend sein Einverständnis, blieb an einem der Automaten stehen und steckte ein Pfund in den Schlitz, bevor er merkte, dass er dafür nur ein einziges Freispiel bekam. Er drückte auf einen Knopf und wartete. Als die Walzen stehenblieben, hatte er offenbar irgendetwas richtig gemacht, denn ein Licht blinkte auf, und er wurde gefragt, ob er weiterspielen oder seinen Gewinn kassieren wollte. Er drückte auf Weiterspielen, und die Walzen drehten sich jetzt langsamer als zuvor. Der Automat wollte, dass er jede einzelne Walze anhielt, also machte er das. Wieder blinkte das Licht. Er beschloss, sich seinen Gewinn auszahlen zu lassen, und staunte, als plötzlich Münzen in die Metallschale unten fielen. Pfundmünzen. Zwanzig Stück.

»Verdammte Scheiße«, maulte der Kunde am Kassenschalter, während Fox seinen Gewinn einsammelte und ging. Im Supermarkt kaufte er eine große Packung KitKat, außerdem einen Liter fettarme Milch; er verschwendete sogar fünf Pence für eine Plastiktüte. Wieder draußen, blieb er kurz stehen, überquerte die Straße und ging noch einmal zurück Richtung Klondyke Alley. Er konzentrierte sich auf die ungeputzten Fenster über dem Wettbüro. Man erreichte die Wohnung durch eine verschrammte Tür zwischen dem Klondyke Alley und dem Secondhandladen. Wie viele Unternehmen hatten dort ihren Firmensitz? Was hatte Sheila Graham gesagt? Fox überquerte erneut die Straße und testete die Tür. Abgeschlossen. Eine kaputt aussehende Sprechanlage war zwar vorhanden, aber auf den Klingelschildern standen nur Wohnungsnummern, keine Namen. Während ihm die verbliebenen Münzen die Taschen schwer herunterzogen, ging er zurück zur Polizeiwache Leith.

Dort angekommen, sprang er die Treppe hinauf, nahm zwei Stufen auf einmal. Das Ermittlerteam diskutierte. Oldfield tat wieder Dienst am Wasserkocher.

»Das wäre doch nicht nötig gewesen, liebster Kollege«, meinte er, als Fox die KitKats auspackte.

»Was hab ich verpasst?«, fragte Fox, die Frage an James gerichtet.

»Der Fitnesstrainer in Mr Chathams Fitnesscenter. Ist eigentlich keine Tratschtante, aber er meinte, wir sollten es wissen.«

»Was?«

»Dass der Verstorbene mit einer anderen Kundin befreundet war.«

»Wie befreundet?«

»Nach dem Training haben sie meist noch gemütlich was

zusammen getrunken. Der Trainer hat sich gewundert, wie oft sie scheinbar zufällig zur selben Zeit im Club waren.«

»Haben wir ihren Namen und ihre Adresse?«

»Inzwischen ja.«

»Und die Telefonnummer?« Fox sah James nicken. »Darf ich mal sehen?«, fragte er.

James hatte sie auf einem Block notiert. Fox sah sie an, dann zog er das Foto von Robert Chatham aus der Tasche und drehte es um.

»Sind Sie jetzt unter die Magier gegangen, Malcolm?«, fragte James.

»Chatham hat ihr viermal so häufig Nachrichten geschickt wie seiner Lebensgefährtin.«

»Wieso haben Sie mir das nicht gesagt?«

»Hab mich durch das Klondyke Alley ablenken lassen.«

»Apropos …«

Fox schüttelte den Kopf. »Nur telefonische Wetten. Und tatsächlich waren die ihm zum Zeitpunkt seines Todes noch ein paar Pfund schuldig, nicht umgekehrt. Wie heißt sie?« Er betrachtete die Telefonnummer.

»Maxine Dromgoole. Schon mal gehört?«

»Sollte ich?«

James wandte sich an Sean Glancey. »Sagen Sie's ihm, Sean.«

»Wenn man den Namen im Internet eingibt, taucht immer nur eine Maxine Dromgoole auf.« Glancey hielt inne, zerknüllte sein Taschentuch in der fleischigen Pranke. »Mit einem Link direkt zu Amazon.«

Fox konnte sich den fragenden Blick nicht verkneifen.

»Sie ist Autorin, Malcolm«, erklärte James. »Sachbücher, hauptsächlich wahre Kriminalgeschichten.«

»Darunter auch ungelöste Fälle«, schaltete sich nun auch Anne Briggs ein.

»Der Fall Maria Turquand?« Jetzt begriff Fox. »Ist das die Reporterin, die Bruce Colliers Tourmanager zum Reden gebracht hatte?«

»Genau die.«

»Was bedeutet, dass sie auch dafür verantwortlich war, dass der Fall noch einmal aufgenommen wurde – unter der Leitung von Chatham.«

»Und deshalb haben wir Rebus' Unterlagen von Ihrem Tisch genommen und Wallace übergeben.«

Wallace Sharpe tippte auf die Unterlagen, wie um die Tatsache zu unterstreichen.

»Haben Sie schon versucht, sie anzurufen?«, fragte Fox.

»*Sie*, Malcolm?«

»Springt nur die Mailbox an.«

»Na ja, wir könnten es noch mal versuchen und eine Nachricht draufsprechen«, sagte James. »Aber wir haben natürlich auch ihre Adresse. Und da Sie so großzügig all die herrlichen KitKats spendiert haben ... was halten Sie von einem kleinen Ausflug?«

»Sicher.«

»Gut, wir könnten nämlich einen Übersetzer gebrauchen – keiner von uns kann den Straßennamen aussprechen.«

Fox sah auf James' Notizblock.

»Schiehns«, sagte er.

Die Sciennes Road war eine Straße in Marchmont, nicht weit von Rebus' Wohnung entfernt. Allmählich hatte Fox das Gefühl, dass sich die Stadt in ein Labyrinth verwandelte, sämtliche Bewohner irgendwie miteinander verbunden waren.

»Das rote Gebäude links ist das Sick Kids Hospital«, erklärte er James und bemühte sich dabei, nicht wie ein Fremdenführer zu klingen. »Direkt daneben die Sciennes Primary School.«

Dann eine Reihe von Geschäften mit Wohnungen auf drei Stockwerken darüber. Hier herrschte eine ganz andere Atmosphäre als in der Great Junction Street. Fox fuhr in eine Parklücke.

»Machen Sie das immer?«, fragte James.

»Was?«

»Blinken.«

»Ich denke schon.«

»Auch wenn sonst kein Auto kommt?«

»So hab ich's gelernt.«

»Sie sind ein Gewohnheitstier, Malcolm. Und Sie halten sich an die Vorschriften.«

»Haben Sie damit ein Problem, Alvin?«

»Nicht dass ich wüsste.«

Sie stiegen aus und fanden die Klingel mit der Aufschrift »Dromgoole«. Drinnen rührte sich nichts. Beide Männer traten einen Schritt zurück, als die Tür zum Gemeinschaftstreppenhaus aufging. Ein Bewohner plagte sich mit einem Fahrrad ab. James hielt ihm die Tür auf.

»Danke.«

»Wir wollen zu Maxine Dromgoole.«

»Zweiter Stock links«, sagte der Mann.

Alvin James bedankte sich nickend und winkte Fox hinein.

Sie stiegen die Treppe hinauf und blieben vor Dromgooles Tür stehen. Fox hämmerte mit den Fingerknöcheln dagegen. Nichts. James beugte sich vor und hielt den Briefschlitz auf.

»Jemand zu Hause?«, rief er.

Fox hatte bereits eine seiner Visitenkarten und einen Stift gezückt, als sie eine krächzende Stimme von drinnen hörten.

»Bitte, wer immer Sie sind, kommen Sie später wieder.«

»Das geht nicht, Miss Dromgoole«, sagte James durch den Briefschlitz. »Wir sind von der Polizei.«

»Ich kann jetzt nicht.«

James sah Fox direkt an. »Ich weiß, wie sehr Sie das mitnehmen muss, Maxine. Das ist nur zu verständlich. Aber Robert hätte gewollt, dass Sie uns helfen.«

Die Stille dauerte eine halbe Minute an. Dann wurde die Tür unendlich langsam aufgezogen, und eine Frau kam zum Vorschein, anscheinend trug sie einen Schlafanzug, das Oberteil war ausgeleiert und grau, die Hose wurde um die Hüfte mit einem Band zugezogen und war farblich identisch. Maxine Dromgoole hatte sich beinahe ausgeheult. Sie sah aus, als würde sie gleich umkippen, ihr Gesicht war fleckig, die Haare ungebürstet, die Augen blutunterlaufen. In einer Hand hielt sie ein zusammengeknülltes Papiertaschentuch. Die Haut unter ihrer Nase war gerötet, weil sie sich so häufig geschnäuzt hatte.

»Weiß Liz Bescheid?«, fragte sie.

»Über Sie und ihren Lebensgefährten? Soweit ich weiß, nicht.«

»Aber jetzt wird sie's mitbekommen, oder?«

»Nicht unbedingt«, sagte James und sah Fox an, damit dieser die Vermutung bekräftigte.

»Wir müssten Sie nur mal ein paar Minuten sprechen«, setzte Fox so beflissen wie möglich hinzu.

»Das war Rache, oder?«

»War es das?«

»Vor ungefähr ein oder zwei Wochen hat Rab ein paar Typen nicht in den Club gelassen. Er hat's mir hinterher erzählt und gemeint, die hätten ihm gedroht, sich zu rächen.«

»Ich sag Ihnen was, Maxine«, meinte James. »Wir setzen uns

erstmal, und mein Kollege hier macht uns einen Tee. In Ordnung?«

Sie nickte geistesabwesend und wandte sich Richtung Wohnzimmer. Fox machte sich in der Küche zu schaffen. Kaum hatte er Wasser aufgesetzt, stellte er sich in den Eingang zum Wohnzimmer, um nichts von dem Gespräch zu verpassen.

»Wie lange kannten Sie Rab?«, fragte James, sein Notizbuch im Anschlag.

»Seit ungefähr acht Jahren.«

»Also ungefähr seit der Zeit, als Sie Ihr Buch veröffentlicht haben?«

»Das stimmt. Er hatte ein paar Fragen dazu.«

»Weil der Fall wieder aufgenommen worden war?«

Sie nickte, ihre Augen fixierten das Fenster und den Himmel dahinter. »Ich hatte mein Interview mit Vince Brady überarbeitet und an eine Zeitung verkauft. Damals haben Zeitungen noch Geld bezahlt. Auf jeden Fall stand der Mord erneut im Blick der Öffentlichkeit, und sie mussten die Ermittlungen wieder aufnehmen.«

»Und da haben Sie sich kennengelernt.«

»Wir haben uns gut verstanden. Ich hab eigentlich gar nicht mehr an ihn gedacht, aber ein paar Wochen später hat er mich angerufen. Ich wusste, dass er verheiratet war, aber kurz vor der Trennung stand. Allerdings war er da auch schon mit Liz zusammen… du liebe Güte, das klingt, als wäre ich eine entsetzliche Schlampe, oder? Hat tatsächlich aber noch ein paar Jahre gedauert, bis was Ernstes draus wurde – wobei ich nie vorhatte…« Sie unterbrach sich, schluckte schwer und atmete ein paar Mal tief durch. »Ich bin Liz einige Male begegnet. Ein oder zwei Mal im Jahr gibt's eine Party im Fitnesscenter, da sind auch die Partner eingeladen.« Dromgoole hielt erneut inne, senkte den Blick. »Ich fand sie nett. Meinen Sie, dass sie's rausbekommt?«

Fox raste zurück in die Küche und kam mit einem Tablett wieder – drei Tassen, Milch, Zucker. Er stellte alles auf das Wohnzimmertischchen, damit sich alle selbst nehmen konnten.

»Haben Sie ihn an jenem letzten Tag gesehen?«, fragte James, als alle versorgt waren.

»Er hat ein paar Nachrichten geschickt.«

Stimmt, dachte Fox – um 10:45 und 11:10 Uhr. Und zwar von zu Hause, als seine Lebensgefährtin Liz entweder im selben Raum oder nicht weit von ihm entfernt war.

»Welchen Eindruck hat er auf Sie gemacht?«

»Er hat nur Bescheid gesagt, dass er's vielleicht später nicht mehr zum Sport schaffen würde.«

»Hat er gesagt, wieso?«

»Er hatte mit jemandem über Maria Turquand geredet.«

»Und deshalb konnte er nicht wie gewohnt zum Training kommen?«, bohrte Fox weiter.

»Ich weiß nicht.«

»Dürfen wir die Nachrichten sehen?«, fragte James.

»Die sind … ein paar sind sehr persönlich.«

»Das verstehen wir. Vielleicht nur die beiden vom Tag selbst?«

Sie nahm ihr Handy vom Wohnzimmertischchen, rief die Nachrichten auf und drehte es schließlich so um, dass sie das Display erkennen konnten, ohne dass sie das Handy aus der Hand geben musste.

Sei nicht sauer, meine Kirsche – kann deinen heißen Hintern heute nicht schwitzen sehen ☹

Wenige Minuten später hatte sie eine Antwort geschickt:
Morgen? Alles ok?

Und seine Antwort:

Maria T ist zurück! Ex-Cop auf der Lauer. Vielleicht sollte ich beleidigt sein, weil meine genialen Ermittlungen keinen Abschluss gebracht haben.

Das war die letzte SMS, die Robert Chatham je geschickt hatte.

»War er jeden Tag im Fitnesscenter?«, fragte James und setzte sich wieder.

»Er hatte einen guten Körper. Und er wollte, dass das so bleibt.« Dromgoole hatte das Handy wieder umgedreht und starrte jetzt selbst die Nachrichten auf dem Display an. »Er hat mir erzählt, dass er beim CID aufgezogen wurde, die haben ihn ›Fettsack‹ genannt und so. Also hat er beschlossen, was dagegen zu unternehmen.«

»Dann haben Sie über den Fall Turquand zueinander gefunden«, unterbrach Fox sie. Er hockte auf der Sofalehne, war noch nicht ganz bereit, es sich bequem zu machen. »Hat er Ihnen erzählt, was seine Ermittlungen ergeben haben?«

»Hätte er damit gegen die Vorschriften verstoßen?« Sie legte ihr Handy auf die Sessellehne.

»Ich werte das als ein Ja. Was dachten Sie, als er Ihnen die SMS geschickt hat?«

Sie blies die Wangen auf und atmete aus. »Ich hab mich geärgert, weil ich ihn nicht sehen würde. Hab aber wohl nicht weiter drüber nachgedacht.«

»Nein?«

»Hätte ich das tun sollen?«

»Die Geschichte hat Sie doch früher mal sehr interessiert. Ich habe gesehen, dass Ihr Buch auf Amazon immer noch unter den Top-1000 ist.«

Sie schnaubte. »Den Top-1000 in der Sparte ›True Crime‹.

Ich glaube nicht, dass ich heute noch mehr als fünfzig Exemplare im Jahr verkaufe.«

»Arbeiten Sie an einem neuen Buch?«, fragte Fox.

Die Frage schien sie aus der Spur zu bringen. Sie sah ihm ins Gesicht, mehr oder weniger zum ersten Mal. »Ich bin noch ganz am Anfang«, gab sie schließlich zu.

»Darf ich fragen, über welches Thema?«

»Morris Gerald Cafferty«, sagte sie. »Ich schätze, Sie kennen den Namen.«

»Wie weit sind Sie?«

»Es gibt jede Menge Bücher über Londoner Gangster, über Manchester, Glasgow – ich dachte, vielleicht ist jetzt mal Edinburgh dran. In den Zeitungsarchiven findet sich einiges. Gerichtsreportagen, solche Sachen.«

»Haben Sie das Cafferty gegenüber erwähnt?«

»Ich hab ihm geschrieben und um ein Interview gebeten. Aber nichts von ihm gehört.«

Ungehalten über die Abschweifung, beugte James sich vor. »Abgesehen von dem Zwischenfall, den Sie erwähnt haben, draußen vor dem Club, schien Rab sich über irgendwas Sorgen zu machen?«

»Er war ein bisschen unruhig, aber auch ganz reizend. Eines Abends, als Liz dachte, er wäre bei der Arbeit, sind wir zusammen bei Mark Greenaway essen gewesen. War nicht billig, aber wir fanden es toll. Zum Schluss hat er mir eine Rose geschenkt.« Sie nickte Richtung Regal neben dem Kamin. Auf einem der Bretter stand eine schlanke Glasvase mit einer längst verblühten Rose, die Blätter hatten sich nie richtig geöffnet.

Bei ihrem Anblick liefen Maxine Dromgoole erneut Tränen über die Wangen.

Nach weiteren zehn Minuten waren sie fertig, Dromgoole

versprach, am nächsten Tag auf die Wache zu kommen und die Aussage fürs Protokoll zu wiederholen. Die beiden Detectives stiegen schweigend die steinernen Stufen hinunter, ihre Schritte hallten durchs Treppenhaus. Sie saßen schon wieder im Wagen, als James Fox fragte, was er von all dem hielt.

»Ich glaube nicht, dass sie etwas vor uns verbirgt.«

»Da wäre ich mir nicht so sicher – immerhin verbirgt sie seit acht Jahren, dass sie mit dem Kerl einer anderen in die Kiste steigt.«

»Was möglicherweise mehr über ihn aussagt als über sie.«

»Wie meinen Sie das?«

»Chatham hat ein Doppelleben geführt und die eine Frau vor der anderen geheim gehalten.«

James nickte langsam. »Also, wer weiß, was er noch für Geheimnisse hatte?«

»Außerdem finde ich es seltsam, dass Turquand anscheinend doch immer wieder eine Rolle spielt – und jetzt plötzlich taucht auch noch Caffertys Name auf.«

»Den kenne ich wirklich nur vom Hörensagen.«

»Ein klügerer Joe Stark. Er hat es geschafft, deutlich seltener die Titelseiten zu zieren, weil er tatsächlich ziemlich schlau ist.«

»Mich interessieren diese jungen Männer, die Chatham bedroht haben. Die sind bislang nirgendwo auf dem Material der Überwachungskameras aufgetaucht, oder?«

»Ich denke aber, das ist nur eine Frage der Zeit.«

James schaute nachdenklich. »Haben wir da drin was vergessen, Malcolm? Was übersehen oder nicht erfragt?«

»Die einzigen Bücher in ihrem Regal waren die, die sie selbst geschrieben hat«, meinte Fox. »Ich bin nicht sicher, was das über sie aussagt.«

»Ob Chatham sie mit Material versorgt hat, was meinen Sie?

Sie haben sich vor acht Jahren kennengelernt, und er war erst seit drei Jahren pensioniert…« James starrte Fox an.

»Wollen Sie damit sagen, ich muss mir ihre Bücher kaufen?«

»Nur wenn Sie Ihren guten Ruf, immer absolut gründlich vorzugehen, nicht verlieren wollen.«

»Wenn Sie's so formulieren«, sagte Fox und ließ den Motor an, »wie könnte ich da widerstehen?«

12

Joe Stark kleidete sich stets, als wäre in den fünfziger Jahren die Zeit stehengeblieben – Kamelhaarmantel, glänzend polierte schwarze Schuhe, ein Anzug mit breitem Revers, dazu ein lilafarbenes Hemd mit Krawatte in derselben Farbe. Er war nicht groß, aber er hatte Kraft. Wie gewöhnlich wurde er von seinen beiden ältesten Freunden flankiert, Walter Grieve und Len Parker; die drei bildeten seit der Grundschule eine Bande. Cafferty hatte ihnen den Rücken zugekehrt, betrachtete die prächtigen Glasgow City Chambers, aber er spürte Stark herankommen und drehte sich halb um, nickte ihm andeutungsweise zu und wandte sich dann wieder zu dem Gebäude vor sich um.

»Ich muss ehrlich sagen, Joe, das ist schon becindruckender als das Pendant in Edinburgh.«

»Größer und besser, so macht man das in Glasgow.«

»Na ja«, meinte Cafferty, nachdem er kurz nachgedacht hatte, »auf jeden Fall protziger.«

»Wenn du eine Stadtführung möchtest, bin ich dir gerne behilflich.«

Erst jetzt drehte sich Cafferty zu Stark um. »Siehst gut aus.«

»Ich atme.«

»Dann sind wir schon zu zweit – trotz allem.«

»Nicht kaputtzukriegen – auch das ist Glasgow.«

Cafferty betrachtete die Statue neben sich.

»Thomas Graham«, las er die Inschrift darunter. »Genialer, experimenteller Chemiker. Von der Sorte haben wir im Lauf der Zeit auch einige kennengelernt, was, Joe?«, kicherte Cafferty, aber Stark starrte ihn durchdringend an.

»Warum bist du hier?«, zischte er.

»Ich bin Rentner, so wie du. Der Bus ist für mich kostenlos, ich sollte viel öfter verreisen.«

»Bist du mit dem Bus gekommen?«

Cafferty schüttelte den Kopf, und Stark unterdrückte ein Schnauben.

»Jemand hat Darryl Christie verprügelt«, stellte Cafferty fest.

»Der Junge ist leichtsinnig geworden.«

»Hat sich für unantastbar gehalten.«

»Niemand ist unantastbar.«

»Möglicherweise hast du dich gefragt, ob ich das veranlasst habe.«

»Und du hast gedacht, dass ich es war.«

»Aber mal angenommen, es war keiner von uns beiden ...« Cafferty hielt inne, als ein Feuerwehrwagen mit heulender Sirene an ihnen vorbeirauschte. »Zu Hilfe gekommen bist du ihm auch nicht.«

»Er hat nicht drum gebeten.«

»Hätte er's getan, hätte ihm das als Schwäche ausgelegt werden können – was dich aber eigentlich nicht davon abhalten dürfte, ihm Hilfe anzubieten.«

»Wer sagt, dass ich das nicht getan habe?«

»Ich hatte nur so ein Gefühl.« Cafferty wartete auf eine Antwort, aber Stark schwieg. »Würde ich zu Spekulationen neigen, Joe, würde ich sagen, dass du vielleicht ein bisschen übervorsichtig bist. Und der Grund dafür könnte sein, dass du glaubst, Darryl könnte vom Sockel gestürzt werden. Schließlich will niemand auf der Verliererseite stehen, wenn's so weit ist. Hat ja keinen Sinn, sich unnötig Feinde zu machen, oder?«

»Darryl ist ein guter Junge.«

»Dem würde ich nicht widersprechen. Aber sogar gute Jungs machen Fehler.«

»Was hast du gehört?«

»Nur Gerüchte. Bis zu dem Überfall hab ich ihnen eigentlich kaum Glauben geschenkt.«

»War ja wohl auch kein großartiger ›Überfall‹, oder? Eher das Werk eines Laien.«

»Weshalb wir uns gegenseitig ausschließen können. Aber wer bleibt dann übrig? Edinburgh hatte ich vor allem deshalb so lange für mich allein, weil es eher ein Dorf als eine Stadt ist – woanders kann man besser Geld verdienen.«

»Magere Zeiten, Cafferty.« Stark zog die Nase hoch und vergrub die Hände tief in den Manteltaschen.

»Gibt genug Schakale, die an den Wasserlöchern lauern.«

»Würdest du wohl ein paar Namen nennen?«

»Die üblichen Verdächtigen – du kennst sie genauso gut wie ich.«

Cafferty nickte langsam. Er legte Joe Stark eine Hand auf die Schulter, fixierte ihn mit seinem Blick.

»Du hast wirklich keine Ahnung, oder?«

Stark dachte immer noch über seine Antwort nach, als Cafferty sich schon umdrehte und ging. Vor den City Chambers parkte ein glänzender silberfarbener Mercedes, und als er näher kam, sprang sein livrierter Fahrer heraus, hielt ihm die Tür auf und warf sie wieder zu, nachdem er eingestiegen war. Starks bewährte Lieutenants, die während des Gesprächs diskret Abstand gehalten hatten, tauchten jetzt an seiner Seite auf.

»Was sollte das?«, fragte Grieve.

»Kleiner Angelausflug«, brummte Stark und sah dem davonfahrenden Wagen hinterher.

»Und?«

»Ich brauch was zu trinken.«

»Was warst du jetzt? Köder oder Beute?«

Stark sah Grieve finster an, bis die Botschaft angekommen war. Die drei Männer setzten sich in einer Reihe nebeneinander in Bewegung, Joe Stark ging den anderen einen halben Schritt voraus Richtung Ingram Street.

»Sehr schön«, sagte Clarke ängstlich, und das nicht zum ersten Mal. Sie saß an einem Esstisch der Voodoo Rooms, über dem Café Royal, wo sie sich mit Rebus verabredet hatte. Es war acht Uhr abends, und unten im Saal sollte eine Bluesband spielen.

»Die Musik des Teufels«, hatte Rebus gesagt.

In der Bar war es voll und laut – nicht unbedingt ein Ort, an dem sie ihren Begleiter vermutet hätte.

»Du bist eingeladen«, sagte Rebus, als das Essen kam.

»Warum komme ich mir vor wie ein Opferlamm?«

Er stierte sie fassungslos an. »Ich will nur nett sein, Siobhan.«

»Das macht mich ja so nervös.«

»Vielleicht schwingen wir nachher noch das Tanzbein.«

»Bitte streich ›nervös‹ und ersetze es durch ›starr vor Schreck‹.«

»Oh, ihr Ungläubigen.« Rebus nahm sein Lammkotelett und biss hinein. »Also, wie sehr bist du gerade von Malcolm genervt – sagen wir mal, auf einer Skala von null bis zehn?«

»Vielleicht drei.« Sie nahm ein Stück Pommes von ihrem Teller und biss es zur Hälfte ab.

»Das ist ziemlich großzügig. Irgendwelche Fortschritte bei Craw?«

»Noch ist er gesund und munter, zumindest soweit ich das feststellen kann.«

»Wann hast du das letzte Mal nach ihm gesehen?«

Sie musterte demonstrativ ihr Handydisplay. »Ich sehe gerade nach.«

»Aber das sind nur Streifenwagen – jemand könnte ihn im Haus massakrieren, und die Kollegen würden es nicht merken.«

»Ich bin sicher, du bist bei den unteren Rängen sehr beliebt.«

»Es gibt für alles ein erstes Mal«, sagte er augenzwinkernd, warf den Knochen auf seinen Teller und leckte sich die Finger ab. »Noch was zu trinken?«

»Wolltest du nicht ein bisschen langsamer machen?«

Er tippte an sein Bierglas. »Alkoholreduziert.«

»Im Ernst?«

»Schmeckt scheiße, tut mir aber gut. Gin Tonic, oder?«

»Nur Tonic.«

»Sicher?«

Sie nickte, dann sah sie ihn an die Bar gehen. Er hielt einen Zehnpfundschein hoch und hatte wenig später einen Mitarbeiter auf sich aufmerksam gemacht. Clarke tippte erneut ihr Handy an: keine neuen Nachrichten. Kurz nach halb sechs war sie durch Craw Shands Straße gefahren. Keine Spur von Harry aus dem Devil's Dram oder von Darryl Christies Wagen. Die Vorhänge waren zugezogen, anscheinend brannte kein Licht im Haus. Sie pickte ein Stück Fisch mit der Gabel auf und schob es sich in den Mund. Rebus unterhielt sich mit einem Mann an der Bar. Anscheinend bot er dem Fremden gerade an, ihm ein Bier auszugeben, dieser aber zeigte auf sein noch fast volles Glas. Der Mann war kahl und übergewichtig, trug ausgewaschene Jeans, eine aufgeknöpfte Lederweste und ein schwarzes T-Shirt mit Band-Logo. Rebus nickte irgendwann in Richtung ihres Tisches und winkte. Sie nickte zurück, fragte sich, was da los war. Schließlich kamen beide näher, einer sehr viel weniger zögerlich als der andere.

»Dougie hier«, sagte Rebus ein bisschen zu herzlich, »will mir nicht glauben, dass wir vom CID sind. Er will einen Ausweis sehen – ist das zu fassen?«

Clarke kaute noch, zog aber bereits ihren Dienstausweis aus der Tasche. Nachdem sie ihre Getränke auf dem Tisch abgestellt hatten, packte Rebus den Mann am Unterarm.

»Bist du jetzt zufrieden?«, fragte er. Dann: »Setz dich doch.«

Clarke signalisierte mit einem Blick, dass sie eine Erklärung wünschte, als sich die beiden jetzt auf die Bank schoben, so dass Vaughan praktisch eingeklemmt war.

»Ich muss in einer Viertelstunde auf die Bühne«, beschwerte er sich, ein Schweißfilm trat ihm auf die Stirn.

»Das ist Dougie Vaughan«, stellte Rebus ihn noch einmal richtig vor.

»Was soll das?«, fragte Vaughan, eines seiner Augen zuckte unkontrollierbar. Er versuchte, den Tic wegzureiben.

»Neuerdings ist wieder Interesse am Mord an Maria Turquand erwacht«, erklärte Rebus.

»Und was hat das mit mir zu tun?«

»Du warst doch dabei, als sie gestorben ist, Dougie«, behauptete Rebus.

»Wo?«

»Im Zimmer nebenan.«

Vaughan schüttelte den Kopf. »Wer sagt denn das?«

»Du hattest einen Schlüssel für das Zimmer von Vince Brady, oder nicht?«

»Nein.«

»Da hab ich aber was anderes gehört.«

»Ich hab bei Bruce auf dem Bett gepennt. Das hab ich alles damals schon ausgesagt.«

»Aber dann hat Vince ein paar Sachen ausgeplaudert...«

»Weil ihn eine Reporterin bezahlt hat. Nachdem er Bruce so derbe hintergangen hatte, wollte keiner mehr mit ihm arbeiten. Er war pleite, gesundheitlich am Ende, und zu Hause hatte er Frau und Kinder sitzen.« Vaughan hielt inne. »Das ist die großzügigste Interpretation, die mir einfällt. Bruce würde das anders sehen.«

»Wir wissen, dass sich die beiden in der letzten Zeit nicht mehr grün waren.«

»Er hat Bruce übers Ohr gehauen, so einfach ist das.«

»Bei so was geht's oft ums Geld«, schien Rebus ihm beizupflichten. »Aber Begierde spielt auch eine Rolle. Und Eifersucht.« Er sah Clarke an. »Hilf mir doch mal.«

»Stolz«, meinte sie. »Faulheit...«

»Geld ist keine Sünde«, sagte Vaughan. Rebus starrte ihn an, dann Clarke.

»Stimmt das?«

»Kann sein«, erwiderte sie schulterzuckend.

»Wahrscheinlich ist das auch egal«, lenkte Rebus ein. »Maria Turquand wurde jedenfalls nicht wegen ihres Portemonnaies ermordet.« Er fixierte Vaughan. »Hast du dich eigentlich je gefragt, warum sie ermordet wurde, Dougie?«

Vaughan zuckte mit der Schulter. »Aus Leidenschaft?«, tippte er schließlich.

»Sieht ganz danach aus, oder? Und der Einzige, von dem wir wissen, dass sie eine leidenschaftliche Beziehung zu ihm hatte, bist du.«

»Warte mal einen Moment. Das war wirklich nur eine Nacht. Ich war stoned, und sie war sternhagelvoll – mich wundert, dass wir überhaupt was hinbekommen haben. Und bei den Ermittlungen damals hab ich auch alles erzählt, woran ich mich noch erinnern konnte.«

»Das stimmt aber nicht ganz, Dougie, oder? Du bist doch später mit deinen Bettgeschichten auch noch zur Presse gerannt – sieht für mich ganz danach aus, als wäre Vince nicht der Einzige gewesen, der mit dem Ableben der Ärmsten Kohle gemacht hat ...«

Ein Mann mit ausgedünntem silberfarbenen Pferdeschwanz blieb vor dem Tisch stehen.

»Bist du bald fertig, Mann?«, fragte er Vaughan.

»Gleich«, erwiderte Rebus in einem Tonfall, der den Pferdeschwanz eiligst den Rückzug antreten ließ. Dann an Vaughan gewandt: »Du bist ihr an dem Tag im Hotel gar nicht begegnet?«

»Nein.«

»Aber dein Freund Bruce.«

Vaughan schüttelte den Kopf. »Da lügt Vince Brady schon wieder«, behauptete er. »Es sei denn, es gibt neue Beweise? Geht es darum?« Vaughan wollte sein Glas heben, aber seine Hand zitterte zu stark.

»Donnerwetter«, sagte Rebus, »beruhig erstmal deine Nerven, bevor du zur Gitarre greifst. Jetzt wo du gefragt hast, kann ich dir's ja auch sagen.« Er rutschte so dicht an Vaughan heran, dass es aussah, als wären die beiden Männer an der Hüfte zusammengewachsen. »Es ist nämlich so – ein Detective namens Robert Chatham hat den Fall noch mal neu aufgerollt.«

»Kann mich erinnern, dass ich mit ihm gesprochen habe«, räumte Vaughan ein.

»Na ja, und jetzt wurde er umgebracht, was euch alle irgendwie ganz schön blöd dastehen lässt. Also lass mich dich fragen – wann hast du ihn zuletzt gesehen?«

Vaughans Schultern zuckten. »Muss wohl ein paar Monate her sein.«

Rebus sah aus, als hätte er nichts anderes erwartet. »Und wo?«

»Genau hier, glaube ich. Er war mit Maxine da.«

»Maxine Dromgoole?«

Vaughan nickte. Rebus sah Clarke an. »Das ist die Reporterin, die den Fall wieder ins Rollen gebracht hat.«

»Verstehe«, sagte Clarke, die die Akten offenbar nicht so genau gelesen hatte wie Rebus.

»Maxine kennt sich aus mit Blues«, meinte Vaughan. »Seit sie mich für ihr Buch interviewt hat, sind wir in Kontakt geblieben. Ich meine, sie steht auf meiner Mailing-Liste mit den Konzertankündigungen.«

»Und sie war mit Robert Chatham hier?«

»Nur das eine Mal. Sie standen ganz hinten, an der Tür. Ich kannte ihn von irgendwoher, hat aber ein oder zwei Tage gedauert, bis es mir wieder eingefallen ist.«

»Dann haben Sie an dem Abend gar nicht mit den beiden gesprochen?«, fragte Clarke.

»Als wir mit dem ersten Set durch waren, waren sie schon weg.«

»Fanden Sie das seltsam?«

»Was?«

»Dass die beiden zusammen da waren.«

»Was ist daran seltsam?«

»Haben Sie sie noch mal zusammen gesehen?«

»Nein.«

»Du hast Maxine gegenüber nicht erwähnt, dass du kapiert hast, mit wem sie da war?« Rebus sah Vaughan langsam nicken. »Was hat sie dazu gesagt?«

»Kann mich nicht mehr so richtig erinnern. Vielleicht irgendwas von wegen, dass sie ihn zufällig auf der Straße getroffen hatte. In Edinburgh passiert so was, oder?« Vaughan unterbrach sich. »Ich muss jetzt wirklich los. Ist das okay?«

Rebus machte eine Handbewegung und rutschte von der Bank, erlaubte dem Mann aufzustehen. Vaughan blieb noch einmal kurz vor dem Tisch stehen. »Ich hab in Bruce' Suite auf dem Bett gepennt«, wiederholte er. »Als ich aufgewacht bin, war mein ganzes Geld geklaut.«

»Nur das Geld?«

»Na ja, der Schlüssel hat auch gefehlt, aber in dem Zustand, in dem ich war, hätte ich ihn überall liegen lassen können, wenn ich ihn überhaupt je hatte.« Er zuckte mit den Schultern und ging. Rebus sah ihm nach.

»Warum sollte sie das tun?«, fragte er Clarke.

»Mit Mr Vaughan schlafen, meinst du?«

»Na ja, das auch. Aber ich meine Dromgoole. Die beiden verheimlichen ewig lange ihre Affäre, und dann bringt sie Rab Chatham hierher zu Dougie Vaughan.«

»Die hatten was miteinander?«

Rebus nickte geistesabwesend. »Malcolm hat mich angerufen und es mir erzählt.«

»Wie nett von ihm – und was denkst du?«

»Vielleicht wollte sie mal am Baum schütteln, sehen, was passiert. Wäre doch denkbar, oder? Aber das würde bedeuten, dass sie mit der Turquand-Geschichte noch nicht ganz durch war, weshalb auch gut möglich wäre, dass sie Chatham gedrängt hat, sich noch einmal des Falls anzunehmen.« Er kratzte sich mit einem Fingernagel am Hals, sah erst eine ganze Weile später, mit welchem Blick Clarke ihn bedachte.

»Was?«, fragte er.

»Du wolltest mich dabeihaben, falls er einen Dienstausweis sehen will«, stellte sie fest.

»Erwischt«, gab Rebus zu und klaute ihr einen von ihren Pommes.

Fox' Schwester wohnte in einer Reihenhaussiedlung in Saughtonhall. In ihrem Wohnzimmer brannte Licht, und die Vorhänge waren offen, also beobachtete er sie eine Weile lang durchs Fenster. Sie lag zusammengerollt im Sessel, ein Aschenbecher auf dem Oberschenkel, Zigarette in einer Hand und das Telefon in der anderen. Gerade wollte Fox zur Begrüßung an die Scheibe klopfen, als sie ihn entdeckte und erschrocken aufsprang; Aschenbecher, Handy und Zigarette flogen auf den Boden.

»Ich bin's nur!«, rief er, als sie ans Fenster trat. Dann kam sie zur Tür.

»Was soll das?«, maulte sie.

»Hab gesehen, dass Licht brennt. Ich wollte gerade klopfen.«

»Aber stattdessen bist du da draußen im Dunkeln stehen geblieben und hast wie ein dahergelaufener Perverser reingeglotzt.«

Sie ging wieder hinein, hob Telefon und Aschenbecher auf. Fox fand die noch glühende Zigarette. Sie hatte ein Loch in den beigefarbenen Teppichboden gebrannt – und das nicht zum ersten Mal. Sie pflückte sie ihm aus der Hand und steckte sie sich zwischen die Lippen, während sie die anderen herumliegenden Kippen einsammelte.

»Ich helf dir saugen«, bot Fox an.

»Der Staubsauger muss erst repariert werden.«

»Was ist denn kaputt?«

»Er funktioniert nicht«, behauptete sie, ließ sich wieder im Sessel nieder und starrte erneut aufs Display.

»Muss ja eine wichtige Nachricht sein«, meinte er.

»Ist ein Spiel.« Sie drehte das Handy so, dass er kurz darauf schauen konnte. Bunte Kugeln in verschiedenen Reihen. »Bevor du fragst, das ist umsonst.«

»Ich wollte gar nicht fragen«, log er und sah sich nach einer Sitzmöglichkeit um, auf der keine Sandwichverpackungen, Chipstüten oder Frauenzeitschriften lagen. Stattdessen öffnete er das Fenster.

»Ich lass nur mal ein bisschen Luft rein«, sagte er, als Jude ihm einen weiteren Blick schenkte. »Und wie ist es dir ergangen?«

»Du meinst, seitdem du mich in der Spielhölle aufgelesen hast? Wobei, wenn ich es mir recht überlege, was hast *du* eigentlich dort verloren gehabt?«

»Ermittlungen.«

»Ich wette, das versuchst du allen Frauen weiszumachen, denen du nachstellst.« Sie blies Rauch an die Decke.

»Ich habe dir nicht nachgestellt, ich wusste ja nicht mal, dass du zocken gehst.«

»Irgendwie muss ich mir ja die Zeit vertreiben.«

»Ja, hast du gesagt.«

Sie sah von ihrem Display auf. »Hab ich das? Tut mir leid, unser kleines Gespräch ist mir nicht lange im Gedächtnis geblieben.«

»Gehst du manchmal auch in andere Wettbüros?«

»Du kennst mich doch, Malcolm – ich bin eine Nutte. Ich krieg den Hals nie voll genug.«

Er entschied sich, ihren Ton zu ignorieren. »Wie ist es mit dem in der Great Junction Street?«

»Bin nicht oft in Leith.«

»Aber wenn, dann…«

Entweder stellte sie ihr Spiel auf Pause, oder sie beendete es, jedenfalls legte sie das Handy mit dem Display nach unten neben den Aschenbecher und musterte ihren Bruder.

»Ist das jetzt dein neuester Kreuzzug? Gegen Menschen, die ihr Leben verzocken? Soweit ich weiß, ist das gesetzlich nicht verboten.«

»Manchmal werden Automaten mit festen Quoten zur Geldwäsche benutzt.«

»Versuchst du, deine eigene Schwester als Spitzel anzuwerben? Geht's darum?«

»Nein.« Dann hielt er inne. »Aber wenn du zufällig was siehst oder hörst…«

»Würde ich mich wie jeder andere anständige Bürger direkt an Sie wenden, Officer.« Sie zögerte. »Aber woran erkenne ich die Bösen?« Sie klopfte ihre Zigarette am Rand des Aschenbechers ab.

»Vielleicht an den Summen, die sie in die Automaten stecken, und daran, dass es ihnen nichts auszumachen scheint, ihre ganze Kohle aufs Spiel zu setzen und zu verlieren.«

»Und angenommen, ich lasse mich darauf ein – bekomme ich was dafür?«

»Du meinst, abgesehen vom Dank der gesetzestreuen Öffentlichkeit?«

»Ja.«

»Dachtest du an was Bestimmtes?«

»Vielleicht ein Stillhalteabkommen – du hörst auf, an mir herumzunörgeln.«

»Was verstehst du unter ›nörgeln‹?«

»Das ewige Gemosere über meine Art zu leben, meine Faulheit, meine Arbeitslosigkeit.« Sie drückte ihre Zigarette aus. »Ach, und auch dieser ganze selbstgefällige Blödsinn wegen dem Geld, das du mir überweist.«

»Damit du deine Miete und deine Rechnungen bezahlen kannst.«

»Und damit du nach Dads Tod wieder jemanden hast, an dem du ein gutes Werk vollbringen kannst.«

»Ja, das hast du neulich schon gesagt.« Fox' Handy summte. Anrufer: Sheila Graham. »Ich muss drangehen«, murmelte er, ging in den Flur und meldete sich erst, nachdem er die Wohnzimmertür zugezogen hatte.

»Guten Abend, Sheila.«

»Stör ich gerade?«

»Überhaupt nicht. Sie sind aber spät noch bei der Arbeit.«

»Ich war zu einer Besprechung in Edinburgh. Als ich in Waverley angekommen bin, hab ich gerade meinen Zug abfahren sehen, also hab ich mich gefragt, ob Sie schon verplant sind.«

»Ich kann in fünfzehn Minuten da sein. Wenn Sie durch den Hinterausgang gehen, gibt's gegenüber auf der anderen Straßenseite eine Bar namens Doric.«

»Ich glaube, die hab ich gesehen, als ich aus dem Taxi gestiegen bin. Ich werde dort mit einem Bier für Sie warten.«

»Normalerweise trinke ich Apfelschorle.«

»Dann wird das ja ein billiger Spaß für mich.«

»Fünfzehn Minuten.«

Er beendete die Verbindung und kehrte ins Wohnzimmer zurück.

»Ich muss los«, erklärte er. Jude hatte eine neue Zigarette angezündet und war jetzt wieder mit ihrem Handy beschäftigt. Sie hielt die Hand hoch und winkte möglichst knapp.

»Das Wettbüro, für das ich mich interessiere, heißt Klondyke Alley«, setzte er noch hinzu.

»Klondyke Alley«, wiederholte sie, den Blick starr auf das Display gerichtet. »Vorausgesetzt, es verschlägt mich überhaupt in die Great Junction Street.«

»Das vorausgesetzt«, pflichtete Fox ihr bei. »Und danke.«

Als er gegangen war, ging Jude ans Fenster, um sich zu vergewissern, dass er wirklich weg war. Dann zog sie einen Zettel aus der hinteren Hosentasche, faltete ihn auseinander und gab die Nummer in ihr Handy ein.

»Hallo?«, sagte sie, als ihr Anruf entgegengenommen wurde. »Ich muss mit Mr Christie sprechen. Kann ich ihm eine Nachricht hinterlassen?«

Sheila Graham war geschäftsmäßig gekleidet – ein anthrazitfarbener, zweiteiliger Hosenanzug mit einer schlichten weißen Bluse. Vorher hatte sie die Bluse vermutlich bis zum Hals zugeknöpft, jetzt trug sie den Kragen offen, als wollte sie signalisieren, dass sie nicht mehr im Dienst war. Sie saß an einem Tisch am Fenster und lächelte Fox zu, als dieser eintrat. Die meisten Gäste hier sahen aus, als würden sie auf Züge warten, Rollkoffer und Rucksäcke standen neben den Sitzen. Graham hatte eine Laptoptasche und eine Schultertasche dabei und trank Weißwein. Fox' Apfelschorle wartete bereits. Er setzte sich auf einen Hocker ihr gegenüber, hob sein Glas und prostete ihr zu.

»Harter Tag?«, fragte er.

»Regierungskram. Ich werde Sie nicht mit Einzelheiten langweilen. Wie sieht es bei Ihnen aus, Malcolm?«

»Wir machen langsam, aber stetig Fortschritte.«

»Es gab bereits eine Festnahme wegen dem Überfall, stimmt's?«

»Wahrscheinlich ist es nicht der, den wir suchen. Allmählich mache ich mir aber Gedanken wegen Anthony Brough.«

»Sie glauben, sein plötzliches Verschwinden ist kein Zufall?«

»Was denken Sie?«

»Ich denke, dass Mr Brough in jüngster Zeit eine ganze Reihe von Verlusten einstecken musste. Viele seiner Klienten sind pleite.«

»Und auf Rache aus?«

»Das weiß ich nicht. Aber es handelt sich um Menschen, die nicht immer mit einem Bankdirektor über einen Kredit sprechen können. Deren Währung ist Bargeld. Sie brauchen einen Kreditgeber, der nicht viele Fragen stellt…«

»Sie meinen, einen wie Darryl Christie?«

Sie nickte langsam. »Aber wir wollen nicht über die Arbeit reden, Malcolm. Ich freue mich, dass Sie sich die Mühe gemacht haben und mir Gesellschaft leisten.«

Langsam breitete sich ein Lächeln auf Fox' Gesicht aus. »Oh, ich dachte, es geht ausschließlich um die Arbeit, Sheila. Sie wollten mir einen ganz bestimmten Leckerbissen zukommen lassen, und das haben Sie gerade getan.«

»Bin ich so leicht zu durchschauen? Na ja, kann sein. Aber jetzt ist das erledigt, also können wir auch was trinken und uns unterhalten.« Sie nickte in Richtung seines Glases. »Haben Sie nie getrunken?«

»Ich habe getrunken, bis ich damit aufgehört habe.«

»Was ist passiert?«

»Sie kennen doch Jekyll und Hyde? So war das bei mir mit dem Alkohol.«

Graham legte den Kopf in den Nacken, lockerte ihre Muskulatur. »Mich muntert er einfach ein bisschen auf«, sagte sie. »Und das brauche ich an manchen Tagen.« Sie hob erneut ihr Glas und stieß mit ihm an. »Was ist das für ein anderer Fall, an dem Sie arbeiten?«

»Eigenartigerweise scheint es Verbindungen zwischen den Fällen zu geben.«

»Ach ja?«

»Der ehemalige Polizist, der getötet wurde, hatte die Ermittlungen in einem alten Mordfall wiederaufgenommen, dem von Maria Turquand.«

»Ich glaube nicht, dass ich den kenne.«

»Turquand wurde 1978 tot in ihrem Hotelzimmer gefunden.«

»Hier in der Stadt?«

»Genau hier.«

»Und mir hat man gesagt, Frauen seien in Edinburgh sicher. Worin besteht die Verbindung?«

»Marias Ehemann war Sir Magnus Broughs rechte Hand. Und heute hat dessen Enkel Anthony ein Büro praktisch mit Blick auf das Hotel, in dem Maria ermordet wurde.«

Graham dachte darüber nach, nahm dabei einen weiteren Schluck Wein.

»Ich will natürlich nicht behaupten, dass da *wirklich* ein Zusammenhang besteht«, hatte Fox plötzlich das Gefühl hinzufügen zu müssen. »Ist nur interessant, mehr nicht. Als Anthonys Eltern starben, hat Sir Magnus seine Schwester und ihn praktisch großgezogen.«

»Vielleicht ist da auch noch was anderes«, sagte Graham leise, legte ihre Ellbogen auf den Tisch. »John Turquand war einer von Anthonys ersten Kunden. Das stand damals in den Zeitungen. Brough hat ihn praktisch benutzt, um sich anderen möglichen Investoren zu empfehlen. Turquand befindet sich längst im Ruhestand, aber in Finanzkreisen hatte er einen guten Namen.« Sie unterbrach sich. »Wir reden wohl schon wieder über die Arbeit, was?«

»Na ja, Sie haben mich gefragt.«

»Das hab ich wohl.« Sie sah auf die Uhr. »Ich schaue nur nach der Zeit.«

»Wann fährt der nächste Zug?«

»In siebzehn Minuten.«

»Noch ein Glas Wein?«

»Warum nicht?«

Also ging er an die Bar, dachte über Anthony Brough, John Turquand, Darryl Christie und den Mord an Maria Turquand nach. Als er ihr das frische Glas vorsetzte, fragte er sie, was sie von Broughs Verschwinden hielt.

»Niemand hat ihn vermisst gemeldet«, erklärte sie. »Vorher können wir nicht viel unternehmen.«

»Ist er verheiratet?«

»Immer noch ein umtriebiger Playboy. Wahrscheinlich versteckt er sich in einer Hotelsuite irgendwo zwischen hier und Sydney.«

»Aber die Frage ist, warum.«

»Da haben Sie allerdings recht.«

»Meinen Sie, Darryl Christie könnte Licht ins Dunkel bringen?«

»Er würde bestimmt abstreiten, Broughs Namen überhaupt schon mal gehört zu haben.«

»Gibt es keinen Nachweis dafür, dass sie zusammengearbeitet oder sich getroffen haben?«

»Wenn Sie belastendes Material suchen, Malcolm, das findet sich alles digital und in Dokumenten. Sie müssten schon ein Riesenglück haben, Christies Namen dort irgendwo zu entdecken. Unternehmen, mit denen er zu tun hat, ja, aber der Mann selbst ist kaum zu fassen.«

»Gibt es irgendwas dessentwegen Sie ihn vorladen könnten?«

»Sie meinen, um nachzubohren, ohne dass er's merkt?« Sie dachte darüber nach. »Soweit wir wissen, sind seine Steuerabrechnungen in Ordnung. Vor zwei Jahren hat es eine große Überprüfung gegeben, und er musste ein paar hundert Pfund Strafe zahlen, mehr nicht.« Sie zuckte mit den Schultern.

»Aber wenn er illegal Geld verleiht ...«

»Geld zu verleihen ist nicht unbedingt illegal. Außerdem haben wir keinerlei Beweise dafür, außer Hörensagen und Vermutungen. Die besten Chancen haben wir immer noch über den tätlichen Angriff auf seine Person. Der muss ihn aufgerüttelt haben. Wahrscheinlich fragt er sich, wer seine wahren Freunde sind und wer es auf ihn abgesehen haben könnte.«

»Dann sollten Sie mit Ihrem Chef sprechen. Verlangen Sie, dass Christies Telefon abgehört und er rund um die Uhr überwacht wird.«

»So wie Sie das gemacht haben, als Sie noch für Professional Standards tätig waren.«

»Ganz genau.«

»Ich kann ja mal fragen, auch wenn ich dabei riskiere, wie eine kaputte Schallplatte zu klingen.« Sie legte sich eine Hand auf den Bauch, um ein plötzliches Magenknurren zu unterdrücken. »Ich hätte mir was zu essen besorgen sollen«, entschuldigte sie sich.

»Noch ist es nicht zu spät«, sagte Fox. »In der Cockburn Street sind ein paar Restaurants.« Er hielt inne. »Natürlich vorausgesetzt, es gibt auch noch einen späteren Zug.«

Sie sah ihn direkt an. »Es gibt tatsächlich einen späteren Zug«, sagte sie. »Aber unter einer Bedingung.«

Er hob abwehrend eine Hand. »Ich muss darauf bestehen zu bezahlen – meine Stadt, meine Regeln.«

»Wie galant von Ihnen. Aber meine Bedingung ist eine andere: Es wird nicht über die Arbeit geredet. Diesmal wirklich.«

»Sie meinen, wir tun so, als wären wir ganz normale Leute?«

»Normale Leute, die ganz normal an einem normalen Abend essen gehen.«

»Das wird nicht einfach«, warnte Fox sie. »Aber wir können es ja mal versuchen ...«

Tag sechs

13

Der Anruf hatte Siobhan Clarke um 6:30 Uhr aus dem Bett gerissen. Sie zog sich ein paar Klamotten über, fuhr mit einer feuchten Bürste durchs Haar und ging zu ihrem Astra. Der Streifenwagen parkte vor Craw Shands Haus, zwei uniformierte Kollegen erwarteten sie bereits. Es wurde gerade hell, und die Straßenlaternen waren noch an, tauchten beide Männer in trübes orangefarbenes Licht.

»Hinten«, sagte einer von ihnen.

Also folgte sie ihnen an der Seite des Hauses entlang in den handtuchgroßen Garten. Die Tür zur Küche stand offen, Holzsplitter zeigten an, wo sie aufgebrochen worden war.

»Waren Sie im Haus?«, fragte Clarke.

»Nur um festzustellen, dass niemand drin ist.«

»Haben Sie's als Tatort gemeldet?«

»Ich konnte nicht unbedingt feststellen, dass es einer ist, es sei denn, Sie wissen mehr.«

»Wenn's kein Tatort ist, was ist es dann?«

»Vielleicht hat er sich einfach bloß ausgesperrt«, sagte einer der Beamten schulterzuckend.

Clarke trat ein, steckte die Hände in die Taschen, um gar nicht erst in Versuchung zu geraten, etwas anzufassen.

»Wenn's etwas gibt, was der Chef der Spurensicherung hasst«, meinte Clarke, »dann ist das Verunreinigung.« Sie wandte sich an die beiden Constables. »Bleiben Sie hier, ich sehe mich mal um.«

229

Sie war noch nicht im Haus gewesen, aber es sah nicht aus, als wäre es verwüstet worden. Der Fernseher stand noch im Wohnzimmer. Auch unberührte Flaschen Alkohol. Oben befand sich Shands Schlafzimmer, außerdem ein weiterer Raum, der als Abstellkammer diente. Keinerlei Anzeichen von Gewalteinwirkung; nichts war durchwühlt worden. Also, was zum Teufel war geschehen?

Sie kam die Treppe wieder runter und ging in die Küche.

»Was meinen Sie?«, wurde sie gefragt.

»Ich denke, dass ein Mann verschwunden ist, der wegen Körperverletzung angeklagt wurde.«

»Entführt?«

»Oder er ist weg, bevor sie kamen.«

»Vielleicht wollten sie sich mal umsehen«, schlug der zweite Beamte vor, »aber es war keiner zu Hause. Shand kommt später wieder, sieht, was mit der Tür los ist, und verdünnisiert sich.«

»Möglich«, sagte Clarke und schaute das schmutzige Geschirr an, das sich in der Spüle stapelte.

»Also ist das jetzt ein Tatort, oder nicht?«

»Kann nicht schaden, nach Fingerabdrücken zu suchen. Jeder hinterlässt irgendwelche Spuren – ein Haar, ein bisschen Speichel, vielleicht einen Fußabdruck…«

»Optimistisch klingen Sie aber nicht.«

»Mangelnder Enthusiasmus aufgrund von Schlafentzug«, meinte Clarke, nahm ihr Handy aus der Tasche und suchte die Nummer des Leiters der Spurensicherung in ihren Kontakten, dann rief sie ihn an. Während sie wartete, dass er sich meldete, vergewisserte sie sich, dass ihre beiden Kollegen aufmerksam zuhörten. »Wir haben Fotos und eine Personenbeschreibung in den Akten – ich möchte, dass sie rumgereicht werden. Shand ist ein Gewohnheitstier. Wenn er sich da draußen rumtreibt, wird er auch gesehen werden.«

»Und wenn er abgehauen ist, müssen wir ihn finden, bevor es jemand anders tut.«

»Auch das«, sagte Clarke, als Haj Atwal sich meldete und fragte, was sie von ihm wolle, das keine Stunde warten konnte.

Fox saß an seinem Schreibtisch und las die Ausgabe von Maxine Dromgooles Buch, die er sich vom Bibliotheksdienst hatte bringen lassen. Er hatte bereits gesehen, dass es vor weniger als einem Jahr zum letzten Mal ausgeliehen worden war. Dem Datumsstempel nach zu urteilen, war es nach seiner Erstveröffentlichung sehr beliebt gewesen. Der Titel lautete: *Das Ende der Gerechtigkeit: Die schwersten ungelösten Verbrechen Schottlands.* Natürlich war Bible John drin, ebenso wie die Morde von World's End und an Renee MacRae, aber das mit Abstand längste Kapitel war Maria Turquand gewidmet. Allerdings enthielt es keinerlei neuere Informationen; nichts wies darauf hin, dass Robert Chatham seiner Geliebten das ein oder andere zugesteckt hatte.

Als sein Name gerufen wurde, schaute Fox von der Arbeit auf. Alvin James war die einzige andere Person im Raum. Er zeigte auf ihn, also ging Fox zu ihm rüber. James sah sich etwas auf seinem Laptop an.

»Das sind die Aufzeichnungen der Überwachungskameras draußen vor dem Tomahawk Club, Samstag vor zwei Wochen. Das müssen die Typen sein, von denen Dromgoole gesprochen hat.«

»Gibt's keinen Ton?«

»Nur Bilder, leider, und auch körniger, als mir lieb ist.«

Fox sah drei Gestalten, die sich Chatham entgegenstellten.

Sie fuchtelten mit Zeigefingern, und so wie es aussah, wurde auch viel geschrien. Der Anführer der Gruppe stellte sich auf die Zehenspitzen, um größer zu wirken. Chatham aber ließ sich nicht beeindrucken, unerbittlich. Er würde sich zu keiner Schlägerei hinreißen lassen, selbst dann nicht, als ein weiterer Türsteher zur Verstärkung eintraf. Dann kam eine vierte Person dazu, und damit schien sich die Lage weiter zu beruhigen. Der Mann legte einen Arm um den hitzigsten Vertreter der Gruppe.

»Sieht aus, als hätte es eher gequalmt als gebrannt«, meinte Fox.

»Ich will trotzdem mit ihnen reden.« James schloss die Datei und öffnete eine weitere. »Und diesen Tunichtgut habe ich auch zum Gespräch gebeten.«

Erneut wurde ein körniges Nachtvideo sichtbar. Fox wusste, wen er da vor sich hatte, obwohl er bezweifelte, dass jemand, der John Rebus nicht kannte, ihn hätte identifizieren können.

»Die reden nur«, sagte er.

»Das tun sie. Aber kaum geht Rebus, zückt Chatham sein Handy und telefoniert.«

»Der Anruf taucht auch unter den Verbindungsnachweisen auf. Er hat mit seinem Chef gesprochen.«

»Aber sehen Sie sich das an.« James spulte die Aufnahme vor. »Sehen Sie? Chatham bittet seinen Kollegen zu übernehmen. Dann verschwindet er aus dem Bild.«

»Wohin?«

James grinste. Er klickte eine dritte Datei an. »Die Überwachungskamera vor einem anderen Pub die Straße runter. Sehen Sie die Telefonzelle? Sieht das nicht aus, als würde Robert Chatham die Tür aufziehen?«

»Denke schon«, räumte Fox ein.

»Der Mann hat ein Handy dabei, wieso benutzt er ein öffentliches Telefon?«

»Weil er nicht wollte, dass sich der Anruf zurückverfolgen lässt?«, schlug Fox vor. James nickte zum Zeichen, dass er dies genauso sah.

»Ich würde zu gerne wissen, wen er da angerufen hat.«

»Und ich bezweifle, dass Sie durch ein Gespräch mit Rebus der Antwort näher kommen.«

»Sie haben gerufen, M'Lord?«

Die beiden sahen Rebus hereinspazieren.

»Wie sind Sie vorne an der Anmeldung vorbeigekommen?«, verlangte James zu erfahren.

»An der Anmeldung einer Polizeiwache meiner Heimatstadt? Obwohl ich früher mal Detective war, kann ich mir das selbst absolut nicht erklären.«

»Ich werde ein ernstes Wort mit den Kollegen reden müssen«, stellte James fest.

»Und wie läuft es im Herzen der unermüdlichen Ermittlungen?«, fragte Rebus, während er im Raum herumging, an Fox' Schreibtisch stehen blieb und Dromgooles Buch in die Hand nahm. »Taugt das was?«, fragte er Fox, winkte ihm damit.

»Ich habe Ihnen eine Nachricht hinterlassen«, mischte James sich ein, »in der ich ausdrücklich darum gebeten habe, dass Sie anrufen und sich einen Termin geben lassen.«

»Na ja, ich war gerade in der Gegend«, erwiderte Rebus. »Anscheinend schlafen Ihre Leute gerne aus, und sofern nicht einer von euch beiden den Job übernehmen will, sollte ich vielleicht ein andermal wiederkommen ...«

»Jetzt, wo Sie schon mal da sind, schauen Sie sich das hier an«, sagte James. Rebus ging um den Schreibtisch herum, sah über James' Schulter hinweg den Film und nickte anschließend.

»Über den Anruf hab ich auch schon nachgedacht.«

»Chathams Chef heißt Kenny Arnott«, erklärte Fox. »Er ist Inhaber einer Firma, schickt Türsteher in Pubs und Clubs.«

James starrte Rebus an. »Was ist mit der Telefonzelle?«

Rebus zuckte mit den Schultern. »Würde zu gerne wissen, wen er da angerufen hat.«

»Die Information werde ich noch einholen, machen Sie sich keine Sorgen.« James schloss die Datei und lehnte sich zurück. »Und während ich das mache, wird Malcolm Ihre Aussage aufnehmen.« Kurz herrschte Schweigen, als Fox und Rebus einander ansahen.

»Schön«, sagte Malcolm Fox.

Er ging in das Vernehmungszimmer voraus. Am Tisch war ein Aufnahmegerät befestigt, außerdem war eine in einer Ecke unter der Decke befestigte Kamera auf den zu Vernehmenden gerichtet. Fox setzte sich und gab Rebus zu verstehen, er möge ihm gegenüber Platz nehmen.

»Keine Notizen?«, fragte Rebus.

»Ich brauch keine.«

»Wird aufgezeichnet?«

Fox schüttelte den Kopf. »Wir machen es kurz. Du bist hier, weil du an den Tagen vor Chathams Tod zweimal mit ihm gesprochen hast. Einmal in dem Café und vorher draußen vor der Bar, wo er gearbeitet hat.«

»Das kann ich nicht abstreiten. Aber ich habe nichts mit seinem Tod zu tun.«

»Wir wissen beide, dass das hier Zeitverschwendung ist, aber eines fällt auf – anscheinend hast du etwas gesagt, das ihm eine Riesenangst eingejagt hat.«

Rebus verarbeitete die Information. »Das sehe ich auch so«, meinte er.

»Also, wen hat er angerufen und warum?«

»Er hat sogar ein öffentliches Telefon benutzt, damit es nicht herauskommt.«

»Den Anschein hat es.«

»Ich wünschte, ich könnte helfen, Malcolm«, erklärte Rebus schulterzuckend.

»Habt ihr euch ausschließlich über den Fall Turquand unterhalten?«

»Absolut.«

»Und am ersten Abend war es nur ein kurzes Gespräch?«

»Du hast es doch selbst gesehen – ich hätte gerne länger mit ihm geredet, aber er meinte, er sei völlig erledigt. Ihr habt die Aufzeichnungen – kommt jemand, nachdem ich gegangen bin, hat er vielleicht jemanden gerufen?«

»Detective Superintendent James hat sich das Material angesehen.«

»Vielleicht sollte ich es mir auch mal anschauen.«

»Es steht dir frei, ihn zu fragen.«

»Ich frage dich.«

Fox schüttelte langsam den Kopf und schüttelte ihn immer noch, als die Tür aufging. James selbst stand dort.

»Kleines Problem«, sagte er. »Ich wurde nach Gartcosh gerufen – ich soll die Kollegen dort auf den aktuellen Stand bringen.«

»Ich denke, ich kann die Stellung halten, bis die anderen wieder da sind«, erklärte Fox.

»Die Sache ist nur, dass sich gerade Maxine Dromgoole unten gemeldet hat. Ist das okay, wenn Sie die Vernehmung auch noch übernehmen?«

»Natürlich«, versicherte Fox.

James sah Rebus an. »Tut mir leid, dass wir Sie rausschmeißen müssen.«

»Ich bin untröstlich.«

James beschloss, die Bemerkung zu ignorieren, ließ die Tür
sperrangelweit offen und ging.

»Er lässt die Herren wohl nicht gerne warten, hm?«, meinte
Rebus.

»Aber es stimmt, was er sagt – wir haben nur den einen Vernehmungsraum, also …«

»Lass mich dabei sein.«

Fox starrte ihn an. »Warum?«

»Weil ich etwas weiß, das du nicht weißt.«

»Eigentlich ist das ein Verstoß gegen die Vorschriften.«

»Niemand wird es mitbekommen, wenn du's nicht aufzeich-
nest.« Fox lehnte sich ein bisschen zurück und verschränkte
die Arme, wartete auf mehr, also tat Rebus ihm den Gefallen.

»Eine Frage – ich muss ihr nur eine einzige Frage stellen.«

»Und dadurch erfahre ich, was du weißt?«

»Ja, wobei es natürlich auch eine Alternative gibt.«

»Und die wäre?«

»Während du hier drin zu tun hast, sitze ich an James' Laptop und sehe mir die Überwachungsdateien an.«

»Das würde ihm überhaupt nicht gefallen.«

»Lässt sich kaum bestreiten.«

»Was weißt du über Dromgoole?«

»Abgesehen davon, dass sie Chathams Geliebte war? Na ja,
sie hat das Buch verfasst, das du auf dem Schreibtisch liegen
hast. Wegen ihres Artikels über Colliers Tourmanager hat
Chatham die Ermittlungen im Fall Turquand noch einmal aufgenommen. Das stand alles in der Akte, die Siobhan mir gege-

236

ben hat.« Rebus hielt inne. »Und noch was …« Er verstummte mitten im Satz.

»… das ich aber nur erfahren werde, wenn ich dir erlaube, bei der Vernehmung dabei zu bleiben?«

»Genau.«

»Ist das der Dank dafür, dass ich dich angerufen und dir von der Affäre erzählt habe?«

»Ich bin ein Arschloch, Malcolm, das lässt sich nicht leugnen.«

Fox seufzte. »*Eine* Frage?«

Rebus hob den Zeigefinger. »Pfadfinderehrenwort.«

»Dann bleib hier«, sagte Fox schließlich und wusste jetzt schon, dass er es vermutlich bereuen würde. »Ich gehe sie holen.«

Zwei Minuten später war er zurück. Rebus hatte den Platz geräumt und bot ihn Dromgoole an, als diese hereinkam. Sie setzte sich, und Rebus stellte sich neben die Tür. Fox hatte angefangen, ein Tonband auszupacken, aber dann waren ihm Rebus' Worte wieder eingefallen, und er ließ es neben dem Gerät liegen.

»Das hier ist mein Kollege«, sagte er so vorsichtig wie möglich, »John Rebus.«

Sie hob beide Augenbrauen und musterte Rebus wie eine neue und interessante Spezies. »Ich weiß, wer Sie sind«, sagte sie. »Sie haben eine lange gemeinsame Geschichte mit Morris Gerald Cafferty.«

Rebus dachte über eine Antwort nach, aber Dromgoole wartete nicht gerne. »Könnten Sie mir ein Treffen mit ihm vermitteln?«

»Ein Treffen mit Cafferty?«

»Ich arbeite an einem neuen Buch – hat Inspector Fox Ihnen

das nicht erzählt?« Rebus sah Fox böse an, aber sie sprach weiter.

»Ich habe es schon schriftlich bei ihm versucht, aber keine Antwort erhalten. Es ist ein Buch über das Schottland der siebziger und achtziger Jahre und die kriminelle Szene hier, wer was wie getrieben hat. Meine Recherchen haben ergeben, dass Mr Cafferty der beste Kandidat für eine Hauptrolle ist – die anderen seines Kalibers weilen nicht mehr unter uns, um ihre Geschichten zu erzählen.«

»Cafferty könnte zu deren vorzeitigem Ableben beigetragen haben«, sagte Rebus.

»Haben Sie noch Kontakt zu ihm?«

»Nicht wirklich«, log er.

»Aber Sie können ihm etwas von mir ausrichten?«

»Ich würde ungern etwas versprechen.«

Fox rutschte auf seinem Stuhl herum. »Um auf den eigentlichen Grund zurückzukommen, weshalb Sie hier sind, Miss Dromgoole …«

Angesichts seines strafenden Tonfalls kam sie zur Ruhe und schaffte es sogar, einigermaßen ernst zu schauen. Aber während sie Fox' Fragen über ihre Beziehung zu Robert Chatham beantwortete, konnte sie es sich nicht verkneifen, immer wieder zu Rebus hinüberzuschielen. Nach einer Viertelstunde entspannte Fox sich allmählich. Rebus beschloss, dass dies sein Einsatz war.

»Sie haben Mr Chatham in Zusammenhang mit dem Fall Maria Turquand kennengelernt«, sagte er. Sie drehte sich halb auf dem Stuhl um, so dass sie ihn direkt ansah.

»Ja«, bestätigte sie.

»Haben Sie sich auch weiterhin dafür interessiert? Ich meine, auch nachdem Sie Ihr Buch veröffentlicht hatten.«

»Ich denke, ja.«

»Haben Sie hin und wieder mit Mr Chatham darüber gesprochen? Und vielleicht auch mit anderen? Dougie Vaughan zum Beispiel?«

»Haben *Sie* mit Dougie gesprochen?«

»Ich war gestern Abend auf seinem Konzert.«

»Ich hatte es im Terminkalender«, sagte Dromgoole. »Aber mir war natürlich nicht danach.«

»Aber Sie sind Fan, oder? Sie gehen öfter zu seinen Auftritten, laden ihn vermutlich hinterher auch mal auf ein Bier ein?«

»Oder währenddessen«, korrigierte sie ihn.

»Und eines Abends haben Sie Mr Chatham mitgebracht. Ich denke, Sie wussten, dass Dougie draufkommen würde, wer er war. Was hatten Sie sich davon versprochen? Einen schuldbewussten Blick oder einen schiefen Ton, mit dem er sich verrät?«

»Vermutlich so was in der Art«, gab sie schließlich zu. »Rab war deshalb sauer auf mich. Wenn Dougie ihn erkannt hatte, hätte er auch kapieren können, dass wir zusammen waren. Rab hatte Angst, dass Liz dahinterkommt.«

»Aber Sie fanden, das Risiko sei es wert?«

»Ja.«

»Weil Sie der Fall Maria Turquand einfach nicht loslässt?«

Sie überlegte, was sie antworten sollte. »Maria war eine außergewöhnliche Frau. Ein freier Geist in einer Welt, die das Gegenteil von ihr verlangt hat. All diese langweiligen Geldsäcke mit ihren Essenseinladungen und Clubs. Sie hätte sich niemals darauf einlassen dürfen. Sie kamen nicht mit ihr klar, verstehen Sie?« Sie starrte Rebus an. »Sie interessieren sich doch auch für den Fall, oder nicht?«

»Es sind ein paar Fragen aufgetaucht«, erwiderte Rebus. »Ich habe mit Rab darüber gesprochen, und wenig später…«

»Sie sind der ehemalige Polizist – er hat mir eine SMS geschickt.«

»Meinen Sie, er hat auf eigene Faust Nachforschungen angestellt? Vielleicht um Sie damit zu überraschen, wenn er was findet?«

»Ausgeschlossen ist das nicht.« Sie starrte Rebus immer noch an. »Gibt es denn was Neues?« Aber Rebus dachte nicht daran, ihr diese Frage zu beantworten. »Haben Sie mit Marias Ehemann und ihrem Geliebten gesprochen?«, fuhr Dromgoole fort. »Beide leben noch. Als ich jeweils um ein Gespräch gebeten habe, wollten sie nicht. Zum Schluss habe ich meine Fragen schriftlich eingereicht, aber die Antworten waren sehr vage. Ich bin nicht sicher, ob überhaupt einer von denen sie wirklich geliebt hat…« Einen Augenblick lang verlor sie sich in Gedanken, dann wachte sie wieder auf. »Sie sollten sie wirklich befragen! Einem Detective können sie nicht die Auskunft verweigern!«

»Das ist sicher richtig«, sagte Rebus und sah in Fox' Richtung.

Weitere fünf Minuten später begleitete Fox Dromgoole zur Tür der Wache, schüttelte ihr die Hand und fragte erneut, ob er ihr ein Taxi rufen sollte. Sie wollte lieber zu Fuß gehen – sie brauchte *dringend* frische Luft. Also stieg er die Treppe wieder hinauf, wo er Rebus an Alvin James' Computer fand.

»Herrgott noch mal, John«, beschwerte er sich.

»Ist mit einem Passwort geschützt«, sagte Rebus. »Du kennst es nicht zufällig?«

»Und wenn, würde ich's dir nicht verraten.«

Also klappte Rebus den Laptop zu und lehnte sich zurück.

»Was machen wir jetzt? Und wo ist überhaupt der restliche Schlägertrupp?«

»Auf der Suche nach Chathams Freunden und Kollegen ... sie wollten sich mit seinem Arbeitgeber unterhalten ...«

»Sag mir noch mal, wie er heißt.«

»Kenny Arnott.« Fox blätterte seine Notizen durch. »In der Stadt gibt es zwei Firmen, die Sicherheitsdienste anbieten – die eine wird von Andrew Goodman geleitet, die andere von Arnott.«

»Hatte einer von denen mal Schwierigkeiten?«

»Nicht dass ich wüsste.«

»Dann dürften James' Leute nicht lange damit zu tun haben.«

»Die werden sich auch bei Chatham zu Hause umsehen müssen, auf dem Computer nachsehen und schauen, ob er irgendwo was in einer Schublade versteckt hat ...«

»Und du bleibst alleine hier sitzen und liest ein Buch aus der Bücherei?«

»Was eine meiner vielen Stärken ist.«

»Was? Lesen?«

Fox rang sich ein Grinsen ab, und Rebus grinste mit. »Und wie hast du vor, *deinen* Tag zu verbringen?«, fragte Fox.

»Wenn ich einen Dienstausweis hätte, würde ich vermutlich ein paar ältere, reiche Herren besuchen.«

»Turquand und Attwood?«

»Den einen in St Andrews und den anderen in Perthshire – kein schlechter Nachmittag wäre das, endlich mal raus aus dem Büro ...«

»Aber du hast keinen Dienstausweis.«

»Das ist der Haken an der Sache.«

»Ich könnte mitkommen.«

»Aber warum solltest du?«

»Weil ich was weiß, was du nicht weißt.«

»Und ich erfahre nur, was es ist, wenn ich dich mitnehme?«

»Aber nur eine Frage, John. Vor allem bei Turquand.« Fox hob seinen Zeigefinger. Rebus tat es ihm gleich, und beide grinsten einander breit an.

Harry hieß mit vollem Namen Hugh Harold Hodges. Ärger mit der Polizei hatte er zum ersten Mal im Alter von elf Jahren gehabt: Er hatte im Supermarkt geklaut. Anscheinend war's eine Wette gewesen. Beide Elternteile waren berufstätig – der Vater war Arzt, die Mutter Lehrerin –, und sie zahlten viel Geld, damit er eine gute Schule besuchen konnte. Aber er schwänzte den Unterricht und wurde immer wieder bei Ladendiebstählen erwischt. Harry hing gerne mit älteren, weniger privilegierten Jugendlichen ab. Er klaute für sie, kämpfte für sie und rauchte Dope mit ihnen. Seine Eltern warfen ihn raus. Eine Zeitlang schlief er auf der Straße, dann verschwand er vorübergehend vollkommen vom Radar, bis er schließlich in Frankreich wieder auftauchte, wo sich die Pariser Polizei für ihn interessierte. Also hieß es, zurück nach Edinburgh, wo er schließlich anfing, für Darryl Christie zu arbeiten.

All das hatte Clarke dank der bei Police Scotland gespeicherten Daten in gerade mal dreißig Minuten herausbekommen. Seit Hodges' letztem Zusammenstoß mit dem Gesetz waren zwei Jahre vergangen – er war mit einem Wagen voller unversteuerter Zigaretten angehalten worden, hatte aber den Mund gehalten und das Bußgeld bezahlt. Eigentlich dürfte er gar keinen Laden wie das Devil's Dram besitzen oder führen, und nach weiteren Nachforschungen ergab sich, dass er das auch gar nicht tat – zumindest nicht laut der Unterlagen. Also, was machte er?

Das wollte Carke ihn fragen.

Sie hämmerte an die Tür des Clubs und wartete. Keine Reaktion, dann versuchte sie es erneut.

Rechts des Gebäudes war ein verschlossenes Tor, das in eine schmale Gasse führte, in der fünf Zentimeter hoch Müll lag. Links befand sich ein breiterer Durchgang, gepflastert mit wackligen Steinen, der steil hinauf und hinten herum führte, wo sich eine Tür für Anlieferungen befand. Diese stand offen, und Kisten mit Wein und Bier wurden aus einem weißen Transporter ohne erkennbare Aufschrift entladen. Der Fahrer reichte ihr eine Kiste mit vierundzwanzig Flaschen, und sie trug sie nach drinnen. Ein junger Mann, den sie nicht kannte, nahm sie ihr ab, wobei sich seine Augen beim Anblick der Fremden kaum merklich verengten.

»Ist Harry da?«, fragte Clarke.

»Der ist da, wo er immer ist.«

Clarke nickte, als wüsste sie genau Bescheid, und ging durch den Lagerraum in einen Gang, an dessen Ende sich eine Tür befand. Sie zog sie auf und trat in den eigentlichen Club. Harry war »wie immer« dort, wo sie Darryl Christie bei ihrem letzten Besuch getroffen hatte. Sie stieg die Treppe hinauf und war bereits zu zwei Dritteln oben, als er merkte, dass sie keine seiner Angestellten war.

»Wer hat Sie reingelassen?«

»Jemand, der freundlicher war als Sie, Mr Hodges.«

»Oh, es kennt meinen Namen.«

»Und Ihre Akte.«

»Rehabilitierung ist doch eine feine Sache.«

»Macht Darryl das so – heuert böse Jungs an und verwandelt sie in Vorbilder der Tugend?«

»Officer, ich hab zu tun.«

»Waren Sie mal wieder draußen bei Craw Shand? Ich werde mir die Aufzeichnungen der Überwachungskameras ansehen. Auf der Peffermill Road gibt's jede Menge.«

»Ach ja?«

»Und der Range Rover ist ja auch wirklich auffällig.«

»Sie haben immer noch nicht gesagt, warum Sie hier sind.«

»Mr Shand wurde offensichtlich entführt. Das war wirklich kein sehr geschickter Schachzug.«

»Ich habe Ihnen schon mal gesagt, dass ich den Wichser nicht kenne.«

»Kein Grund, sich so scheußlich auszudrücken, Mr Hodges.« Eine Sekunde lang hielt sie inne. »Hugh Harold Hodges – Ihre Eltern hatten wohl Sinn für Humor.«

»Sie können mich mal.«

»Ich möchte Craw Shand unversehrt wiederhaben.«

»Schön für Sie. Setzen Sie seinen Namen auf Ihren Weihnachtswunschzettel.«

Clarke legte beide Hände auf den Tisch und beugte sich zu ihm rüber. »Wenn wir uns das nächste Mal wiedersehen, habe ich keinen Wunschzettel dabei. Dann komme ich mit einem Haftbefehl.«

Hodges musterte sie abschätzig von oben bis unten. »Ihre Sprüche sind genauso scheiße wie Ihr Look. ›Alte Jungfer‹ ist echt so was von vorbei.«

»Das tut weh«, sagte Clarke und starrte auf seine Füße. »Was haben Sie für eine Schuhgröße? Sieht nach 43 aus. Wahnsinn, was die bei uns im Labor mit einem Abdruck alles machen können – an Craw Shands Hintertür wurde einer sichergestellt.« Sie hielt inne, um ihre Worte sacken zu lassen. »Sagen Sie Ihrem Chef – Craw Shand gehört mir.«

»Sagen Sie's ihm selbst. Aber woanders. Und schauen Sie

auf dem Weg nach draußen mal im Männerklo vorbei – wir haben da was Schönes für Sie.«

Er machte sich an seinem Handy zu schaffen, las Nachrichten und beantwortete sie mit flinkem Daumen. Clarke hielt noch ein paar Sekunden lang die Stellung, dann ging sie mit so viel Würde, wie sie aufzubieten hatte, die Treppe hinunter. Als sie zum Ausgang wollte, blieb sie stehen und starrte die Tür zum Männerklo an. Darauf stand »Warlocks«, aber sonst verriet sie nichts, also stieß sie sie auf. Anscheinend war niemand drin. Sie sah die Kabinen, die Becken und ein einziges langgestrecktes Pissoir, das an eine Tränke erinnerte. Dann fiel ihr etwas ins Auge. Ein riesiges gerahmtes Foto, ein vergrößertes Standbild von einer Videoaufnahme. Es war körnig, aber sie wusste, wann es entstanden und wer darauf zu sehen war. Deborah Quants Party. Und da war Siobhan selbst, in ihrem kurzen schwarzen Kleid mit dem etwas zu tiefen Ausschnitt. Sie hatte einen Arm um Quant gelegt und beugte sich vor, um ihr etwas ins Ohr zu schreien, hatte Mund und Augen weit aufgerissen.

Aufgenommen von den Überwachungskameras des Clubs. Vergrößert und gerahmt. Direkt über der Pissrinne, wo jeden Abend Horden von Männern standen.

Sie wollte es abhängen, aber es war fest an die Wand geschraubt.

»Scheiße«, sagte sie leise.

»Kein Grund, ausfallend zu werden«, schimpfte Hodges, der in der Tür stand, sie mit einer Hand ein paar Zentimeter weit offen hielt und breit dabei grinste.

»Wenn Sie nicht wollen, dass wir hier jeden Abend vorbeikommen und den Laden auf der Suche nach Drogen und Minderjährigen auf den Kopf stellen, dann ist das verschwunden, bevor ich wieder an meinem Wagen bin.«

»Polizisten sind uns immer willkommen«, sagte er, als sie an ihm vorbeistürmte. »Und das hier wird sicher das Highlight des gesamten Einsatzes, meinen Sie nicht, Detective Inspector? Sie sollten sich geschmeichelt fühlen – anscheinend haben ja sogar die vertrocknetsten alten Jungfern noch ein bisschen Pfeffer im Arsch, jedenfalls nach ein paar Happy-Hour-Cocktails …«

Die Spurensicherung war fertig bei Craw Shand. Sie hatten sich mit Fotos des Sohlenabdrucks zufriedengegeben, die Tür hing wieder in den Angeln, ein Vorhängeschloss war angebracht worden, so dass das Haus gesichert werden konnte, bevor das Team ging.

Obwohl er bereits befragt worden war, kam der Nachbar von nebenan noch mal heraus, um Clarke seine Ansichten mitzuteilen.

»Hab nichts mitbekommen … keinen Mucks gehört …«

Der Nachbar hinten hatte dasselbe gesagt. Kein Geschrei, kein Rufen, niemand hatte Craw Shand aus seiner Küche gezerrt. Nichts. Vielleicht hatte der Streifenbeamte ja recht gehabt – die Tür war schon eingetreten, als Shand zurückkam, er hatte es mit der Angst bekommen und das Weite gesucht. Clarke hatte Laura Smith gefragt, ob sie wohl einen Artikel auf der Website des *Scotsman* veröffentlichen könnte.

»Darf ich auch auf die Verbindung zu Darryl Christie hinweisen?«

»Wäre schlauer, wenn nicht.«

Die Kollegen von der Streife hatten zuletzt um dreiundzwanzig Uhr hinten nachgesehen, was bedeutete, dass die Tür irgendwann zwischen diesem Zeitpunkt und sechs Uhr früh aufgebrochen worden sein musste. Nur ein Nachbar hatte Craw an jenem Tag beim Verlassen des Hauses beobachtet –

auf seinem gewohnten Gang in den Supermarkt. Am Nachmittag hatte noch jemand den Fernseher durch die Wand gehört – den Kommentar zu einem Pferderennen. Als Clarke ein letztes Mal durch die Räume ging, fand sie sehr wenig, was einen Hinweis hätte liefern können. Eine Tüte mit Einkäufen stand auf der Anrichte in der Küche – Dosensuppe, Ravioli, Erdnüsse. Eine offene Packung Kekse auf einem Stuhl im Wohnzimmer. Auf dem Kleiderschrank in Shands Schlafzimmer lag ein großer, leerer Rucksack. Die Schubladen waren halbvoll mit Klamotten. Was nicht bedeutete, dass er nicht vielleicht doch eine kleinere Tasche gepackt und mitgenommen hatte, vielleicht nur genügend Hemden und Unterwäsche für ein paar Tage. Die Post auf dem Küchentisch gab ebenfalls kaum etwas preis – ein paar überfällige Rechnungen für Telefon und Fernsehen und ein Schreiben mit der Ankündigung, dass demnächst das Gas abgestellt werden sollte. Sie hatte seinen Handybetreiber angerufen. Sofern er Anrufe getätigt hatte, wollte sie so schnell wie möglich wissen, welche. Die Nachbarn hatten ihre Visitenkarte bekommen – sollte Shand irgendwann nach Hause kommen oder ihm jemand einen Besuch abstatten wollen, sollten sie sich melden.

Und das war's. Abgesehen von einer Kleinigkeit.

Christie nahm nach dem dritten Klingeln ab.

»Wahrscheinlich haben Sie's schon von Harry gehört?«, fragte Clarke.

»Ich wünschte nur, ich wäre dabei gewesen, als Sie das Foto gesehen haben. Jetzt wissen Sie endlich, wie's ist, angepisst zu werden.«

»Glauben Sie, das passiert Ihnen gerade?«

»Harry hat Ihnen die Wahrheit und nichts als die Wahrheit gesagt.«

»Wir geben Craws Beschreibung raus und lassen nach ihm fahnden.«

»Sie wissen, dass alle denken werden, ich hätte was damit zu tun.«

»Ihrem guten Ruf wird das wohl kaum schaden.«

»Wenn überhaupt, dann wird es ihn stärken, das heißt aber nicht, dass ich ihn entführt habe. Übrigens habe ich Ihren guten Rat befolgt.«

»Ach?«

»Hab meine Mum und die Jungs ein paar Tage in einem Hotel untergebracht.«

»Ist noch was passiert?«

»Autos fahren zu den seltsamsten Tages- und Nachtzeiten am Haus vorbei ... bleiben mit laufendem Motor draußen stehen.«

»Haben Sie eins erkannt?«

»Nein.«

»Vielleicht ein Kennzeichen notiert?«

»Tut mir leid.«

»Was ist mit den Kameras? Sind Sie schon dazu gekommen, die Attrappen gegen richtige auszutauschen?«

»Ich bin noch dabei.«

»Dann haben Sie das Haus jetzt also für sich, wo Ihre Mutter und Ihre Brüder weg sind?«

»Bieten Sie sich als Babysitter an?«

»Ich denke nur, wie praktisch ein leeres Haus wäre, wenn Sie jemanden dort verstecken wollten.«

»Kommen Sie doch vorbei und sehen Sie sich um.«

»Vielleicht mache ich das.«

»Soviel ich über den Mann gehört habe, riecht man ihn, lange bevor man ihn sieht. Tschüs, Inspector ...«

Als er in seinem Wohnzimmer stand und auf den Park gegenüber starrte, wurde Christie bewusst, dass Cafferty jetzt eine bessere Aussicht hatte als er. Noch ein Minuspunkt, der gegen das Arschloch sprach. Nachdem er das Telefonat mit Clarke beendet hatte, gab er Hodges' Nummer ein.

»Chef?«, meldete sich Hodges.

»Ich will nur sicher sein, dass wir uns richtig verstanden haben – du hast nicht plötzlich beschlossen, die Initiative zu ergreifen? Vielleicht hast du Shand ja irgendwo versteckt und wolltest mich damit überraschen?«

»Absolut nicht. Wer sagt, dass er nicht einfach abgehauen ist?«

»Hat er vielleicht meinen Wagen erkannt, als du vorbeigefahren bist?«

»Das war doch Sinn und Zweck der Übung, oder nicht?«

»Wahrscheinlich schon.« Christie legte auf und rieb sich mit der freien Hand sanft über die Augen. Er war müde und wusste, dass er mal abschalten sollte, wenn auch nur für zehn Minuten. Aber wie?

Er war Darryl Christie.

Da draußen hatten es Leute auf ihn abgesehen.

Er versuchte erneut Anthony Broughs Nummer. Eine Computerstimme meldete sich. Der Maschine tat es leid, er könne keine Rufnummer hinterlassen, der »Speicher ist voll«.

»Ich schwöre, ich bring dich um«, sagte Christie in sein Handy. Dann hörte er ein Geräusch draußen in der Diele.

Schwere Schritte kamen eilig die Treppe herunter.

Christie schüttelte den Kopf und lächelte …

14

Maxine Dromgoole hatte Fox eine SMS mit den Adressen und Telefonnummern von Peter Attwood und John Turquand geschickt. Fox saß auf dem Beifahrersitz von Rebus' Saab, checkte die Straßenkarte auf seinem Handy, während Rebus fuhr. Ein paar Meilen südlich von St Andrews fing Rebus jedoch an zu husten und musste am Straßenrand halten, bis der Anfall vorüber war. Hinter dem Taschentuch, das er sich vor den Mund hielt, war sein Gesicht dunkelrot angelaufen.

»Du lieber Himmel, John.« Fox versuchte, Rebus auf den Rücken zu klopfen. »Ist wirklich alles okay?«

Statt zu antworten, stieg Rebus aus dem Wagen und kramte in seiner Jackentasche nach dem Inhalator. Sie befanden sich auf einem geraden Straßenabschnitt, links und rechts Felder. Rebus stand am überwucherten Straßenrand, beugte sich, die Hände auf die Knie gestützt, vornüber, bis der Husten schließlich nachließ. Er wischte sich Tränen aus den Augen. Fox war jetzt ebenfalls ausgestiegen und ein paar Meter entfernt stehen geblieben. Ein Traktor tuckerte vorbei, der Fahrer sah sie an, überlegte anscheinend, was sie wohl vorhatten.

»Tut mir leid«, sagte Rebus und schnappte nach Luft.

»Kein Grund, sich zu entschuldigen. Was ist in dem Inhalator?«

»Steroide. Die haben mir versprochen, bei den nächsten

Commonwealth Games kann ich als Gewichtheber antreten.«
Rebus klopfte sich auf die Brust.

»Das ist doch nicht bloß Bronchitis, oder?«

»Was denn sonst?«

»Irgendwas anderes, das dich beunruhigt. Ich merke das doch.«

Rebus steckte den Inhalator wieder in seine Tasche. »Wahrscheinlich gar nichts«, sagte er.

»Okay.«

Rebus sah Fox in die Augen und entschied sich. »Ein Schatten auf der Lunge«, gestand er. »Es wurde eine Biopsie gemacht, aber ich habe noch kein Ergebnis. Du bist der Einzige, dem ich's gesagt habe, und wenn du's jemandem weitererzählst, bist du der zweite Detective, der aus dem Forth gefischt wird – verstanden?«

»Natürlich.«

»Ich kann's nicht haben, wenn man ein gutes Werk an mir vollbringen will, das hat mir gerade noch gefehlt.«

»Du meinst Deborah Quant?«

»Deb ... Siobhan ...«

»Aber mir traust du das nicht zu?«

»Du kannst mich nicht mal leiden.«

»Ich kann dich sehr gut leiden.«

»Du bist ein entsetzlicher Lügner, Malcolm. Als du bei den Complaints warst, wolltest du mir auf Teufel komm raus was anhängen.«

»Du warst nicht gerade ein Vorzeige-Polizist.«

»Zugegeben.«

»Aber das ist Geschichte.«

»Außerdem ist dein Wunsch in Erfüllung gegangen – ich bin kein Polizist mehr.«

»Kannst aber immer noch ganz gut so tun, als ob.« Fox hielt inne, sah einen Wagen Richtung St Andrews vorbeirasen. »Wann bekommst du Bescheid?«

»Wegen Hank Marvin? Jeden Augenblick – vielleicht wartet schon ein Umschlag oder eine Nachricht auf dem Anrufbeantworter zu Hause auf mich.«

»Hank Marvin war Gitarrist bei den Shadows«, sagte Fox.

»Bist schnell von Begriff, Malcolm.«

»Sogar ich habe meine lichten Momente. Soll ich fahren? Wir sind fast da.«

Rebus schüttelte den Kopf. »Du musst die Karte lesen, schon vergessen? Ich werde aus diesen verfluchten Apps einfach nicht schlau…«

Beide hatten schon Fotos von Peter Attwood gesehen, aber keines jüngeren Datums. Er wohnte mit seiner Frau in einem modernen freistehenden Haus am Stadtrand. Als der Saab über die Kiesauffahrt knirschte, tauchte Attwood an der Tür auf. Er trug eine ausgeleierte braune Strickjacke zur braunen Cordhose, und sein schütteres silbergraues Haar wirkte pomadisiert. Eine Pfeife steckte zwischen seinen Zähnen. Als sich seine beiden Besucher vorstellten, schüttelte er ihnen die Hand.

»Jessica besucht eine Freundin«, sagte er und führte sie hinein, »aber eine Tasse Tee kriege ich gerade noch hin.«

Während er in die Küche ging, sahen Rebus und Fox sich im Wohnzimmer um. Bücher, ein Regal eigens für Klassik-CDs und ein Fernsehapparat, der auch in der *Antiques Roadshow* nicht deplatziert gewirkt hätte. Es gab ein paar weiche Sessel, ein dazu passendes Sofa, außerdem eine ganze Reihe Familienfotos auf dem Kaminsims.

»Man könnte die Uhr danach stellen, so regelmäßig kommt

das«, sagte Attwood, trug ein Tablett herein und stellte es auf den kleinen Tisch zwischen den Sesseln.

»Was, Sir?«, fragte Fox.

»Dass die Akte der armen Maria noch mal aufgeschlagen wird. Bedienen Sie sich, meine Herren.« Attwood schenkte sich einen Schuss Milch in den Becher und setzte sich. Rebus und Fox taten es ihm gleich und nahmen nebeneinander auf dem Sofa Platz.

»Vor acht Jahren«, sagte Rebus, »wurden Sie von einem Kollegen namens Chatham vernommen.«

»Kann gut sein, ja. Außerdem war da noch diese schreckliche Journalistin…«

»Maxine Dromgoole«, präzisierte Fox.

»Genau die.«

»Es ist nämlich so, Sir«, sagte Rebus, »Robert Chatham wurde ermordet.«

»Ach du Scheiße.«

»Wir haben uns gefragt, ob Sie Kontakt zu ihm hatten.«

»Warum sollte ich?«

»Weil er einfach die Finger nicht von dem Fall lassen konnte.«

Attwood dachte darüber nach. »Maria hat diese Wirkung auf Männer gehabt, aber seit der Vernehmung habe ich nichts mehr von ihm gehört.«

»Und von Miss Dromgoole?«

»Ich glaube, sie hat mir eine lange E-Mail geschickt – furchtbar vertrackt. Ob ich diesen Musiker kennen würde? Und ob ich sicher sei, dass ich nicht doch früher an jenem bewussten Tag im Hotel gewesen war?«

»Welchen Musiker hat sie gemeint?«, fragte Rebus. »Bruce Collier?«

»Ist das der, mit dem Maria mal was hatte?«

»Das war Dougie Vaughan.«

Attwood schnippte mit den Fingern. »Genau. Aber sehen Sie, ich war definitiv nicht mal in der Nähe dieses verfluchten Hotels – darum war's ja überhaupt gegangen.«

»Sie wollten, dass Maria den Wink versteht? Und die Affäre damit beenden?«

Attwood verzog das Gesicht. »Ich hab ein paar Mal versucht, es ihr persönlich beizubringen, aber dann hat sie immer was gesagt, so dass ich es mir anders überlegt habe. Und Joyce gab es ja auch schon, verstehen Sie …«

»Ist das die Geliebte, für die Sie Maria verlassen haben?«

»Ich hab wirklich geglaubt, Joyce sei meine große Liebe.«

»Aber dann kam es doch anders?«

»Dann habe ich die liebe Jessica kennengelernt …«

Rebus wusste aufgrund der Fotos in der Akte, dass Attwood wie ein Hollywoodstar ausgesehen und sich auch genau so gekleidet hatte. Im Verlauf der Jahre hatte er sowohl sein gutes Aussehen wie auch seine Stilsicherheit eingebüßt, jetzt sah er aus wie ein x-beliebiger Rentner. Das heißt: harmlos. Vor vierzig Jahren war er eine ganz andere Nummer gewesen, Rebus musste sich das immer wieder vergegenwärtigen.

»Der Hotelmitarbeiter, der sagte, er habe Sie gesehen …«, meinte Fox.

»Ja, das blöde, kleine Arschloch hat wirklich versucht, mich in die Scheiße zu reiten. Und wissen Sie, warum? Ich hab ihm nie Trinkgeld gegeben. Die schlagen doch sowieso schon was auf den Zimmerservice auf, also warum sollte ich? Ganz durchtrieben war der – er hat immer nur gesagt, er habe jemanden gesehen, der ›ein bisschen‹ aussah wie ich.«

»Was halten Sie von Vince Bradys Geschichte?«, fragte Rebus.

»Ist das derjenige, der behauptet hat, Maria habe mit dem

Musiker geknutscht? Nicht der, mit dem sie eine Affäre gehabt hatte, sondern mit dem anderen?«

»Nicht direkt geknutscht, aber Bruce Collier hatte sich wohl mit ihr auf dem Gang unterhalten.«

»Ich halte das für Blödsinn, wenn ich ehrlich sein soll. Maria hat damit gerechnet, dass ich komme. Normalerweise ist sie direkt auf ihr Zimmer gegangen – beim ersten Klopfen flog immer gleich die Tür auf, und sie stand da, sozusagen sprungbereit.« Er lächelte sehnsüchtig. »Das war vielleicht eine – ich weiß nicht, ob Sie das verstehen.«

»Die Ehe mit Turquand war offenbar keine glückliche.«

»John wird schon in Ordnung gewesen sein. Ein anständiger Typ – vielleicht ein bisschen zu puritanisch und auch kein großer Fan des Körperlichen – von Intimität, verstehen Sie? Damals wurde unterstellt, Maria sei Nymphomanin gewesen oder nicht ganz richtig im Kopf, aber damit wollten die nur Zeitungen verkaufen.«

»Sie waren mit John Turquand befreundet, nicht wahr?«, fragte Rebus.

Attwood wand sich ein bisschen. »Nicht so eng, dass ich darauf verzichtet hätte, mit seiner Frau zu schlafen.«

»Sie glauben nicht, dass er wusste, dass Sie beide was miteinander hatten?«

»Bevor die Polizei es ihm verraten hat, nicht.«

»Haben Sie ihn danach noch gesehen?«

»Einmal ein paar Jahre später. Zufällig saßen wir in demselben Restaurant. Er hat mich auf die Nase geboxt, und wer will behaupten, dass ich es nicht verdient hätte?«

»Denken Sie, dass er sie getötet hat?«

»Dafür war er nicht der Typ. Außerdem saß er ständig in Konferenzen und Besprechungen.«

»Wer war es dann?«

»Wenn ich bei der Frage jedes Mal fünf Pfund bekommen
hätte… Ich glaube, auch Miss Dromgoole hatte sie das ein
oder andere Mal auf dem Zettel…«

»Und Sie haben keine Antwort?«

»Irgendein Irrer vom Hotelpersonal? Einer der vielen Musiker, die sich an dem Tag dort herumgetrieben haben, im Dro-
genrausch? Suchen Sie es sich aus.« Attwood zuckte mit den
Schultern und schlürfte dünnen Tee. »Wer auch immer es war«,
sagte er schließlich, »er hat der Welt eine wundervolle Seele ent-
rissen. Ich war nie zuvor jemandem wie ihr begegnet und auch
danach nicht mehr.« Er sah von einem zum anderen. »Aber
bitte erzählen Sie das bloß nicht Jessica. Die spießt mich mit
einer ihrer Stricknadeln auf…«

John Turquands Anwesen erreichte man über eine von Rhodo-
dendron-Sträuchern gesäumte Privatstraße von einer halben
Meile Länge. Das Haus selbst war vermutlich edwardianisch,
mit Staffelgiebeln und Koppelfenstern. In der riesigen Eingangshalle roch es allerdings feucht, und von der Armee an Personal, die man für ein solches Haus braucht, war nichts zu entdecken, nur der gebückt gehende und allmählich kahl werdende
John Turquand selbst. Angelruten lehnten an einer Wand, während der verstaubte Kopf eines Hirsches die andere zierte.

»Whisky?«, fragte Turquand mit nasaler Stimme.

»Vielleicht lieber etwas Alkoholfreies«, erwiderte Fox.

»In der Bibliothek könnte was sein.«

Turquand ging voraus. Er trug Pantoffeln, die wie ihr Besitzer schon bessere Tage gesehen hatten.

»Hab mir im vergangenen Jahr die Hüfte gebrochen«, sagte
er als Erklärung für seinen Gang.

»Das ist ein beeindruckendes Haus, das Sie hier haben«, sagte Fox. »Ist sicher nicht billig, so was zu unterhalten.«

»Damit treffen Sie den Nagel auf den Kopf«, stimmte Turquand ihm bei.

»Wohnen Sie alleine hier?«

»Ja.«

Sie waren jetzt in der Bibliothek. Die eingebauten bodentiefen Regale waren abgesehen von ein paar Abenteuerreportagen bücherfrei. Turquand trug eine Tweed-Weste und ein kragenloses weißes Hemd. Zwei Knöpfe am Hosenstall standen offen. Er war auf einen Getränkewagen zugegangen. Neben den Whisky- und Gin-Karaffen stand auch ein Liter Cola in einer Plastikflasche darauf. Ein paar Zentimeter fehlten.

»Ist vielleicht schon ein kleines bisschen abgestanden«, sagte Turquand, als er einschenkte und ihnen jeweils ein mit so zahlreichen Fingerabdrücken übersätes Glas in die Hand drückte, dass es jeden Kriminaltechniker glücklich gemacht hätte. Turquand schenkte sich selbst zwei Fingerbreit Whisky ein und gab einen Schuss Wasser aus einer Karaffe dazu.

»Runter damit«, sagte er. Mit dem ersten Schluck schien auch wieder etwas Farbe in seine eingefallenen Wangen zu steigen, und er wirkte munterer. Vier Stühle standen um einen mit grünem Filz bezogenen Kartentisch herum. Ein Satz Karten lag unberührt in der Mitte. Turquand machte Rebus und Fox Zeichen, woraufhin sich alle drei auf die ungepolsterten Holzstühle setzten, die knarzend protestierten.

»Wir waren gerade bei Peter Attwood«, sagte Fox. »Er hat erwähnt, dass Sie ihm mal was auf die Nase gegeben haben.«

»Ich hätte noch viel Schlimmeres getan, aber er ist größer als ich.«

»Wissen Sie, weshalb wir hier sind?«

»Hab's in der Zeitung gelesen – Robert Chatham, pensionierter Detective. Schreckliche Sache.« Er schüttelte den Kopf. »Mir ist nur ein Rätsel, wieso Sie glauben, dass ich Ihnen dabei helfen könnte.«

»Mr Chatham hat Sie vor acht Jahren vernommen«, erklärte Fox. »Haben Sie seither was von ihm gehört?«

»Keinen Mucks. Wollen Sie sagen, sein Tod könnte was mit Marias Geschichte zu tun haben?«

»Wir versuchen nur, das Bild zu vervollständigen.«

»Wissen Sie, ich hab immer gedacht, dass Attwood sie ermordet hat.«

»Aber er hatte ein Alibi.«

»Von seiner neuen Geliebten, die ihm nur allzu gelegen kam«, sagte Turquand abfällig.

»Während Sie sich selbst mit Sir Magnus Brough zu einer Besprechung zurückgezogen hatten«, meinte Rebus.

Turquand lächelte bei der Erinnerung. »Wir waren dabei, Pläne für die Übernahme der Royal Bank of Scotland zu schmieden, nichts weniger als das.«

»Möglicherweise hatten Sie gerade noch mal Glück, wenn Sie mir die Bemerkung gestatten wollen.«

»Die Fehler, die die RBS gemacht hat, hätte es bei uns nie gegeben. Eine Tragödie, was mit der Bank passiert ist.«

»Nach allem, was wir über Ihre Frau in Erfahrung gebracht haben, Mr Turquand«, fuhr Rebus fort, »scheint sie eine sehr bemerkenswerte Frau gewesen zu sein.«

»Das war sie wirklich.«

»Würden Sie sagen, dass Sie beide gut zueinander gepasst haben?«

»Ich habe sehr viel Geld verdient, und ein erfolgreicher Mann muss das auch zeigen.«

»Indem er in eine glamouröse Partnerin investiert?«

Turquands Mundwinkel zuckten aufgrund der Formulierung, aber er widersprach nicht.

»Ich habe ihr so etwas wie Stabilität im Leben gegeben – das war die Vereinbarung, oder zumindest dachte ich das.« Er starrte Rebus an. »Aber sicher hat das alles nichts mit dem Tod dieses armen Mannes zu tun.«

Rebus zuckte nur mit den Schultern. »Wir müssen alle Möglichkeiten in Betracht ziehen, Sir. Erinnern Sie sich an eine Frau namens Maxine Dromgoole?«

»Sie hat doch ein Buch geschrieben, oder? Ich erinnere mich, kurz reingelesen zu haben – nicht sehr erfreulich. Sie wollte mich dafür befragen, aber ich glaube, ich habe sie gebeten, sich zu verziehen.«

»Und sie hat sich seitdem nicht mehr gemeldet?«

»Nein.«

»Ich bin sicher, Sie haben selbst auch ein paar Theorien ...«

»Darüber, wer Maria ermordet hat? Lange Zeit dachte ich, es sei der Gitarrist gewesen.«

»Dougie Vaughan?«

»Ich glaube, er war verknallt in sie. Aber sie hatte sich anderweitig orientiert und ihn abserviert. Als er sie an dem Tag im Hotel wieder gesehen hat ...«

»Aber er hat ausgesagt, er habe sie nicht gesehen.«

»Was soll er auch anderes sagen? Wieso hatte er den Ermittlern damals verheimlicht, dass er mal was mit ihr hatte? Warum hat er gewartet, bis die Spur kalt war?«

»Haben Sie ihn je zur Rede gestellt?«

Turquand schüttelte den Kopf. »Ich habe versucht, möglichst überhaupt nicht mehr daran zu denken, sobald sich die Aufregung endlich ein bisschen gelegt hatte – stattdessen habe ich mich auf die Arbeit gestürzt. Manchmal habe ich nachts von Maria geträumt, dass sie noch lebt. Aber in jeder wachen Stunde habe ich mich aufs Geld konzentriert, wie ich mehr und mehr verdienen konnte, für die Bank und mich selbst.«

»Was ist da bloß schiefgelaufen, hm?«, fragte Rebus und streckte beide Arme aus.

»Mr Turquand«, schaltete Fox sich ein und sah Rebus an, um ihm zu bedeuten, dass »seine Frage« gleich kommen würde, »Sie haben Anthony Brough immer in Schutz genommen, nicht wahr?«

»Ich fürchte, ja.«

»Was heißt das?«

»Er war der Enkel von Sir Magnus. Ich hatte das Gefühl, ihm eine gewisse Treue schuldig zu sein.«

»Sie klingen nicht gerade enthusiastisch.«

»Durch Anthony habe ich viel Geld verloren. Er kann reden, aber viel mehr auch nicht.«

»Haben Sie noch Kontakt zu ihm?«

»Alle sechs Monate kommt ein Kontoauszug, wenn ich Glück habe.«

»Sie besuchen ihn nicht in seinem Büro oder telefonieren mit ihm?«

»Schon eine ganze Weile nicht mehr.«

»Aber Sie haben immer noch Geld bei ihm investiert?«

»Die Verluste waren so hoch, dass es sinnlos gewesen wäre, den kläglichen Rest zurückzufordern.«

»Das muss ziemlich bitter für Sie gewesen sein«, sagte Rebus. »Wo Sie doch damals selbst ein so erstklassiger Finanzexperte waren.«

»Allerdings.« Turquand erhob sich und schenkte sich einen weiteren Drink ein. Es schien ihm nichts auszumachen, dass keiner der beiden anderen mehr als einmal an der abgestandenen Cola genippt hatte. Als er wieder an den Tisch zurückgekehrt war, ergriff Fox erneut das Wort.

»Offenbar ist Anthony verschwunden. Könnte es sein, dass ihn all die schlechten Investitionen eingeholt haben?«

»Da müssten Sie schon in seine Bücher sehen, um die Frage zu beantworten – und selbst dann würde es nichts nutzen, weil er sie vermutlich doppelt führt.«

»Macht man das immer noch so?«, fragte Rebus.

»Wahrscheinlich gibt es inzwischen raffiniertere Tricks und Kniffe – dem Internet sei Dank.«

»Wissen Sie, was SLPs sind, Mr Turquand?«

Turquand wandte den Blick von Rebus zu Fox. »Scottish Limited Partnerships?«

»Würde es Sie überraschen zu erfahren, dass Anthony mit einer ganzen Reihe solcher Briefkastenfirmen zu tun hat?«

»Inwiefern?«

»Er gründet sie.«

»Um heimlich darüber Geld beiseitezuschaffen?«, vermutete Turquand. »Na ja, ich nehme an, das ist nicht mal illegal. Sonst wäre ihm doch längst die Steuerfahndung auf den Fersen…« Turquand unterbrach sich. »Ach, jetzt verstehe ich – deshalb ist er abgehauen?«

»Das kann ich wirklich nicht sagen.«

Turquand tippte sich seitlich an die Nase. »Verstehe. Vielleicht sollte ich doch meine restlichen Investitionen zurückfordern – immer vorausgesetzt, er hat Molly noch nicht auf die Straße gesetzt…«

»Molly…?«

»Sekretärin, Empfangsdame, Telefonzentrale, persönliche Assistentin.«

Fox nickte, erinnerte sich an die Stimme am Telefon. »Als ich das letzte Mal dort anrief, war sie am Platz.«

»Molly wird wissen, was los ist. Ich rufe sie heute Nachmittag an. Und danke für den Tipp.«

»Fällt nicht in die Kategorie Insiderhandel, oder?«, erkundigte sich Rebus.

»Bestimmt nicht«, sagte Turquand.

»Schade...«

»Jetzt haben wir eine schöne, lange Rückfahrt nach Edinburgh vor uns«, verkündete Rebus, als sie in den Saab stiegen und ihre Sicherheitsgurte anlegten. »Du hast jede Menge Zeit, mir alles über Anthony Brough und seine Briefkastenfirmen zu erzählen.«

»Ich habe aber zuerst eine Frage an dich – was hältst du von ihm?«

»Turquand? Bisschen exzentrisch vielleicht.«

»Ich würde sagen, der hat keinen Penny mehr. Ich wette, er hat das Personal entlassen. Das ganze Anwesen hat schon bessere Zeiten gesehen. Und der Whisky roch billig.«

»Und das alles, weil er Sir Magnus Broughs Enkel sein Kapital anvertraut hat?«, überlegte Rebus. »Ich frage mich, wie viele andere geprellte Klienten Molly abwimmeln muss?«

»Darryl Christie könnte einer davon sein«, gab Fox zu.

Rebus packte das Lenkrad fester. »Du hast meine ganze Aufmerksamkeit, Malcolm. Lass dir die Chance nicht entgehen.«

»Darryl besitzt ein Wettbüro und eine Wohnung in der Great Junction Street. Brough hat die Wohnung gemietet und verwendet sie als Geschäftsadresse hunderter Briefkastenfirmen.« Fox sah, dass Rebus ihn skeptisch musterte. »Was ist?«

»Als ich dich vom Rutland Square aus angerufen habe, hast

du was über Wetten gesagt, aber den Rest schnell verschluckt –
jetzt weiß ich, warum.« Er nickte. »Erzähl weiter«, sagte er
schließlich. »Und wenn du über Wirtschaftsrecht und Steuer-
wesen sprichst, dann tu so, als würdest du's einem kompletten
Trottel erklären …«

Clarke klopfte an die offene Tür des MIT-Raums. Anne Briggs
sah von ihrem Schreibtisch auf.

»Ich suche DI Fox.«

»Der ist nicht hier.«

»Das sehe ich. Mein Name ist Clarke.«

»DI Clarke?«

»Siobhan genügt eigentlich.«

»Ich bin DC Briggs – Anne Briggs. Malcolm hat von Ihnen
gesprochen.«

»Halten Sie die Stellung?«

»Der Superintendent ist in Gartcosh. Ein paar Kollegen
vernehmen den Chef des Verstorbenen, und ein anderer holt
Milch und Kekse.«

»Das heißt, DI Fox fehlt unentschuldigt?«

»Eigentlich sollte er bei der Vernehmung sein, ist er aber
nicht.«

»Ich tippe mal, der aufgeräumte Schreibtisch ist seiner?«
Clarke stand daneben.

»Man merkt, dass Sie Detective sind.«

Clarke nahm *Das Ende der Gerechtigkeit* und blätterte es
durch.

»Die hätte er eigentlich vernehmen sollen«, meinte Briggs.

»Vielleicht sollte ich ihn anrufen«, sagte Clarke, als Mark
Oldfield hereinkam und Briggs mit einer Tüte winkte. Briggs
stellte Oldfield vor, während dieser Wasser aufsetzte.

»Ich bin sicher, er wird nicht lange weg sein«, sagte Briggs. »Trinken Sie einen Kaffee mit uns.«

»Warum nicht?« Clarke war von Fox' Schreibtisch zum nächsten gegangen. Auf einem zugeklappten Laptop lag ein Stapel DIN-A4-Blätter. Es handelte sich um fotokopierte Standbilder aus den Überwachungskameras.

»Was ist das?«, fragte Clarke.

»Hab sie gerade erst ausgedruckt«, sagte Briggs. »Der Ermordete wurde von den Männern da bedroht.«

»Den total verschwommenen«, setzte Oldfield hinzu.

Clarke blätterte die Gruppenaufnahmen durch bis zu den Nahaufnahmen der einzelnen Gesichter. Eine hielt sie Briggs hin.

»Ich glaube, den kenne ich«, erklärte sie. »Hab vor ein paar Stunden zuletzt mit ihm gesprochen. Das ist Hugh Harold Hodges, wobei ihm ›Harry‹ lieber ist. Er arbeitet in einer Bar namens The Devil's Dram.«

Oldfield war zu ihr gekommen, um sich das Bild anzusehen. »Sind Sie sicher?«, fragte er.

»Ziemlich sicher. Der Haarschnitt und der Bart.«

»Heute hat jeder Zweite so einen Bart.«

»Ich denke trotzdem, dass er's ist.«

Oldfield wandte sich an Briggs. »Rufen wir den Chef an?«, fragte er.

»Wir rufen den Chef an«, sagte sie. »*Nachdem* wir unseren – wie sich gerade herausgestellt hat – wohlverdienten Kaffee getrunken haben.«

»Und dazu gibt's Karamellwaffeln.«

»Mark, ich liebe es, wenn du so schweinische Sachen zu mir sagst«, verkündete Briggs grinsend.

Bei Alvin James' Rückkehr hatte man Hodges bereits im Vernehmungszimmer geparkt. Clarke und Briggs hatten ihn abgeholt.

»Ich bin froh, dass Sie mitgekommen sind«, hatte Briggs gesagt. »Die Straßen hier sind ein verfluchtes Labyrinth.«

»Kein Problem, wenn man sich auskennt, Anne.«

Alvin James hatte dieselbe Ansicht ganz ähnlich formuliert, als Clarke ihm erklärte, wie sie Hodges erkannt hatte, woraufhin er sogar ihre Hand nahm und schüttelte.

»Malcolm hat Sie völlig zu Recht in den höchsten Tönen gelobt.« Dann sah er sich um: »Wo ist er überhaupt?«

»Keiner weiß es«, meldete Briggs sich zu Wort.

James richtete erneut den Blick auf Clarke. »Na ja, da Sie schon mal da sind und den Herrn bereits kennen ...«

»Ich helfe gern«, sagte Clarke und folgte ihm in das Vernehmungszimmer.

Hodges wirkte alles andere als erfreut. Seit einer knappen Stunde saß er jetzt schon hier fest, dabei würde der Club bald wieder für den Abend öffnen. Niemandem war eingefallen, ihm mitzuteilen, warum man ihn hergebracht hatte. James zog einen Stuhl gegenüber heran und setzte sich, hielt das Foto so, dass Hodges es sehen konnte.

»Und?«, fragte dieser.

»Das sind Sie«, sagte James.

»Und wenn?«

»Draußen vor dem Tomahawk Club an der Lothian Road. Samstag vor zwei Wochen.«

»Kann sein.«

»Kommen Sie schon, Sie sind es ganz sicher, Sie und Ihre Freunde, die sich mit dem Türsteher anlegen, weil er Sie nicht reinlassen will.«

»Hat er das gesagt?«

»Einer seiner Kollegen hat das gesagt. Der Mann auf dem Foto sagt gar nichts mehr, Mr Hodges. Der ist tot. Ermordet. Ein großer, durchtrainierter Mann war das, deshalb denken wir, dass es vielleicht nicht nur ein Täter war.« James tippte auf das Foto. »Hier seid ihr zu viert. Wollen Sie mir die Namen der anderen verraten, oder müssen wir's selbst ermitteln?«

»Hab ich Sie richtig verstanden? Der ist tot? Rab ist tot?« Hodges riss die Augen auf. »Wir haben im Club selbst ein paar Mal mit ihm gearbeitet. Nur ein oder zwei Mal.«

»Dann kannten Sie ihn?«

»Kaum.«

»Aber er hat auch im Devil's Dram an der Tür gestanden?«, fragte Clarke.

»Nur wenn uns noch ein Mann gefehlt hat. An den wirklich vollen Abenden – so wie an dem, als Sie da waren.« Hodges fixierte Clarke mit einem Blick.

»Wenn Sie ihn gekannt haben«, fragte James leise, »worüber haben Sie dann gestritten?«

»Ich war zurückgeblieben – musste mal telefonieren. Die anderen waren ein bisschen jünger, hatten aber alle Ausweise dabei. Rab hat's ihnen trotzdem nicht abgenommen und gemeint, zwei könnten rein, aber Cal nicht. Es fielen ein paar böse Worte, aber dann kam ich, und alle haben sich wieder beruhigt.«

»Einer von euch – mindestens einer von euch – hat gedroht, ihn umzubringen.«

»Daran kann ich mich nicht erinnern«, sagte Hodges kopfschüttelnd.

»Cal ist ein eher ungewöhnlicher Name«, unterbrach Clarke ihn. »Ist das nicht ein Zufall, dass Ihr Arbeitgeber einen Bruder hat, der genauso heißt? Ich glaube aber kaum, dass Cal Christie schon achtzehn ist.« Sie tat, als würde sie die Fotos betrachten. »Darryl hatte Sie beauftragt, auf ihn aufzupassen, war's so? Auf ihn und seine Freunde mit ihren gefälschten Ausweisen?«

Hodges sah sie finster an. »Ich kann Ihnen nicht folgen.«

»Dann reden wir über Darryl.« Clarke sah auf die Zeitanzeige ihres Handys. »Cal ist inzwischen wahrscheinlich vom College zu Hause. Wir zeigen ihm einfach die Aufzeichnungen. Aber ich sag Ihnen was, Harry – Darryl wird das nicht witzig finden. Ganz bestimmt nicht.«

Als er die Schultern hängen ließ, wusste sie, dass sie ihn hatte. Mit gesenktem Kopf, das Kinn auf der Brust, sprach er weiter. »Gibt's eine andere Möglichkeit?«

»Sie nennen uns die Namen der anderen, damit wir mit ihnen reden können. Dann fahren wir zu Darryl, lassen Ihren Namen aus dem Spiel – und behaupten, wir hätten zuerst Cal erkannt.«

»Er wird trotzdem erfahren, dass ich dabei war.«

»Sie haben nach anderen Möglichkeiten gefragt«, betonte James. »Diese steht zur Auswahl, sonst keine.«

Hodges dachte ein paar Sekunden nach, dann nickte er.

»Ich hole meinen Block für die Namen«, sagte James und verließ den Raum.

»Ach, noch was, Harry«, sagte Clarke, als die Luft rein war. »Spätestens heute Abend ist das Foto aus dem Klo verschwunden. Wenn nicht, erzähle ich Darryl, wie ausgesprochen kooperationsbereit Sie waren, als Sie seinen kleinen Bruder verpetzt haben. Ist das klar?«

»Ja, sicher, blöde Schlampe.«

»Schön«, erwiderte Clarke, als James zurückkam.

15

Als sie eintrafen, schloss sie gerade ab.

»Molly?«, fragte Fox und hielt seinen Dienstausweis hoch. »Tut mir leid, ich kenne Ihren Nachnamen nicht.«

»Sewell«, sagte sie. »Wollen Sie reinkommen?«

»Danke.«

Sie schloss wieder auf, und sie folgten ihr ins Haus. Sie schaltete die Alarmanlage nochmal aus und das Licht erneut an. Ein kleiner, geschmackvoller Wartebereich führte in ein kleineres Büro ohne Tageslicht.

»Arbeiten Sie hier?«, fragte Fox.

»Genau.«

»Und Mr Brough?«

»Gleich links, wenn Sie reinkommen.«

»Dürfen wir mal sehen?«

»Warum?«

»Ich will mich nur vergewissern, dass er sich nicht in einem seiner Aktenschränke versteckt.« Fox versuchte, es nach einem Scherz klingen zu lassen, aber ihr ovales Gesicht wirkte wie versteinert. Rebus schätzte sie auf Anfang dreißig. Kurzgeschnittenes schwarzes Haar und grellroter Lippenstift. »Elfenhaft« war der Begriff, der ihm einfiel, aber sie strahlte auch eine gewisse Härte aus.

»Sagen Sie mir lieber, worum es eigentlich geht«, bat sie kühl und setzte sich. Rebus und Fox blieben stehen.

»Wissen Sie, wo sich Anthony Brough aufhält, Miss Sewell?«

»Nein.«

»Wann haben Sie das letzte Mal mit ihm gesprochen?«

Sie hatte angefangen, ihren ohnehin bereits sehr ordentlichen Schreibtisch weiter aufzuräumen, hatte einen Hefter verschoben, außerdem eine Schachtel Büroklammern und einen Stift zurechtgerückt. »Vor ungefähr einer Woche.«

»Persönlich oder am Telefon?«

»Per SMS. Er fühlte sich nicht besonders und wollte seine Vormittagstermine absagen.«

»Und seitdem?«

»Ich habe ihm Nachrichten geschrieben, ihn angerufen, auf die Mailbox gesprochen …«

»Wo wohnt er?«

»In der Ann Street.«

»Schöne Straße. Gibt's einen Partner oder eine Partnerin?«

»Hier, meinen Sie?«

»Privat.«

»Nicht dass ich wüsste.«

»Ganz schön große Häuser in der Ann Street – da muss er sich doch einsam fühlen.«

»Wenn Sie meinen.«

»Machen Sie sich keine Sorgen um ihn?«

»Sind ja erst ein paar Tage.«

»Trotzdem …«

Sie seufzte und schaute auf, blinzelte durch Tränen hindurch. »Natürlich mache ich mir Sorgen. Ich war bei ihm zu Hause, aber es war niemand da.«

»Wenn er sich nicht wohl gefühlt hat, kann er doch eigentlich nicht weit sein«, meinte Rebus.

»Ich habe eine Nachricht unter der Tür durchgeschoben.«

»Wie gut kommen Sie ohne ihn zurecht?«, fragte Fox.

»Der Papierkram ist kein Problem, und seine Termine habe ich verschoben.« Sie sah sich um. »Schecks können keine ausgestellt werden, aber abgesehen davon...«

»Wie laufen die Geschäfte überhaupt?«

»Ausgezeichnet.«

»Das stimmt nicht ganz mit dem überein, was wir gehört haben, Miss Sewell.«

»Dann haben Sie mit den falschen Leuten gesprochen.«

»Kennen Sie einen gewissen Darryl Christie?«

»Sollte ich?«

»Er ist entweder Klient oder Geschäftspartner von Mr Brough – deshalb würde ich sagen, ja, Sie sollten ihn kennen.«

»Na gut, ich kenne ihn nicht.«

»Und wie sieht es mit der Wohnung in der Great Junction Street aus, über einem Wettbüro namens Klondyke Alley?«

Sie schüttelte den Kopf. »Sie haben mir immer noch nicht verraten, weshalb Sie hier sind.«

»Ein paar Tage nachdem Ihr Chef verschwunden ist, wurde Darryl Christie überfallen.«

Sie schnaubte. »Anthony würde so etwas niemals tun.«

»Sind Sie sicher?«

»Das ist absurd. Ich möchte bezweifeln, dass Anthony sich seit seiner Schulzeit geprügelt hat.«

»Wie lange kennen Sie ihn schon?«

Sie sah Rebus böse an. »Lange genug.«

»Sie müssen schon seit Ewigkeiten bei ihm sein – waren Sie etwa auf derselben Schule?«

»Anthony war auf einer Privatschule. Ich auf der Boroughmuir.« Sie hielt inne. »Und er ist sechs Jahre älter als ich.«

Rebus lächelte entschuldigend.

»Mir scheint«, sagte Fox, »dass Sie ihn gut kennen *und* Ihnen viel an ihm liegt. Wir glauben, dass er in Schwierigkeiten steckt, Miss Sewell, und wollen ihm helfen. Wenn Sie also etwas wissen, dann ist das hier Ihre Chance.« Er hielt inne, um seine Worte sacken zu lassen, dann reichte er ihr seine Visitenkarte.

»Ich glaube nicht, dass *Sie* mir Ihren Ausweis schon gezeigt haben«, sagte sie zu Rebus, nachdem sie einen Blick auf Fox' Karte geworfen hatte.

»Ich habe keinen einstecken.«

»Dann sind Sie gar kein Polizist? Von der Steuerbehörde? Der Finanzdienstleistungsaufsicht?«

»Sie rechnen wohl mit deren Besuch?«

Sie ignorierte die Frage und zog stattdessen eine Schublade auf, ließ die Karte darin verschwinden. »Ich würde jetzt gerne nach Hause gehen, wenn das in Ordnung ist.«

»Haben Sie schon mal daran gedacht, eine Vermisstenanzeige aufzugeben?«, fragte Fox, als sie sich erhob und ihren kurzen Wollmantel zuknöpfte.

»Wenn ich in den nächsten Tagen nichts von ihm höre.«

»Ich vermute, das ist sehr untypisch für Mr Brough.«

»Er nimmt sich schon mal gerne eine Auszeit – eine Nacht in London, ein Pferderennen in Frankreich …«

»Dann ist er wohl dem Glücksspiel zugetan?«

»Das müssen Sie ihn schon selbst fragen.«

»Das werden wir – falls er wieder auftaucht.«

»Sie denken doch nicht, dass ihm was zugestoßen ist? Was Ernstes, meine ich?«

»Wenn er sich mit Darryl Christie überworfen hat«, sagte Rebus, »ist das durchaus im Bereich des Möglichen. Vergessen Sie das nicht.«

Sie warteten, während sie erneut das Licht ausmachte und

die Alarmanlage einschaltete. Rebus glaubte zu wissen, welche Tür in Broughs Büro führte, und versuchte, sie zu öffnen, aber sie war abgeschlossen.

»Vielleicht kommen Sie das nächste Mal mit einem Durchsuchungsbeschluss«, riet ihm Sewell.

»Das mache ich bestimmt«, sagte er.

Clarke vermutete, dass Darryl seine Mutter und seine Brüder in dem Boutique-Hotel untergebracht hatte, das er in einer der steilen Straßen der New Town betrieb, und hatte dies auch Alvin James erklärt, doch an der Rezeption dort stritt man jede Kenntnis davon ab.

»Wir sind von der Polizei, vergessen Sie das nicht«, pflaumte Clarke das Fotomodell an, das hier anscheinend als Empfangsdame tätig war. »Ich weiß, dass Darryl vorsichtig sein muss, aber nicht uns gegenüber.«

»Sie sind wirklich nicht hier – beide Stockwerke werden renoviert.«

Und tatsächlich lag eine durchsichtige Plastikplane auf dem Teppichboden und der Treppe.

»Tut mir leid«, entschuldigte Clarke sich auf dem Weg zurück zum Wagen.

»Ist nicht Ihre Schuld, Siobhan«, sagte James. »Hätten Sie vorher angerufen und diese Geschichte serviert bekommen, wären Sie trotzdem hergefahren, um sich selbst davon zu überzeugen.«

Sie sah ihn an. »Woher wollen Sie das wissen?«

»Weil jeder gute Detective das so gemacht hätte. Wohin jetzt?«

»Vielleicht zu Darryl nach Hause. Ist nur fünf Minuten von hier.«

»Dann los.«

Sie dirigierte ihn über einen kleinen Umweg, so dass er den Botanischen Garten und den Inverleith Park sehen und die beeindruckenden Gebäude dort bewundern konnte.

»Ob ich mir so ein Haus von meinem CID-Gehalt leisten kann?«, fragte er.

»Nicht mal von dem eines Chief Constable.«

Sie parkten auf der Straße und stiegen aus. In der Auffahrt standen keine Autos. »Sein Range Rover ist nirgends zu entdecken«, sagte Clarke und bereitete James schon mal auf eine weitere Pleite vor. Als sie klingelte, hörte sie von drinnen ein Geräusch. Die Tür ging auf, und Gail McKie stand dort. Während Clarke sich bemühte, ihr Erstaunen zu verbergen, fragte James, ob Cal zu Hause sei.

»Was gibt's denn jetzt schon wieder?«, wollte McKie wissen.

»Nur ein paar Fragen.«

»Ich hab Ihnen doch schon gesagt, dass er nichts gesehen hat.«

James schaute verwirrt. »Sie meint den Überfall auf Darryl«, erklärte Clarke ihm.

»Wir würden trotzdem gerne mit ihm sprechen«, beharrte James.

»Kann ich dabeibleiben?« Sie hielt inne. »Oder unser Anwalt?«

»Es steht Ihnen frei, sich dazuzusetzen, Mrs McKie«, beschloss James. »Wobei Cal möglicherweise nicht allzu begeistert davon wäre …«

Sie warteten in dem kitschigen Wohnzimmer, während sie nach oben ging, um Cal zu holen. Mit herunterhängenden Schultern und trotzigem Gesichtsausdruck kam er hereingeschlappt, mied den direkten Blickkontakt. Sein stachliges schwarzes Haar sah gefärbt aus, und seine Wangen waren von Aknenarben entstellt.

»Hab nichts gesehen«, behauptete er ohne weitere Vorrede. »Hab nichts zu sagen.« Er ließ sich in einen der Sessel fallen, umklammerte die Armlehne.

»Deshalb sind wir nicht hier«, sagte James. Wie Clarke war auch er stehen geblieben. McKie saß mit angezogenen Beinen auf dem Sofa und starrte die beiden Detectives durchdringend an. »Wir sind wegen dem Vorfall draußen vor dem Tomahawk Club hier. An dem Abend, als du mit deinen Freunden nicht reingekommen bist.«

Cal versuchte zu verhindern, rot anzulaufen, als jetzt auch seine Mutter den Blick auf ihn richtete.

»Wie bitte?«, fragte sie.

»Die lügen«, zischte er.

James zog die ausgedruckten Standbilder aus der Tasche. »Wir können das Gegenteil beweisen. Einen Namen kennen wir bereits – ein Mr Hodges –, aber wir brauchen noch die anderen beiden.«

»Wieso?«

»Weil dem Türsteher gedroht wurde, Mrs McKie. Sehr ernsthaft gedroht.«

»Von dir?« Ihr Blick bohrte sich jetzt in ihren Sohn. Er schüttelte den Kopf.

»Dandy war's«, sagte er.

»Ich hab gedacht, ich hätte dir gesagt, dass du dich von dem Penner fernhalten sollst.«

Cal wand sich.

»Der macht nichts als Ärger – das war schon immer so!«

»Darf ich annehmen, dass Dandy ein Spitzname ist?«, schaltete Clarke sich ein.

274

»Eigentlich heißt er Daniel Reynolds. Wohnt in Lochend und ist früher mit Cal zur Schule gegangen.«

»Dandy ist in Ordnung«, behauptete Cal.

»Hat er gedroht, den Türsteher umzubringen?«, fragte James.

Cal wand sich erneut. »Vielleicht hat er sowas gesagt wie, dass er mit einem Messer wiederkommt. Aber der hat sich bloß aufgespielt – eine Show hingelegt.«

»Da war aber noch ein junger Mann bei euch.«

»Roddy Cape. Der ist am College ein Jahr über mir.«

»Bist du der einzige noch Minderjährige, Cal?«, erkundigte Clarke sich.

Cal nickte. »Er wollte die andern reinlassen – bloß mich nicht. Ich glaube, er wollte wissen, was wir machen würden. Als hätte er uns absichtlich provozieren wollen. Harry ist dazwischengegangen, damit es nicht eskaliert, und das war's auch schon.«

»Welcher Harry?«, wollte Gail McKie wissen. Cal zog eine Schnute.

»Er arbeitet für Darryl«, beantwortete Clarke die Frage. »Er war als Babysitter bestellt – ist das richtig, Cal? Er sollte aufpassen, dass an dem Abend alles glattläuft.«

»So ungefähr«, räumte Cal ein.

»Na bitte«, sagte Cals Mutter. »Einem Türsteher wurde gedroht, aber nicht von meinem Sohn. Dann können Sie ja jetzt gehen und Ihre Hexenjagd woanders fortsetzen.«

»Der Türsteher ist inzwischen tot, Mrs McKie«, teilte James ihr mit. Zum ersten Mal hob Cal jetzt den Blick vom Boden, sein Mund klappte tonlos auf. »Sie werden verstehen, dass wir uns mit jedem beschäftigen müssen, der möglicherweise was gegen ihn gehabt haben könnte. Zum gegenwärtigen Zeitpunkt würde ich sagen, dazu gehört auch Daniel Reynolds.«

»Cal«, fragte Clarke sachte, »hat Dandy normalerweise ein Messer dabei?«

»Woher soll ich das wissen?«

»Weil er drauf achtet, dass seine Freunde es mitbekommen?«

»Der hat eine große Klappe, aber mehr auch nicht. Außerdem weiß er, dass er den besten Schutz hat, den er bekommen kann, wenn er mit mir unterwegs ist.«

»Weil Darryl Christie dein Bruder ist?« Clarke nickte langsam. »Aber Darryl hat es selbst erwischt, oder? Jemand wollte demonstrieren, dass auch er nur ein Mensch ist.«

»Und was unternimmt die Polizei dagegen?«, knurrte Gail McKie und verschränkte die Arme. »Die nimmt jemanden fest, lässt ihn wieder laufen und konzentriert sich stattdessen auf so einen Blödsinn, weil ein Überfall auf einen der ihren immer Vorfahrt hat.«

»Mord, kein Überfall«, korrigierte Clarke.

»Sie wissen genau, was ich meine – das eine Gesetz gilt für uns, das andere für euch. So war's immer, und so wird es immer bleiben.« Sie schwang ihre Beine vom Sofa. »Sind wir jetzt fertig?«

»Wir brauchen die Adressen von Dandy und Roddy«, sagte James erneut mit Blick auf Cal.

»Die haben wir nicht«, fuhr McKie ihn an.

»Cal war nie bei ihnen zu Hause?« James klang ungläubig. »Aber er wird ihre Telefonnummern haben, oder nicht? Wenigstens die kann er uns geben.«

McKies Gesicht verdüsterte sich. Sie war aufgestanden und gab jetzt ein Geräusch von sich, das an ein wildes Tier erinnerte, dann trat sie ihrem Sohn an den Fußknöchel.

»Geh, mach schon«, sagte sie. »Und danach haben wir beide auch noch ein Wörtchen miteinander zu reden.«

Cal zog bereits sein Handy aus der hinteren Hosentasche, schaltete es ein, gab eine Suche in sein Adressbuch ein.

»Ist Darryl nicht zu Hause?«, fragte Clarke McKie und ließ es möglichst beiläufig klingen.

»Er arbeitet wieder, trotz seiner Verletzungen – gönnt sich nie auch nur eine Minute Ruhe.« Die Bemerkung schien für Cal bestimmt.

»Willst du jetzt die Nummern, oder nicht?«, fragte er und hielt seiner Mutter das Telefon hin.

»Ich nicht, *die*«, fauchte sie ihn an. Als Cal anfing, die Nummern vorzutragen, gab Clarke diese in ihr eigenes Handy ein.

»Noch was, Mrs McKie«, sagte sie, als sie fertig war. »Der Verdächtige, von dem Sie sprachen – anscheinend ist er verschwunden.«

»Ach ja?«

»Sie wissen nicht zufällig was darüber?«

McKie verdrehte die Augen, sagte aber nichts.

Als sie zum Wagen gingen, schien James mit dem Ergebnis sehr zufrieden zu sein. Clarke war sich nicht so sicher.

Darryl hatte ihr gesagt, er wolle seine Familie in Sicherheit bringen. Wieso hatte er es sich anders überlegt? Oder hatte er sie angelogen?

»Zurück nach Leith?«, schlug James vor und zog die Beifahrertür auf.

»Zurück nach Leith«, stimmte Clarke zu.

16

Fox stand im Eingang zum MIT-Büro und starrte auf seinen Schreibtisch. Siobhan Clarke saß dort mit übereinandergeschlagenen Beinen auf seinem Stuhl, einen Becher Tee vor sich und einen Schokokeks im Mund. Gerade hatte sie etwas Witziges gesagt, so dass das ganze Team schmunzelte – bis Fox auftauchte.

»Die Rückkehr des verlorenen Sohns«, sagte Alvin James und streckte scherzhaft einen Arm zur Begrüßung aus. »Was war denn los? Hat Sie das Gespräch mit Maxine Dromgoole dermaßen erschöpft?«

Fox ging in die Mitte des Raums. Rebus überholte ihn auf dem Weg zum Wasserkocher.

»Ich musste ein paar Namen überprüfen, die sie genannt hatte – einer in Fife, der andere in Perthshire. Nur für den Fall, dass Sie dachten, ich würde nachlassen …«

James hob gespielt kapitulierend die Hände. »Und wie ich sehe, haben Sie Verstärkung mitgebracht. Noch dazu einen Vertreter der Öffentlichkeit. Das wird mit Sicherheit gut aussehen, wenn diese ›Namen‹ bei der Verhandlung aufgerufen werden.«

»Der Mann hat nicht ganz unrecht«, stichelte Rebus und schenkte sich den Becher voll. »Keine Kekse mehr da?«

»Tut mir leid«, erwiderte Clarke und steckte sich das letzte Stück in den Mund, das von ihrem geblieben war.

»Zeit auszupacken«, verkündete James und schlug mit der

Hand auf die Tischplatte. »Sie erzählen uns Ihre Geschichte, und wir erzählen unsere.«

»Na schön«, sagte Fox mit Blick auf Clarke. Sie verstand den Wink und erhob sich von *seinem* Stuhl. Er schob sich an ihr vorbei und setzte sich. Mark Oldfield bot ihr seinen an, aber sie schüttelte den Kopf und setzte sich stattdessen auf die Kante von Fox' Schreibtisch, ließ die Beine baumeln.

»Fangen wir an«, sagte Alvin James.

Rebus hatte angeboten, eine Runde auszugeben, aber Siobhan Clarke war abgesprungen, weil sie Alvin James bereits versprochen hatte, ihm ihr Lieblingsrestaurant zu zeigen.

»Die braucht nicht lange, um sich einzuschleimen«, beschwerte Fox sich bei Rebus, als dieser von der Bar zurückkehrte.

»Reg dich ab«, riet Rebus ihm. »Shiv ist nicht diejenige, die nach Gartcosh befördert wurde.«

»Dabei würde sie dort viel besser hinpassen als ich – das wissen wir beide, also streite es bloß nicht ab.«

»Wie ist dein Tomatensaft?«

»Ein Schuss Wodka könnte ihm nicht schaden. Und dein alkoholreduziertes Bier?«

Rebus verzog das Gesicht.

»Sieh dir an, was aus uns geworden ist«, brummte Fox und entlockte Rebus ein Schmunzeln damit. Ein paar Sekunden lang tranken sie schweigend. Rebus wischte sich mit dem Handrücken den Schaum von den Lippen.

»War aber interessant, was Siobhan gesagt hat«, meinte er schließlich.

»Hab versucht, nicht zuzuhören.«

»Über Darryl Christie. Dass er behauptet hat, er hätte seine

Familie irgendwo anders untergebracht, obwohl das gar nicht stimmte.«

»Warum sollte er die Wahrheit sagen, wenn er auch lügen kann?«

»Trotzdem eigenartig.«

»Vielleicht hat er seine Gründe.«

»Zum Beispiel?«

»Er versteckt sich hinter seiner Mutter und seinen Brüdern, setzt darauf, dass, wer auch immer es auf ihn abgesehen hat, keine Unbeteiligten mit hineinziehen möchte.«

»Kann sein.«

»Oder er lügt die Polizei einfach gerne an. Ich habe sowieso das Gefühl, dass mich jeder, mit dem ich in letzter Zeit gesprochen habe, mindestens einmal angelogen hat – Dromgoole, Peter Attwood, John Turquand, Molly Sewell …«

»Ich?«, fragte Rebus.

»Wahrscheinlich auch. Mit Sicherheit sogar. Mein Dad hat Jude und mir immer eingebläut, wir würden zur Hölle fahren, wenn wir auch nur ein einziges Mal lügen.«

»Und habt ihr's gelassen?«

»Ich hab mir jedenfalls Mühe gegeben.«

»Vielleicht gesellst du dich dann tatsächlich nicht zu uns anderen in feurig heißer Tiefe.« Rebus prostete ihm mit seinem Glas zu, bevor er einen weiteren Schluck nahm.

»Drückst du dich davor, nach Hause zu fahren?«, fragte Fox. »Falls wirklich eine Nachricht auf dem Anrufbeantworter wartet?«

»Ich habe vor nichts Angst, Malcolm.«

»Wirklich? Ich bin das genaue Gegenteil.«

»Das ist aber gut – das bedeutet, dass du vorsichtiger bist. Sieh dir an, wie du mit dem Alkohol umgegangen bist – du hast gemerkt, dass er zum Problem wird, und hast aufgehört. Ich hätte schon vor Jahren aufhören sollen. Stattdessen habe ich den Dämon zum Ringkampf herausgefordert, nur wir beide, wir fechten es alleine aus.«

»Bei dieser Art Wettkampf gibt es immer nur einen Sieger.«

»Ja – die Sterblichkeit. Und die wartet zu Hause auf mich, ob da eine Nachricht ist oder nicht.«

»Deshalb verbringe ich so gerne Zeit mit dir, John – mit deiner positiven Einstellung gelingt es dir immer wieder, für Fröhlichkeit zu sorgen.«

»Aber jetzt lache ich schon wieder.«

Fox sah ihn an. »Tatsächlich. Ich frag mich nur, warum?«

Rebus beugte sich vor und klopfte ihm sanft auf die Schulter. »Weil die nächste Runde auf dich geht, mein Freund«, sagte er. Denise, die Barfrau, ging herum und sammelte leere Gläser ein. Sie schaute Rebus böse an.

»Wenn die Kneipe hier Pleite macht, bist du schuld.«

Rebus warf Fox einen Blick zu: »Da siehst du, woher ich meine positive Einstellung nehme.«

Fox hatte Rebus' Angebot, essen zu gehen, abgelehnt. Er fragte sich, in welches Restaurant Siobhan Alvin James wohl geführt hatte. Drei kamen in Frage, und er fuhr an jedem vorbei, ging vom Gas und spähte so gut es ging durch die Fenster. Dann machte er an einem Sainsbury's halt und kaufte ein Fertiggericht, ein paar Bananen und eine Abendzeitung.

»Du wirst es überleben«, sagte er sich, als er in die Auffahrt zu seinem Bungalow in Oxgangs bog. Er nahm die Einkaufstüte vom Beifahrersitz und hörte ganz in der Nähe eine Wagentür aufgehen und wieder zuschlagen. Als er aufblickte, sah er Darryl Christie. Christie stand neben dem weißen

Range Rover und wartete, dass Fox zu ihm kam. Stattdessen schloss Fox seine Haustür auf und ging hinein, stellte die Tüte auf dem Küchentresen ab und wartete, bis es klingelte. Dann öffnete er Christie die Tür.

»Haben Sie gerade Verstärkung gerufen?«, fragte Christie. »Wenn ja, dann lassen Sie sich eine Ausrede einfallen und bestellen Sie sie wieder ab. Glauben Sie mir, die Unterhaltung sollte unter uns bleiben.«

»Ich kann mich nicht erinnern, dass wir verabredet waren, Mr Christie.«

»Was ich zu sagen habe, ist wichtig.«

»Dann sollten Sie vielleicht morgen in Leith auf der Wache vorbeischauen.«

Christie spähte Fox über die Schulter. »Wir sollten lieber reingehen«, sagte er.

»Das glaube ich kaum.«

»Wir können uns auch in meinen Wagen setzen. Das muss wirklich unter uns bleiben.«

»Sie dürften gar nicht hier sein.«

»Hören Sie mir eigentlich zu?« Christies Gesichtszüge waren verhärtet.

»Ehrlich gesagt, hab ich heute Abend was Besseres vor.«

Die beiden Männer musterten einander. Schließlich schniefte Christie und rieb sich die Nasenwurzel. »Na schön«, sagte er, wandte sich halb um, wie um zu gehen, hielt aber noch mal inne. »Judes Kopf steht auf dem Spiel, vergessen Sie das nicht …«

Er ging den Weg zurück, die Hände in die Taschen geschoben, und sah sich nicht noch einmal um.

Der blufft, dachte Fox und ging wieder hinein. Er nahm das Fertiggericht aus der Verpackung und piekte die Frischhaltefolie mit einer Messerspitze ein. Drei Minuten in der Mikrowelle, dann eine Minute ruhen lassen. Heiß essen. Er zog die Klappe der Mikrowelle auf, dann stutzte er. Die Zeitung lag noch auf dem Tresen, und er starrte die Titelseite an, ohne sie wirklich wahrzunehmen.

»Na schön«, sagte er und ging zur Haustür. Der Range Rover stand noch da, Christie trommelte mit den Fingern aufs Lenkrad. Fox setzte sich auf den Beifahrersitz und knallte die Tür zu.

»Also, erzählen Sie«, sagte er.

Stattdessen holte Christie erstmal tief Luft und stieß sie ganz langsam wieder aus, als müsse er erst überlegen, ob er der Aufforderung nachkommen wollte. Fox' Handbewegung in Richtung Türgriff half ihm bei der Entscheidung.

»Ich hab nicht gewusst, dass sie Ihre Schwester ist – jedenfalls erstmal nicht. Ich meine, ich kannte immer nur ihren Vornamen: Jude. Den Vornamen und ihre Anschrift. Anschrift und Kontoverbindung.« Er hielt inne, um die Information sacken zu lassen.

»Schuldet sie Ihnen Geld?«, riet Fox.

»Allerdings.«

»Wie viel?«

»Bevor wir darauf zu sprechen kommen, wollen wir über Sie reden. Darüber, dass Sie von Gartcosh aus herbeordert wurden, Fragen stellen über verschiedene Wettbüros und Druck auf Ihre eigene Schwester ausüben, damit sie für Sie spioniert…« Christie schüttelte spöttisch den Kopf. »Geldwäsche über Glücksspielautomaten? Meinen Sie wirklich, Sie werden mir *das* nachweisen können?«

»Wollen Sie behaupten, dass es nicht so ist?«

»Ich will sagen, dass es Ihnen verdammt schwerfallen wird,

mir das vor Gericht nachzuweisen. Und die eigene Schwester dafür anzuheuern, eine Frau mit einem Suchtproblem – sie ist nicht gerade die verlässlichste Zeugin, die man sich vorstellen kann, DI Fox.«

Fox merkte, wie sein Kiefer verkrampfte, hauptsächlich, weil Christie recht hatte.

»Hat Gartcosh das abgesegnet?«, fuhr Christie fort. »Oder geht das auf Ihre eigene Initiative zurück? In dem Fall möchte ich bezweifeln, dass Ihre Vorgesetzten begeistert wären.«

»Ich frage nochmal – wie viel ist sie Ihnen schuldig?«

Erst jetzt wandte Christie sich zum Beifahrersitz um, streichelte beim Sprechen mit den Fingern über das Lenkrad. »Siebenundzwanzigtausend – mehr oder weniger.«

Erfolglos versuchte Fox zu schlucken, sein Mund war plötzlich staubtrocken. »Ich denke, Sie lügen«, sagte er.

»Dann kommen Sie mit mir ins Diamond Joe, da zeige ich Ihnen die Zahlen. Hauptsächlich natürlich online angesammelt. Ich bin praktisch genauso erstaunt wie Sie – ich meine, wir nehmen nicht mal ganze vierzig Prozent Zinsen …«

»Ich werde das Geld beschaffen.«

»Sind Sie sicher?«

»Wenn ich genug Zeit bekomme.«

»Zeit ist leider das Einzige, was Sie nicht haben, DI Fox – ich will nämlich jetzt sofort etwas von Ihnen.«

»Am Automaten kann ich ein paar hundert abheben.«

»Es geht mir nicht ums Geld!«, fauchte Christie.

»Worum dann?«

»Informationen natürlich. Was wissen die in Gartcosh?«

»Sie wollen wissen, was dort gegen Sie vorliegt?«

»Insbesondere in Bezug auf diesen Mann.«

Christie hatte einen Zettel vom Amaturenbrett genommen.

»Aleksander Glushenko«, las er. »Klingt russisch.«

»Er stammt aus der Ukraine.«

Fox starrte erneut auf den Namen, dann hielt er Christie den Zettel hin. »Das kann ich nicht«, sagte er.

»Schade – Jude ist mittellos, Ihr Name wird da mit reingezogen werden, wenn die Presse erfährt, dass Sie Ihre Schwester als Köder einsetzen wollten … und Ihre Vorgesetzten von Ihren ganzen Mauscheleien erfahren.« Christie zeigte auf den Zettel. »Ist das wirklich zu viel verlangt, Malcolm?«

»Ich kann Ihnen das Geld beschaffen.«

»Behalten Sie den Namen trotzdem. Vielleicht kann ich mich noch ein paar Tage lang beherrschen, dann ziehe ich Sie und Ihre Schwester bis aufs Hemd aus.« Christie hielt einen Augenblick inne. »Und jetzt raus aus meinem verfluchten Wagen.«

Fox wusste, wie gut es sich anfühlen würde, den Zettel in winzige Fetzen zu zerreißen und sie Christie ins Gesicht zu werfen. Stattdessen aber öffnete er die Tür und stieg aus, hielt den Zettel fest in der Hand. Der Wagen fuhr an, noch bevor er wieder an der Haustür war. Drinnen zog er die Folie von seinem Fertiggericht, aber dann fiel ihm ein, dass er es noch gar nicht in die Mikrowelle gestellt hatte. Leise fluchend nahm er sein Handy und rief Jude an.

»Oh verdammt«, sagte sie, als sie abnahm. »Hör mal, Malcolm …«

»Du bist so eine bescheuerte, blöde Kuh, Jude! Nicht nur, dass du Schulden machst – bei einem wie *dem* –, du wirfst mich ihm auch noch zum Fraß vor!«

»Ich weiß, ich weiß, ich weiß. Da hab ich nicht ganz richtig gedacht. Eigentlich überhaupt nicht.«

»Doch, du hast gedacht, an dich *selbst*, meine liebe Schwester – wie immer. Scheißegal, was aus den anderen wird, Hauptsache, der lieben Jude geht's gut...« Er seufzte und senkte die Stimme. »Versprich mir, dass du dir Hilfe holst – die Anonymen Spieler... egal. Siebenundzwanzigtausend, Jude...«

Er hörte sie schluchzen, schloss die Augen und lehnte die Stirn an einen der Küchenschränke. Sie versuchte zu sprechen, aber er konnte ihre Worte nicht verstehen. Es war sowieso egal. Er beendete die Verbindung und setzte sich auf einen Hocker am Tresen. Mit einem Kugelschreiber fing er an, auf der unbedruckten Seite der Fertiggerichtverpackung auszurechnen, wie viel er hatte und wie viel er aufbringen konnte. Der Zettel lag ein bisschen weiter weg auf dem Tresen, zerknüllt, aber lesbar. Der Name war leicht zu merken: Aleksander Glushenko.

Wer zum Teufel war Aleksander Glushenko?

Wenn Fox dahinterkam und herausfand, was die beiden Männer miteinander zu tun hatten – würde er die Information irgendwie gegen Christie verwenden können, anstatt ihm damit zu helfen?

Vielleicht. Aber auch nur vielleicht.

Sicherheitshalber addierte er weiter Zahlen...

Zu Hause in der Arden Street warteten drei Nachrichten auf Rebus' Anrufbeantworter.

Drücken Sie die eins, um Ihre neuen Nachrichten anzuhören...

Stattdessen war er ans Fenster getreten, hatte in die Nacht hinausgestarrt. Dann war er zum Plattenspieler gegangen. *Solid Air* lag seit dem Abend, an dem Deborah Quant hier geblieben war, auf dem Teller. Das Album war immer für ihn da gewesen, egal, was er in seinem Leben durchgemacht hatte. Und hatte John Martyn nicht auch Sorgen gehabt? Johnny Too Bad – er hatte getrunken, sich mit Freunden und Geliebten überworfen und gestritten. Ein Bein hatte man ihm abgenommen, aber er hatte sich weiter durchs Leben gekämpft, gesungen und Musik gemacht bis zum Ende.

Das ist das Schöne an einem Album – wenn es vorbei war, konnte man die Nadel heben und es einfach wieder von vorne abspielen.

Während das Titelstück leise lief, nahm Rebus endlich das Telefon.

Drücken Sie die eins …

Er drückte.

Und hörte eine Automatenstimme, die ihm erklärte, dass ihm nicht mehr lange Zeit bliebe, um eine Rechtsschutzversicherung abzuschließen.

Gelöscht.

Zweite neue Nachricht …

Dieselbe Automatenstimme. Ein anderer Ausschnitt desselben Gelabers.

Gelöscht.

Dritte neue Nachricht …

Wussten Sie, dass Sie dank eines staatlichen Förderprogramms ohne zusätzliche Kosten einen neuen Heißwasserboiler anfordern können …?

Gelöscht.

Keine weiteren neuen Nachrichten.

Rebus starrte das Telefon ganze fünfzehn Sekunden lang an, dann stellte er es in die Ladestation zurück. Er sah auf seine Brust.

»Wenn das so weitergeht, bleibt mir eher das Herz stehen, als dass Hank Marvin mich kriegt«, brummte er und drehte die Anlage auf.

Tag sieben

17

Am nächsten Morgen fuhr Fox nach Gartcosh. Er hatte unruhig geschlafen und sich beim Rasieren am Kinn geschnitten. Als er aufwachte, hatte er vier neue SMS von Jude, drei davon entschuldigend, eine gemein und vorwurfsvoll. Als er das Hauptgebäude betrat, stieg er die Treppe hinauf und ging an den Büros der Steuerbehörde vorbei. Durch das Fenster konnte er Sheila Graham an ihrem Schreibtisch sitzen sehen, also ging er wieder ins Erdgeschoss runter, holte sich einen Kaffee und setzte sich so in den Vorhof, dass er das Stockwerk obendrüber teilweise einsehen konnte.

Niemand beachtete ihn. Ihm fiel wieder ein, dass er gut darin war – in der Menge unterzugehen, unsichtbar zu werden. Observieren hatte ihm immer Spaß gemacht, Verdächtige verfolgen. Mit seinem Anzug, der Krawatte und dem Schlüsselband sah er aus wie alle anderen. Nur die allerhöchsten Führungskräfte trugen etwas, das einer Uniform auch nur entfernt ähnelte. Dachte man sich diese weg, hätte er sich auch in jedem anderen x-beliebigen Unternehmen befinden können.

Graham war jetzt aus dem Büro gekommen und unterwegs zur anderen Seite des Gebäudes, wo sich die Kollegen vom organisierten Verbrechen hinter verschlossenen Türen verschanzt hatten und man eine spezielle Schlüsselkarte brauchte, um überhaupt hineinzugelangen. Fox wunderte sich nicht wirklich darüber, dass Graham diese um den Hals hängen hatte. Als sie die Tür aufzog und hindurchging, war Fox bereits die halbe Treppe hochgestiegen. Er spazierte ins Büro der Steuerbehörde und sah sich um. Grahams Nachbar saß an seinem eigenen Computer, schaute auf Grahams Schreibtisch. Da er ihn von seinem vorangegangenen Besuch kannte, nickte Fox ihm zu.

»Sie haben sie gerade verpasst«, sagte der Mann.

»Wird es lange dauern?«

»Sie hat Organisatorisches mit ACC McManus zu besprechen.«

Fox sah demonstrativ auf seine Armbanduhr. »Dann warte ich kurz, wenn das okay ist.«

Der Mann zuckte zustimmend mit den Schultern und beschäftigte sich dann wieder mit seinem eigenen Bildschirm. Fox setzte sich an Grahams Computer. Der Bildschirmschoner war angesprungen, und als er die Maus bewegte, sah er, dass für den Zugang ein Passwort nötig war.

»Meinen Sie, sie hat was dagegen, wenn ich kurz meine E-Mails checke?«

»Können Sie das nicht auf Ihrem Handy?«

»Ich hab nicht überall Empfang.«

»Versuchen Sie's mit GCoshG69.«

Fox gab es ein. »Danke«, sagte er.

»Ich hätte gleich fragen sollen – kommen Sie in Edinburgh voran?«

»Langsam«, sagte Fox. Er betrachtete die Liste der Dateien. Den Namen Glushenko entdeckte er nicht, also gab er ihn als Suchbefehl ein.

Keine Ergebnisse.

Nachdem er eine Weile auf den Bildschirm gestiert hatte,

richtete er seine Aufmerksamkeit auf den Schreibtisch selbst. Ein zehn Zentimeter hoher Stapel mit Aktenmappen lag rechts neben dem Computer. Die erste schlug er auf, aber die Angaben sagten ihm nichts. Dasselbe galt für die darunter. Auf der anderen Seite befand sich ein Ablagefach mit verschiedenen DIN-A4-Blättern, einige davon zusammengetackert oder mit Büroklammern versehen, verschiedene Post-it-Zettelchen daran. Aber auch hier kein Glushenko.

Der Schreibtisch verfügte über zwei sehr tiefe Schubladen. Fox zog die ihm nächste ein paar Zentimeter weit auf. Weitere Unterlagen, ordentlich gestapelt.

»Kommen Sie zurecht?«, fragte der Kollege gegenüber, der allmählich misstrauisch wurde.

»Wollte nur mal schauen, ob sie den Bericht bekommen hat, den ich ihr geschickt habe.«

»Wäre einfacher, sie selbst zu fragen, oder?«

»Was wollen Sie mich fragen?« Fox drehte den Kopf und sah Sheila Graham im Eingang.

»Das war aber eine kurze Besprechung«, sagte er.

»McManus wurde anderswo gebraucht.« Sie ging ein paar Schritte weiter auf ihren Schreibtisch zu. Fox stand auf, überließ ihr den Stuhl, aber ihr Blick ruhte bereits auf dem Bildschirm. Auch Fox sah jetzt dorthin und merkte, dass die Maske mit der Suche nach Glushenko noch offen war. Sie starrte ihn an, als er sich wieder zu ihr umwandte.

»Wir beide«, sagte sie gequält, »müssen uns wohl mal unterhalten...«

Also folgte er ihr aus dem Büro und über den Gang zu einer der gläsernen Kabinen. Sie schob das Besetztzeichen an der Tür vor und ging hinein, nahm an dem großen rechteckigen Tisch Platz und zückte ihr Handy.

»Setzen Sie sich«, befahl sie Fox.

»Ich kann alles erklären.«

»Genau das werden Sie, aber ich möchte, dass noch jemand mithört.« Sie wartete darauf, dass ihr Anruf entgegengenommen wurde. Als dies geschah, teilte sie der Person am anderen Ende mit, dass sie das Gespräch auf Lautsprecherfunktion gestellt hatte, dann legte sie das Handy auf den Tisch, und eine Männerstimme fragte: »Was gibt's, Sheila?«

»Detective Inspector Malcolm Fox ist bei mir. Ich habe ihn dir gegenüber erwähnt.«

»Das hast du.«

»Wir sind in einem geschlossenen Raum, niemand kann mithören. Wie sieht es bei dir aus?«

»Genauso.«

»Vielleicht kannst du dich gegenüber DI Fox identifizieren.«

»Mein Name ist Alan McFarlane. Ich leite die überregionale Abteilung für Wirtschaftskriminalität mit Sitz in London.«

»DI Fox hat sich gerade mit einem Namen an mich gewandt – ein Name, den ich ihm nicht genannt habe«, sagte Graham.

»Fängt er mit G an?«

»Das tut er.«

»Aleksander Glushenko«, ergänzte Fox, weil er das Gefühl hatte, endlich auch etwas sagen zu müssen.

»Wie sind Sie darauf gestoßen, DI Fox?«

Fox lehnte sich zum Telefon vor. »Können Sie mich gut hören?«

»Laut und deutlich.«

»Sie klingen, als wären Sie Schotte, Mr McFarlane.«

»Gut erkannt. Aber um auf meine Frage zurück…«

»Ich wurde gebeten, mir die Geschäfte eines in Edinburgh

ansässigen Kriminellen namens Darryl Christie und seine Beziehungen zu einem Investmentbroker namens Anthony Brough näher anzusehen. Brough ist übrigens verschwunden – seine Assistentin hat seit über einer Woche nichts von ihm gehört.«

»Das war mir nicht bewusst«, sagte McFarlane. Fox sah, dass Grahams Wangen Farbe bekamen.

»Brough hat eine Wohnung über einem Wettbüro gemietet – Wohnung und Wettbüro gehören beide Christie. Ich habe also jemanden in der Nähe eingesetzt.«

»Jemanden, dem Sie vertrauen können?«

»Natürlich. Diese Person hat gehört, dass der Name Glushenko erwähnt wurde.«

»In welchem Zusammenhang?«

»Viel mehr als den Namen hat sie nicht gehört.«

»Eins muss ich noch hinzufügen«, sagte Graham, die Augen starr auf Fox gerichtet. »Vor fünf Minuten habe ich DI Fox an meinem Computer bei dem Versuch erwischt, an Informationen über Glushenko zu gelangen.«

Zehn Sekunden lang herrschte Schweigen in der Leitung, Fox hielt aber Grahams Blick stand.

»Wie kam es dazu?«, fragte McFarlane schließlich.

»Allmählich hatte ich den Verdacht«, erklärte Fox, »dass Miss Graham mich nicht über die ganze Geschichte ins Bild gesetzt hatte. Und ich befürchtete, ohne Kenntnis des gesamten Sachverhalts möglicherweise Menschen in Gefahr zu bringen – nicht zuletzt mich und meine Kontaktperson. Jetzt, wo ich weiß, dass Sie für den Fall zuständig sind, würde ich sagen, dass mich meine Ahnung nicht getäuscht hat.«

»Darf ich davon ausgehen, dass Sie Glushenko bereits im Internet gesucht haben?«

»Ja.«

»Und nichts gefunden haben?«

»Korrekt.«

»Das liegt daran, dass er sich erst seit ungefähr einem Jahr Aleksander Glushenko nennt. Er hatte eine Reihe anderer Decknamen, aber sein richtiger Name ist Anton Nazarchuk.«

»Okay.«

»Klingt russisch, tatsächlich stammt er aber aus der Ukraine.«

»Und er hat etwas mit einer Wohnung in Edinburgh zu tun, die unzähligen zwielichtigen Firmen als Geschäftsadresse dient?«

»Ja.«

Graham räusperte sich. »Mit Ihrer Erlaubnis kläre ich DI Fox über die relevanten Einzelheiten auf.«

»Schade, dass wir nicht persönlich miteinander sprechen können – ich bilde mir ein, Leute sehr gut einschätzen zu können.«

»Sollte hier jemand Vertrauensprobleme haben, dann bin ich das«, beschwerte Fox sich.

»Sie haben genau so viele Informationen bekommen, wie wir für nötig hielten.« Wieder ausgedehntes Schweigen in der Leitung, dann ein Seufzen.

»Klären Sie ihn auf«, sagte McFarlane und beendete das Gespräch.

Graham nahm das Telefon vom Tisch und schob es langsam von einer Hand in die andere.

»Ich hoffe bei Gott, dass Sie dem gewachsen sind, Malcolm«, sagte sie.

»Nennen wir ihn Glushenko oder Nazarchuk?«

»Glushenko.«

»Und was hat Mr Glushenko getan?«

»Er hat sich an Anthony Brough gewandt.«

»Und?«

»Hat eine Menge Geld in eine Briefkastenfirma investiert, von dem einiges verschwunden zu sein scheint.«

»Was erklären würde, weshalb Brough sich rargemacht hat.«

»Aber wenn Brough abgetaucht ist ...«

Fox nickte, während das Bild allmählich schärfere Konturen bekam. »Wird Glushenko seine Geschäftspartner auf dem Kieker haben – dazu gehört auch Darryl Christie.« Er wurde nachdenklich. »Laut meinem Informanten sucht Christie aber Glushenko, nicht umgekehrt.«

»Vielleicht will er ihm was sagen.«

»Wo Anthony Brough steckt?«

Jetzt nickte Graham.

»Und woher kam das Geld?«

»Darauf komme ich gleich. Vorher noch zwei andere Dinge. Aleksander Glushenko hat Beziehungen zur Russenmafia, und das bedeutet, er ist gefährlich.« Sie wartete, bis dies registriert worden war.

»Und?«, drängte Fox sie.

»Und die Summe, um die es geht, beläuft sich auf knapp eine Milliarde Pfund.«

»Haben Sie gesagt, *Milliarde*?«

Graham steckte ihr Handy in eine ihrer Jackentaschen. »Wobei mir einfällt – ich hab mein Portemonnaie vergessen, wenn wir eine Kaffeepause machen, müssen Sie mich einladen.«

»Über die kleine Wohnung über dem Klondyke Alley wurde eine Milliarde Pfund verschoben?«

»Nicht in Form von Scheinen und Münzen, aber ja, im Prinzip schon. Und im Verlauf des gesamten Prozederes dachte jemand, es würde niemandem auffallen, wenn hier und da ein paar Millionen fehlten.« Sie erhob sich. »Vielleicht sollten wir uns einen Kaffee holen, bevor wir richtig einsteigen. Die Geschichte wird eine Weile dauern …«

Cafferty saß wieder in demselben Starbucks in der Forrest Road. Er signalisierte Rebus, dass er keinen weiteren Kaffee wollte, und so stellte Rebus sich hinter einem halben Dutzend Studenten allein in die Schlange.

»Was geht am schnellsten?«, fragte er, als er endlich an der Reihe war.

»Filterkaffee«, behauptete die Bedienung.

»Dann einen mittelgroßen.«

Er gab einen Schuss Milch aus dem Kännchen auf dem Tresen dazu und setzte sich zu Cafferty an den Tisch, der für diesen Zweck gerade groß genug war. Darauf lag die Zeitung, die Cafferty gerade gelesen hatte, einmal in der Mitte gefaltet, so dass nur Titel und Leitartikel zu sehen waren.

»Du siehst schlimm aus«, sagte Cafferty ohne Vorwarnung. Rebus nahm einen Schluck Kaffee, bevor er etwas darauf erwiderte. »Ich weiß, ich weiß – wir sehen alle schlimm aus.« Cafferty schmunzelte vor sich hin. Rebus tippte auf die Zeitung.

»Ist die von heute?«

»Ja.«

»Das ist gut – sonst hätte ich meinen Geburtstag verpasst.«

Cafferty schmunzelte erneut. »Hätte ich das gewusst, hätte ich dir was mitgebracht. Wie geht's sonst so?«

»Kann nicht klagen.«

»Hast du wirklich deinen Geburtstag vergessen? Hat deine Tochter keine Karte geschickt?«

»Manchmal komme ich mit dem Briefeöffnen gar nicht hinterher.« Er nahm einen weiteren Schluck Kaffee und stellte den Becher auf den Tisch. »Ich wollte dich sprechen, weil ich jemandem einen Gefallen tun möchte.«

»Ach was?«

»Sie heißt Maxine Dromgoole.«

»Wenn du das sagst.«

»Sie hat versucht, dich wegen einem Buch zu kontaktieren, das sie schreiben will. Du bist das Thema.«

»Ich?«

»Das denke ich auch – niemand, der noch ganz bei Trost ist, wird so was lesen wollen. Aber egal, ich hab gesagt, ich würde es dir erzählen.«

»Und was bekommst du dafür?«

»Kontaktadressen von Leuten, die noch älter sind als wir beide.«

»In Zusammenhang mit dem Fall Turquand?«

»Genau.«

»Dann hast du's also noch nicht aufgegeben?« Er sah Rebus den Kopf schütteln. »Irgendwelche Fortschritte?«

»In Hinblick auf ein paar Kleinigkeiten vielleicht.«

Cafferty starrte ihn nachdenklich an. »Hast du wirklich heute Geburtstag? Vielleicht sollte ich dir was schenken, eingewickelt und so ...«

»Den Russen?«, riet Rebus. Cafferty grinste und schüttelte den Kopf. »Dann eben Craw Shand?«

»Craw?«

»Ich dachte, vielleicht hast du ihn irgendwo versteckt.«

»Warum sollte ich?«

»Weil er dir vermutlich einen Tipp geben kann, wer Darryl Christie überfallen hat. Immer vorausgesetzt natürlich, du warst es nicht selbst. Ich kann mir vorstellen, dass du wissen willst, wer dahintersteckt und warum. Auf die Art hättest du was gegen Christie in der Hand.« Rebus hielt inne, sah Cafferty direkt an. »Ist aber nur eine Vermutung.«

»Liest du auch aus der Hand?«

Rebus zuckte mit den Schultern. »Also wenn's Craw nicht ist und auch nicht der rätselhafte Russe, was bekomme ich dann?«

»An dem Tag im Caledonian Hotel, dem Tag, an dem Maria Turquand ermordet wurde – hat sich nicht jeder Besucher an der Rezeption gemeldet.«

»Wie meinst du das?«

Cafferty beugte sich vor, die Ellbogen auf die Knie gestützt. »Kann wohl nichts schaden, wenn ich dir das sage. Vielleicht findest du's sogar lustig ...«

»Du? Du warst da?«

»Eine Band auf Tour braucht ein paar Stimulanzien – viel zu riskant, sowas im Reisegepäck mit sich herumzutragen, also hatten die Kontaktpersonen in den jeweiligen Städten.«

»Und du warst der Lieferjunge?«

»Zu dem Zeitpunkt war ich schon kein Junge mehr, aber auch noch nicht so richtig in den Olymp aufgestiegen. Vermutlich hätte ich sogar jemanden schicken können, aber ich wollte ihn kennenlernen.«

»Bruce Collier?«

»Weißt du noch, dass ich dir gesagt habe, dass ich bei dem Konzert in der Usher Hall war – Bruce hatte mich höchstpersönlich auf die Gästeliste gesetzt. Aber die Sache ist die: Ich sollte dem Tourmanager den Stoff in seinem Zimmer übergeben. Also hab ich angeklopft, aber da hat keiner aufgemacht.«

»War das Vince Bradys Zimmer?«

»Direkt neben dem von Maria Turquand, wobei ich das zu dem Zeitpunkt natürlich nicht wusste.«

»Hast du sie gesehen?«

Cafferty schüttelte den Kopf. »Die Tür am Ende des Gangs stand offen, und Musik drang heraus, also bin ich hingegangen und hab Bruce Collier mit ein paar Bandkollegen getroffen. Ein paar junge Frauen waren auch da – Freundinnen, Groupies, wer weiß? Ich hab Bruce gesagt, weshalb ich gekommen war, der hatte aber keine Ahnung, wo Brady steckte – vielleicht war er im Konzertsaal oder so. Bruce hatte nicht genug Bargeld einstecken, um die Lieferung zu bezahlen – also hat er mir ein signiertes Album angeboten, wovon ich allerdings nichts wissen wollte. Daraufhin ist er mit mir ins Schlafzimmer gegangen, wo ein Kumpel von ihm auf dem Bett lag und gepennt hat, der hat vielleicht nach Alkohol gestunken. Bruce hat ein bisschen rumgekramt und mir das ganze Geld gegeben, das der Typ einstecken hatte. Hat gerade so gereicht, und die Sache war erledigt.«

»Das muss Dougie Vaughan gewesen sein.«

»Ach so?«

»Stimmt mit seiner Version überein. Und was dann?«

»Ich bin mit meinem Geld und dem Versprechen, umsonst ins Konzert reinzukommen, wieder abgezogen.«

»Sonst nichts?«

»Zum Beispiel?«

»Der Schlüssel für Vince Bradys Zimmer – Vaughan hat gesagt, er hat ihn verloren. Hast du ihn in seiner Tasche gesehen?«

»Nein.«

Rebus dachte einen Augenblick nach. »Und als die Geschichte rauskam?«

Cafferty hob die Hände. »Da war ich sprachlos.«

»Hast du nicht überlegt, dich zu melden?«

»Um euch zu erzählen, dass ich Drogen verkaufe? Komischerweise bin ich nie auf die Idee gekommen.«

»Und du konntest sicher sein, dass Collier und seine Entourage sich ebenfalls hüten würden, dich in die Sache mit reinzuziehen.«

Cafferty nickte langsam.

»Die Fotos, die damals in der Zeitung erschienen sind – von ihrem Mann und ihrem Geliebten –, die musst du doch gesehen haben?«

»Ich hab niemanden erkannt, John. Sind das die alten Herrschaften, von denen du gesprochen hast?«

»Ja. Und mit Bruce Collier hab ich mich auch unterhalten.«

»Und seinem Freund mit den leeren Hosentaschen. Warst ja sehr umtriebig.«

»Wie sagt man noch gleich? Müßiggang ist aller Laster Anfang?«

»Wohl wahr.« Cafferty grinste. »Du glaubst doch nicht wirklich, dass sich niemand für die Geschichte meines Lebens interessiert, oder?«

»Soll ich den Kontakt zwischen dir und Miss Dromgoole herstellen?«

»Ich denk drüber nach. Wäre vielleicht ganz schön, der Nachwelt etwas hinterlassen zu können.«

»Außer Gerichtsprotokollen und Fotos von dir in Handschellen.«

»Kein tolles Vermächtnis, oder?«, schien Cafferty ihm beizupflichten. »Also hat dir meine kleine Beichte jetzt geholfen?«

»Kann sein – wenn Brady wirklich nicht im Hotel war und Dougie Vaughan nicht bei Bewusstsein.«

»Na dann, alles Gute zum Geburtstag.« Cafferty streckte eine Hand aus, und Rebus schlug ein …

Draußen wartete Rebus an der Ampel. Ein Geburtstagsgeschenk? Wohl kaum. Cafferty hatte ihm die Information aus einem einzigen Grund gegeben – damit Rebus sich auf die Vergangenheit konzentrierte und nicht auf die Gegenwart. Irgendwas ging vor sich. Irgendwas brodelte – und nicht nur der Kaffee …

Nachdem Rebus gegangen war, versuchte Cafferty, die Zeitung weiterzulesen, merkte aber, dass er sich nicht konzentrieren konnte. Das war die Wirkung, die dieser Mann auf ihn hatte. Stattdessen nahm er also sein Handy und gab eine Nummer ein.

»Hallo?«, meldete sich eine noch immer argwöhnische Stimme.

»Ich bin's, Craw, wer soll's sonst sein? Ich bin der Einzige, der diese Nummer hat, schon vergessen?«

»Mein altes Handy war mir lieber.«

»Die Polizei wird aber versuchen, es zu orten, Craw. Besser, es bleibt weiterhin auf Pause.«

»Kann ich endlich nach Hause? Kommt mir hier vor wie ein Gefängnis.«

»Du hast doch Meerblick, oder? Und es wird auch nicht mehr lange dauern. Du musst mir vertrauen, das ist alles …«

»Ich vertraue dir, Mr Cafferty. Wirklich.«

»Na dann, nur noch ein paar Tage. Sieh fern, lies ein Buch – bekommst du jeden Tag die Zeitung gebracht? Wirst du gefüttert und begossen?«

»Ein bisschen frische Luft könnte nicht schaden.«

»Mach das Fenster auf. Wenn ich höre, dass du auch nur bis an die nächste Straßenecke gegangen bist, schlage ich dir den Schädel ein – kapiert?«

»Das würde ich niemals tun, Mr Cafferty.«

»Vergiss nicht, Craw, das alles dient deiner eigenen Sicherheit.«

»Und nur noch ein paar Tage, haben Sie gesagt?«

»Nur noch ein paar Tage. Dann ist es gelaufen, so oder so.« Cafferty starrte zum Fenster des Cafés, als würde ihm alles auf der anderen Seite der Scheibe vollkommen einleuchten. Er beendete den Anruf, nahm erneut seine Zeitung und fing an zu lesen. Zwei Minuten später klingelte sein Handy, und er ging dran.

»Darryl?«, meldete er sich.

»Hab mich gefragt, ob du vielleicht Neuigkeiten hast.«

»Du meinst, über Anthony Brough? Das ist der Mann mit dem Geld, richtig? Hab ihn mir mal angesehen. Büro am Rutland Square, Haus in der Ann Street. Wie viel hat er dich gekostet?«

»Das ist nicht der Grund, warum ich ihn finden muss.«

»Nein? Na ja, wenn du's sagst.« Cafferty hielt inne. »*Möglicherweise* weiß ich, dass er ein paar Mal gesehen wurde, aber ich will dir keine allzu große Hoffnung machen.«

»Erzähl's mir trotzdem.«

»Ich würde lieber die Bestätigung abwarten.«

»In Edinburgh?«

»In Edinburgh und irgendwo in den Außenbezirken – und auch schon vor einigen Tagen ...«

»Wie lange brauchst du, bis du's sicher weißt?«

»Ich ruf dich sofort an.«

»Und du willst mich nicht bloß hinhalten?«

»Ich will so tun, als hätte ich das eben gar nicht gehört.« Cafferty lauschte der Stille.

»Tut mir leid«, sagte Christie schließlich.

»Offensichtlich liegt dir was an dem Mann, Darryl. Das ist mir bewusst, und ich tue mein Bestes, um dir behilflich zu sein.«

»Danke.«

»Ich rufe sofort an«, wiederholte Cafferty und beendete den Anruf, obwohl Christie kurz davor war, sich noch einmal bei ihm zu bedanken.

Cafferty schüttelte langsam den Kopf und widmete sich erneut seiner Zeitung.

18

Fox saß an seinem Schreibtisch im Büro des MIT und starrte ins Leere. Er hatte im Internet einiges über die Ukraine gelesen, um eine Vorstellung von dem Chaos zu bekommen, das dort seit einiger Zeit herrschte, und das Bild dessen, was Graham ihm erzählt hatte, zu vervollständigen. Glushenkos Mafiafreunde hatten ihn ausgezeichnet ausgebildet. Zuvor hatten sie bereits zwanzig Milliarden Dollar schmutziges Geld gewaschen – Geld, das aus Russland heraus über Moldawien in alle möglichen europäischen Länder verschoben wurde und sich jetzt irgendwo außerhalb der Reichweite der Behörden befand, auch wenn diese teilweise ganz genau wussten, wo. Firmen mit Sitz in Steuerparadiesen wie den Seychellen wurden Partner dieser Briefkastenfirmen, und wenn das Geld erstmal dort war, wo es sein sollte, wurden diese Unternehmen und Partnerschaften wieder aufgelöst, was die Vorgänge sehr viel komplexer und die Spurensuche sehr viel schwieriger machte. Obwohl es Pläne gab, die Vorschriften zu verschärfen, konnte man im Vereinigten Königreich immer noch für wenig Geld relativ problemlos Firmen anmelden – ein Agent brauchte dafür weniger als eine Stunde und berechnete um die fünfundzwanzig Pfund. Von diesen Agenten wurde erwartet, dass sie nicht mit zwielichtigen Personen verhandelten und die Identität des tatsächlichen Inhabers kannten.

Fox wusste nicht, wie Glushenko auf Anthony Brough gekommen war, außer dass Edinburgh nach wie vor international für seine Seriosität und Diskretion bekannt war und hier Institute beheimatet waren, die Investitionen in Milliardenhöhe verwalteten. Glushenko hatte knapp eine Millarde Dollar mitgebracht, die er einer Bank in der Ukraine durch Kredite an nichtexistierende Firmen gestohlen hatte – die Mitarbeiter hatten die entsprechenden Dokumente unter Zwang oder Androhung nackter Gewalt unterzeichnet. Bis der Diebstahl auffiel, war das Geld längst über verschlungene Pfade, unter anderem die Wohnung in Edinburgh, verschoben worden.

Sheila Graham hatte Fox eine kurze Zusammenfassung der Geschichte des schmutzigen Geldes in Großbritannien geliefert. Die in London ansässige Armee hochbezahlter Anwälte, Banker und Wirtschaftsprüfer kannte sich bestens damit aus – sie eröffneten Schwarzgeldkonten, richteten Fonds ein und gründeten Briefkastenfirmen, um die Identität der wirtschaftlichen Eigentümer zu verschleiern. Es gab jede Menge bereits geltender Gesetze zur Bekämpfung von Geldwäsche, aber wenn der Preis stimmte, schauten die Banken häufig einfach weg. Am Ende wurden aus dem Geld makellose, mehrere Millionen Pfund teure Wohnungen oder noch teurere Gewerbeobjekte. Zehntausende von Londoner Immobilien gehörten Briefkastenfirmen, die auf Jersey, Guernsey oder den britischen Jungferninseln registriert waren – vor allem Letztere waren sehr beliebt, da die Identität der Eigentümer bei den Behörden dort gar nicht angegeben werden musste. Steueroasen verfügten über eine jeweils eigene, typische Ausrichtung – Liberia zum Beispiel hatte sich auf Inhaberaktien spezialisiert, die absolute Anonymität gewährleisteten; eine Firmengründung auf den britischen Jungferninseln ließ sich billig und schnell arrangieren, was auch erklärte, weshalb auf Inseln mit

25 000 Einwohnern zirka 800 000 eingetragene Unternehmen ansässig waren.

»Von den Summen, mit denen wir es hier zu tun haben, würde Ihnen schwindlig werden«, hatte Graham zusammenfassend festgestellt. Und nach seinen eigenen Internetrecherchen konnte Fox ihr nicht widersprechen. Die Sache war nur die, dass Gangster wie Darryl Christie und Joe Stark vergleichsweise Amateure waren. Anthony Brough hatte sich mit den Schlimmsten der Schlimmen eingelassen. Und jetzt hatte ihn die Angst gepackt.

Was so gut wie sicher mit dem Verschwinden von ungefähr zehn Millionen Pfund zusammenhing.

»Dann hat Brough also zehn Millionen abgezweigt und sich damit verdrückt?«, fragte Fox Graham. »Und seinen lieben Freund Darryl Christie hat er in der Schusslinie stehen lassen?«

»Das ist eine mögliche Variante«, hatte sie erwidert.

»Was wissen wir über Glushenko? Hält er sich hier im Land auf?«

»Vermutlich hat er Decknamen und Pässe, von denen wir nichts wissen. Die Einreisebehörden wurden gebeten, die Flughäfen dahingehend im Auge zu behalten«, hatte Graham schulterzuckend erklärt.

Jetzt dachte Fox an seinem Schreibtisch über die verschiedenen Möglichkeiten nach. Christie wollte Informationen über Glushenko, und Fox konnte ihm alles sagen, was er wusste. Oder sollte er abwarten, bis Glushenko mit Christie verhandelt hatte? Möglicherweise waren Judes Schulden danach ohnehin Geschichte. Er hatte überlegt, Graham von Jude zu erzählen oder von Christies Drohung, hatte sich dann aber dagegen entschieden. Noch nicht. Nicht, wenn es nicht absolut notwendig war.

»Na, worüber denken Sie gerade nach?«, sagte Alvin James und kam herein.

»Das wollen Sie gar nicht wissen«, versicherte Fox und pflanzte sich ein Lächeln ins Gesicht. »Ist was passiert, was ich wissen sollte?«

James schüttelte sich den Mantel von den Schultern und hängte ihn auf. »Roddy Cape und Dandy Reynolds werden vernommen«, sagte er, dann fiel ihm Fox' fragender Blick auf. »Das sind die beiden Blödmänner, die an dem Abend mit Cal Christie unterwegs waren.«

»Verstehe.«

»Wir dürfen nicht zulassen, dass die Ermittlungen ins Stocken geraten. Wir müssen das Tempo halten.« Er klatschte in die Hände und rieb sie sich. In Fox' Ohren klang dies, als wolle er sich selbst motivieren.

»Wird uns DI Clarke heute wieder unter die Arme greifen?«, fragte Fox möglichst beiläufig.

»Kann sein. Die ist wirklich tipptopp, Malcolm – da hatten Sie recht.«

»War das Restaurant gestern Abend nett?«

»Ein Inder – fragen Sie mich nicht, in welcher Straße; die Stadt gibt mir immer noch Rätsel auf.« James hielt inne. »Haben Sie genug zu tun?«

»Ich bin versorgt.«

James nickte, in Gedanken längst wieder woanders, setzte sich an seinen Tisch und fuhr seinen Laptop hoch. Fox tat, als habe er an seinem zu tun, prüfte heimlich die Immobilienpreise in seinem Viertel. Nach der Scheidung hatte er seine Exfrau ausbezahlt. Wenn er das Haus verkaufen würde, konnte er das Geld für Judes Schulden aufbringen. Das Problem war dann nur, dass er eine Wohnung mieten oder irgendwo mit einer neuen Hypothek für ein sehr viel kleineres Haus wieder von vorne anfangen müsste, und vielleicht auch in einem weniger angenehmen Teil der Stadt.

Noch nicht, sagte er sich immer wieder. *Nicht, wenn es nicht absolut notwendig ist…*

Also verließ er die Website und startete stattdessen eine Suche nach Anthony Brough. Obwohl er ungefähr wusste, was dieser in letzter Zeit so getrieben hatte, wollte er ein kleines bisschen weiter zurückschauen. Es dauerte nicht lange, bis er auf den tragischen Urlaub auf Grand Cayman stieß, bei dem Broughs bester Freund Julian Greene aufgrund eines Cocktails aus Alkohol und Drogen im Pool ertrunken war. Sein Tod hatte Broughs Schwester Francesca nachhaltig verstört. Wenig später wurde sie in eine Anstalt eingewiesen, nachdem sie sich erst selbst verletzt und dann einen Selbstmordversuch unternommen hatte. Die einheimische Zeitung auf Grand Cayman hatte sich in ihrer Berichterstattung sehr diplomatisch gezeigt, die Londoner *Daily Mail* dagegen hatte mit weniger Bedacht agiert und war sogar so weit gegangen, der Familie Verschleierung zu unterstellen. War Greene alleine im Pool, oder waren zum Zeitpunkt seines Todes auch noch andere dort gewesen? War ihnen nichts aufgefallen, hatten sie nicht rechtzeitig gehandelt? Waren die Belege für seinen Drogenkonsum beseitigt und der Unfallort manipuliert worden, bevor man einen Krankenwagen rief? Der Anwalt der Familie Brough fungierte auch als deren Sprecher und behauptete, »die unschuldigen, jungen Menschen« stünden unter Schock. Er warf der Presse »geschmacklose und schäbige Methoden vor«, die den »Trauerprozess der Betroffenen« störten.

Fox hatte auf gut Glück eine E-Mail an die Zeitung auf Grand Cayman geschickt und sich erkundigt, ob sich einer der

Mitarbeiter dort an den Unfall erinnern konnte. Prompt hatte er eine Antwort mit dem Namen eines pensionierten Journalisten, Wilbur Bennett, mitsamt dessen Telefonnummer bekommen. Fox entschuldigte sich gegenüber James und ging hinaus zum Parkplatz, um zu telefonieren.

»Ich frühstücke gerade«, fuhr ihn eine Männerstimme an.

»Wilbur Bennett? Mein Name ist Malcolm Fox. Ich bin Detective aus Schottland. Tut mir leid, wenn ich Sie so früh am Morgen störe …«

»Sind Sie wirklich Polizist?«

»Soweit ich weiß, schon.«

»Als ich noch in der Fleet Street gearbeitet habe, haben wir öfter mal so getan, als ob. Damit ließen sich immer Türen öffnen.«

»Ich kenne jemanden, der das ganz ähnlich macht«, gestand Fox. »Aber eigentlich interessiere ich mich für Ihre Zeit auf Grand Cayman.«

»Für den Mann, der im Pool ertrunken ist?«

»Sehr scharfsinnig erfasst.«

»Ich hab nicht so furchtbar viele Artikel geschrieben, die was mit Schottland zu tun hatten.«

»Es ist in einem Haus passiert, das Sir Magnus Brough gehörte, stimmt das?«

»Ganz genau, aber es sollte zum Verkauf ausgeschrieben werden.«

»Ach ja?«

»Der Alte hatte gerade den Löffel abgegeben. Kam mir immer komisch vor, dass seine beiden Mündel schon so bald nach der Beerdigung Urlaub gemacht haben. So hab ich die beiden immer betrachtet – als ›Mündel‹ –, wie aus einem Roman von Dickens. Mir fiel keine bessere Erklärung ein, als dass der Urlaub lange geplant war und Sir Magnus es so gewollt hätte.«

»Seltsam, zwei Todesfälle in so kurzer Zeit.«

»Nicht wahr?« Wilbur Bennett hielt inne und nahm einen Schluck von irgendwas – vielleicht Kaffee, vielleicht aber auch etwas Stärkeres. Aufgrund seiner Stimme vermutete Fox, dass er sich möglicherweise schon recht früh am Morgen den ersten Drink des Tages gönnte. »Also, woher das plötzliche Interesse, Officer?«

»Aus keinem bestimmten Grund. Wir beschäftigen uns mit einem Fall, bei dem Anthony Brough möglicherweise eine gewisse Nebenrolle gespielt haben könnte.«

»Und Sie haben die Aufgabe bekommen, sich mit seiner Vergangenheit zu beschäftigen? Also, was ich von ihm mitbekommen habe, hat mir nicht gefallen. Ziemlich großspuriger Typ – er genießt unzählige Privilegien und bildet sich Wunder was darauf ein. Wahrscheinlich hat die *Mail* deshalb damals einen Artikel über ihn gebracht – oder hätte ihn gebracht, wenn die Anwälte nicht Alarm geschlagen hätten.«

»Haben Sie denen ein paar Informationen zugesteckt, Mr Bennett?«

»Der *Mail*, meinen Sie?«

»Vor Ihrem Umzug nach Grand Cayman haben Sie doch in der Fleet Street gearbeitet – ich vermute, Sie hatten noch gute Kontakte dorthin.«

»Da könnten Sie recht haben. Hören Sie, ich sag Ihnen was – soll ich so tun, als hätte ich Ihnen was Pikantes mitzuteilen, aber nur persönlich von Angesicht zu Angesicht? Vielleicht dürfen Sie dann für ein paar Tage rüberfliegen ...«

»Klingt verlockend, aber ich muss auch an den ohnehin überstrapazierten Steuerzahler denken.«

Bennett schnaubte. »An den denken wir hier zum Beispiel überhaupt nicht.«

»Verstehe. Eine Steueroase wie die Jungferninseln, richtig?«

»Genau.«

»Was vermutlich bedeutet, dass hin und wieder schmutziges Geld an Land gespült wird.«

»In der Karibik wimmelt es von Piraten«, tönte Bennett. »Aber um auf den Swimmingpool zurückzukommen …«

»Ja?«

»Die Ermittlungen – wenn man das so nennen will – sind nie bis zum Kern der Sache vorgedrungen. Die Dienstboten hatten laute Stimmen gehört. Als sie später vernommen wurden, haben sie was anderes erzählt. Das arme Schwein, das gestorben ist, hatte jede Menge Alkohol und Kokain im Blut, aber nicht genug, um davon bewusstlos zu werden. Ein Sprung ins kalte Wasser hätte ihn eigentlich sogar wieder munter machen müssen. Und dann waren da die Abdrücke auf seinen Schultern – niemand hat sich die Mühe gemacht, eine Erklärung dafür zu finden. Dem wenigen nach, das ich herausbekommen habe, war er wohl einige Monate lang unsterblich in die Schwester verknallt. Und als er tot war, ist sie daran zerbrochen.«

»Wer hat die Leiche gefunden?«

»Sie und ihr Bruder. Angeblich waren sie im Haus, haben mit den anderen einen Film gesehen. Es dauerte eine Weile, bis sie gemerkt haben, dass Greene nicht da war. Dann haben sie ihn im Pool entdeckt. Als die Sanitäter und die Polizei eintrafen, lagen keine Drogen mehr herum. Bei der Obduktion wurde Kokain in seinem Blut nachgewiesen, und da hieß es dann, sie hätten nicht gewusst, dass er welches genommen hatte – das Übliche. Und Überraschung, Überraschung – nirgendwo im Haus wurde welches gefunden, außer in Greenes Zimmer, ein Tütchen mit weißem Pulver in einer Nachttischschublade, die nie auf Fingerabdrücke untersucht wurde.«

»Sie haben ein ausgezeichnetes Gedächtnis, Mr Bennett.«

»Nur weil die gesamten Ermittlungen eine einzige Farce waren. Wenn man so lange wie ich an einem Ort wie diesem hier lebt, kriegt man mit, wer womit davonkommt und wer nicht, und manchmal kann einem schlecht davon werden.«

»Wollen Sie sagen, Sie glauben, dass Julian Greene ermordet wurde?«

»Ich sage Ihnen, dass es so oder so keinen Unterschied macht – damals hat sich niemand dafür verantworten müssen, und jetzt wird das nicht anders sein. Aber fragen Sie sich doch mal selbst, weshalb Francesca kurz darauf den Verstand verloren hat. Einige dachten, sie hätte einen Oscar verdient, so wie sie sich in die Rolle geworfen hat. Ich möchte wetten, sie lebt – und es geht ihr ausgezeichnet.«

»Sie lebt«, gestand Fox. »Aber mehr weiß ich auch nicht.«

»Sie wollte einen Exorzisten engagieren – haben Sie davon gehört?«

»Nein.«

»Das hat sie erzählt, als man ihr den Magen ausgepumpt hat. Mit Geld kann man vieles kaufen, aber nicht unbedingt das, was man wirklich braucht – vermutlich könnte ich aus der These ein Ratgeberbuch stricken.«

»*Seelenfrieden leicht gemacht – Selbsthilfe für Millionäre*«, schlug Fox vor.

»Sie sagen es, mein Lieber! Ich werde gleich mal die gute, alte Schreibmaschine abstauben, es sei denn, ich kann Ihnen sonst irgendwie weiterhelfen ...«

»Angenommen, Julian Greenes Tod war kein Unfall – auf wen würden Sie tippen?«

»Die Eltern sind bei einem Autounfall gestorben, und von dem Augenblick an hielten sie zusammen wie Pech und

Schwefel. Der habgierige alte Drecksack von einem Großvater war ihr einziges moralisches Vorbild.« Bennett hielt inne,
dachte einen Augenblick lang nach. »Der eine oder der andere
oder vielleicht auch beide zusammen. Wie gesagt, spielt sowieso kaum eine Rolle. Kaum...«

Viele hielten die Ann Street für die schönste Straße der Stadt.
Versteckt zwischen der Queensferry Road und Stockbridge,
wurden die beiden eleganten georgianischen Häuserreihen von
einer schmalen, mit alten Steinen gepflasterten Fahrbahn getrennt. Die Vorgärten waren tadellos, die schwarzen Zaunstäbe
glänzend lackiert, die Laternenpfähle erinnerten an elegantere
frühere Zeiten. Das Haus von Anthony Brough befand sich
am Ende der Straße und war nicht ganz so beeindruckend wie
die anderen zur Mitte der Reihe hin. Rebus schob die Pforte
auf, stand dann vor der Haustür und drückte auf die Klingel.
Als sich niemand meldete, spähte er durch den Briefschlitz. Er
konnte eine Eingangsdiele sehen und eine Steintreppe. Nachdem er sich wieder aufgerichtet hatte, ging er ein paar Schritte
zum Fenster und schaute in ein modernes Wohnzimmer mit
einem Fernseher, einem Sofa und sonst nicht viel mehr. Wieder auf dem Gehweg, dachte Rebus über seine Möglichkeiten
nach, als ihm aus dem Augenwinkel heraus etwas auffiel – im
Haus gegenüber hatte sich hinter einer der Gardinen etwas
geregt. Ah, Edinburgh. *Selbstverständlich* regte sich irgendwo
etwas hinter einer Gardine. Die Nachbarn wussten gerne, was
vor sich ging; für einige wurde dies sogar zur Leidenschaft.

Rebus überquerte also die Straße und hatte den Gartenweg
schon halb hinter sich, als langsam die Tür aufging. Die Frau
war Mitte siebzig, hielt sich leicht gebeugt, war aber tadellos
gekleidet.

»Ist er nicht zu Hause?«, fragte sie mit singender Stimme.

»Sieht nicht so aus.«

»Hab ihn eine Weile nicht mehr gesehen.«

»Deshalb machen wir uns Sorgen«, erklärte Rebus ihr. »Seine Sekretärin sagt, es ist jetzt schon eine ganze Woche …«

Die Nachbarin dachte darüber nach. »Ja, das kommt hin.«

»Hatte er Besuch?«

»Ich hab niemanden gesehen.«

»Kennen Sie Mr Brough gut, würden Sie das so sagen?«

»Wir grüßen uns und halten hin und wieder ein Schwätzchen …«

»Und zum letzten Mal haben Sie ihn vor über einer Woche gesehen?«

»Ich denke«, wiederholte sie, legte die Stirn in Falten und versuchte, die Tage nachzuzählen.

»Kam er Ihnen irgendwie bedrückt vor?«

»Sind wir das nicht alle? Ich meine, man muss doch nur mal die Nachrichten einschalten …« Sie schauderte formvollendet. Rebus hielt ihr eine Visitenkarte hin. Es war eine von Malcolm Fox, die er aus dem Büro hatte mitgehen lassen. Rebus hatte Fox' Telefonnummer und E-Mail-Adresse durchgestrichen und seine eigene mit schwarzem Kugelschreiber darüber geschrieben.

»Detective Inspector«, sagte die Frau mit Blick auf die Karte. »Er ist doch nicht tot, oder?«

»Ich bin sicher, dass er's nicht ist.«

»Francesca und Alison müssen außer sich sein vor Angst.«

»Alison?«

»Francescas Betreuerin.« Die Nachbarin korrigierte sich sofort. »Nein, ihre *Assistentin*. So will sie bezeichnet werden.«

»Dann kennen Sie auch Mr Broughs Schwester?«

Die Nachbarin richtete sich vor Erstaunen darüber, dass er sie überhaupt fragte, gerade auf. »Aber natürlich«, sagte sie und nickte an Rebus vorbei Richtung Haus. »Da drüben wohnt sie doch.«

Rebus drehte den Kopf. »Da?«, fragte er, nur um sicherzugehen.

»In der Gartenwohnung, direkt unter dem Haupthaus. Man geht die Stufen runter und ...«

Aber Rebus war bereits unterwegs. Da war tatsächlich noch eine weitere, kleine Pforte rechts neben der, die zum Haupthaus führte. Gewundene Steinstufen führten auf eine gepflegte Terrasse. Rebus hatte sie schon bei seiner Ankunft gesehen, das Ganze aber für eine fremde Wohnung gehalten. Die Fenster links und rechts der grünen Holztür waren vergittert – was nicht ungewöhnlich war; viele Gartenwohnungen der Stadt waren so gesichert.

»Garten« – als Rebus vor Jahrzehnten zum ersten Mal eine Wohnung in der Stadt gesucht hatte, hatte er sich über den Begriff gewundert. Warum sagte niemand »Keller«? Denn genau das war es und nichts anderes. Nur dass »Garten« anzudeuten schien, man würde sogar noch einen Garten bekommen, wobei es tatsächlich häufig von diesen Wohnungen aus einen direkten Zugang zum Garten hinter dem Haus gab. Er hatte sich einige davon angesehen und sich dann für eine Wohnung im zweiten Stock eines Hauses in Marchmont entschieden. Und warum? Um sich die Gartenarbeit zu sparen ...

Eine große, stattliche Frau Anfang dreißig öffnete, ihre hellen Haare hatte sie hinten zum Dutt hochgesteckt, eine abtrünnige Strähne lockte sich an ihrem linken Ohr.

»Ja?«, fragte sie.

Rebus hielt ihr eine weitere geklaute Visitenkarte hin. »Ich bin Detective Inspector Fox«, erklärte er, als sie die Karte entgegennahm und las.

»Geht es um die Einbrüche?«

»Einbrüche?«

»In letzter Zeit hat's hier eine ganze Reihe gegeben.« Sie musterte ihn eindringlich. »Das müssten Sie doch wissen.«

»Ich bin hier wegen Anthony Brough. Sind Sie Alison?«

»Woher wissen Sie das?«

»Eine Nachbarin hat es mir verraten«, gestand Rebus lächelnd.

»Ach so.« Jetzt versuchte sie es selbst mit einem Lächeln.

»Sie werden wissen, dass Mr Brough seit einer Weile nicht mehr gesehen wurde. Seine Sekretärin macht sich Sorgen um seine Sicherheit.«

Die Frau namens Alison dachte darüber nach. »Verstehe«, sagte sie schließlich.

»Sie war am Haus und wollte nach ihm sehen – ich vermute, sie hat auch mit Ihnen gesprochen?«

»Molly, meinen Sie? Ja, hat sie. Aber es ist nicht ungewöhnlich, dass Anthony für ein paar Tage irgendwohin verschwindet.«

Rebus sah über ihre Schulter hinweg in den langen, unbeleuchteten Flur. Ganz hinten befand sich ein dicker Samtvorhang, der, wie er vermutete, zu der Treppe führte, die die Kellerwohnung mit dem Haupthaus verband.

»Ist Francesca zu Hause? Könnte ich vielleicht mit ihr sprechen, Miss …?«

»Warbody. Ja, sie ist zu Hause.«

»Und Sie sind ihre Assistentin?«

»Richtig.«

»Ich kann mir vorstellen, dass sie sich Sorgen um ihren Bruder macht.«

»Francesca nimmt starke Medikamente. Zeit bedeutet ihr nicht so viel wie den meisten von uns.«

Rebus versuchte es erneut mit einem Lächeln. »Dürfte ich wohl mit ihr sprechen?«

»Sie hat ihn nicht gesehen.«

»Seit wann?«

»Acht oder zehn Tagen.«

»Keine Anrufe oder SMS?«

»Ich denke, das wüsste ich.«

»Und Sie sagen, das ist nicht untypisch für ihn?«

»Genau.«

»Mit wem sprichst du?« Die Stimme – dünn, beinahe ätherisch – kam aus einem der Durchgänge. Rebus konnte gerade so den Umriss eines Kopfes erkennen.

»Mit niemandem«, rief Warbody zurück.

»Ich bin von der Polizei«, erklärte Rebus. »Ich habe mich nach Ihrem Bruder erkundigt.«

Warbody sah ihn böse an, aber Rebus ignorierte sie. Francesca Brough ging auf das Tageslicht zu, beinahe auf Zehenspitzen, wie eine Ballerina. Sie hatte auch die dazu passende Statur, war aber eingepackt in dicke schwarze Strümpfe und einen ausgebeulten beigefarbenen Pullover, dessen Ärmel so lang gezogen waren, dass sie ihre Hände darin verstecken konnte. Einer der Ärmel steckte in ihrem Mund, als sie die Türschwelle erreicht hatte. Ihr Haar war schlecht geschnitten, die Kopfhaut schimmerte durch. Ihre Haut war beinahe gespenstisch blass, und ihre Lippen waren blutleer, sie lutschte an der Pulloverwolle. Der Ärmel war verfilzt, was vermuten ließ, dass er dieses Ritual häufiger über sich ergehen lassen musste.

»Hallo«, sagte sie mit gedämpfter Stimme.

»Hallo«, wiederholte Rebus.

»Der Inspector«, erklärte Warbody, »ist hier, weil Anthony mal wieder ausgeflogen ist.«

»Das macht er manchmal«, sagte Francesca, während Warbody ihr sanft die Hand vom Mund wegzog.

»Hab ich auch gerade schon gesagt.«

»Wann haben Sie ihn zuletzt gesehen?«

Die Frage schien Francesca aufzuregen. Sie sah Warbody ratsuchend an.

»Vor acht oder zehn Tagen«, half Warbody ihr.

»Vor acht oder zehn Tagen«, wiederholte Francesca.

»Ich nehme an, Sie waren oben und haben nachgesehen?« Die beiden Frauen starrten Rebus an. »Sie können doch sicher ins Haus?«, beharrte er.

»Ja, können wir«, sagte Francesca leise.

»Wollen wir dann vielleicht einmal gemeinsam nachsehen?«, fragte Rebus.

»Er ist nicht da«, behauptete Warbody. »Wir hätten ihn gehört.«

Francesca griff nach einem Haken an der Wand. Sie nahm zwei Schlüssel herunter. »Kann losgehen«, sagte sie.

Rebus sah Warbody an. »Ist hinter dem Vorhang keine Tür?«, fragte er und zeigte darauf.

»Die ist von der anderen Seite abgeschlossen.«

»Warum?«

Sie zuckte mit den Schultern. »Anthony möchte ungestört sein.« Dann: »Es würde ihm wirklich nicht gefallen, dass wir einen Fremden mit reinnehmen.«

»Wenn Sie's ihm nicht verraten, werde ich es auch nicht tun.« Rebus zwinkerte Francesca zu. Sie kicherte, hielt sich erneut die Hände vor den Mund.

»Na dann, bringen wir's hinter uns«, sagte Warbody und seufzte kapitulierend.

Sie stiegen die Treppe hoch zur Straße und durch das Gartentor. Beide Schlüssel mussten benutzt werden. Hinter der Eingangstür an der Wand hing die Schalttafel einer Alarmanlage, aber Warbody kannte den Code. Rebus musste sich bücken und Post vom Boden aufheben.

»Legen Sie's zum Rest«, sagte Warbody. Auf einem Beistelltischchen stapelte sich die Post bereits drei Zentimeter hoch. Rebus sah sie durch. »Macht's Spaß?«, fragte sie unterkühlt. Francesca tapste in das Zimmer mit dem Fernseher, kam aber Sekunden später wieder und ging den Flur entlang. Warbody folgte ihr, Rebus ging ihr hinterher. Sie betraten einen Anbau, eine helle Küche mit gläsernen Schiebetüren, die auf eine Terrasse und über eine Treppe in den Garten hinaus führte. Ein Aschenbecher und ein Weinglas standen auf dem kleinen Tischchen draußen. Die Küche selbst war tadellos aufgeräumt.

»Hat Mr Brough eine Putzfrau?«

»Mittwochs vormittags«, bestätigte Warbody.

»Und das Weinglas ...?«

»Bedeutet wohl, dass mal jemand mit ihr über Gründlichkeit sprechen sollte.«

Sie hielten inne und sahen zu, wie Francesca den Wasserhahn der Spüle auf und wieder zu drehte, anschließend den Vorgang noch einmal wiederholte. Warbody ging zu ihr und legte ihr eine Hand ins Kreuz. Das genügte. Francesca ließ die Arme sinken und machte ein zerknirschtes Gesicht.

»Können wir nach oben gehen?«, fragte Rebus.

»Ja, lasst uns nach oben gehen!« Und Francesca sprang schon davon, nahm zwei Stufen auf einmal. Zwei Zimmer und ein großes Arbeitszimmer. Die Zimmer mit Blick auf die Ann Street, das Arbeitszimmer versteckt nach hinten raus. Im Flur oben suchte Rebus nach weiteren Stockwerken, aber er hatte anscheinend alles gesehen.

»Er wollte immer schon mal den Dachboden renovieren«, meinte Warbody, als hätte sie seine Gedanken gelesen. »Aber bis jetzt ist nichts passiert.«

»Als wir klein waren, fanden wir Dachböden immer ganz toll«, platzte Francesca heraus.

»Ich sehe keinen Anrufbeantworter«, sagte Rebus und sah sich um.

»Es gibt nicht mal ein Telefon – Anthony fand, er braucht keins.«

»Haben Sie ihn auf dem Handy angerufen? Ihm Nachrichten geschickt?«

»Ein paar Mal«, gestand Warbody. »Nicht, weil wir uns Sorgen gemacht hätten, nur um zu fragen, ob er mit uns essen oder in die Stadt fahren will.«

»Und Sie finden es nicht ungewöhnlich, dass er nicht geantwortet hat?«

»Vielleicht sprengt er gerade die Bank in Monte Carlo.« Warbody zuckte mit den Schultern.

»Oder er ist im Caledonian abgestiegen«, meinte Francesca. »Er liebt es, dort zu essen und zu trinken.«

»Aus einem bestimmten Grund?«, fragte Rebus.

»Ist praktisch direkt bei seinem Büro«, meinte Warbody.

»Außerdem«, fuhr Francesca fort, »wurde *sie* dort ermordet.«

»Sie meinen Maria Turquand?«

Die junge Frau riss die Augen auf. »Sie wissen Bescheid?«

»Ich interessiere mich für alte ungelöste Fälle. Ihr Bruder auch?«

»Hören Sie, Inspector«, sagte Warbody und trat zwischen Rebus und Francesca, »wir würden helfen, wenn wir könnten, aber im Moment wüsste ich nicht, wie.« Sie sah, dass Francesca die Treppe wieder hinuntertanzte, also folgte sie ihr. Die beiden Frauen warteten an der Haustür, als Rebus in die Diele kam.

»Ich danke Ihnen für Ihre Hilfe«, sagte er zu Warbody. Dann nahm er sein Handy aus der Tasche. »Ich habe Ihnen meine Telefonnummer gegeben – dürfte ich Ihre haben?«

»Wozu?«

»Falls ich Sie anrufen muss – das würde mir ersparen, hier persönlich aufkreuzen zu müssen.«

Das leuchtete ihr ein, also leierte sie ihre Nummer herunter, die Rebus sofort auf seinem Telefon speicherte.

»Nochmal danke«, sagte er.

Erneut regte sich etwas hinter der Gardine, als die beiden Frauen in ihre Wohnung zurückkehrten. Rebus rief Warbody noch einmal, die nach kurzem Zögern zu ihm kam.

»Wenn ich Sie richtig verstanden habe, zahlt Mr Brough Ihr Gehalt?«, fragte er.

Sie schüttelte den Kopf. »Ich arbeite für Francesca. Sir Magnus hat dafür gesorgt, dass sie ein eigenes Auskommen hat.«

»Sie hat die Hälfte des Vermögens geerbt?«

»Nicht ganz, aber sie hat genauso viel bekommen wie ihr Bruder. Und anders als Anthony zockt sie nicht.«

»Er zockt?«

»Darauf läuft es doch hinaus bei den ganzen Investitionen, oder nicht? Kein Gewinn ohne Risiko.«

»Wahrscheinlich haben Sie recht.« Er dankte ihr nickend und schaute ihr nach, als sie die Treppe hinunterging und die Tür hinter sich schloss. Als er seinen parkenden Wagen erreichte, sah er einen anderen direkt hinter sich. Malcolm Fox stieg aus.

»Na so was, dass wir uns hier treffen«, meinte Fox gedehnt.

»Zwei Genies, ein Gedanke, Malcolm.«

»Ist er nicht zu Hause?«

»Er nicht, aber seine Schwester.«

»Ach?«

»Sie wohnt in der Wohnung unter ihm, wird von einer Frau namens Warbody betreut.«

»Welchen Eindruck hat sie gemacht?«

»Die Schwester? Hat nicht alle Tassen im Schrank.«

»Ich habe mich unterhalten mit der…«

Aber Rebus unterbrach ihn mit einer Geste. »Lass uns in meinem Büro weitersprechen.« Er nickte Richtung Saab. »Ich will nur schnell jemanden anrufen.«

Als sie im Wagen saßen und die Türen geschlossen hatten, rief Rebus Molly Sewell an, erklärte ihr, er habe eine kurze Frage an sie. Er hatte das Telefon auf Lautsprecher gestellt, so dass Fox mithören konnte.

»Na schön, fragen Sie«, sagte sie.

»Sie haben gesagt, Sie seien zu Ihrem Arbeitgeber nach Hause gegangen und hätten ihm eine Nachricht durch den Briefschlitz geschoben. Ich war gerade dort und habe keine gefunden.«

»Vielleicht haben Sie nicht richtig nachgesehen.«

»Doch«, sagte Rebus.

»Dann muss sie jemand genommen haben – vielleicht die Putzfrau.«

»Oder Alison Warbody«, meinte Rebus und lauschte der darauffolgenden Stille am anderen Ende. »Warum haben Sie nicht erwähnt, dass Francesca Brough direkt unter ihrem Bruder wohnt?«

»Ich wollte nicht, dass Sie sie belästigen. Haben Sie sie gesehen?«

»Ja.«

»Dann wird Ihnen kaum entgangen sein, wie zerbrechlich sie ist.«

»Ich habe ganze zehn Minuten mit ihr verbracht, ohne sie kaputt zu machen.«

»Was für eine geschmacklose Bemerkung.«

»In ›Geschmack‹ hab ich auf der Polizeischule immer ziemlich schlecht abgeschnitten. Trotzdem haben nicht Sie zu entscheiden, wie viel wir erfahren dürfen …«

»John«, unterbrach Fox ihn.

Rebus verstummte und starrte ihn an.

»Sie hat aufgelegt«, erklärte Fox. Rebus schaute auf das Display seines Handys und fluchte leise.

»Dann bist du jetzt dran«, sagte er und lehnte sich zurück.

Also erzählte Fox ihm von seiner Unterhaltung mit Wilbur Bennett. Rebus brauchte einen Moment, bis er das Gehörte verdaut hatte, dann schüttelte er langsam den Kopf.

»Die ganze Familie ist komisch«, schloss er.

»Du glaubst, sie schützen Anthony«, meinte Fox.

»Du nicht?«

Fox nickte. »Und ich weiß auch, warum.«

Rebus drehte sich halb zu ihm um. »Los, erzähl.« Aber dann fiel ihm etwas anderes ein, und er tippte erneut auf das Display seines Handys, der Lautsprecher war noch immer an.

»Hallo?«

»Miss Warbody«, sagte Rebus, »ich bin's nochmal, DI Fox.« Er hatte den Kopf halb abgewandt, um sich nicht mit dem Blick auseinandersetzen zu müssen, von dem er wusste, dass Fox ihn ihm schenkte. »Ich habe ganz vergessen zu fragen – Miss Sewell hat behauptet, sie habe Mr Brough eine Nachricht in den Briefschlitz geschoben …«

»Die hab ich aufgehoben.«

»Haben Sie?«

»Ja.«

»Dann ist ja gut. Danke, Miss Warbody.«

Die Leitung wurde unterbrochen, und Rebus drehte sich jetzt um, sah Fox direkt in die Augen.

»Du hast meine Visitenkarten geklaut«, sagte Fox.

»Na klar – manchmal müssen Leute eben das gute Gefühl bekommen, sie würden mit einem Polizisten sprechen.«

»Aber du bist keiner, John, und wer sich fälschlich als Polizist ausgibt, begeht eine Straftat.«

»Ich kenne Kollegen, die haben ihr ganzes Berufsleben nur so getan, als wären sie echte Polizisten.«

»Das hat doch damit nichts zu tun.«

»Aber jetzt sag schon … was hältst du davon?« Rebus wedelte mit seinem Handy vor Fox' Gesicht herum.

»Was soll ich davon schon halten?«

»Du findest nicht, dass sie geklungen hat, als hätte ihr vorher jemand gesagt, was sie antworten soll, falls ich frage?«

»Doch, kann sein. Aber um auf den Punkt von vorhin zurückzukommen …«

»Welchen?«

»Ich weiß, was hier los ist. Nicht alles, aber eine ganze Menge.«

Rebus starrte ihn an. »Wirklich?«

»Soll ich's erzählen?«

»Bin ganz Ohr …«

Fünfzehn Minuten später hielt sich Rebus am Lenkrad fest, schüttelte den Kopf und stieß Luft aus.

»Das hat er mit dem Russen gemeint«, murmelte er.

»Wer?«

»Cafferty. Er hat gesagt, ich soll den Russen suchen. Ich dachte, das hätte was mit dem Fall Turquand zu tun, aber die ganze Zeit…«

»Glushenko stammt aus der Ukraine.«

»Aber der Name klingt russisch – hast du selbst gesagt. Caffertys Informationen müssen nicht zu hundert Prozent richtig sein. Die Sache ist eher – wieso wusste er überhaupt davon? Er wird es doch wohl kaum von Christie oder Brough gehört haben, oder?«

»Vielleicht hat er ja doch noch seine Informanten in der Stadt«, meinte Fox.

»Könnte sein.« Rebus nickte langsam. »Oder es gibt etwas, das wir einfach nicht begreifen. Fandest du, Darryl Christie sah aus wie einer, der auf zehn Millionen Pfund sitzt?«

»Mir ist nicht ganz klar, wie man da aussieht.«

»Etwas, das wir nicht begreifen«, wiederholte Rebus. Dann grinste er Fox an. »Aber dank dir, Malcolm, sind wir der Sache näher als je zuvor.«

Fox' Handy teilte ihm mit, dass er eine SMS erhalten hatte.

»Meine Abwesenheit wurde bemerkt«, verkündete er.

»James und seine Truppe?«

»Genau der.«

»Wie laufen die Ermittlungen?«

»Wir tun uns ein bisschen schwer. Glaubst du wirklich, es geht um Maria Turquand?«

»Sie ist der klare Favorit, würde ich sagen.«

»Schade, dass du Detective Superintendent James erst noch davon überzeugen musst.«

»Mir fehlt einfach deine soziale Kompetenz.«

»Soll ich ihn weiter in diese Richtung lotsen?«

»Mit allen Mitteln, die dir zur Verfügung stehen.«

»Das Problem ist nur, ich bin nicht sicher, ob du recht hast –
dieses Mal nicht.«

»Das tut weh, Malcolm. Du weißt, dass du einen sehr kran-
ken Mann vor dir hast, nicht wahr? Außerdem habe ich Geburtstag ...«

»Du hattest doch schon vor drei Monaten Geburtstag.
Siobhan und ich haben dich zum Essen eingeladen, schon vergessen?«

»Ist mir tatsächlich entfallen«, erwiderte Rebus mit gequäl-
tem Gesichtsausdruck. »Okay, dann fort mit dir, geh und ver-
teil Kekse an deine Freunde vom MIT – andere Leute haben
echte Arbeit.«

»Wie zum Beispiel?«

»Ist wahrscheinlich besser, wenn du das nicht weißt.«

»Ist wahrscheinlich besser, wenn du aufhörst, dich für mich
auszugeben.« Fox hielt die Hand auf. »Die Visitenkarten, bitte.«

»Hab sie alle verteilt.«

»Lügner.«

»Ich schwör's bei meiner schattigen Lunge.«

»Herrgott noch mal, John, über so was macht man keine
Scherze. Hast du schon was erfahren?«

Rebus' Gesichtsausdruck wurde ein kleines bisschen wei-
cher. »Nein«, gestand er.

»Und du hast es immer noch niemandem erzählt?«

»Nur dir.«

Fox nickte und wollte die Tür aufmachen.

»Hey«, sagte Rebus, woraufhin er innehielt. »Hast du mir
alles gesagt?«

»Alles?«

»Über Christie und Brough.«

»Nein, nicht alles.«

»Guter Junge«, sagte Rebus mit breitem Grinsen. »Endlich hast du's begriffen.« Malcolm Fox konnte nicht anders, als das Grinsen zu erwidern.

19

Siobhan Clarke hasste sich dafür, dass sie auf den Anruf wartete. Beim Essen am vorangegangenen Abend hatte Alvin James gesagt, er wolle sie in seinem Team haben. Es gehe nur darum, den anderen Bescheid zu geben, unter anderem ihrem Chef. Bereits dreimal hatte sie einen Vorwand gefunden, um zu DCI Page in seinen Verschlag zu müssen, da sie dachte, dass er vielleicht einfach noch nicht dazu gekommen war, ihr die Neuigkeit mitzuteilen.

Aber es gab keine.

Ob sie James daran erinnern sollte? Vielleicht mit einer freundlichen SMS, in der sie so tat, als wollte sie sich lediglich nach dem Fortgang der Ermittlungen erkundigen?

Mädchen, das hast du doch nicht nötig, sagte sie sich, machte sich aber Sorgen, dass sie sich irrte.

Die Suche nach Craw Shand wurde fortgesetzt, aber mit schwindendem Enthusiasmus. Laura Smith hatte online darüber berichtet, sogar mehrfach, aber ohne Ergebnis. Clarke hatte ihr eine Nachricht geschickt und sich bei ihr bedankt. Christine Esson hatte gemeint, wenn ihm jemand etwas getan hätte, wäre doch sicher längst irgendwo seine Leiche aufgetaucht. Clarke war nicht so sicher – es gab jede Menge Möglichkeiten, eine Leiche verschwinden zu lassen; draußen in der freien Natur, weniger als eine Autostunde von der Stadt entfernt. Craw hatte sein Handy nicht benutzt und war auch an keinem Bankautomaten gewesen. In der ganzen Stadt hatte ihn keine einzige Überwachungskamera erwischt. Freunde waren ermittelt und befragt worden – auch das ohne Ergebnis. In der Zwischenzeit hatten Esson und Ogilvie Christie Fotos von Shand gezeigt, der den Kopf geschüttelt hatte, ebenso als man ihm eine Aufnahme von Shands Stimme vorgespielt hatte. Auch Christies Nachbarn hatten mit den Fotos nichts anfangen können – niemand hatte Craw Shand in der Gegend um Christies Haus gesehen.

Clarkes Telefon lag auf ihrem Schreibtisch, quälte sie mit seinem hartnäckigen Schweigen. Esson hatte an ihrem Computer zu tun, während Ronnie Ogilvie einen Anruf entgegennahm und mit der freien Hand über das strich, was er bislang an Schnurrbart vorzuweisen hatte. Clarke nahm sich den Papierkram vor, konnte sich aber nicht konzentrieren. Stattdessen stand sie auf und zog den Mantel über. Christine Esson sah sie fragend an. Clarke ignorierte sie und ging zur Tür.

Der Verkehr Richtung Innenstadt floss zäh, und sie trommelte mit den Fingern im Takt der Radiomusik. Zwei Songs und eine Nachrichtensendung später bog sie in die Cowgate ab und parkte vor dem Lieferanteneingang des Devil's Dram. Aus einem Wagen wurden Vorräte geladen, und sie zwängte sich an den Kisten vorbei und ging hinein. Darryl Christie war ausnahmsweise mal unten, besprach irgendwas mit Hodges. Sie standen hinter der hell erleuchteten Bar. Anscheinend ging es um aromatisierte Gin-Sorten.

»Und hier kommt die Expertin«, verkündete Christie, als sie sich näherte.

»Geben Sie's nie auf?«, fragte Hodges mit zu Schlitzen verengten Augen.

Christie ignorierte ihn. »Holen Sie sich einen Hocker – Sie

dürfen unser Versuchskaninchen sein. Der mit Rhabarber und Ingwer ist anscheinend ganz lecker.«

»Ich nehme nie Freigetränke an.«

»Nur bei den Sonderangeboten in der Happy Hour schlagen Sie zu, hm?«, fragte Christie. »Wir haben Ihr reizendes Porträt abgehängt. Harry meinte, es könnte ein bisschen zu viel sein für unsere Kundschaft.« Er hielt inne und beugte sich über die Bar, die Handflächen daraufgepresst. »Übrigens fand ich das nicht sehr nett, so wie Sie bei mir zu Hause reingeplatzt sind, als ich nicht da war.«

»Sie haben behauptet, Sie hätten Ihre Familie woanders untergebracht – ich würde gerne wissen, wieso Sie es sich anders überlegt haben.«

»Geht es um Craw Shand? Glauben Sie immer noch, dass ich ihn ausgeschaltet habe?« Christie gelang ein fadenscheiniges Lächeln. »Wie oft muss ich Ihnen das noch sagen?«

»Wenn sich wer auch immer Sie angegriffen hat nicht in Gewahrsam befindet, wieso tun Sie dann, als wäre alles schon vorbei?«

»Wie kommen Sie darauf, dass ich keine Sicherheitsvorkehrungen getroffen habe?«

»Was mögen das für Vorkehrungen sein, Mr Christie?«

Er schüttelte spöttisch den Kopf. »Als ob ich Ihnen das verraten würde. Meine Mutter war stinksauer, wissen Sie das? Sie glaubt, ich hätte Cals Verhalten stillschweigend gutgeheißen. Na ja, in seinem Alter hab ich Schlimmeres verbockt, und immerhin hab ich einen Aufpasser mitgeschickt.« Christie konzentrierte sich jetzt auf Hodges, der verlegen aus der Wäsche guckte. »Auch wenn es einen Scheiß gebracht hat. Der Haken am Aufpassen ist nun mal, dass man tatsächlich da sein muss.«

»Ich bin bloß nachgekommen, weil ich telefonieren musste, Darryl. Das weißt du doch. Ich hab die Jungs nicht aus den Augen gelassen, ich schwör's bei Gott.«

Christie drückte Hodges' Schulter, richtete seinen Blick aber wieder auf Clarke. »Ich kann mir vorstellen, dass ihr die Ermittlungen allmählich ein bisschen zurückfahrt. Gibt doch sicher noch andere Baustellen.«

»Erst wenn Craw wieder aufgetaucht ist. Er ist angeklagt wegen Körperverletzung, schon vergessen? An Ihnen. Der Staatsanwalt findet es normalerweise überhaupt nicht witzig, wenn ein Hauptverdächtiger verschwindet.«

»Dann viel Glück bei der Suche. Und jetzt wegen dem Gin...« Die Deckenfluter unterhalb der Bar tauchten Christies Gesicht zur Hälfte in Schatten, betonten die andere Hälfte, so dass er eine Halloweenmaske zu tragen schien. »Sind Sie ganz sicher, dass ich Ihnen nichts Gutes tun kann?«

»Ganz sicher«, sagte Clarke, wandte sich ab und ging.

Die Vernehmung der Freunde von Cal Christie hatte nichts ergeben, und die Stimmung im Büro war düster.

»Vielleicht ist es an der Zeit, sich ein bisschen ernsthafter mit Rebus' Theorie auseinanderzusetzen«, schlug Fox vor.

»Dann nennen Sie mir einen Verdächtigen«, verlangte Alvin James, der sich nicht die Mühe machte, seine Verärgerung zu verbergen. »Sagen Sie mir, welcher der Rentner in der Lage gewesen wäre, einen Bodybuilder zu überwältigen und in den Forth zu stoßen.«

»Wir sprechen hier von Leuten mit dem nötigen Kleingeld«, fuhr Fox ruhig fort. »Bruce Collier, John Turquand, Peter Attwood – jeder von denen wäre vermutlich in der Lage, jemanden dafür zu bezahlen.«

»Aber *wen* würden die bezahlen, Malcolm? Geben Sie mir eine Liste aller Profikiller der Stadt.«

Fox hob beide Hände. »Ich sag's ja nur.«

»Aber was genau sagen Sie?«

»Wir sind der Möglichkeit bislang nicht so gründlich nachgegangen, wie wir könnten. Steht man vor einer Mauer, macht man besser kehrt und versucht es auf einem anderen Weg.«

James sah ihn böse an. Die anderen im Raum schauten weg, taten unbeteiligt – Glancey tupfte sich den Nacken, während Sharpe den Staub betrachtete, den er gerade mit dem Zeigefinger von seinem Schreibtisch gefegt hatte. »Wir machen Folgendes«, sagte James schließlich, »wir fangen noch mal ganz von vorne an. Tatort, Obduktion, Bekannte des Opfers. Wir müssen die Lücken im Zeitablauf schließen und noch einmal sämtliche Protokolle und Aufzeichnungen prüfen. Und nur um euch noch mal dran zu erinnern – der Mann war den Großteil seines Lebens Polizist. Wir sind es ihm schuldig, dass wir alle Hebel in Bewegung setzen – verstanden?«

An den Schreibtischen wurde brummend Einverständnis signalisiert. James sprang auf und stellte sich in die Mitte des Raums, um die einzelnen Aufgaben zu verteilen. Fünf Minuten später saß Fox vor Chathams Telefonrechnungen und Verbindungsnachweisen – Festnetz und Handy – und einer Auflistung aller Anrufe, die, nachdem Rebus mit Chatham gesprochen hatte, von der öffentlichen Telefonzelle aus geführt wurden. Als Rebus gegangen war – nachdem er sich mit Chatham für den darauffolgenden Vormittag zum Frühstück verabredet hatte –, hatte Chatham von seinem Handy aus seinen Chef Kenny Arnott angerufen. Danach gefragt, hatte Arnott erklärt, Chatham habe mit ihm über die Diensteinteilungen in der kommenden Woche sprechen wollen. Nein, er habe weder verärgert noch nervös geklungen. Er habe geklungen wie immer. Und nein, es sei nicht ungewöhnlich, dass einer der Angestellten noch um zehn Uhr anrief. Das waren nun mal die Arbeitszeiten seiner Türsteher und daher auch Arnotts Bürozeiten.

Das Gespräch hatte knapp über drei Minuten gedauert.

Kaum dass es vorbei war, hatte Chatham einen Kollegen gebeten, die Stellung für ihn zu halten, und war zu der Telefonzelle gegangen, dieses Mal, um in drei verschiedenen Bars der Stadt anzurufen: Templeton's, The Wrigley und The Pirate. In keiner davon arbeiteten von Arnott vermittelte Türsteher, aber wie Arnott auf eine entsprechende Frage hin erklärt hatte, war es möglich, dass Chatham selbstständig versucht hatte, an Aufträge zu gelangen. Kaum überraschend: Alle drei gehörten nicht gerade zu den saubersten Einrichtungen, hatten allesamt schon mal Ärger mit den Behörden gehabt und für die einheimische Polizei nicht viel übrig. Weshalb er lieber in die Telefonzelle gegangen war, als sein Handy zu benutzen? Die Frage konnte niemand beantworten. Der Kollege, der ihn so lange vertreten hatte, hatte keine Ahnung. Kenny Arnott hatte keine Ahnung. Anne Briggs hatte Fox gegenüber eine Vermutung geäußert: Der Akku war alle. Ja, vielleicht. Aber neue Aufträge an Land ziehen um zehn Uhr abends, wenn die Kneipen am allervollsten waren und kein einziger Geschäftsführer mehr als eine Minute lang Zeit zum Telefonieren hatte?

Templeton's: fünfundneunzig Sekunden.

The Wrigley: zwei Minuten und fünf Sekunden.

The Pirate: siebenundvierzig Sekunden.

Dann war er wieder auf seinen Posten zurückgekehrt, bis um Mitternacht seine Schicht endete. An jenem Abend hatte er keine weiteren Anrufe getätigt oder SMS geschickt. Erst am darauffolgenden Morgen, nach dem Treffen mit Rebus im Café, hatte er Maxine Dromgoole Nachrichten geschickt. Und danach ... keine mehr.

»Wie sieht's aus, Malcolm?«, fragte Alvin James, der jetzt vor Fox' Schreibtisch stand und aussah, als hätte er einen Espresso zu viel getrunken.

»Nichts Neues«, gestand Fox.

James sprang zurück in die Mitte des Raums. »Gebt mir Informationen, Leute! Angeblich sind wir doch so gut in so was – das ist der einzige Grund, weshalb wir hier sind. Wenn ich dem ACC melden muss, dass wir null Komma nichts zum Quadrat herausgefunden haben, dann wird das unser Ende sein. Jemand hat ihn ins Wasser geworfen! Jemand hat es gesehen! Der Whisky – wurde der hier gekauft? Überprüft alle Läden und Supermärkte. Lasst euch das Material der Kameras auf den Straßen am Forth geben – irgendwie müssen sie ja dorthin gekommen sein.« Er klatschte in die Hände wie der Trainer einer Fußballmannschaft in der Halbzeitpause eines Ausscheidungsspiels. Fox sah zu, wie Glancey und Briggs sich demonstrativ gerade aufrichteten. Wallace Sharpe wirkte nicht ganz so enthusiastisch. Aber als Überwachungsexperte war er vermutlich derjenige, der sich mit den vielen Stunden an Kameraaufzeichnungen würde beschäftigen müssen. Mark Oldfield stand am Wasserkocher, wartete, bis es brodelte. James entdeckte ihn und schüttelte den Kopf.

»Nein, nein, nein, Mark – du kannst Teepause machen, wenn ich es sage, und nicht vorher. Wird langsam Zeit, dass ihr euch erstmal eine verdient. Zurück an den Schreibtisch, mein Lieber. Ich will Namen, ich will Ideen, ich will irgendwas, das uns weiterbringt.«

Fox hatte die Zeitachse von Chathams letztem Tag auf

dem Bildschirm aufgerufen. Er ging ohne ein Wort zu seiner Lebensgefährtin zu sagen aus dem Haus und hatte Dromgoole Bescheid gegeben, dass sie sich an jenem Tag nicht mehr sehen würden. Also, was machte er stattdessen? Er ließ den Wagen an der gewohnten Stelle stehen. Liz Dolan hatte der Polizei gesagt, er habe häufig den Bus genommen, aber nichts sprach dafür, dass er dies an jenem Nachmittag getan hatte. Wenn er von der Straße weg entführt worden war, dann müsste es doch sicher ein oder zwei Zeugen dafür geben. Also war er vielleicht freiwillig mitgekommen und befand sich in einem von abertausenden von Autos, die von den Überwachungskameras in der ganzen Stadt aufgezeichnet worden waren.

Aber verflucht noch mal – »die Nadel im Heuhaufen« war noch untertrieben. Kein Wunder, dass Wallace Sharpe so verzagt wirkte.

Fox nahm sein Telefon, als es vibrierte. Anrufer: Rebus. Er presste es sich ans Ohr.

»Warte einen Augenblick«, sagte er, stand auf und verzog sich in den Gang. Alvin James schenkte ihm einen hoffnungsvollen Blick, den Fox mit einem Kopfschütteln ausradierte.

»Was kann ich für dich tun, John?«, fragte er und lehnte sich an eine der olivfarbenen Wände.

»Einen klitzekleinen Gefallen.«

»Du bekommst nicht noch mehr Visitenkarten.«

»Visitenkarten helfen nicht – der Wichser weiß längst, dass ich kein Polizist bin.«

»Deshalb muss ich mitkommen?«

»Kurz gesagt, ja.«

»Und wer ist das? Was wollen wir von ihm?«

»Das ›wir‹ gefällt mir, Malcolm, und um deine Frage zu beantworten: Er ist eine Legende. Ich glaube wirklich, dass es dir Spaß machen wird, ihn kennenzulernen.«

Fox sah auf die Uhr. »Wann und wo?«

»Jetzt sofort würde mir passen.«

»Was für eine Überraschung.«

»Es sei denn, ich reiße dich aus was Dringendem raus…«

Fox seufzte. »Eigentlich nicht. Okay, gib mir die Adresse.«

»Ich warte draußen.«

»Natürlich, wo sonst?«, sagte Fox und legte auf.

Er ging gar nicht erst wieder rein, um etwas zu erklären oder seinen Mantel zu holen. Rebus parkte in zweiter Reihe gegenüber der Wache. Fox stieg ein, und Rebus trat aufs Gas.

»Also, wo fahren wir hin?«

»Zum Rutland Square.«

»Bruce Collier?«

»Ist nur fair, wenn ich euch bekannt mache«, sagte Rebus. »Immerhin kennst du die meisten Hauptakteure schon.«

»Ich habe Alvin James ein paar Ideen unterbreitet – unter anderem auch die, dass Killer für den Mord an Rab Chatham engagiert worden sein könnten.«

»Was hat er gesagt?«

»Begeistert war er nicht.«

»Dem Mann fehlt es an Weitsicht.«

»Aber deine Sehschärfe ist perfekt, oder wie?«

»Manchmal auch erst im Rückblick«, erwiderte Rebus grinsend.

»James lässt uns alles nochmal aufrollen, wir fangen ganz von vorne an.«

»Wie immer, wenn die Ermittlungen festgefahren sind.«

»So hab ich auch argumentiert. Also, was wird uns Collier erzählen?«

»Wart's ab.« Rebus sah zu, während Fox das Fenster herunterließ, tief einatmete. »Zu viel Zeit am Schreibtisch, Malcolm – das macht einen ganz fertig.«

»Wir haben endlich die Anrufe aus der Telefonzelle. Drei Pubs. Sein Arbeitgeber glaubt, er habe sich nach Aufträgen umgehört – aber zu der Uhrzeit? Ich bin nicht überzeugt, und die Anrufe waren kurz – keiner davon länger als drei Minuten.«

»Was genau sagt dir das?«

»Er ist zur Telefonzelle gegangen, weil er nicht wollte, dass die Anrufe nachvollziehbar sind.« Rebus nickte langsam. »Einleuchtend.«

»Das war, direkt nachdem du mit ihm über den Fall Turquand gesprochen hast.«

»Genau.«

»Zu dir hat er gesagt, er würde nach Dienstschluss direkt nach Hause fahren, oder?«

»Unsere kleine Unterhaltung würde bis zum Vormittag warten müssen, hat er gemeint.«

»Laut seiner Lebensgefährtin gibt es aber eine Lücke von fast zwei Stunden zwischen Dienstschluss und dem Zeitpunkt, als sie die Haustür hat zuschlagen hören.«

»In welchen Pubs hat er angerufen?«

»Dem Templeton's, dem Wrigley und dem Pirate.«

»Na ja, die könnten alle drei einen Türsteher gebrauchen.«

»War mir klar, dass du die kennst.«

»Das Templeton's ist Richtung Gilmerton Road, das Wrigley in Northfield und der Pirate nicht weit von der Cowgate.«

»Kannst du mir sonst noch was darüber sagen?«

»Wenn du deine Weihnachtseinkäufe schnell hinter dich bringen willst, bist du dort wahrscheinlich richtig – gib einfach einem der Stammkunden eine Liste mit allem, was du willst, eine Stunde später hat er's dir beschafft – und eine ganz vernünftige Rechnung gestellt.«

»Weil er irgendwo eingestiegen ist?«

»Die machen aus dem Nikolaus einen Nikoklau's. Gibt nicht mehr viele solcher Kneipen in der Stadt.« Rebus war nachdenklich. »Dann spricht er also mit seinem Chef und telefoniert anschließend.«

»Aber das sind wohl kaum die Etablissements, die Leute wie Turquand, Attwood und Collier ansteuern würden.«

»Wohl wahr. Und ich glaube auch nicht, dass es irgendwo Live-Musik gibt, deshalb können wir Dougie Vaughan vermutlich auch ausschließen.« Rebus hielt inne. »Cafferty war an dem Tag dort.«

»Wo? In dem Hotel?«

Rebus nickte. »Und die Sorte Bar könnte ihm gerade gefallen. Früher hat er mal eine ganze Reihe davon besessen. Darryl Christie auch, bevor er was Besseres geworden ist ...«

Fox' Telefon brummte, und er sah aufs Display. Wenn man vom verfluchten Teufel spricht – eine SMS von Christie: *Die Uhr tickt, vergiss das nicht.* Fox schickte ihm eine Antwort bestehend aus drei Worten – *Ich bin dabei* – und schaltete das Handy aus.

Rebus hatte den Saab in die Princes Street gelenkt, dann das »Einfahrt verboten«-Schild ignoriert und war dort weitergefahren, wo eigentlich nur Busse, Straßenbahnen und Taxis durch durften. »Nervt doch furchtbar, über die George Street zu müssen«, meinte er.

»Wie viele Strafzettel kriegst du monatlich denn so zusammen?«

»Das ist Polizeiarbeit, Malcolm – das wirst du bestätigen können.«

Sie bogen scharf links in die Lothian Road, dann aber sofort wieder rechts ab, vorbei am Waldorf Astoria Caledonian und hielten vor Colliers Haus.

»Das ist sein Porsche da drüben«, erklärte Rebus und zeigte auf eine Reihe Autos, die auf der gegenüberliegenden Straßenseite parkten.

»Schöner Wagen«, sagte Fox. Er sah zu, wie Rebus auf den Rücksitz seines Saab griff und eine rote Plastiktüte hervorholte, dann folgte er Rebus, als dieser klingelte und wartete.

Bruce Collier machte die Tür auf, blinzelte ins Tageslicht. Er hatte sich nicht rasiert und sah aus, als hätte er in dem schwarzen T-Shirt und der grauen Jogginghose geschlafen.

»Nicht schon wieder«, bellte er.

»Zeig ihm deinen Ausweis, DI Fox«, sagte Rebus. Fox zog seinen Dienstausweis aus der Tasche, aber Collier ignorierte ihn.

»So was müsste die Polizei verbieten«, beschwerte er sich stattdessen.

»Die Polizei soll die Polizei verbieten?« Rebus tat, als würde er darüber nachdenken. »Interessanter Gedanke. Was dagegen, wenn wir reinkommen? Die Diele genügt, wir bleiben nicht lange.«

»Dann aber schnell.« Collier führte sie rein und schloss die Tür, fuhr sich mit der Hand durchs Haar. Rebus tat, als würde er in die Luft schnuppern.

»Süßlicher Geruch, hm? Dope, würde ich sagen.«

Collier verschränkte die Arme und wartete.

»Bruce?« Von irgendwo oben drang eine Frauenstimme herunter.

»Zwei Minuten«, rief Collier zurück.

»Ich dachte, Ihre Frau sei in Indien, Mr Collier.«

»Machen Sie schon«, fuhr Collier ihn an.

»Früher gab es eine Art Religionspolizei in Edinburgh, wissen Sie das? Damals, als alles noch strenger gehandhabt wurde. Man nannte sie die Nachtpolizei. Sie sollte die Moral verteidigen, wenn das Licht ausging.«

»Faszinierend.«

Rebus starrte ihn an. »An dem Tag, an dem Maria Turquand ermordet wurde, haben Sie eine Lieferung in Ihre Suite bekommen. Vermutlich nicht unähnlich dem, was ich gerade rieche, dazu noch ein bisschen Koks und wer weiß was sonst.«

»Ach ja?«

»Der Mann, der den Stoff geliefert hat, heißt Morris Gerald Cafferty. Ist eine große Nummer geworden – die mit Abstand größte. Können Sie sich an ihn erinnern?«

»Nein.«

»Namen bedeuten Ihnen nichts? Sie haben ihn auf die Gästeliste des Konzerts an dem Abend geschrieben.«

»Mir ist nicht ganz klar, worauf Sie hinauswollen – oder warum Sie überhaupt so viel reden, wo Sie noch nicht mal ein verfluchter Polizist sind!«

»Mr Rebus«, erklärte Fox gedehnt, »ist derzeit für Police Scotland tätig, Sir. Sie sind gut beraten, sämtliche Fragen, die er Ihnen stellt, gewissenhaft zu beantworten.«

Collier blies die Wangen auf und atmete aus. Er wirkte müde, klammerte sich mit den Fingernägeln an einen Lebensstil, von dem er sich bereits vor über einem Jahrzehnt hätte verabschieden sollen.

»Außerdem«, fuhr Rebus fort, »hatten Sie nicht genug Bargeld einstecken, um Cafferty zu bezahlen, und Ihr Tourmanager war nirgendwo zu finden, also haben Sie Dougie Vaughans Taschen durchsucht, während dieser seinen Rausch ausschlief.«

»Na und?«

»Ich frage mich nur, ob Sie dabei zufällig auch die Schlüssel für Vince Bradys Zimmer gefunden haben. Mr Vaughan sagt, er hat sie irgendwann verloren.«

»Sie fragen mich, ob ich sie genommen habe – das hab ich nicht.«

»Kann Cafferty den Schlüssel geklaut haben?«

»Er war nicht mal in der Nähe des Betts.«

»Dann erinnern Sie sich also doch an ihn?«

»Möglich.«

»Als Sie das Geld überreicht haben, kann der Schlüssel da irgendwie zwischen den Scheinen gesteckt haben?«

»Wollen Sie Cafferty drankriegen? Geht es darum? Der Schlüssel wurde irgendwie verschusselt, das war's, Ende der Geschichte. Und jetzt, wenn es Ihnen nichts ausmacht ...«

Collier hatte bereits die Tür geöffnet und gestikulierte Richtung draußen.

»Das wird Ihnen gefallen«, sagte Rebus und hielt die Tüte hoch. Sie trug die Aufschrift: »I found it at Bruce's«.

»Bruce's – an den Laden kann ich mich erinnern«, sagte Collier. »Hab da ein paar Mal Platten signiert. In der Rose Street, oder?«

Rebus machte die Tüte auf und zog das erste Album von Blacksmith heraus. Collier starrte es einen Augenblick lang an.

»Glauben Sie wirklich, dass ich Ihnen ein Autogramm gebe?«

Rebus schüttelte den Kopf. »Ich will nur, dass Sie wissen, dass ich ein echter Fan war – damals, in grauer Vorzeit.« Er tat, als würde er das Albumcover betrachten. Die Ränder waren abgestoßen, und in einer Ecke befand sich ein Zigarettenbrandloch. »Hat schon bessere Zeiten gesehen, genau wie Sie ...«

Fox folgte Rebus, als die Tür hinter ihnen zugeknallt wurde.

»Kein schlechter Satz«, sagte er bewundernd.

»Schöner wär's, wenn er nicht auch für mich gelten würde.« Rebus unterdrückte ein Husten und schob sich einen Kaugummi in den Mund.

»Also was jetzt? Zurück nach Leith?«

»Wenn du willst?«

»Was ist die Alternative?«

»Du hast mich ins Grübeln gebracht, wegen dieser ganzen Anrufe, die Chatham gemacht hat…«

»Und?«

»Und ich glaube, ich würde mich gerne mal mit Kenny Arnott unterhalten.«

»Wird er mit dir sprechen, obwohl du keinen Dienstausweis hast?«

»Weiß nicht.«

Fox tat, als müsse er einen Augenblick lang nachdenken. »Dann komme ich wohl besser mit.«

»Wenn du drauf bestehst…«

Als sie in den Saab stiegen, warf Rebus die Plastiktüte auf den Rücksitz.

»Ist die gut?«, fragte Fox.

»Nee, scheiße«, erwiderte Rebus und ließ den Motor an.

20

»Wissen wir, ob dieser Arnott was mit Cafferty oder Christie zu tun hat?«, fragte Rebus auf der Fahrt.

»Rab Chatham hat ein paar Abende im Devil's Dram gearbeitet«, sagte Fox. »Wieso arbeitet Christie nicht mit seinen eigenen Sicherheitsleuten? Wäre das nicht sinnvoller?«

Rebus dachte darüber nach. »Darryl gehört einer neuen Generation von Kriminellen an. Er kauft ein, was er braucht, für so lange, wie er es braucht. Ein stehendes Heer von Schlägern ist nicht billig. Dazu kommt, dass man sich nie sicher sein kann, ob nicht einer davon zu viel über einen mitbekommt und sein Wissen an die Konkurrenz verkauft.«

»Oder einen Umsturz plant?«

»Auch das«, bestätigte Rebus. »Cafferty war damals von Handlangern umgeben. Einer von ihnen, namens Weasel, entpuppte sich als echtes Sicherheitsrisiko. Drüben im Westen zeigen sich Leute wie Joe Stark gerne mit breitschultrigen Kerlen – um zu unterstreichen, wie groß und wichtig sie sind. Unserem Darryl liegt das nicht. Ich denke, er sieht sich als Geschäftsmann, sozusagen als Dienstleister.«

»Drogen, Glücksspiel, illegale Kredite …«

»Und vieles mehr.« Rebus brachte den Saab vor einem hässlichen Klotz von Gebäude in der Nähe des Pilrig Park zum Stehen.

»Ist ein Boxclub«, meinte Fox.

345

»Hast du deine Handschuhe dabei?«, fragte Rebus, als er seinen Sicherheitsgurt löste und ausstieg. Die Tür zu Kenny's Gym war unverschlossen, also gingen sie direkt in den von Männerschweiß erfüllten Raum. Zwei Schwergewichtler trainierten im Ring, Arme, Brust und Rücken voller Tätowierungen. An anderer Stelle wurden Sandsäcke bearbeitet, und ein drahtiger junger Mann sprang schweißgebadet vor einem bodentiefen Spiegel Seil. Es gab Gewichte und ganz hinten auch ein paar Rudergeräte. Drei Männer, die das Geschehen im Ring verfolgten, unterhielten sich ausschließlich fluchend.

»Ich bin sicher, eure Mütter wären sehr stolz auf euch«, verkündete Rebus und lenkte damit die Aufmerksamkeit auf sich. Er stand breitbeinig da, die Hände in den Taschen.

»Riecht ihr den Speck? Ist hier irgendwo ein Bullenschwein?«, fragte einer von den dreien mit finsterem Blick.

»Deiner Nase kann man nichts vormachen«, erwiderte Rebus. »Was ich erstaunlich finde, so lädiert wie sie ist. Wie hat denn der andere ausgesehen?«

Der Mann hatte einen Schritt vorwärts gemacht, aber eine Hand auf seiner Schulter ließ ihn innehalten. Stattdessen ging jetzt der neben ihm ein paar Schritte auf Rebus zu. Er hatte lockig-braunes Haar und ein rundes Sommersprossengesicht, der Blick war nicht unfreundlich.

»Der andere«, meinte er, »sah aus, als hätte Tam nicht einen einzigen Treffer gelandet. Danach hat er noch einige Kämpfe gewonnen und viel Geld verdient.«

»Mit Ihnen als seinem Manager?«, vermutete Rebus.

Der Mann zuckte mit den Schultern und streckte ihm eine Hand hin. »Kenny Arnott.«

Rebus schlug ein. »Mein Name ist Rebus. Das ist Detective Inspector Fox. Können wir uns vielleicht unterhalten?«

»Ich wurde bereits wegen Rab vernommen«, sagte Arnott.

»Der Fall ist noch nicht abgeschlossen. Können wir irgendwo ungestört reden?«

»In meinem Büro«, sagte Arnott. Er ging zur Tür voran und wieder hinaus auf die Straße, wo er eine Zigarette anzündete und Rauch in den Himmel blies.

»Ist das Ihr Büro?«, fragte Fox.

Arnott nickte und wartete, der Schalk blitzte in seinen Augen.

»Sind Sie noch mit im Spiel?«

Arnott sah Rebus an. »Kommt drauf an, welches Spiel Sie meinen.«

»Das Management von Boxern.«

»Es gibt einen Cage Wrestler, um den ich mich kümmere. Sie haben ihn gerade gesehen.«

»Dünn, sehr muskulös, der mit dem Springseil?«

»Genau der. Donny Applecross.«

»Ist er gut?«

»Er wird es langsam.« Arnott hielt eine Zigarette hoch. »Wenn ich die geraucht habe, gehe ich wieder rein.«

»Wir haben uns gefragt«, sagte Rebus, »warum Mr Chatham Sie am Abend vor seinem Tod angerufen hat. Er hatte Dienst vor einer Bar in der Lothian Road. Kurz vor zehn hatte ich mit ihm gesprochen, und kaum war ich weg, hat er Sie angerufen.«

»Das habe ich bereits erklärt«, sagte Arnott mit beleidigtem Gesichtsausdruck. »Es ging um die Arbeit – die Schichtaufteilung in der kommenden Woche.«

»Mein Name ist nicht gefallen?«

»Wie heißen Sie nochmal?«

»John Rebus. Ich hatte Mr Chatham nach dem Mord an Maria Turquand gefragt.«

»Das ist mir neu.«

»Aber Sie wissen von dem Fall?« Rebus sah Arnott den Kopf schütteln. »Als Sie Rab Chatham eingestellt haben, wussten Sie da, dass er früher beim CID war?«

»Natürlich.«

»Hat er nie von Fällen erzählt, an denen er gearbeitet hatte?«

»Nein.«

»Fällt mir schwer, das zu glauben.«

»Vielleicht hat er den anderen Türstehern Geschichten erzählt – da müssten Sie die fragen. Ich bin ihm nur beim Einstellungsgespräch so richtig begegnet. Danach haben wir hauptsächlich telefoniert oder SMS geschickt.«

»Wie war er als Türsteher?«, fragte Fox.

»Sehr gewissenhaft.«

»Was heißt das?«

»Er ist immer zur Arbeit erschienen. Hat eingegriffen, wenn es nötig war.« Arnott hielt erneut die Zigarette hoch. »Zwei Züge noch, dann war's das.«

Rebus wehrte die Zigarette mit der Rückhand ab. Sie flog unbeachtet zu Boden. Das Funkeln war aus Arnotts Augen verschwunden, sein ganzes Gesicht verdüsterte sich.

»Wir ermitteln in einem Mordfall«, erklärte Rebus ihm. »Und rechnen nicht in Kippenlängen.«

Arnott dachte darüber nach und nickte langsam. »Er war einer von euch, schon kapiert. Aber vergessen Sie nicht, er war auch einer von uns, und wenn ich etwas wüsste, das Ihnen weiterhelfen könnte ...« Er zuckte mit den Schultern.

»Er hat mit Ihnen gesprochen«, sagte Rebus leise, »direkt danach ist er zu einer Telefonzelle gegangen und hat in drei Pubs angerufen – im Templeton's, im Wrigley und dem Pirate. Worum ging es da, Mr Arnott?«

»Das hab ich schon den anderen Polizisten gesagt – vielleicht hat er sich nach ein paar zusätzlichen Aufträgen umgehört.«

»Gibt's in den Pubs keine Türsteher?«

»Soweit ich weiß, schon – dank der Konkurrenz.«

»Andrew Goodman meinen Sie? Ihrer Theorie nach wollte Rab Chatham für Goodman arbeiten? Wie wahrscheinlich ist das? Hätte er nicht vielmehr mit Goodman sprechen müssen, als in den Pubs direkt anzurufen? Verstehen Sie, warum wir das alles relativ unplausibel finden?«

»Dann hat er sich vielleicht noch mit jemandem nach seiner Schicht verabreden wollen.«

In dem Fall, dachte Rebus, hätte Chatham mit dem Pirate aber eine seltsame Wahl getroffen. Die Kneipe war die härteste von den dreien. Keine Bar, in der Chatham oder seine Freunde freiwillig verkehren würden. Abschaum und zwielichtige Typen bildeten den Großteil der Klientel. Der ungewaschene Anteil der Bevölkerung …

»Verdammt noch mal«, brummte Rebus.

»Was?«, fragte Fox. Aber Rebus marschierte bereits auf den Saab zu.

»Jederzeit gerne, meine lieben Freunde«, rief Kenny Arnott ihnen noch hinterher. »Schön, dass ihr vorbeigekommen seid …«

»Was?«, wiederholte Fox, als er sich auf den Beifahrersitz setzte.

»Weißt du, wer in einer Spelunke wie dem Pirate saufen geht?«

»Wer?«

»Craw Shand.«

»Was heißt das?«

»Das heißt, dass ich ein bisschen nachdenken muss, und deshalb werde ich dich jetzt stumm schalten.«

»Stumm schalten?«

Rebus griff nach der Stereoanlage, drückte auf einen Knopf. Musik dröhnte aus den Lautsprechern, erfüllte den Wagen, als er aufs Gas trat. Hätte Fox was mit Musik am Hut gehabt, hätte er möglicherweise den Gitarrensound erkannt.

Rory Gallagher: *Kickback City.*

Cafferty beobachtete von der Ecke aus, wie sie abfuhren und Kenny Arnott die Tür zur Trainingshalle aufzog. Ganz schön voll da drin, aber das war schon in Ordnung. Arnott würde bis nach Ende der Öffnungszeiten bleiben. Vielleicht sogar alleine …

»Gibt's ein Foto von Glushenko oder Nazarchuck oder wie auch immer er heißt?«, fragte Siobhan Clarke.

Sie saß mit Rebus und Fox an einem Tisch in der Ecke des Hinterzimmers der Oxford Bar. Der Barbereich unten war so voll wie immer nach Büroschluss, aber in den anderen Räumen war es noch ruhig. Rebus saß vor einem halben India Pale Ale. Gerade hatte er Deborah Quant eine Nachricht geschickt und ihr vorgeschlagen, essen zu gehen, aber sie hatte geantwortet, sie müsse zu einem offiziellen Anlass, und gefragt, wie es seiner Lunge gehe.

»Alles bestens«, tippte er und drückte auf »Senden«.

Sein persönlicher Dämon stand wieder draußen, klopfte an die Scheibe und hielt ein Päckchen Zigaretten hoch. Rebus zog die Gardine lange genug zurück, um einen Stinkefinger hinauszusenden.

»Nicht so richtig«, erklärte Fox Clarke jetzt. »Nur ein paar schlechte Passbilder, mit jeweils anderer Frisur, mal mit Brille, mal ohne.«

»Ich kapier's nicht«, sagte sie. »Wenn dieser Arsch es auf Darryl abgesehen hat, wieso macht Darryl sich dann keine Sorgen?«

»Vielleicht glaubt er, dass wir auf ihn aufpassen«, meinte Rebus. »Billiger als privat engagierte Leibwächter.«

»Und das andere ist – sollten wir Anthony Brough nicht zur Fahndung ausschreiben? Er ist mit Mafiageld getürmt – was glaubst du, wie lange er's noch macht?«

»Alan McFarlane in London überprüft gerade, ob er seinen Reisepass benutzt hat«, sagte Fox. »Könnte inzwischen längst in der Karibik am Strand liegen.«

»Irgendwo in einem Land ohne Auslieferungsabkommen«, setzte Rebus hinzu, hob erneut sein Glas. Er hatte zuvor bereits einen Hustenanfall gehabt, sich aber mit seinem Inhalator auf die Toilette zurückgezogen. Sein Hemd war feucht, es klebte ihm am Rücken, ansonsten ging es ihm aber gut, so gut, dass er bereits dachte, ein zweites IPA könne kaum schaden.

»Also flieht er mit seinem ganzen Geld und lässt Darryl im Regen stehen«, sagte Clarke und sah Fox zustimmend nicken. »Und dann ist ein großer, böser Ukrainer unterwegs hierher, der nach Rache giert… Für Cafferty wäre das ein gefundenes Fressen, wenn er davon wüsste.«

»Er weiß es«, korrigierte Rebus sie. »Zumindest teilweise. Allerdings hält er den Ukrainer für einen Russen.«

»*Woher* weiß er das?«

»Das ist eine sehr gute Frage«, gestand Rebus. »Vielleicht sollten wir sie ihm selbst stellen.«

»Glaubst du, dass er die Finger im Spiel hat?«, fragte Fox, die Ellbogen auf den Tisch gelegt.

»Möglich ist das.«

»Und dass er jemanden für den Überfall auf Darryl ange-heuert hat?«

Rebus dachte darüber nach. »Haben wir Fotos von Craw Shand und Rab Chatham?«

»Im Büro«, sagte Fox.

»Dann sollten wir sie holen.« Rebus sah auf die Uhr. »Ich vermute, die Kollegen haben für heute Feierabend gemacht. Trotzdem warten Siobhan und ich lieber draußen.«

»Und wenn ich die Fotos geklaut habe, was dann?«

Rebus sah ihn an. »Fallen wir in die Lasterhöhlen ein, was sonst?«

»Was sonst?«, sagte Fox und sah Rebus und Clarke austrin-ken.

The Pirate hieß so, weil ein Mann namens Johnny Kydd das Pub in den sechziger Jahren übernommen hatte. Zumindest war das eine Version der Geschichte. Unterwegs zur Cowgate unterhielt Rebus seine Mitfahrer.

»Warst du schon mal im Devil's Dram?«, unterbrach Clarke ihn irgendwann.

»Stampfende Musik und Massenknutschereien? Nicht so richtig mein Ding.« Er sah sie an. »Aber ich weiß, dass Deb vor nicht allzu langer Zeit dort war und am Tag danach einen gigantischen Kater hatte.«

»Darryl Christie führt den Laden. Da sieht's aus wie bei *Goodfellas* – er hat seinen eigenen Tisch oben, thront als Herr über allen anderen unter sich.«

»Vielleicht nicht mehr lange«, sagte Fox. »Bei der Steuerbe-hörde glaubt man, dass ihn der Laden mehr kostet, als er ihm einbringt. Dasselbe gilt für sein Hotel.«

»Hättest du auch mal eher sagen können«, beschwerte Clarke sich.

»Hab's erst heute Morgen rausgefunden.«

»Trotzdem.«

»Na ja, ich sag's euch jetzt.«

»Als ich in seinem Hotel war, wurde es gerade renoviert – das muss auch ein paar Pfund gekostet haben.«

»Vielleicht hätten die Handwerker ihr Geld besser vorher verlangen sollen«, meinte Fox.

»Also, was steckt dahinter?«, fragte Rebus. »Mit irgendwas muss er sein Geld verdienen.«

»Mit den Wettbüros und Glücksspiel im Netz«, bestätigte Fox. »Aber mit den Kneipen gibt er sich einen seriösen Anstrich.«

»Kontrolliert er nicht auch den gesamten Drogenhandel der Stadt?«, fragte Clarke.

»Der fällt nicht direkt in den Zuständigkeitsbereich der Steuerfahndung.«

»Ich hab neulich in der Zeitung gelesen«, fuhr Rebus fort, »dass der schottische Grenzschutz ein paar Erfolge zu verzeichnen hatte – große Lieferungen wurden abgefangen, bevor sie ihren Zielort erreichten.«

»Das heißt, die Vorräte werden knapp?«

Rebus nickte. »Keine Ware, kein Geld.«

»Das könnte erklären, weshalb er in letzter Zeit so scharf drauf war, zu Anthony Brough in die Kiste zu springen. Zehn Millionen geteilt durch zwei ...«

»... würden Darryl bestimmt aus der Verlegenheit helfen.«

»Aber er hat sie nicht mehr, oder?«, fragte Clarke.

»Wenn er sie hätte, könnte er sie Glushenko einfach zurückgeben«, erwiderte Fox.

»Also ist Brough mit der Kohle getürmt.«

»Jemand weiß Bescheid«, sagte Rebus leise. »Die persönliche Assistentin, die Schwester oder ihre Pflegerin.«

»Es gibt aber noch eine Alternative«, gab Clarke zu bedenken. »Vielleicht hat Glushenko sich Brough schon geschnappt.«

Alle im Wagen verstummten, als sie diese Möglichkeit in Betracht zogen. Dann räusperte Fox sich.

»Erinnert ihr euch an den Freund, der im Pool von Sir Magnus ertrunken ist?«, fragte er mit Blick auf Clarke. »Ich habe mit einem Journalisten auf Grand Cayman gesprochen, der meinte, er würde nicht ausschließen, dass an der Sache was faul sein könnte.«

»Was hast du uns eigentlich noch alles vorenthalten?«, gab Clarke zurück.

»Das ist nicht direkt relevant in Bezug auf Darryl Christie oder Craw Shand, oder?«

Clarke zog einen Schmollmund. »Und ich dachte, wir seien Freunde.«

»Kinder, denkt dran«, sagte Rebus vom Fahrersitz aus. »Nicht mit Spielsachen werfen.«

»Als Rentner hast du gut reden.«

Clarke und Fox grinsten sich an, während Rebus jetzt das Gesicht verzog.

The Pirate befand sich am Fuß der Blair Street, kurz vor der Kreuzung zur Cowgate. Rebus parkte auf einer doppelten gelben Linie, und sie stiegen aus. Ein paar Stufen führten in die Bar hinunter, wo es nach dem Moder roch, der schon seit Jahrhunderten in den Mauern hing. Der Hauptraum hatte eine Gewölbedecke, wie die Wände aus unverputztem Mauerwerk. Die meisten Bars in der Gegend waren aufgewertet und modernisiert worden, aber nicht der Pirate. Die gerahmten Bilder – Segelschiffe aus aller Welt – waren stockfleckig und hingen schief. Der Boden hörte niemals auf zu kleben, weil ständig Getränke verschüttet wurden. Ein einsamer Barmann bedachte die einzigen beiden Gäste mit griesgrämigem Schweigen, die Neuankömmlinge trugen nur weiter zur Verschlechterung seiner Laune bei.

»Kann ich helfen?«, blaffte er.

»Eine Flasche von Ihrem besten Champagner bitte«, sagte Rebus.

»Wenn's sprudeln soll, haben wir Cider und Lager.«

»Beides ein wunderbarer Ersatz.« Rebus hielt zwei Fotos hoch.

»Würden Sie bitte mal schauen?«

»Wozu?«

»Weil ich Sie freundlich darum bitte – im Moment jedenfalls noch.«

Der Barmann sah ihn böse an, beschloss dann aber, doch einen Blick auf die Bilder zu werfen. »Kenn ich nicht.«

»So eine Überraschung.«

»Wollen Sie was trinken, oder lassen Sie mich jetzt in Ruhe?«

»Wusste nicht, dass Sie hier auch Quizabende veranstalten.« Rebus drehte die Fotos so um, dass die beiden Trinker sie sehen konnten. »Helft ihr mir«, sagte er und sah sie die Köpfe schütteln.

»Craw Shand«, beharrte er. »Manchmal trinkt er hier einen, wenn er nicht im Templeton's oder im Wrigley ist. In Kneipen wie dieser hier fühlt er sich zu Hause.« Er konzentrierte sich wieder auf den Barmann. »Sein tatsächliches Zuhause ist übrigens ein echter Schweinestall.«

»Ich will, dass ihr drei geht.«

»Vielleicht sollten Sie dann die Polizei rufen.«

»Apropos, wo sind eure Ausweise?«

Fox wollte in seine Tasche greifen, aber Rebus hielt seine Hand fest.

»Wir tanzen nicht nach der Pfeife von Wichsern wie dem«, erklärte er. Dann an die beiden Säufer gewandt: »Schaut euch unsere Bewertung der Kneipe auf TripAdvisor an. Danke für die Hilfe, meine Herren …«

Er führte Fox und Clarke wieder zur Tür, öffnete sie und führte sie hinaus. »Der berühmte Charme des John Rebus«, sagte Clarke, »wirkt doch einfach immer wieder.«

»Wart's ab«, sagte Rebus, schob die Hände in seine Taschen und schien zufrieden damit, vor der Tür herumzustehen.

»Worauf warten wir?«

»Darauf, dass mein Instinkt recht bekommt.«

Zehn Sekunden später ging die Tür hinter ihnen auf, und einer der beiden Stammgäste kam heraus. Rebus nickte ihm zu, und der Mann hielt eine Zigarette hoch, fragte, ob er mal Feuer haben dürfe. Rebus zog ein Päckchen Streichhölzer aus der Tasche.

»Kannst du behalten«, sagte er.

»Sehr nett.«

Rebus wandte sich an Fox. »Hast du mal zwanzig Pfund?«

Fox runzelte die Stirn, kramte dann aber in seiner rechten Hosentasche. Rebus nahm ihm den Schein aus der Hand und gab ihn dem Mann, der grinste und seine gelben Zähne zeigte. Jetzt, wo er Feuer bekommen hatte, schien er der Zigarette das Leben aussaugen zu wollen.

»Craw ist schon seit ein paar Tagen nicht mehr hier gewesen«, sagte er, als er Rauch ausblies. »Der Arsch ist mir noch was schuldig.«

»Wieso?«, fragte Rebus.

»Das Telefon hat geklingelt, und Alfie hat gerade die Fässer gewechselt, also bin ich dran. War ein Mann, der Craw gesucht hat.« Er warf einen Blick zurück zur Tür, vergewisserte sich, dass sie fest verschlossen war. »Meinte, es könnte sich lohnen für ihn, wenn er um Mitternacht noch hier wäre.«

»Und du hast die Nachricht weitergeleitet?«

Der Raucher nickte. »Craw meinte, er würde mir einen ausgeben, sobald er flüssig wäre.«

»Ich nehme an, Sie sind nicht so lange geblieben?«

»Nein, spätestens um Mitternacht bin ich Matsch.«

»Hat der Anrufer seinen Namen genannt?«

»Kann mich nicht erinnern.« Nachdem er die Streichhölzer eingesteckt hatte, zog er sein Päckchen Zigaretten heraus, bot Rebus eine an.

»Ich lass es lieber«, sagte Rebus.

»Rauchst du nicht?«

»Ich will aufhören. Dass du mir die Streichhölzer abgenommen hast, hat schon sehr geholfen.« Er klopfte dem Mann auf die Schulter und wollte gehen. Das Angebot, eine zu rauchen, stand noch, aber auch Clarke und Fox schüttelten die Köpfe.

Wieder im Saab, betrachtete Rebus die Fotos und dachte noch einmal über alles nach.

»Na schön«, sagte Fox. »Deine Ahnung war richtig, und Rab Chatham hat sich mit Craw Shand getroffen.«

»Dann hat Chatham Christie überfallen?«, meinte Clarke. »Und Christie hat sich an ihm gerächt, indem er ihn hat umbringen lassen?«

»Kommt irgendwie nicht ganz hin, oder?«, gestand Rebus.

»Jemand muss das arrangiert und Chatham dafür bezahlt haben«, fuhr Fox fort. »Als du ihn an dem Abend angesprochen hast, hast du ihn erschreckt. Er wollte einen anderen ans Messer liefern, und er wusste, wie Craw drauf war.«

»Aber mit Chatham wäre Darryl nicht zufrieden gewesen«, setzte Clarke hinzu. »Er hätte wissen wollen, wer wirklich dahintersteckt. Ist Chatham vielleicht gestorben, bevor er den Mund aufmachen konnte?«

»Es spricht nichts dafür, dass er gefoltert wurde«, sagte Fox. »Nur der Whisky, danach ist er ertrunken.«

»Ich dachte, es hätte was mit dem Fall Turquand zu tun«, sagte Rebus leise. »Bin die ganze Zeit der falschen, verdammten Spur gefolgt – von wegen Riecher.«

»Unterhalten wir uns nochmal mit Arnott?«, fragte Fox. »Er muss irgendwie dran beteiligt sein. Chatham hat, nur wenige Minuten bevor er in die Telefonzelle gegangen ist, mit ihm gesprochen.«

»Vielleicht morgen«, stimmte Rebus ihm zu. »Jetzt brauchen wir erstmal eine kleine Pause. Jedenfalls *ich* – ich bin nicht wie ihr jungen Dinger.«

»Was zu essen wäre genau richtig«, sagte Fox.

»Ich wär dabei«, setzte Clarke hinzu.

»Dann solltest du ihn lieber einladen, Siobhan«, meinte Rebus. »Malcolm musste schon zwanzig Pfund abdrücken.«

»Oh ja, schönen Dank auch«, brummte Fox.

»Ist nur gerecht«, meinte Rebus. »Nennt mir euer Restaurant, dann fahre ich euch hin – billiger als ein Taxi.«

»Kommst du nicht mit?«

»Ich achte auf meine Figur, schon vergessen?« Rebus klopfte sich auf den Bauch.

»Allmählich mache ich mir Sorgen«, sagte Clarke und wandte sich an Fox, um zu sehen, ob er ihr beipflichtete. Aber er starrte nur aus dem Fenster, mied den Blickkontakt.

»John«, sagte sie leise. »Was ist los?«

»Heute Abend nicht, Siobhan«, sagte Rebus und sprach jetzt genauso leise wie sie. »Nicht heute.«

Kenny Arnott schaltete die Lichter aus. Donny Applecross war als Letzter gegangen. Arnott gefiel das. Der Junge hatte Format – eine super Einstellung, Konzentration und Ausdauer. Wenn er sich nicht verletzte, würde er sich ein paar Jahre im Cage-Fight-Geschäft halten können. Er war nicht so gerissen wie manch anderer, und vielleicht würde er auch noch ein bisschen was an Muskelmasse zulegen müssen, aber daran ließ sich ja arbeiten.

Draußen war es jetzt dunkel. Arnott war dies die liebste Zeit des Tages, wenn er von Boxstallbesitzer auf Leiter einer Sicherheitsfirma umschaltete. Heute Abend taten vierzehn Männer für ihn Dienst. Wenn Rab nicht so dämlich gewesen wäre, fünfzehn. Besser gar nicht drüber nachdenken – das hatte Arnotts Mutter immer gesagt, wenn es schlechte Nachrichten gab, ganz egal, ob sie einen selbst betrafen oder den hintersten Winkel der Welt. Besser gar nicht drüber nachdenken. Er hatte nicht übel Lust, ein bisschen rumzufahren, hier und da mal anzuhalten und sich mit seinen Jungs zu unterhalten, nur damit sie nicht vergaßen, wer sich um sie kümmerte. Andererseits wartete seine Freundin zu Hause in der Wohnung auf ihn. Letzere war neu und Anna auch. Er hatte ihr jetzt schon viel zu viele Klamotten und Parfüm gekauft. Was zum Teufel sollte er machen? Sie hatte es nun mal verdient und zeigte sich ja auch immer sehr dankbar. Was ihre Freundinnen betraf, war er sich nicht so sicher. Die waren immer laut und redeten über Sachen, von denen er nichts verstand – Sänger und Schauspieler, Fernsehsendungen und Promis. Aber Anna war ja auch fast halb so alt wie er. Klar, dass er da nicht immer und überall mitreden konnte. Allerdings waren bei ihren Freundinnen auch eine oder zwei dabei... na ja, da würde er nicht nein sagen.

Als nur noch eine der Neonröhren oben brannte, machte er sich bereit, die Alarmanlage einzuschalten. Nicht, dass es hier viel zu klauen gäbe, aber die Versicherung bestand nun mal darauf. Jetzt klopfte es an der Tür. Hatte Donny oder einer der anderen was vergessen? Die würden aber doch nicht klopfen. Oder waren es wieder die Bullen? Gab nur eine Möglichkeit, das herauszufinden.

Die Gestalt füllte den gesamten Türrahmen aus, vor dem Natriumlicht der Straßenlaterne zeichneten sich die Umrisse ab. Der Arm ging nieder, und Arnott torkelte von einem Hammerschlag am Kopf getroffen rückwärts. Er sah verschwommen, und seine Knie gaben nach. Er versuchte gerade, wieder auf die Füße zu kommen, als ihn erneut der Hammer traf. Handschuhhände. Ein dreiviertellanger schwarzer Mantel. Ein kahler Kopf, geöffnete Lippen, Zähne. Arnott hob die Hände, um anzuzeigen, dass er sich ergeben wollte. Die Tür war nach einem Fußtritt zugefallen. Er spürte, dass ihm Blut über die Stirn lief, und zwinkerte es sich aus den Augen.

»Weißt du, wer ich bin?«, fragte der Riese. Seine Stimme klang wie von unter der Erde.

»Ja.«

»Dann sag meinen Namen.«

»Sie sind Big Ger Cafferty.«

»Und was ist das?« Cafferty kramte in seiner Manteltasche und warf Arnott deren Inhalt vor die Füße.

»Nägel«, krächzte dieser.

»Neun-Zoll-Nägel, um genau zu sein.«

»Was wollen Sie?«

»Ich will, dass du mir sagst, wieso einer deiner Leute meinem Freund Zärtlichkeiten ins Ohr geflüstert hat.«

»Wovon reden Sie?«

Cafferty tat enttäuscht, stand drohend über dem zusammengekauerten Mann. Arnott konnte den durchdringenden Blick des Mannes nicht erwidern, versuchte stattdessen, sich mit dem Jackenärmel das Blut abzuwischen.

»Wenn dir die harte Tour lieber ist, mir soll's recht sein. Auspacken wirst du so oder so – die Wahrheit oder deine Eingeweide.«

»Ich weiß nichts, ich schwör's bei Gott.«

»War mir gar nicht bewusst, dass du religiös bist, Kenny.« Cafferty legte seinen Mantel ab. »Ich geb dir einen guten Rat – fang an zu beten ...«

Tag acht

21

Nachdem Brillo ihn bei Tagesanbruch geweckt hatte, weil er rauswollte, hatte Rebus beschlossen, zum Zeitvertreib noch mal bei Kenny Arnott vorbeizufahren. Er war nicht sicher, wann die Trainingshalle öffnete, aber als er eintraf, sah er zwei Krankenwagen davorstehen, und die Tür war weit offen. Leise fluchend hielt er hinter dem letzten Krankenwagen und stieg aus.

In der Halle knieten zwei grün gekleidete Sanitäter jeweils auf einer Seite einer ausgestreckt auf dem Boden liegenden Gestalt, während eine dritte Kollegin neben einem ängstlich wirkenden jungen Mann stand. Rebus überlegte, wie er hieß – Donny Applecross, der Cage-Fighter, Arnotts Schützling. Er trat einen Schritt vor und erkannte, dass der Mann am Boden Kenny Arnott war. Sein Kopf lag auf Styropor, die Arme waren ausgestreckt. Seine Handflächen zeigten nach oben, Blut hatte sich zwischen und unter den Fingern gesammelt.

»Ist es das, wofür ich es halte?«, fragte Rebus.

Die Sanitäterin, die ihm am nächsten war, drehte den Kopf. »Verzeihung, aber wer sind Sie?«

»Ich bin von Police Scotland. Wir waren gestern hier und haben Mr Arnott vernommen.«

Arnott hatte eine Spritze gegen die Schmerzen bekommen. Sein Blick war verhangen, leise Stöhnlaute kamen ihm über die aufgeplatzten Lippen.

»Also«, fuhr Rebus fort, »wartet ihr hier auf medizinische Unterstützung oder auf einen Schreiner?«

Die nicht benutzten Nägel lagen auf dem Boden verstreut. Rebus bückte sich und hob einen auf, zeigte ihn Applecross.

»Was ist hier passiert?«

»Wie schon gesagt, Kenny hat mir einen Schlüssel gegeben. Ich geh oft frühmorgens trainieren. Er war…« Er schaute auf Arnott runter. »Als ich hier ankam, lag er da.«

»War die Tür abgeschlossen?«

Applecross schüttelte den Kopf.

Rebus wandte sich jetzt an die Sanitäterin. »Wird er überleben?«

»Er hat einige Schläge auf den Kopf bekommen. Man sieht die Abdrücke an den Schläfen.«

»Mit einem Hammer?«, vermutete Rebus.

»Möglich«, erwiderte sie. »Und um Ihre andere Frage zu beantworten, wir warten auf medizinische Beratung, wie wir ihn am besten transportieren.«

»Wurde die Polizei schon verständigt?«

Sie starrte ihn an. »Sind Sie nicht deshalb hier?«

Rebus zog sein Handy aus der Tasche und schickte Siobhan Clarke eine SMS. »Läuft«, erklärte er der Sanitäterin. Dann an Applecross gewandt: »Um wie viel Uhr wollte er gestern abschließen?«

»Schätze, um halb neun, neun. Ich bin ungefähr um acht gegangen.«

»Waren Sie der Letzte?«

Der junge Mann nickte, ballte die Fäuste. »Das wäre anders ausgegangen, wenn ich noch da gewesen wäre.«

»Das konnten Sie nicht ahnen.« Rebus hielt inne. »Es sei denn, Sie wollen mir was sagen.«

»Zum Beispiel?«

»Erstmal, wer einem rechtschaffenen Mann wie Kenny so was antun will?«

Arnott brummte irgendwas, einer der knienden Sanitäter beugte sich zu ihm hinunter, so dass er es verstehen konnte.

»Er sagt, es war ein Unfall.«

»Natürlich«, sagte Rebus und sah dabei unverwandt den jungen Cage-Fighter an. »Wenn es anders wäre, könntest du dich ehrenhaft verpflichtet fühlen, etwas zu unternehmen, und dabei selbst verletzt werden – und Kenny will nicht, dass du dich verletzt.« Er drehte sich weg und beugte sich hinunter, so dass sich sein Gesicht direkt über dem von Arnott befand. »Nennen Sie mir einen Namen, Kenny – einen Namen, ein Gesicht, eine Beschreibung.«

Arnott kniff die Augen zusammen und holte tief Luft. »Es war ein Unfall!«, schrie er, weinte dabei fast vor Anstrengung.

Rebus richtete sich auf. »Stahlhart, dein Chef«, sagte er zu dem jungen Mann. »Na schön, auch gut...«

Er setzte sich in seinen Wagen, kaute Kaugummi und hörte Radio, bis Clarke in ihrem Astra eintraf. Vorher waren ein Feuerwehrwagen und ein Transporter mit dem ausgemalten Logo eines Schreiners vorgefahren. Rebus erklärte die Situation und kehrte mit der unausgeschlafenen Clarke in die Halle zurück. Applecross hatte sich jetzt eine kurze Hose und ein Hemd angezogen, war barfuß und hatte die Hände bandagiert. Er tat, als wäre der Sandsack, den er vor sich hatte, für das Leiden seines Managers verantwortlich.

»Das nenne ich Engagement«, meinte Rebus zu Clarke. Sie konzentrierte sich auf den Tatort rings um Kenny Arnott.

»Hat er die ganze Nacht hier gelegen?«, fragte sie.

»Anscheinend.«

»Er muss sich doch die Seele aus dem Leib geschrien haben.«

»Kaum Fußgänger hier in der Gegend – und vielleicht erwarten die Leute auch, solche Geräusche aus einem Boxclub zu hören.«

Das schien ihr einleuchtend. Der Schreiner, der jetzt sein Werkzeug vor sich aufgereiht hatte, diskutierte mit einem der Feuerwehrmänner darüber, wie viel aus den Bodendielen herausgesägt werden musste.

»Wenn der Nagel in einen Balken getrieben wurde«, setzte er hinzu, »müssen wir den möglicherweise auch wegsägen.«

Der Mann wirkte einigermaßen gefasst, wobei Rebus bezweifelte, dass er häufig zu ähnlichen Aufträgen bestellt wurde.

»Dann los«, sagte die Sanitäterin. Der zweite Krankenwagen war woandershin beordert worden, und jetzt waren sie und ihr Kollege allein für den Patienten verantwortlich.

»Wird er das spüren?«, fragte der Kollege den Feuerwehrmann.

»Das sehen wir gleich.«

»Vielleicht erst noch eine Dosis Morphium, dann …«

Clarke wandte sich ab und ging mit verschränkten Armen auf den Boxring zu. Rebus folgte ihr.

»Wer war das?«, fragte sie halblaut. »Darryl Christie?«

»Weiß nicht, ob das Darryls Stil ist. Cafferty dagegen …«

Sie starrte ihn an. »Was will er?«

»Dasselbe wie wir – Informationen.«

»Aber woher weiß er das? Das mit Arnott und Chatham und dem ganzen Rest?«

»Er hat Craw Shand«, behauptete Rebus.

Sie dachte darüber nach, dann nickte sie langsam. »Komm, wir unterhalten uns mal mit ihm.«

»An dem Punkt waren wir schon mal mit Cafferty«, warnte Rebus sie. »Du weißt, wie er ist...«

Sie sah ihn direkt an. »Keine Alleingänge, John. Trotz allem bist du Zivilist.«

»Genau genommen bin ich das nicht. Mir gegenüber wird er den Mund aufmachen.«

Sie sah ihn jetzt noch durchdringender an. »Wieso eigentlich? Das hab ich mich immer schon gefragt.«

»Weil er gerne Aufmerksamkeit von mir bekommt und ziemlich genau weiß, dass ich ihm nichts anhaben kann. Er will mich immer wieder daran erinnern, dass er das Sagen hat, nicht du, ich oder sonst jemand.«

Clarke schwieg eine Weile, dann nickte sie erneut. »Na schön. Aber du erzählst mir hinterher alles ganz genau, einverstanden?«

»Einverstanden«, sagte Rebus und ging zur Tür, als eine Motorsäge mit dem konstanten Geräuschpegel konkurrierte, den Donny Applecross' Fäuste und Füße am Sandsack erzeugten.

Cafferty ging nicht dran. Stattdessen schickte Rebus eine SMS und fuhr im Café in der Forrest Road vorbei, aber da war er nicht. Er versuchte es in Quartermile, klingelte, aber ohne Ergebnis, woraufhin er erneut in das Café fuhr und einen Becher Kaffee bestellte, sich an Caffertys Lieblingstisch setzte und wartete. Jemand hatte eine Zeitung auf einem Stuhl liegen lassen; er blätterte sie durch, hielt sein Handy in der freien Hand. Es dauerte zwanzig Minuten, bis ihn die SMS erreichte.

Ein anderes Mal, lautete sie.

Rebus tippte eine Antwort. *Hat Kenny Arnott dich am Schlafengehen gehindert? Wo hast du Craw versteckt?*

Zwei Minuten später: *Craw macht Urlaub in einer Pension mit Frühstück und jeder Menge Taschengeld.*

Rebus schrieb eine weitere Nachricht und drückte auf »Senden«: *Hat er dir schon verraten, was du wissen wolltest? Hat dich das zu Rab Chathams Chef geführt?*

Er wartete zwei Minuten, dann fünf, dann acht. Da er den Kaffee ausgetrunken hatte, trat er wieder nach draußen, hielt sich das Display vor die Nase. Zehn Minuten, zwölf… Er schloss den Saab auf und stieg ein, entdeckte, dass er einen Strafzettel bekommen hatte, und stieg wieder aus, zog ihn unter dem Wischerblatt hervor und warf ihn auf den Beifahrersitz.

Immer noch nichts.

Wo bist du?

Nichts.

Was hast du vor?

Keine Antwort.

Er ist Ukrainer, kein Russe.

Rebus' Handy teilte ihm mit, dass er eine SMS empfing.

Wieso glaubst du, dass ich das nicht weiß? Wollte es dir bloß nicht zu einfach machen.

Rebus' Finger gerieten wieder in Bewegung: *Treffen?*

Abschicken.

Warten.

Der hat Glück gehabt, dass ich ihn nicht umgebracht habe.

Wer? Arnott? Christie? Craw?

Alle hatten Glück, sogar du – du hattest gar nicht wirklich Geburtstag, oder?

Du hast mir ja auch nicht wirklich was geschenkt.

Hätte die Gier in deinen Augen sehen müssen. Schön, dass in einem so alten Sack noch solche Leidenschaft lodert.

Du mich auch. Lass uns treffen? Persönlich sprechen.

Wieso?

Mir tun die Daumen weh. Außerdem willst du bestimmt scha-denfroh grinsen.

Schadenfreude hab ich hinter mir.

Ich glaub kein Wort. Lass uns treffen.

Ich denke darüber nach.

Muss jetzt sein.

Wieder wartete er, wusste aber, dass es sinnlos war. Caf-ferty war ein vielbeschäftigter Mann, der einiges um die Ohren hatte. Rebus stellte nur einen winzigen Teil des Spiels dar, das er spielte.

Spielte? Nein, er *kontrollierte* es, wie der Croupier mit der Hand am Rouletterad, der weiß, dass zum Schluss immer die Bank gewinnt.

Rebus fuhr quer durch die Stadt zur Great Junction Street und hielt vor dem Klondyke Alley. Das Café, in dem er Speck-brötchen mit Rab Chatham gegessen hatte, war nicht weit. Chatham hatte regelmäßig im Klondyke Alley gewettet. War ihm bewusst gewesen, was sich nur ein Stockwerk weiter oben abspielte? Rebus spähte hinauf zu den schmutzigen Fenstern der Wohnungen. Die Entscheidung war gefallen, er stieg aus und schloss den Wagen ab. An der Klingelanlage gab es fünf verschiedene Knöpfe, er drückte auf jeden einzelnen. Wie er-wartet ertönte ein Summer, der ihm verriet, dass die Haus-tür jetzt entriegelt war. Er schob sie auf und trat in die dunkle Diele, die zu einer gewundenen Steintreppe führte.

Die Wohnung, zu der er wollte, befand sich im ersten Stock. Dort waren zwei Türen. An einer stand ein Name – Haddon. An der anderen nichts. Rebus presste sein Ohr an diese, dann hob er den Briefschlitzdeckel, um hineinzuspä-hen. Sie machte einen leeren Eindruck. Er hämmerte mit den

Fingerknöcheln ans Holz und fragte sich, ob der Nachbar, der den Summer betätigt und ihn hereingelassen hatte, sich allmählich für ihn interessieren würde. Aber er hörte nirgendwo eine Tür aufgehen. Anscheinend war die Wohnung nur durch ein einfaches Yale-Schloss gesichert. Rebus stieß ohne Erfolg mit der Schulter dagegen. Dann versuchte er es noch einmal, trat zurück, hob seinen rechten Fuß und rammte ihn ins Holz. Er spürte einen stechenden Schmerz in der Hüfte, also nahm er jetzt den anderen Fuß und pflanzte die Sohle seines Schuhs fest gegen die Tür. Es krachte. Er versuchte es noch einmal, und dieses Mal ging sie ein paar Zentimeter auf. Sich den Oberschenkel reibend, stieß er die Tür noch ein bisschen weiter auf.

Das Problem war die Post. Sie stapelte sich drei bis fünf Zentimeter hoch auf dem Teppichboden. Rebus zwängte sich durch den Spalt und beugte sich hinunter, um etwas davon aufzuheben. Er hielt sie in der linken Hand und sah sich in der Wohnung um. Im Schlafzimmer gab es kein Bett, keine Möbel im Wohnzimmer, in den Küchenschubladen war nichts. So wie die Toilette aussah, war sie wohl das letzte Mal vor Wochen benutzt worden, und zwar von jemandem, der zu faul gewesen war, die Spülung zu betätigen. Wieder im Flur, hockte er sich hin und sah die Post durch. Die üblichen Werbezettel und ein paar Karten, auf denen mitgeteilt wurde, dass der Stromableser nicht reingekommen war. Die meisten Briefumschläge waren schlicht weiß oder braun. Die meisten ohne Sichtfenster. Geschäftspost, adressiert an Dutzende von Firmen, von denen Rebus nie etwas gehört hatte. Einen Umschlag öffnete er. Das Schreiben bot »verbesserte Dienste zum Vorzugspreis für Ihr neugegründetes Unternehmen« an. Vermutlich würden sich die anderen kaum davon unterscheiden.

Rebus ging ins Wohnzimmer, blieb mitten im Raum stehen. An den Wänden waren helle Stellen zu sehen, wo Bilder gehangen hatten, die ein früherer Besitzer oder Mieter abgehängt hatte. Aus der Ecke des einzigen Fensters schlängelte sich ein Kabel, das noch darauf wartete, an einen Fernseher angeschlossen zu werden. Über der verkratzten Fußleiste befand sich auch ein Telefonanschluss, aber kein Telefon. Die Wohnung war ebenso reine Kulisse wie die Firmen, denen sie als Anschrift diente. Aber was hatte er erwartet – Anthony Brough gemütlich mit hochgelegten Beinen, Moët schlürfend auf dem Sofa vorzufinden?

Schön wär's gewesen.

»Ich habe die Polizei gerufen«, hörte Rebus jetzt eine Stimme vom Treppenabsatz draußen. Bis er die Tür erreichte, war der Nachbar bereits wieder hinter der eigenen Tür verschwunden. Rebus ging darauf zu und klopfte. Er hörte, wie eine Kette vorgelegt wurde. Die Tür ging zwei Zentimeter auf. Über der Kette konnte er zwei bebrillte Augen erkennen. Der Mann wirkte müde und unrasiert, trug ein Netzhemd und eine Jogginghose. Vermutlich war er arbeitslos.

»Das wäre nicht nötig gewesen, Sir«, sagte Rebus und versuchte, professionell zu klingen.

»Trotzdem.«

»Wie lange steht die Wohnung da schon leer, wissen Sie das?«

»Seit ich eingezogen bin.«

»War mal jemand da?«

Der Mann schüttelte den Kopf. »Die Polizei ist unterwegs«, glaubte er klarstellen zu müssen.

»Ich bin von der Polizei, Sir«, erklärte Rebus.

»Was Sie nicht sagen.« Offensichtlich glaubte er kein Wort.

»Haben Sie nie irgendwas aus dieser Wohnung mitbekommen, etwas gesehen oder gehört? Ist nie jemand gekommen oder gegangen?«

»Nichts.« Der Mann wollte die Tür zumachen.

»Dann verabschiede ich mich. Danke für Ihre Hilfe. Sie können den Notruf jederzeit zurückziehen, wenn Sie möchten ...«

Aber die Tür war bereits mit einem Klicken ins Schloss gefallen, und zur Sicherheit wurde jetzt auch noch ein paar Mal von innen abgeschlossen. Rebus wusste nicht, wie viel Zeit er noch hatte. Mindestens zehn Minuten, höchstens fünfundvierzig. Aber wozu sollte er bleiben? Er warf noch einen kurzen Blick auf die Umschläge für den Fall, dass ihm etwas Ungewöhnliches auffiel. Bei einem seiner letzten Fälle hatte immerhin ein Takeaway-Flyer den entscheidenden, lange übersehenen Hinweis geliefert. Aber hier gab es nichts zu entdecken. Er ging wieder zurück ins Erdgeschoss, öffnete die Tür und trat hinaus auf die Straße. Jemand kam aus dem Klondyke Alley, zog eine Zigarettenschachtel aus der Innentasche seiner Jacke.

»Hast du mal Feuer?«, fragte der Mann.

Rebus klopfte seine Jacke ab, dann fiel ihm wieder ein, dass er seine Streichhölzer verschenkt hatte. »Tut mir leid«, sagte er. Aber der Raucher ging bereits auf den nächsten Passanten zu.

Rebus betrat das Klondyke Alley und sah sich um, setzte sich auf einen Hocker vor dem Automaten, der der Tür am nächsten war, und warf ein Pfund ein. Früher hatte er ganz gerne mal gewettet – auf Pferde –, hin und wieder auch mal einen Abend im Casino verbracht. Einarmige Banditen hatten ihn weniger interessiert. Aber er gewann auf Anhieb, sammelte sein Geld ein und beschloss, es noch einmal zu versuchen. Draußen hielt ein Streifenwagen. Keine Sirene, kein Blaulicht. Anscheinend nahm man den Notruf nicht allzu ernst. Rebus blieb, wo er war, obwohl er seine drei Pfund Gewinn schon wieder verloren hatte. Neben ihm saß eine Frau. Er sah ihren Rücken und eine Hälfte ihres Gesichts. Er stand auf und stellte sich neben sie.

»Hallo«, sagte er.

»Verpiss dich.«

»Sind Sie Jude?«

Sie drehte sich zu ihm um. »Kenne ich Sie?«

»Wir sind uns bei der Beerdigung Ihres Vaters begegnet. Ich bin ein Freund von Malcolm.«

Jude Fox verdrehte die Augen. »Hat er Sie geschickt?« Rebus antwortete nicht. »Ich muss mich doch immer wieder über ihn wundern. Sollen Sie mich ermahnen? Mich nach Hause schicken, damit ich im Wohnzimmer sitzen bleibe und nachmittags Talkshows gucke? Er weiß, dass ich auch von zu Hause aus zocken kann, oder? Ich meine – das weiß er doch?«

»Er will nur das Beste für Sie, Jude«, sagte Rebus langsam, versuchte aus ihren Worten schlau zu werden.

»Alle wollen nur mein Bestes – Malcolm, Darryl Christie, *alle*.« Sie warf noch mehr Münzen in den Automaten.

»Wie viel schulden Sie ihm?«, fragte Rebus, als ihm dämmerte, was los war.

Sie runzelte die Stirn. »Hat Malky Ihnen das nicht erzählt?«

»Er hat nur gesagt, dass es viel ist«, bluffte Rebus.

»Alles ist viel, wenn man nichts hat, oder?« Sie setzte die Walzen in Bewegung, holte tief Luft und atmete wieder aus, versuchte, sich zu beruhigen. Sie konzentrierte sich auf den Automaten, redete dabei aber weiter. »Erzählen Sie mir nicht, dass mein Bruder nicht irgendwo Geld auf der hohen Kante hat. Aber wird er seine Schwester auslösen? Einen Scheiß wird er. Was hat er denn davon? Das ist seine Kosten-Nutzen-Rechnung – es muss immer was für Malcolm Fox dabei rausspringen.« Sie hielt inne, drehte sich erneut zu Rebus um und musterte ihn. »Doch, ich erinnere mich an Sie. Sie waren in der Kirche dabei, aber nicht beim Essen. Malcolm und Wie-hieß-sie-noch-gleich haben sich über Sie unterhalten.«

»Siobhan Clarke?«

»Genau die. Malcolm hat erzählt, er hätte versucht, Sie aus dem Polizeidienst entfernen zu lassen. Und jetzt plötzlich seid ihr zwei die besten Freunde? Ich schwöre bei Gott, ich versteh die Welt nicht mehr, absolut nicht…«

»Weiß Darryl Christie, dass Sie mit Malcolm verwandt sind?«

Ihr Mund wurde zu einem dünnen, geraden Strich.

»Das werte ich als ein Ja. Weiß Malcolm, dass er's weiß?«

Ihre Hand schwebte jetzt unbeweglich über den vielen blinkenden Knöpfen. Sie starrte den Automaten an, ohne ihn zu sehen. »Gehen Sie. Sagen Sie ihm, ich bin hier und tue meine Pflicht – er war's schließlich, der gefragt hat. Er ist der Grund, weshalb…«

Tränen traten ihr in die Augen.

»Sehen Sie zu, dass Sie Ihr Leben wieder in den Griff bekommen, Jude.«

»Selber«, schniefte sie, musterte ihn erneut von oben bis unten, aber Rebus war bereits auf dem Weg zur Tür.

Er fuhr eine Viertelmeile weit, erst dann rief er an. Der Verkehr kroch auf die Kreuzung zu. Fox ging praktisch sofort dran.

»Siobhan hat es mir erzählt«, platzte er los. »Sie ist im Krankenhaus und wartet…«

»Ich weiß das mit Jude«, fiel Rebus ihm ins Wort. »Wie viel schuldet sie Christie?«

Schweigen in der Leitung. »Siebenundzwanzigtausend, und es wird immer mehr.«

»Und was will er von dir?«

»Wie meinst du das?«

»Mir kannst du nichts vormachen, Malcolm. Wenn er was gegen dich in der Hand hat, wird er das ausnutzen.«

»Er will wissen, was man bei der Steuerbehörde über Glushenko weiß. Keine Sorge – ich bin damit direkt nach Gartcosh. Wir wollen sehen, ob wir ihn irgendwie überlisten können.«

Rebus dachte einen Augenblick nach. »Du hast denen doch nicht erzählt, dass deine Schwester bei Christie in der Kreide steht – die hätten dich längst von dem Fall abgezogen.«

»Stimmt«, räumte Fox schließlich ein.

»Wenn du also sagst, *wir* wollen versuchen, ihn zu überlisten…«

»Okay, ich meine, ich. Ich ganz alleine – es sei denn, du willst mich verpetzen.«

»Wenn Christie dich einmal am Haken hat, lässt er dich nicht mehr los.«

»Ich kann das Geld besorgen. Ich muss nur den Bungalow verkaufen. So lange lass ich ihn zappeln.«

»Bist du sicher, dass nicht du am Ende derjenige bist, der zappelt?« Fox antwortete nicht. »Wie lange hat er dir gegeben?«

»Ein paar Tage.«

»Angefangen von…?«

»Vor ein paar Tagen.«

»Du besorgst ihm die Infos über den Ukrainer oder zahlst die siebenundzwanzigtausend? Viel Glück.«

»Was ist dein Tageslimit?«

»Am Geldautomaten? Zweihundert.«

»Schade.«

Rebus musste unwillkürlich grinsen. »Du lieber Gott, Malcolm – dass so ein vorsichtiger Typ wie du sich aber auch immer in so unmögliche Situationen manövrieren muss.«

»Ich bilde mir ein, dass ich in dieser Hinsicht vom Besten gelernt habe. Wie bist du überhaupt dahintergekommen?«

»Ich war in der Wohnung über dem Klondyke Alley. Also bin ich auch mal kurz unten ins Wettbüro rein, mich umschauen. Jude hat gedacht, du hättest mich geschickt.«

»Sie saß im Klondyke Alley?«

»Ja.«

»Wieso?«

»Wie meinst du das?«

»Christie weiß Bescheid über sie – er wird wohl kaum Geld über seine Automaten waschen, wenn sie da sitzt.«

»Vielleicht ist das ihre Art der Wiedergutmachung«, spekulierte Rebus.

»Kann sein.« Er hörte Fox einen langen Seufzer ausstoßen. »Und war irgendwas in der Wohnung?«

»Brough und Glushenko haben zusammen Tee getrunken und Karten gespielt.«

Fox schnaubte. »Siobhan sagt, du hast mit Cafferty gesprochen?«

»Noch nicht.«

»Lassen deine Überredungskünste nach?«

»Vielleicht musste er sich nach der anstrengenden Nacht erstmal ausruhen.«

»Du glaubst nicht, dass Arnott den Mund aufmacht?«

»Auf keinen Fall.«

»Was, meinst du, hat er Cafferty erzählt?«

»Der Tatsache nach zu urteilen, dass er noch am Leben ist, würde ich sagen, *alles*.«

»Und zwar was genau?«

»Chatham hat den Auftrag von Arnott erhalten. Und ist nervös geworden, als er gemerkt hat, wen er da verprügelt. Um sich abzusichern, hat er Craw ins Bild gesetzt…«

»Arnott muss wissen, wer der ursprüngliche Auftraggeber war. Und jetzt weiß es Cafferty auch. Was bedeutet, dass Cafferty nicht in Frage kommt, aber alle anderen.« Fox hielt inne. »Joe Stark?«

»Der Gedanke ist mir auch schon gekommen. Aber Joe hat seine eigenen Leute, wieso sollte er sie nicht schicken?«

»Weil Darryl dann von Anfang an wissen würde, von wem sie kommen«, spekulierte Fox.

»Kann sein…«

»Ich hab dich aber nicht überzeugt, oder?«

»Deine Überredungskünste sind heute genauso schlecht wie meine. Hör mal, wenn Christie dich anruft oder treffen will…«

»Wird er das Gespräch vielleicht zur künftigen Verwendung heimlich mitschneiden. Ich bin kein totaler Vollidiot, John.«

»Schön zu hören. Dann sprechen wir uns nachher nochmal, ja?«

»Grüß Siobhan von mir.«

»Woher weißt du das?«

»Wenn du eins bist, John, dann berechenbar.«

»›Methodisch‹ wäre mir lieber.«

»Wirst du ihr von Jude und Christie erzählen?«

»Nicht, wenn du das nicht willst.«

»Dann bin ich dir was schuldig.«

Die Leitung war tot. Rebus legte das Handy auf den Beifahrersitz und drehte die Musik auf. Drei Wagen weiter vor ihm schaltete die Ampel erneut auf Rot.

22

Siobhan Clarke stand im Gang des Royal Infirmary, hielt sich das Handy vors Gesicht, als sie Rebus auf sich zukommen sah.

»Du hinkst«, sagte sie.

»Ich muss dich korrigieren, ich gehe wie John Wayne.«

»Hat John Wayne gehinkt?«

»Präziserweise würde man von einem ›Cowboygang‹ sprechen.«

»Du hast dich also nicht zufällig verletzt, als du eine Tür eintreten wolltest?« Sie fuchtelte mit ihrem Handy vor seiner Nase herum. »Ein Streifenwagen wurde in die Great Junction Street gerufen. Jemand ist in eine gewisse uns bekannte Wohnung eingebrochen. Der Nachbar hat den Eindringling als stämmigen Mann Mitte sechzig mit einheimischem Akzent beschrieben.« Sie hielt inne. »Also, was hast du gefunden?«

»Gar nichts«, gestand Rebus. »Was ist mit Kenny Arnott?«

»Er liegt auf der Station hinter mir. Sie haben gesagt, er wird's überleben, möglicherweise seine Hand nicht wieder uneingeschränkt bewegen können.«

»Dann kann er ja von Glück sagen, dass er nicht Pianist geworden ist.«

»Er ist immer noch voll mit Beruhigungsmitteln, und es wird eine Operation erwogen, falls die Chirurgen sich Erfolg davon versprechen.«

»Und gesagt hat er nichts?«

»Hier und da ein paar Worte.«

»Unter anderem ›Unfall‹?«

»Wie hast du das erraten?«

»Wie geht's weiter?«

»Ich treffe mich mit Alvin James. Man muss ihn davon überzeugen, dass die beiden Fälle in Wirklichkeit nur einer sind.«

»Wofür wir allerdings keine handfesten Beweise haben. Würde es helfen, wenn ich mitkomme?«

»Das habe ich auch gerade überlegt – würdest du dich denn benehmen?«

»Ich würde ganz und gar nach deiner Pfeife tanzen, Siobhan.« Rebus sah zu, als zwei Krankenpfleger ein Bett vorbeischoben, der darin Liegende hing an einem Tropf mit Kochsalzlösung. »Oh Gott, ich hasse Krankenhäuser«, sagte er.

»Hattest du in letzter Zeit häufiger das Vergnügen? Als Patient, meine ich.« Sie wartete auf eine Antwort, von der sie wusste, dass sie nicht kommen würde, dann las sie die gerade auf ihrem Handy eingegangene Nachricht. »James hat in einer halben Stunde Zeit für mich. Ich muss los.«

»Sitzt jemand bei Arnott am Bett?«

»Sein junger cagefightender Freund ist zu Besuch. Und Christine Esson soll mich gleich ablösen.« Sie sah sich über die Schulter. »Wenn man vom Teufel spricht.«

»Tut mir leid wegen der Verspätung«, entschuldigte Esson sich. »Musste nochmal anhalten, mir eine Flasche Wasser und eine Zeitschrift kaufen.«

»Er ist da drin«, sagte Clarke und zeigte auf die Tür. »Bett drei. Der Besucher bei ihm heißt Donny Applecross. Er trainiert bei Arnott. Rechne nicht mit allzu anspruchsvoller Konversation.«

Esson nickte und ging auf die Station. Rebus sah Clarke an.

»Also bin ich jetzt eingeladen oder nicht?«

»Versprichst du mir hoch und heilig, James nicht zu provozieren?«

»Ehrenwort.«

Clarke stieß hörbar Luft aus. »Na dann, okay. Los geht's …«

»Haben Sie eigentlich nichts außer Grütze in Ihrem beschissenen, kleinen Hirn?«, fragte Rebus Alvin James.

Er stand vor dem Detective Superintendent, Clarke daneben. James lehnte sich zurück, ein Fuß ruhte auf der Tischkante. Sein Team, einschließlich Fox, hatte zugesehen und zugehört. Clarke hatte ganze zehn Minuten lang zusammengefasst, was sie wussten und wen sie verdächtigten. Als sie fertig war, hatte James ein paar Sekunden lang nachgedacht und dann erwidert, er habe nach wie vor Zweifel, woraufhin Rebus den Mund aufgemacht und ihm besagte Frage gestellt hatte.

»John …«, bremste Clarke ihn.

»Ich meine«, polterte Rebus weiter, »wenn Sie da keinen Zusammenhang entdecken, spielen Sie mit Tommy in einer Liga.«

James legte die Stirn in Falten. »Tommy? Wieso Tommy?«

»In der Liga der taubstummen Blinden. Schon mal von The Who gehört?«

»Ich würde sagen, ich bin weder das eine noch das andere«, fuhr James ruhig fort, »aber als Detective arbeite ich auf Grundlage von Beweisen, und Sie haben mir keine geliefert.«

»Warum trommeln Sie Ihre Leute dann nicht zusammen und suchen welche?«

»Wir werden Mr Arnott auf jeden Fall vernehmen, sobald das wieder möglich ist.« James schaute auf die Notizen, die er sich während Clarkes Vortrag gemacht hatte. »Und Cafferty ebenfalls, wobei Sie nicht allzu zuversichtlich geklungen haben, dass sich den beiden überhaupt etwas entlocken lässt. Tatsache bleibt, dass durch nichts bewiesen ist, dass Robert Chatham Darryl Christie verprügelt hat, geschweige denn, dass das der Grund ist, weshalb er getötet wurde. Wir können Christie fragen, ob er ein Alibi für die fragliche Nacht hat. Nach dem, was Sie mir erzählt haben, vermute ich eher, er hat eins, und es wird hieb- und stichfest sein.« Sein Blick wanderte von Clarke zu Rebus und wieder zurück. »Siobhan, Sie wissen selbst, was die Staatsanwältin sagt, wenn ich sie damit behellige.«

Clarke nickte gezwungen.

»Okay, es ist dünn«, meldete Fox sich jetzt zu Wort, »aber das heißt nicht, dass es falsch ist. John hat recht, wenn er sagt, dass wir in dieser Richtung weiter nachforschen sollten.«

»Vor nicht allzu langer Zeit«, sagte James, »hat Ihr Freund John uns weismachen wollen, alles habe mit einem Mordfall aus den siebziger Jahren zu tun. Auf Ihrem Tisch, Malcolm, liegt ein Aktenordner, der das belegt. Mit Grauen denke ich an die vielen Stunden, die Sie mit der Durchsicht der alten Akten verschwendet haben. Außerdem mussten Sie das Buch lesen, das diese Frau geschrieben hat, *und* einen sinnlosen Ausflug nach St Andrews und Perthshire unternehmen.«

»Dieses Mal irre ich mich nicht«, fauchte Rebus. »Siobhan weiß es, Malcolm weiß es auch.«

»Nicht alle stehen derart in Ihrem Bann wie diese beiden Kollegen«, meinte James. Er rieb sich eine Wange. »Andererseits kommen wir auch in keiner anderen Richtung voran ...«

»Die Ermittlungen könnten dadurch endlich wieder Auftrieb bekommen«, bekräftigte Fox.

James sah ihn an. »Sie meinen, sich endlich wieder aus der Sackgasse befreien, Malcolm?«

Clarke richtete sich gerade auf – sie hatten ihn rumgekriegt.

»Okay«, fuhr er fort. »Dann wollen wir einen neuen Spielplan erstellen, wir fangen mit dem Überfall im Boxclub an – Nachbarn, Überwachungskameras aus der Gegend, was wir in die Finger bekommen können.« James hatte sich erhoben und ging jetzt im Raum umher, blieb kurz an jedem Schreibtisch stehen. »War es ein neuer Hammer? Wir reden mit Baumärkten und Eisenwarenhändlern. Wo ist die Waffe jetzt? Hat der Täter sie in der Nähe verschwinden lassen? Dann die Nägel – wenn wir Glück haben, hat er sie alle auf einmal gekauft. Er hat sich nicht gewaltsam Zutritt verschafft, vielleicht hat also jemand einen Fremden in der Nachbarschaft herumlungern sehen. Vielleicht ist er in einen Laden gegangen oder hat lange genug am Straßenrand geparkt, dass ein Passant auf ihn aufmerksam geworden ist.« Er hielt inne und fixierte Clarke. »Hab ich was vergessen?«

»Wir müssen Arnott zum Reden bringen. Wäre nicht schlecht, wenn wir ein Druckmittel hätten.«

James nickte. »Wir beschäftigen uns mit seinen Geschäften, mal sehen, ob er was zu verbergen hat. Freunde, Bekannte – das Übliche.« Er kehrte an seinen Schreibtisch zurück und ließ sich auf den Stuhl fallen, zog einen Block zu sich heran und blätterte eine leere Seite auf. »Ich brauche fünf Minuten, um zu entscheiden, in welcher Reihenfolge wir vorgehen und wer welche Aufgabe übernimmt.« Er hatte bereits angefangen zu schreiben. »Und falls es niemandem aufgefallen ist, es befindet sich ein Vertreter der Öffentlickeit im Raum – vielleicht könnte ihn jemand hinausbegleiten?«

Rebus starrte Alvin James von oben herab an. »Sie sind doch ein Scheißeschwaller«, sagte er.

»Ich würde sagen, Sie haben es nicht anders verdient«, erwiderte James, ohne aufzublicken.

Glancey und Oldfield waren aufgestanden, hätten Rebus nur zu gerne rausgeworfen, aber Clarke legte ihm eine Hand auf den Unterarm.

»Komm, John«, sagte sie. »Ich bringe dich zur Tür.«

Einen Augenblick lang wollte er nicht nachgeben, aber dann ließ er sich von ihr in den Gang und die Treppe hinunter führen.

»Wir haben erreicht, was wir wollten«, rief sie ihm ins Gedächtnis, als sie im Erdgeschoss ankamen.

»Dann herzlichen Glückwunsch.«

»Er ist ganz gut darin, seinem Team Feuer unterm Hintern zu machen, das musst du ihm lassen.«

»Nein, das musst *du* ihm lassen – er ist dein Chef, nicht meiner.«

»Streng genommen ist er auch nicht mein Chef.«

»Du hast ihm gerade deinen Fall übergeben, Siobhan.«

»Wahrscheinlich stimmt das sogar.« Sie folgte Rebus aus dem Gebäude hinaus auf den Gehweg. »Und was jetzt?«, fragte sie.

»Ich muss Gassi gehen mit meinem Hund.«

»Und danach? Vielleicht mal das Hüftgelenk mit Eis kühlen?«

»So schlimm ist es nicht.«

»Meinst du nicht, dass dir dein Körper etwas sagen will?«

»Ja, immer wieder – aber ich wünschte, er würde verdammt noch mal die Klappe halten. Gehst du wieder rauf?«

»Denke schon.«

»Dann los. Und richte James was von mir aus.«

»Was?«

»Dass ich mehr Arschlöcher gesehen habe als ein Proktologe, und er ist ein ganz ausgezeichnetes.«

»Darf ich das ein bisschen umformulieren?«

»Mir wär's lieber, du würdest es Wort für Wort wiedergeben.« Rebus starrte über die Straße, wo sein Saab parkte. »Wo wir gerade von Arschlöchern sprechen…« Er überquerte die Straße und riss einen Strafzettel von seiner Windschutzscheibe.

»Meine Sammlung ist fast vollständig«, rief er Clarke zu, winkte ihr damit, machte die Tür auf und stieg ein. Er legte ihn zu den anderen ins Handschuhfach und ließ den Motor an. Sollte Hank Marvin ihm tatsächlich zum Verhängnis werden, konnte er wenigstens behaupten, die Stadtverwaltung um ihr Pfund Fleisch geprellt zu haben…

Rebus fuhr direkt zurück ins Infirmary und erklärte Christine Esson, sie könne Pause machen.

»Auf wessen Anordnung?«, fragte sie.

»Ich brauche nur fünf Minuten. Vielleicht müssen Sie mal aufs Klo oder so.«

»Ich freu mich auch, Sie zu sehen, John.«

»Entschuldigung, ich vergesse meine Manieren. Wie geht es Ihnen, Christine? Sind Sie noch mit Ronnie zusammen?«

»Nicht mehr lange, wenn er sich nicht bald den Schnurrbart abrasiert.«

»Ich dachte, Gesichtsbehaarung sei jetzt der letzte Schrei? Soll ich ihm mal einen Tipp geben?«

»Meinen Sie, das hätte ich nicht längst versucht?«

»Ich könnte ihn festhalten, während Sie ihn rasieren.«

Sie grinste und legte ihre Zeitschrift auf den Fußboden, dann stand sie auf. »Fünf Minuten?«

»Tipptopp.« Rebus sah die Gestalt im Bett. Die dünne Bettdecke hatte er bis zum Hals hochgezogen, aber die Arme wurden von einem Rahmen aus Schienen und Klammern fixiert, so dass die verbundenen Hände in der Luft schwebten, ohne von irgendwoher Druck ausgesetzt zu sein. Seine Augen waren geschlossen, aber Rebus hatte das Gefühl, dass er wach war.

»Hat er was gesagt?«

»Nicht, seit ich gekommen bin. Der andere Besucher ist kurz danach weg.«

»Donny Applecross?«

Esson nickte. »Eine Schwester hat Mr Arnott gefragt, ob er was trinken wolle. Er hat den Kopf geneigt, und sie hat ihn mit einem Strohhalm gefüttert.« Esson zeigte auf das gedrungene Glas auf dem Nachttisch.

»Na los, gehen Sie sich mal die Beine vertreten.«

Rebus sah, wie sie ihre Schultertasche nahm und hinausging. Die Station war voll, aber keiner der Männer sah aus, als würde er sich auch nur im Geringsten für das interessieren, was um ihn herum vorging. Zwei schliefen, einer mit sperrangelweit geöffnetem Mund, leises Schnarchen ertönte. Ein anderer hatte Kopfhörer auf und sah fern. An jedem Bett war ein Bildschirm angebracht, aber man musste dafür bezahlen. Er fragte sich, ob Fernsehen hier noch teurer war als das Parkhaus, aber das war eigentlich unvorstellbar.

Rebus setzte sich nicht. Er ging um das Bett herum auf die andere Seite und goss ein bisschen Wasser aus dem Krug ins Glas.

»Wollen Sie was?«, fragte er. Keine Antwort. Er betrachtete die Tabelle, so gut er konnte. Eine Tropfinfusion war an seinem linken Unterarm angebracht. Normalerweise nahm man den Handrücken dafür, aber Rebus konnte nachvollziehen, weshalb diese Methode hier nicht in Frage kam.

»Keine Angehörigen, Kenny? Keine Freunde außer Ihrem jungen Kampfkumpel? Schade. Dafür sehen Sie aber ganz gut aus.« Rebus hielt inne. »Fast schon zum Knutschen.« Er beugte sich über Arnott, so dass Schatten auf dessen Gesicht fiel. Ihre Münder waren kaum noch mehr als zwei oder drei Zentimeter voneinander entfernt, als Arnott die Augen aufriss. Rebus grinste und richtete sich auf.

»Anscheinend hab ich jetzt doch Ihre Aufmerksamkeit«, sagte er. »Also, Folgendes wollte ich sagen: Wir werden gegen Cafferty ermitteln, mit oder ohne Ihre Hilfe. Er wird sowieso denken, dass Sie geredet haben, und dann sollten Sie lieber hoffen, dass wir genug Beweise zusammen haben, um ihn eine Weile einzusperren. Das wäre sehr viel einfacher, wenn Sie uns wenigstens ein bisschen was von dem erzählen würden, was passiert ist. Und wenn Sie das Wort ›Unfall‹ auch nur flüstern, schwöre ich, dass ich Ihnen die Hände quetsche, bis Sie kotzen.«

Er hielt erneut inne. »Okay, jetzt hab ich meinen Text aufgesagt.« Er ging abermals um das Bett herum und drehte den Stuhl so, dass er den Patienten direkt ansah. Dann ließ er sich ganz langsam darauf nieder. Arnott blinzelte. Seine Augen schienen feucht, und er versuchte, sich auf die Deckenlampen zu konzentrieren.

»Sie sind kein Polizist«, sagte er schießlich, so leise, dass Rebus ihn beinahe nicht verstanden hätte.

»Das ist richtig, Kenny.«

»Was sind Sie dann?«

»Einer von Caffertys ältesten Feinden, und das ist eine sehr gute Nachricht für Sie.«

»Ich kann Ihnen nicht helfen. Er bringt mich um.«

»Sie haben ihm aber doch alles gesagt, oder? Nicken Sie, wenn es stimmt.«

Rebus wartete und sah, wie Arnott sein Kinn kaum merklich auf und ab bewegte.

»Sie wissen, wer den Überfall auf Darryl Christic in Auftrag gegeben hat«, fuhr Rebus fort. »Die haben Sie benutzt, um jemanden zu finden. Sie haben Rab Chatham ausgewählt, ihm die Adresse gegeben, aber sonst nichts gesagt. Nachdem Chatham kapiert hatte, dass es Darryl war, hat er weiche Knie bekommen und beschlossen, sich durch Craw Shand abzusichern, weil er wusste, dass Craw nur zu gerne die Schuld auf sich nehmen würde. Chatham war damit vor dem rachsüchtigen Darryl sicher. Wenn ich so weit richtig liege, nicken Sie.«

Wieder bewegte sich der Kopf auf und ab.

»Danke«, sagte Rebus. »Dann bleibt also nur noch die Frage, wer und warum. Das Warum ist kein sehr großes Problem – ich denke, wir kommen allmählich dahin. Ein Name, Kenny, ein kleiner Name, und wir können anfangen, die Anklagepunkte gegen Cafferty zu formulieren, natürlich nur unter der Voraussetzung, dass der Name, den Sie mir nennen, auch der desjenigen ist, der Rab Chatham beseitigt hat ... darf ich davon ausgehen?«

Arnott kniff die Augen zusammen, und eine Träne rollte ihm über das Gesicht bis ans Ohr. »Er bringt mich um«, wiederholte er mit bebender Stimme. Sein ganzer Körper schien zu zittern, und Rebus schaute auf den Monitor neben dem Tropf.

»Alles klar, Kenny?«, fragte er.

Arnott biss die Zähne aufeinander, und sein Gesicht nahm die Farbe von Roter Bete an. Rebus erhob sich von seinem Stuhl und beugte sich über das Bett.

Arnott atmete jetzt unregelmäßig.

»Soll ich jemanden rufen? Sind die Schmerzen zu stark?« Er sah sich nach einer Schwester um, konnte aber keine entdecken. Die Zahlen auf der Digitalanzeige schossen in die Höhe.

Dann schien Arnott in einen Krampf zu verfallen, sein Gesicht verzerrte sich zur Grimasse.

»Schwester!«, schrie Rebus.

Aus dem Nichts kamen plötzlich zwei Schwestern angesaust, ignorierten Rebus und traten jeweils seitlich an den Patienten heran, um die Situation einzuschätzen. Worte wurden schnell gewechselt, und Rebus zog sich zurück, ließ ihnen den Platz, den sie möglicherweise brauchten, und außerdem noch ein bisschen mehr. Er spürte, dass jemand hinter ihm stand, und drehte sich zu Christine Esson um, die mit weit aufgerissenen Augen an ihm vorbeistarrte.

Immer mehr Krankenhausmitarbeiter eilten jetzt an das Bett. Die Vorhänge ringsum wurden zugezogen. Die eben noch schlafenden Patienten waren jetzt wach. Der Mann, der ferngesehen hatte, zog sich die Kopfhörer von den Ohren und reckte den Hals.

»Du lieber Himmel, John«, zischte Esson.

»Ich hab nichts gemacht.«

»Irgendwas haben Sie gemacht.«

»Ich hab nur geredet und zugehört und dann ...«

Auf einem Wagen wurde ein Gerät hereingefahren. Rebus sah die an Kabeln befestigten Elektroden. Jemand anders brachte eine Spritze und eine kleine Flasche mit einer durchsichtigen Flüssigkeit. Eine Schwester zog sämtliche Vorhänge an den anderen Betten zu, um das Spektakel zu beenden. Sie zeigte auf Rebus und Esson.

»Ich muss Sie bitten zu gehen. Das heißt jetzt sofort.«

Sie traten ein paar Schritte hinaus in den Gang, während immer mehr Krankenhausmitarbeiter an ihnen vorbeirannten. »Was soll ich Siobhan sagen?«, fragte Esson und sah in Richtung Krankenstation.

»Die Wahrheit«, riet Rebus ihr.

»Und Sie soll ich auch erwähnen?«

»Ich denke schon.«

»Die wird meine Eingeweide frühstücken, weil ich Ihnen Ihre verfluchten fünf Minuten gegeben habe.«

»Vielleicht mussten Sie ja wirklich mal auf die Toilette. Und ich habe meine Chance gewittert und mich reingeschlichen.«

Esson starrte ihn an.

»Hecken wir hier gerade eine gemeinsame Version aus?«

»Sieht so aus«, bestätigte Rebus. »Wie klingt sie bis jetzt?«

»Als würde es meinen Eingeweiden erspart bleiben, gefrühstückt zu werden.«

Esson schaute um die Ecke des Schwesternzimmers in die Station. »Vielleicht wird er ja wieder, hm?«, sagte sie und versuchte, hoffnungsfroh zu klingen.

»Ich bin sicher, das wird er«, sagte Rebus und hörte den Arzt mit den Elektroden rufen: »Zurückbleiben!«

Als die Nachricht vom Tod Kenny Arnotts das Ermittlerteam erreichte, herrschte mindestens fünfzehn Sekunden lang beklommenes Schweigen, bis Fox es mit einer Frage brach.

»Und jetzt?«

»Wir machen weiter«, sagte James.

»Ist der Herzstillstand eine Folge der Folter?«, fragte Anne Briggs.

»Wir werden die Obduktion abwarten müssen.«

»Wenn ja, haben wir's mit Totschlag zu tun«, setzte Siobhan Clarke hinzu. Sie war es gewesen, die den anderen die Nachricht überbracht hatte, nachdem sie in den Gang hinausgetreten war, um Christine Essons Anruf entgegenzunehmen. Sie stand jetzt immer noch mit dem Telefon in der Hand im Eingang. Ausgelassen hatte sie lediglich das Detail, dass zum betreffenden Zeitpunkt nur John Rebus und niemand vom CID an Arnotts Bett gewesen war.

»Deshalb ist zwingend erforderlich«, sagte James, »dass wir unsere Bemühungen erneut verdoppeln. Sean, wie kommen wir mit den Baumärkten und den Eisenwarenhandlungen voran?«

»Die großen sind alle abgehakt. Die Mitarbeiter sehen in ihren Aufzeichnungen und den Kassenbelegen nach.«

»Das kann eine Weile dauern.«

Glancey nickte. »Und ich bin auf dem Weg zur vierten Eisenwarenhandlung auf meiner Liste.«

»Gute Arbeit«, sagte James. »Wallace?«

»Die Befragungen der Nachbarn werden unverzüglich gestartet.« Alle im Raum schwiegen, damit Sharpe gehört werden konnte. »Hat eine Weile gedauert, die nötigen Leute dafür zu bekommen, ein paar sind jetzt sogar übrig. Sie werden unseren Suchtrupp stellen, bis ich weitere Hilfe bekommen habe. In ungefähr zehn Minuten fahre ich hin.«

»Danke!«, sagte James. »Wie sieht's bei dir aus, Anne?«

»Freunde und Bekannte des Opfers aufzuspüren ist gerade deutlich schwieriger geworden. Ein Durchsuchungsbeschluss für das Haus und die Gewerberäume wäre nicht verkehrt, ich werde auch mal schauen, ob uns sein Computer irgendwie weiterbringt.«

»Darum kümmere ich mich.« James wandte sich an Mark Oldfield, der sich am Wasserkocher zu schaffen machte. »Ist das okay, wenn du bei den Befragungen hilfst?«

»Sicher«, sagte Oldfield, schaffte es aber nicht, enthusiastisch dabei zu gucken.

»Irgendwo unterwegs wird es schon ein Café geben«, stichelte Fox.

»Was ist mit Ihnen, Malcolm?«, schaltete James sich ein. »Haben Sie immer noch zu tun?«

»Absolut.«

»Wollen Sie die Durchsuchungsbefschlüsse beantragen?« Fox nickte und sah Alvin James in die Hände klatschen. »Na schön, Leute, dann ran an die Arbeit. Das Vergehen ist ein anderes, aber die Ermittlungen bleiben dieselben.« Er wandte sich an Clarke. »Sie kennen doch die Pathologin, oder? Erkundigen Sie sich, wann sie die Obduktion durchführen kann.«

»Am leichtesten lässt sich das klären, wenn ich vorbeifahre. Im Obduktionssaal hat sie das Handy ausgeschaltet.«

»Dann machen Sie das.«

Clarke mied Fox' Blick und verschwand. Als sie zum Wagen ging, rief sie Rebus an und presste sich das Handy ans Ohr.

»Hab mir schon gedacht, dass du anrufst«, brummte er.

»Was war da los?«

»Ich hab mich nur mit ihm unterhalten, Siobhan.«

Clarke stieg in den Wagen und stellte das Handy auf Lautsprecher, drehte anschließend den Schlüssel im Zündschloss und schnallte sich an. »Hast du dich an Christine vorbeigeschlichen, als sie aufs Klo musste?«

»Das kannst du ihr nicht vorwerfen.«

»Das werfe ich ihr auch nicht vor.« Clarke vergewisserte sich, dass die Straße frei war, und fuhr an. »Aber dir.«

»Ich hab ihm nur gesagt, dass wir gegen Cafferty ermitteln, und zwar mit oder ohne seine Hilfe.«

»Und?«

»Er hat gesagt, er würde ihn umbringen, wenn er was sagt.«

»Wer würde ihn umbringen?«

»Was?«

»Wer würde ihn umbringen?«, wiederholte sie. »Cafferty?«

»Na ja, offensichtlich.« Aber Rebus war gar nicht so sicher. »Wie geht James damit um?«

»Sehr kompetent. Er hat sofort alle an die Arbeit geschickt.«

»Anwesende ausgeschlossen?«

»Ich bin auf dem Weg in die Gerichtsmedizin.«

»Um Deb zu überreden, die Obduktion vorzuziehen? Meinst du, wir können Big Ger Totschlag anhängen?«

»Da weißt du so viel wie ich. Wo bist du jetzt?«

»Zwei Minuten von der Cowgate entfernt.«

»Wolltest du zu Deborah?«

»Das war eigentlich mein Plan – zwei Genies, ein du weißt schon was.«

»John... wenn wir auch nur die geringste Chance haben wollen, Cafferty dranzukriegen, müssen wir uns an die Vorschriften halten.«

»Ich hab nichts dagegen.«

»Du bist kein Polizist.«

»Wieso glauben eigentlich alle, mir das ständig aufs Brot schmieren zu müssen? Wann bist du da?«

»In zehn bis zwölf Minuten.«

»Ich warte auf dem Parkplatz.«

Als Clarke ausscherte, um einen Bus zu überholen, war die Leitung schon tot.

»Vierzehn Minuten.« Rebus sah demonstrativ auf die Uhr.

Clarke hatte neben seinem Saab geparkt. Sie konnte die üblichen schwarzen Transporter sehen, aber von Deborah Quants Wagen keine Spur.

»Sie ist nicht hier«, bestätigte Rebus. »Ich hab schon gefragt. Sie hält eine Vorlesung an der Uni. Müsste aber in ungefähr einer Stunde fertig sein. Wir könnten einen Kaffee trinken.«

»Wo?«

»Caffè Nero in der Blackwell's«, schlug er vor. Clarke schüttelte den Kopf.

»Ich hab ernst gemeint, was ich gesagt habe – überleg dir mal, wie du dich fühlen würdest, wenn wir Cafferty vor Gericht bringen und er uns aufgrund eines Verfahrensfehlers vom Haken springt.«

»Und der Verfahrensfehler bin ich?«, nickte Rebus langsam. »Das müsstest du eigentlich wissen, Siobhan. Bei mir hat immer schon das Ergebnis gezählt, weniger der Weg dorthin.«

»Deshalb sind dir auch einige durch die Lappen gegangen.«

»Ich kann nicht einfach zu Hause bleiben.«

»Nicht einmal einen Tag?«

Rebus schüttelte langsam den Kopf, versuchte, zerknirscht und geschlagen zu schauen. Clarke blies die Wangen auf und musterte den Asphalt, rieb mit der Schuhsohle darüber.

»Bist du sicher, dass du keinen Kaffee willst?«, fragte er.

»Kommt sie denn nach der Vorlesung hierher?«

»So gut wie sicher.«

»Gehen wir zu Fuß?«

»Hast du gesehen, wie steil es da raufgeht?«, erwiderte Rebus.

»Mein Wagen oder deiner?«

»In meinem ist mehr Platz.«

Sie sah den Saab an. »Aber es besteht auch die Gefahr, dass er's nicht den Berg rauf schafft.« Ihr Handy klingelte. »James«, sagte sie zu Rebus und meldete sich.

»Ja, Alvin?«

»Bist du bei Professor Quant?«

»Sie kommt später wieder.« Clarke hielt inne. »Du klingst ...«

»Vielleicht hatten wir gerade Glück«, platzte James heraus. »Musste ja irgendwann mal sein.«

»Ach?«

»Willst du vor Ort warten, oder feierst du mit?«

»Ich bin in vierzehn Minuten zurück«, sagte sie und legte auf.

James und sein Team waren dabei, eine Vertreterin der Staatsanwaltschaft auf den aktuellen Stand zu bringen. Sie hieß Shona MacBryer und kannte Clarke bereits, die beiden grüßten sich bei Clarkes Eintreffen mit einem angedeuteten Nicken. Fox und Oldfield verteilten Becher. Jemand hatte einen Kaffeebereiter und richtigen Filterkaffee springen lassen, und die Kekse waren Duchy Originals. Für MacBryer nur das Beste, vor allem da sie sie überzeugen wollten, dass der Fall abgeschlossen war und sie nur die Daumen hochhalten musste, damit die Festnahme vorgenommen werden konnte.

»Ein Eisenwarenhändler im Leith Walk«, sagte James. Er saß direkt vor MacBryer, hatte sich auf seinen Schreibtisch geschoben, die Hände auf die Knie gestützt. So breitbeinig wie er da saß, befand sich sein Schritt ungefähr auf MacBryers Augenhöhe, ein Umstand, dessen er sich nicht bewusst zu sein schien, der MacBryer aber veranlasste, angewidert das Gesicht zu verziehen. »Gestern Nachmittag kam ein Mann in den Laden – gut gekleidet, Mitte sechzig, rasierter Schädel, groß, kräftig, dreiviertellanger schwarzer Mantel und schwarze Lederhandschuhe. Er hat sich nicht lange umgesehen, wusste genau, was er wollte – zwei schöne, große Klauenhämmer und ein Dutzend Neun-Zoll-Nägel, die gleichen, die wir im Boxclub sichergestellt haben. DS Glancey hat dem Ladenbesitzer ein Archivfoto von Morris Gerald Cafferty aufs Handy geschickt, und er ist sicher, dass es sich um denselben Mann handelt.«

MacBryer hatte ein iPad aufgeklappt, wollte sich gerade Notizen machen. »Am Schreibtisch wäre das einfacher«, sagte sie.

»Nehmen Sie Malcolms.«

MacBryer bedankte sich bei ihm und setzte sich auf Fox' Stuhl, James schob Fox' Unterlagen beiseite. James setzte sich auf seinen eigenen Stuhl und wollte gerade seinen Vortrag fortsetzen, als MacBryer einen Finger hob und ihn innehalten ließ.

»Nur um das klarzustellen – mit dem Ladenbesitzer wurde bislang nur telefonisch kommuniziert?«

»DS Sharpe holt ihn – kann nicht mehr lange dauern.«

»Also, ein Mann, bei dem es sich vielleicht, vielleicht aber auch nicht um Mr Cafferty handelt, hat zwei Hämmer und ein paar Nägel gekauft. Haben Sie schon den gerichtsmedizinischen Bericht?«

»Noch nicht«, gestand James.

»Wenn der Täter Handschuhe trug …«

James nickte, um anzuzeigen, dass er verstanden hatte. »Aber vielleicht konnten am Tatort DNA-Spuren sichergestellt werden. Die Kriminaltechniker haben den gesamten Boden abgesucht, alles von innen nach außen gekehrt.«

»Was beweisen würde, dass Cafferty sich in dem Gebäude aufgehalten hat, aber nicht unbedingt zum Tatzeitpunkt.«

»Und wenn wir eine Gegenüberstellung machen?«

MacBryer sah von dem Getippten auf. »Eine positive Identifizierung würde uns nicht mehr verraten, als dass er einen Hammer und ein paar Nägel gekauft hat.«

»Nicht weiter als fünf oder zehn Minuten Fußweg vom Boxclub entfernt.«

James sah Fox an. »Wo wohnt Cafferty?«

»Früher hat er in Merchiston gewohnt …« Fox suchte Clarke.

»Quartermile«, antwortete sie. »Nicht gerade ein Spaziergang von Leith Walk.«

»Gibt es eine Überwachungskamera in dem Laden?«, fragte MacBryer.

»Nein«, sagte Glancey.

»Name des Betreibers?«

»Joseph Beddoes.«

»Hat er einen vernünftigen Eindruck gemacht?«

»Ich würde sagen, er ist ein verlässlicher Zeuge.«

MacBryer starrte ihn unverwandt an. »Das stellen Sie fest auf Grundlage eines einzigen Anrufs?«

»Wir sind sicher, dass es Cafferty war«, fiel James ihr ins Wort. Er hatte seinen Stuhl so herumgeschoben, dass er MacBryer jetzt direkt gegenüber saß. Ihr Kaffeebecher war unberührt, ebenso die Kekse, die man ihr serviert hatte.

»Für eine erfolgreiche Klage brauchen wir ein *bisschen* mehr als das, Detective Superintendent. Mr Cafferty ist der Staatsanwaltschaft durchaus bekannt. Wir sind schon ein halbes Dutzend Mal an ihm gescheitert. Es würde helfen, wenn wir wenigstens die Tatwaffe hätten.«

»Beamte suchen die gesamte Gegend ab.«

»Möglicherweise finden sich Blutspuren auf seiner Kleidung«, fuhr MacBryer fort.

»In dem Fall«, schaltete Fox sich ein, »hätte Cafferty sich ihrer garantiert entledigt. Er ist kein Amateur.«

»Selbst Profis machen bekanntlich Fehler«, meinte MacBryer und hörte auf mitzuschreiben. »Cafferty wird jede Menge Anwälte auffahren – da können Sie sicher sein. Wenn Sie die Klage auf einen einzigen Zeugen stützen wollen und keine gerichtsmedizinischen Beweise haben ...« Sie musste den Satz nicht zu Ende sprechen. »Sie werden Mr Cafferty vernehmen?«

»Das werden wir.«

»Und wenn er jegliche Beteiligung abstreitet, was er sicher tun wird?«

»Müssen wir weiter Beweismaterial sammeln.«

MacBryer nickte nachdenklich. »Mehr können Sie nicht tun, und ich hoffe aufrichtig, dass Sie mir bei unserem nächsten Treffen mehr vorzulegen haben, denn *das* hier, Detective Superintendent, ist nicht einmal annähernd genug.«

Sie klappte die Schutzhülle ihres iPads herunter, stand auf und sah sich nach ihrer Schultertasche um. Fox gab sie ihr, woraufhin sie nickend und winkend den Raum verließ, den gesamten Sauerstoff im Schlepptau.

Fox setzte sich wieder auf seinen Stuhl und rückte die Sachen auf seinem Schreibtisch an ihren jeweiligen Platz zurück. Clarke stand im Eingang, sah James zusammengesackt in seinem Stuhl sitzen.

»Und dafür haben Sie sie jetzt hergebeten?«, fragte Clarke.

James schüttelte den Kopf. »Sie hatte sich sowieso angemeldet – wollte sich darüber austauschen, ob sich die Sachlage durch Arnotts Tod maßgeblich ändert.« Er nahm einen Keks, legte ihn aber wieder hin. »Ich hab gedacht...«

»MacBryer weiß, was sie tut. Die hat sich schon oft mit Cafferty angelegt. Es braucht mehr als die Aussage eines einzigen Ladeninhabers...«

»Ich *hab's* ja kapiert, okay?« James sah sie wütend an. »Wenn Sie uns jetzt bitte entschuldigen wollen, DI Clarke, wir haben zu tun.«

»Malcolm kennt Cafferty, ist ihm mehrfach begegnet – wenn er etwas zu sagen hat, wär's ganz schlau, ihm zuzuhören.«

James brummte, machte sich an seinem Laptop zu schaffen. Fox bedankte sich halb lächelnd und neigte den Kopf seitlich

Richtung Gang. Clarke drehte sich um und ging, blieb am Fuß der Treppe aber stehen, um auf ihrem Handy nachzusehen, ob sie Nachrichten erhalten hatte. Sie wollte James und den anderen vor allem deshalb helfen, Cafferty den Überfall nachzuweisen, weil sie Rebus damit ein kleines Geschenk machen würde.

Es dauerte noch ein paar Minuten, bis Fox auftauchte. Er öffnete die Tür und führte sie auf dem Gehweg noch ein Stück weiter weg.

»Das war meine Schuld«, sagte er. »Ich hab sie zu sehr in Richtung Cafferty gedrängt. Die haben sich von der Personenbeschreibung verleiten lassen und in der Hoffnung auf ein schnelles Ergebnis vorübergehend aufgehört zu denken.«

»Und jetzt sehen sie wieder klar?«

»Jedenfalls gehen sie langsam und methodisch vor.« Fox' Handy piepte. Er sah kurz auf die SMS, biss angespannt die Zähne aufeinander.

»Was ist?«, fragte Clarke.

»Nichts.«

»Stimmt was nicht, Malcolm?«

»Nein.«

»Erinner mich dran, dass wir mal zusammen Poker spielen.«

»Wieso?«

»Weil du rote Ohren bekommen hast und mir nicht in die Augen siehst.«

»Sheila Graham hat mir ein gutes Pokerface bescheinigt.«

»Sie hat gelogen. Also, warum sagst du mir nicht, was los ist?«

»Es ist nichts los.«

»Wie du meinst. Aber geteiltes Leid und so weiter ...«

Fox nickte geistesabwesend. »Ich geh besser wieder rein.«

»Warte mal kurz – was ist mit John? Alles in Ordnung mit ihm?«

»Wieso nicht?«

Sie versuchte, ihn mit einem Blick zu bezwingen, gab aber schließlich auf. »Sprechen wir uns später?«

»Klar.« Er wollte schon die Tür aufstoßen.

»Also bis nachher«, sagte Clarke, ohne eine Antwort zu bekommen.

Als er die Treppe hinaufstieg, sah Fox erneut auf die SMS.

Ticktack.

Von Darryl Christie. Fox hatte einen Immobilienmakler kontaktiert. Er wollte den Bungalow um die Mittagszeit in Augenschein nehmen und gegen Abend eine erste Schätzung vorlegen. So oder so, Jude würde nichts passieren.

Und er selbst würde es auch überleben.

23

Fünfzehn oder zwanzig Minuten war der Nackte benommen durch die Straßen von West Pilton getorkelt. Leute hatten Fotos mit ihren Handys geschossen und ins Internet gestellt, ein junger Mann hatte sogar ein Selfie hinbekommen. Als sich der unbekleidete Fremde jedoch der Grundschule näherte – noch dazu in der Pausenzeit, als die Kinder auf dem Spielplatz tobten –, wurde Alarm ausgelöst und die Polizei gerufen. Den Beamten von der Streife gelang es, ihn abzufangen und ihm eine Decke überzuwerfen, bevor er das Schulgelände betreten konnte. Sein Haar war verfilzt, und er stank nach Schweiß und Fäkalien. Seine Rippen stachen heraus, und er schien nicht in der Lage, auch nur einen einzigen zusammenhängenden Satz zu formulieren. Da die Polizisten nicht wussten, was sie mit ihm machen sollten, brachten sie ihn auf die Polizeistation Drylaw, wo sich die Kollegen mit ihm herumschlagen mussten. Sobald man seinen Namen wusste, würde er eine Anzeige wegen Erregung öffentlichen Ärgernisses bekommen.

Und der Name wurde schnell festgestellt. Ein Zahnarzt, der sich zur Mittagszeit bei Twitter umsah, entdeckte die Fotos und erkannte den Mann, mit dem er bis zu ihrem Zerwürfnis Tennis gespielt hatte. Er rief die Polizei an und identifizierte Anthony Brough. Inzwischen war der Inhaftierte geduscht und mit Kleidung versehen worden, ein herbeigerufener Arzt hatte die Ansicht geäußert, der zitternde und brabbelnde Mann sei drogensüchtig.

»Vermutlich hat er irgendwas Falsches genommen.«

Eine Injektion wurde verabreicht und der Mann in seine Zelle geführt, wo er ein Sandwich und einen Becher Tee bekam, die er beide fast eine ganze Minute bei sich behielt.

Auch Broughs Identität wurde auf Twitter bekannt, der Zahnarzt hatte seine Gedanken dazu gepostet. Schließlich hatte er wegen Brough einen Gutteil seines Vermögens verloren, und dies war seine Art, sich zu rächen.

All das führte dazu, dass Christine Esson schließlich Siobhan Clarke informierte und Clarke dann Malcolm Fox anrief.

»Wo willst du ihn haben?«, fragte sie.

»Wie wär's mit dem Gayfield Square?«, fragte Fox zurück.

»Wird gemacht.«

Anschließend rief Fox in Drylaw an und sprach mit einem Sergeant, der ihm erklärte, Brough habe etwas von einer Entführung gefaselt.

»Wo wurde er zuerst entdeckt?«, wollte Fox wissen.

»Das erfahren Sie aus den sozialen Medien besser als von mir«, erwiderte der Sergeant. Also versuchte Fox es bei Facebook und Twitter. Anscheinend lautete die Antwort Ferry Road Avenue. Er rief den Sergeant zurück und verlangte, dass Beamte auf die Straße und in die Umgebung geschickt wurden, um sich dort umzusehen.

»Ist es nicht wahrscheinlich, dass er uns eine Geschichte auftischt? Er hat sich volllaufen lassen, und kaum ist er wieder bei Sinnen, serviert er uns die erste dumme Ausrede, die ihm einfällt?«

»Möglich.«

»Oder er wurde hier aus einem Fahrzeug geworfen.«

»Bitte sehen Sie sich um.«

In der Leitung wurde laut geseufzt, dann legte der Sergeant ohne weitere Worte auf.

Ein zweiter Arzt war zum Gayfield Square gerufen worden, der bereits wartete, als Brough eintraf. Fox und Clarke sahen zu, wie er in ein improvisiertes Untersuchungszimmer geführt wurde. Schließlich kam die Diagnose: Anthony Brough musste ins Krankenhaus gebracht werden. Er war unterernährt, und egal welchen Drogencocktail er intus hatte – ob intravenös oder oral eingenommen –, er könnte Nebenwirkungen haben. Blutproben mussten genommen werden. Irgendwann wäre sicherlich auch eine psychologische Einschätzung nicht verkehrt.

»Wir müssen mit ihm sprechen«, beharrte Fox, aber der Arzt schüttelte den Kopf.

»Noch nicht. Das wird eine Weile dauern. Ich glaube, ich habe ein Bett für ihn im Western General gefunden.«

»Na super, endlich mal wieder ein Krankenhaus«, sagte Clarke, den Blick auf Fox gerichtet.

Sie holten sich etwas zu trinken, außerdem Schokoriegel aus dem Automaten im Gang und setzten sich mit dem Rücken zur Wand.

»Glushenko hatte ihn, und dann hat er ihn laufen lassen?«, meinte Fox schließlich.

»Wärst du Mitglied des ukrainischen Mafiaadels, würdest du's dir in West Pilton gemütlich machen?«

»Eher nicht. Aber einer seiner Männer vielleicht. Andererseits meinte der Sergeant, mit dem ich gesprochen habe, dass Brough wahrscheinlich nur da abgesetzt wurde.«

»Wobei in dem Fall die Frage lautet: Wieso? Wenn er wirklich entführt wurde, wieso wurde er jetzt freigelassen?«

»Vielleicht, weil die Entführer bekommen haben, was sie wollten.«

»Das fehlende Geld, meinst du?« Clarke nickte, räumte ein, dass die Möglichkeit nicht auszuschließen war.

»Oder er kommt doch von einer Sauftour. Hast du mal von dem schottischen Forschungsreisenden Mungo Park gehört? Der ist mit Dutzenden von Trägern in den Dschungel marschiert, hatte unzählige Koffer und Taschen dabei. Monate später kam er mit nichts außer seinem Zylinder bekleidet alleine wieder raus.«

»Das gibt's doch nicht.«

»Hab ich irgendwo gelesen.« Fox schaute auf seine Uhr. »Was willst du machen?«

»Hat keinen Sinn, hier rumzusitzen.«

»Wir könnten schon mal ins Krankenhaus fahren, dem Berufsverkehr zuvorkommen.«

»Oder?« Clarke zerknüllte das Schokoladenpapier und warf es in den Müll.

»Oder wir verstärken den Suchtrupp in West Pilton, liegt praktisch auf dem Weg.«

»Wessen Wagen?«

»Mir egal.«

»Dann meinen.«

»Sei aber vorsichtig mit mir, Siobhan. Meine Nerven sind nicht mehr das, was sie mal waren.«

»Zur Strafe für die Bemerkung läuft die ganze Fahrt über Ninja Horse.«

»Ist das ein Spiel?«

»Eine Heavy-Metal-Band.«

»Noch was – wann sagen wir's John?«

Clarke überlegte. »Vielleicht lieber nicht jetzt sofort.«

»Broughs Schwester und seiner Assistentin?«

»Genauso wenig.«

»Aus einem bestimmten Grund?«

»Wie viele Leute hättest du gerne an seinem Bett stehen?«

»Guter Einwand.«

»Außerdem«, setzte Clarke hinzu und machte sich bereit loszugehen, »war John heute schon mal als Gevatter Tod unterwegs...«

Zufällig schaute Rebus in der Polizeistation von Leith vorbei, gerade als Cafferty in Begleitung seines Anwalts eintraf, eines knochendürren Mannes namens Crawfurd Leach im dreiteiligen Nadelstreifenanzug und hochglänzend polierten Schuhen. Er war Mitte vierzig und fast vollständig kahl, das wenige ihm verbliebene Haar trug er über der Stirn nach hinten gekämmt, dazu eine John-Lennon-Brille und ein paar übersehene Bartstoppeln auf den Wangen seines ansonsten sauber rasierten Gesichts.

Rebus war in der Herrentoilette und wusch sich die Hände, als Cafferty die Tür aufmachte und zur Pissrinne ging.

»Dann hast du meine SMS also bekommen?«, fragte Rebus.

»Was hast du auf dem Herzen, John?«

»Das war dumm. Dumm und viel zu drastisch.«

»Ich hab keine Ahnung, wovon du redest.«

»Ich dachte, du hättest die Handgreiflichkeiten hinter dir. Da sieht man mal wieder, wie viel ich weiß...«

Rebus trocknete sich die Hände mit einem Papiertuch, während Cafferty sich neben ihn ans Waschbecken stellte. Sie musterten einander im Spiegel.

»Hast du schon mal jemanden umgebracht, John?«

»Nur wenn es nicht anders ging.«

»Ist das nicht ein bisschen langweilig?«

»Als du ihn liegen gelassen hast, wolltest du, dass er lebt oder stirbt?«

»Bist du verkabelt, oder was?« Cafferty beugte sich zum Spiegel vor, musterte sein eigenes Gesicht. »Ist gelaufen, so oder so. Spielst du Bridge?«

»Nein.«

»Ich auch nicht, aber ich kenne die Regeln. Irgendwann wird nicht mehr angesagt, dann kann man die Karten nur noch ablegen. Vielleicht gibt es ein oder zwei Überraschungen, aber die eigentlich schwierige Arbeit ist erledigt.« Cafferty lächelte. »Die haben den Ladeninhaber, mehr nicht.«

»Keine Ahnung.«

»Die sind wie Kinder beim Snap spielen. Du und ich, wir spielen Erwachsenenspiele.«

Als er sich fragte, weshalb sein Klient so lange brauchte, steckte Leach den Kopf zur Tür herein und schaute finster, als er sah, dass Cafferty nicht alleine war.

»Keine Sorge, Crawfurd«, sagte Cafferty. »Bloß ein schneller Schwanzvergleich.« Und nachdem er Rebus zugezwinkert hatte, folgte er seinem Anwalt ins Vernehmungszimmer.

Rebus ging ins Büro des Ermittlerteams, wo Briggs und Oldfield beschäftigt taten, obwohl sie in Wirklichkeit eingeschnappt waren, weil Alvin James nicht sie als seine Partner bestimmt hatte.

»Ist er mit Siobhan rein?«, fragte Rebus erstaunt.

»Die ist gar nicht da.«

»Fox?«

»Auch nicht. Sean ist mit ihm drin. Wallace rennt immer noch mit dem Suchteam durch die Gegend und von Tür zu Tür.«

»Gefällt mir, die neue Ausstattung«, erklärte Rebus, betrachtete den Kaffeebereiter und nahm den letzten Duchy Original aus der Packung.

»Wollten Sie sonst noch was?«, fragte Briggs.

»Nur mir die Zeit vertreiben.« Er strahlte sie an.

»Ich dachte, Alvin hätte dafür gesorgt, dass Sie nicht mehr an der Anmeldung vorbeikommen.«

»Das muss er vergessen haben. Gibt's was Neues aus dem Boxclub?«

»Die Kriminaltechniker haben nichts Nennenswertes gefunden«, gab Oldfield zu. »Ohne die Tatwaffe sind wir geliefert.«

»So weit würde ich nicht gehen«, versicherte Rebus ihm. »Ihr habt den Mann, der Cafferty den Hammer verkauft hat. Wenn Cafferty keinen Hammer hat, wird das verdächtig wirken. Und wenn doch ...«

»Was aber nicht der Fall sein wird.«

»Was aber nicht der Fall sein wird«, pflichtete Rebus ihm bei.

»Mit Verdachtsmomenten ist nichts bewiesen«, sagte Briggs.

»Klingt, als wäre die Staatsanwältin schon da gewesen. Kaum zu glauben, ich gebe es zu, aber sie weiß auch nicht immer alles am besten.« Rebus biss ein zweites Mal in den Keks. Er stand jetzt neben Fox' Schreibtisch, setzte sich auf dessen Stuhl, ließ den Blick über die Unterlagen dort schweifen.

»Alvin geht an die Decke, wenn er zurückkommt und Sie noch hier sind.«

»Big Ger steht auf schöne, lange Gespräche«, erklärte Rebus. »Und da sein Anwalt dreistellige Summen pro Stunde verlangt, wird auch der es nicht eilig haben.«

»Man sagt, dass Sie ihn fast schon zu gut kennen.«

Rebus sah Briggs direkt in die Augen. »Da könnte was dran sein.«

»Ich hab in den Akten nachgesehen. Anscheinend hat er zum ersten Mal einen Hammer benutzt.«

Rebus dachte nach. »Ich denke, vielleicht wird er's bereuen. Er geht an dem Laden vorbei und denkt, wieso nicht? Irgendwas braucht er. Kenny Arnott ist zwanzig Jahre jünger als er und kein schmales Hemd.« Er zuckte mit den Schultern. »Außerdem sind Hammer und Nägel schön altmodisch – vielleicht hat er gedacht, Arnott würde das zu schätzen wissen.«

»Zu schätzen wissen?« Briggs klang entsetzt.

»Schwer zu erklären«, meinte Rebus, und als er es trotzdem versuchen wollte, stand Alvin James im Eingang, Donnergrollen im Gesicht.

»Ich wollte gerade gehen«, versicherte Rebus ihm.

»Er will mit Ihnen sprechen. Mit mir spricht er erst hinterher.«

»Das ist aber blöd.«

»Ja, das ist es allerdings. Fünf Minuten, hat er gesagt. Dann dürfen wir ihn weiter befragen.« James stach einen Zeigefinger Richtung Rebus' Brust. »Sie werden mir über jedes Wort berichten, das er sagt, verstanden?«

»Wird das Gespräch immer noch aufgezeichnet?«

James schüttelte den Kopf. »Fünf Minuten«, wiederholte er und spreizte die Finger einer Hand. »Also machen Sie es sich da drin nicht zu gemütlich...«

Rebus klopfte, trat in den Vernehmungsraum, und Cafferty bat Crawfurd Leach, sich mal die Beine zu vertreten.

»Ich weiß nicht, ob das klug ist«, sagte der Anwalt gedehnt.

»Doch, ist es, Crawfurd, verpiss dich. Geh und rasier dich endlich mal ordentlich.«

Cafferty sah seinen Anwalt gehen und leise die Tür hinter sich schließen. Er hatte einen Becher Tee vor sich, sonst nichts.

Rebus setzte sich auf den Stuhl gegenüber, von dem er vermutete, dass Alvin James dort gesessen hatte. Cafferty sah sich um, als überlegte er einzuziehen.

»Wir haben im Lauf der Jahre öfter mal in solchen Räumen gesessen, stimmt's, John?«

»Einige Male, ja.«

»Craw hat mir erzählt, dass du ihn einmal verdammt hart rangenommen hast – war das der Fall Johnny Bible?«

»Aber in Craigmillar.«

»Damals galten noch andere Vorschriften. Aber weißt du was?« Cafferty streckte die Brust raus. »Ich fühle mich, als hätte ich endlich wieder frischen Auftrieb bekommen.«

»Wieso?«

»Weil alle Karten genau so ausgespielt wurden wie geplant und ich so weit in Führung liege, dass es schon fast peinlich ist.« Er schmunzelte, spielte mit den Fingern an seinem Becher herum.

»Superintendent James hat mir nur fünf Minuten gegeben«, warnte Rebus ihn. »Reicht dir das für ein umfassendes Geständnis?«

»Ich hab gerade gedacht… vielleicht begegnen wir uns nie wieder an einem solchen Ort. Jetzt, wo du pensioniert bist. Ist dein Husten endlich besser? Natürlich nicht. Alle anderen um mich herum machen schlapp, nur ich scheine irgendwie neue Lebenskraft getankt zu haben.«

»Wobei du teilweise auch ein bisschen nachgeholfen hast – damit die anderen schlappmachen.« Rebus hielt inne. »Du wirst denen doch nichts verraten, oder?«

»Natürlich nicht.«

»Aber was ist mit mir?«

»Mit dir?«

»Ich finde, ich hab was verdient.«

»Hast du schon wieder Geburtstag? Ich hab dir Glushenko geschenkt, reicht das nicht?«

»Du hast mir Glushenko nicht geschenkt – du hast mir nur einen ›Russen‹ vor die Nase gehalten. Dabei hast du ihn doch die ganze Zeit genau gekannt. Er ist das Ass in deinem Ärmel.«

»Du bist ganz schön anstrengend, John. Ich bin sicher, das sage ich dir nicht zum ersten Mal. Die haben dich gar nicht verdient.«

»Sind aber gute Polizisten.«

Cafferty brummte. »Nicht annähernd gut genug.«

»Du hast dir einen Fehler erlaubt, du wurdest identifiziert.«

»Aber war ich das wirklich? Ein Verkäufer Mitte siebzig mit Brillengläsern dick wie Flaschenböden? Du weißt selbst, dass das vor Gericht nicht reicht.«

»Haben sie dich um deine Kleidung gebeten?«

»Können sie haben – die können Klamotten bekommen, die genauso aussehen wie die, die ich gestern anhatte.«

»Was hast du mit dem Hammer gemacht? Was hat Arnott dir gesagt?«

Cafferty schenkte ihm ein schmales, fast reumütiges Lächeln. »Glushenko ist schon ganz in der Nähe, John. Ganz in der Nähe. Und wenn er hier ankommt … dann ist das Spiel aus.«

Die Tür ging auf. Alvin James und Sean Glancey standen dort, zwischen ihren Schultern hindurch sah man den Kopf von Leach.

»Die Zeit ist um«, sagte James bestimmt. Rebus war bereits aufgestanden. »Er wollte nur in alten Erinnerungen schwelgen«, erklärte er. »Fünf Minuten meines Lebens, die mir keiner ersetzt.«

»Dann können Sie sich ja auch verpissen«, sagte James, »und die Profis ranlassen.«

Rebus ging hinaus, sah Cafferty dabei an, aber dieser hatte bereits James fixiert und machte sich bereit, sein Spiel weiterzuspielen.

Clarke und Fox trafen genau rechtzeitig ein, um die Neuigkeiten zu hören – ein Reihenhaus mit zugezogenen Vorhängen, aber die Haustür stand sperrangelweit offen, nur eine Straße entfernt von der Stelle, an der Anthony Brough zuerst gesehen worden war. Zwei uniformierte Kollegen waren reingegangen und schienen zuversichtlich, etwas entdeckt zu haben. Als Clarke und Fox eintrafen, standen sie an der Schwelle. Clarke hielt ihren Dienstausweis bereit.

»DI Clarke«, sagte sie und zeigte ihn. »Sagen Sie mir, was Sie wissen.«

»Zimmer im Erdgeschoss, auf der Rückseite des Hauses, neben der Küche. Ein Schloss außen an der Tür angebracht, im Flur liegt ein anderes Vorhängeschloss auf dem Boden. Im Zimmer stinkt's. Das Fenster ist verbarrikadiert, richtig zugenagelt. Ein Feldbett steht drin und ein Eimer zum Reinpinkeln, eine Flasche Wasser, und das war's.«

»Ein Haufen Klamotten direkt vor der Tür«, ergänzte der andere Kollege. »Ein Anzug, Hemd und Schuhe.«

Clarke spähte durch die Tür. »Ist das Haus besetzt, oder was?«

»In der Küche liegt Zeug rum, und oben ist eine Matratze mit Schlafsack, außerdem weitere Klamotten in zwei Müllsäcken.«

»Zahnbürste und Rasierer im Bad«, sagte jetzt wieder der Erste der beiden.

»War sonst noch jemand hier?«, fragte Fox.

»Nur wir.«

»Haben Sie irgendwas angefasst?«

»So blöd sind wir jetzt auch wieder nicht.« Der Constable verzog genervt das Gesicht.

»Ich will wissen, wer hier wohnt«, sagte Clarke. Eine kleine Menge Schaulustiger hatte sich auf dem Gehweg versammelt, hauptsächlich Kinder auf Fahrrädern. »Fragen Sie die Nachbarn im gesamten Umkreis. Dann suchen wir Unterlagen, irgendwo in einer Schublade müssen Rechnungen oder Ähnliches liegen.«

»Finden Sie über die Stadtverwaltung heraus, wer die Grundsteuer für das Haus bezahlt«, setzte Fox hinzu.

Clarke musterte erneut die Einrichtung, bevor sie hinausging. Fox wirkte dagegen weniger überzeugt.

»Das ist unser Tatort, Malcolm«, versicherte sie ihm. »Apropos…« Sie zog ihr Handy aus der Tasche und gab die Nummer des Leiters der Spurensicherung ein.

»Siobhan«, sagte Haj Atwal, als er sich meldete. »Haben Sie etwa schon wieder Arbeit für uns?«

Sie nannte ihm die Adresse. »Nicht ganz so schlimm – die Person wurde gefangen gehalten. Aber wir brauchen eine Tatortsicherung.«

»In dreißig Minuten?«, bot er an.

»Es wird jemand hier sein«, sagte Clarke und beendete das Gespräch. Dann an Fox gewandt: »Wollen wir?«

Fox folgte ihr den schmalen Flur hinunter. Es roch nach Erbrochenem. An der Schlafzimmertür blieben sie stehen. Das glänzende Vorhängeschloss sah billig und instabil aus.

»Wie neu«, meinte Fox.

Ohne das Zimmer zu betreten, konnten sie sehen, dass alles

413

genau so war, wie es die Kollegen beschrieben hatten. Die tapezierten Wände waren kahl. Sperrholzplatten waren vor das kleine Fenster genagelt. Ein Feldbett lag umgekippt auf der Seite, darunter eine Decke, außerdem ein Eimer und eine Wasserflasche daneben. Zwischen Bett und Eimer getrocknete Kotze auf dem ausgetretenen Teppichboden. Fox hatte seine Aufmerksamkeit auf den Klamottenhaufen zu seinen Füßen gerichtet. Er stieß ihn mit der Schuhspitze an, so dass eine Brieftasche aus dem Jackett fiel.

Mit einem Stift, den er aus seiner eigenen Tasche zog, hockte er sich hin und klappte die Brieftasche auf. Kredit- und Bankkarten, Führerschein. Mit einem Taschentuch über den Fingerspitzen schob er den Führerschein gerade weit genug heraus, um festzustellen, dass er Anthony Brough gehörte.

Clarke betrachtete ihn und nickte. Fox widmete seine Aufmerksamkeit jetzt dem Vorhängeschloss aus Messing. Es war unverschlossen, vom Schlüssel keine Spur.

»Meinst du, der Entführer ist einfach nachlässig geworden?«, überlegte Clarke.

»Sieht ganz danach aus.«

Sie gingen in die Küche. Ein Aschenbecher voller Joint-Kippen neben dem Spülbecken. Clarke zog ein paar Schubladen auf, fand aber weder Rechnungen noch andere Post. Fox hatte auf der anderen Seite der Küche zwei Hängeschränke über der Arbeitsfläche geöffnet.

»Hallo«, sagte er.

Clarke drehte sich um und sah Tüten mit weißem Pulver; Tüten mit grünen Blättern und Knospen; Tüten mit Pillen unterschiedlicher Größe und Farbe; Röhrchen und Fläschchen mit Gummikappen, gefüllt mit klarer Flüssigkeit, offensichtlich zur Injektion. Fox las, was darauf stand.

»Vielleicht brauchen wir einen Tierarzt, um uns erklären zu lassen, was das Zeug hier bewirkt«, meinte er.

»Ich glaube kaum, dass das alles ausschließlich zum persönlichen Gebrauch hier lagert, Malcolm. Du etwa?«

Fox hatte in einer dunklen Ecke etwas auf dem Boden entdeckt.

»Wonach sieht das aus?«, fragte er.

»Nach dem Schlüssel zu einem Vorhängeschloss«, erwiderte Clarke. »Der Entführer hat ihn verloren.«

»Und konnte ihn nicht mehr finden. Weil er nicht riskieren will, das Vorhängeschloss vorzulegen, ohne zu wissen, wo der Schlüssel ist. Also lässt er's drauf ankommen.« Fox nickte.

Der ältere der beiden uniformierten Kollegen stand im Eingang. »Der Bewohner des Hauses heißt Eddie Bates. Hat nie Ärger gehabt, bekommt aber zu allen Tages- und Nachtzeiten Besuch.«

»Wohnt sonst noch jemand hier?«

»Nur er.«

»Überprüf den Namen, sieh nach, ob wir ihn kennen. Außerdem brauchen wir eine Beschreibung – vielleicht ist er nur mal kurz raus und schon wieder auf dem Rückweg.«

»Schicken wir Suchtrupps los?«

Clarke dachte einen Augenblick darüber nach. »Wir halten uns bedeckt«, beschloss sie. »Zieh die Haustür zu, und dann abwarten, was passiert.« Sie führte Fox und den Constable den Flur entlang zur Haustür. »Sämtliche Uniformierte und alles, was als Polizeifahrzeug erkennbar ist, bitte auf sicheren Abstand bringen.« Sie telefonierte bereits.

»Haj«, sagte sie, als der Leiter der Spurensicherung abnahm, »warten Sie noch. Ich gebe Ihnen Bescheid, wenn Sie herkommen können.«

»Also, wie sieht der Plan aus?«, fragte Fox, als sie wieder auf den Gehweg traten.

»Wir beide setzen uns in den Wagen und lassen die Haustür nicht aus den Augen.«

»Meinst du wirklich, dass dieser Bates nur mal ›kurz raus‹ ist? Seit Brough entkommen ist, sind ein paar Stunden vergangen. Ganz schön lange, um einen Entführten allein zu lassen…«

»Vielleicht hat Bates geglaubt, er hätte ihn bis zu den Haarspitzen mit Drogen vollgepumpt. Oder er hat sich selbst was genehmigt, ein oder zwei Joints geraucht, dann hat ihn plötzlich die Fressgier gepackt…« Fox starrte sie an. »Sag schon, was würdest du machen?«

»Ich würde die Personenbeschreibung rausgeben – Busstationen und Bahnhöfe im Auge behalten. Wenn er tatsächlich zurückgekommen ist und gemerkt hat, dass Brough ausgerissen ist, wird er vermutlich verschwunden sein.«

»Ohne das Zeug in der Küche mitzunehmen? In den Schränken lagern vermutlich Drogen im Wert von mehreren tausend Pfund.«

»Auch wieder wahr«, lenkte Fox ein.

Sie fuhren ihren Wagen ans Ende der Straße. Als sich die uniformierten Kollegen und der Streifenwagen wieder verzogen, taten es auch die Schaulustigen. Innerhalb weniger Minuten war in der Gegend alles ruhig. Clarke rief Christine Esson an, gab ihr Bates' Namen und Adresse durch.

»Beschaff mir alles, was du finden kannst. Einschließlich Facebook, Twitter, Instagram. Ein Foto jüngeren Datums wäre super.«

»Wird gemacht.«

»Würde ein Drogendealer im Ernst Bilder ins Internet stellen?«, fragte Fox, nachdem der Anruf beendet war.

»Alle machen das.«

»Ich nicht.«

»Weil du ein Freak bist, Malcolm, deshalb.«

»Und Menschen, die Privates mit vollkommen Fremden teilen, sind normal?«

»Komisch, oder?«

Fox schüttelte den Kopf. Sein Handy summte, und er sah aufs Display.

Ticktack.

»Schon wieder dein geheimnisvoller Bewunderer?«, fragte Clarke.

»Darryl Christie«, gestand Fox.

»Was will er?«

»Er will, dass ich auf die Daten von Police Scotland zugreife, um Glushenko aufzuspüren.«

»Und warum solltest du das für ihn tun?«

»Weil ihm meine Schwester Geld schuldet.«

»Wieso?«

»Spielschulden.«

»Aber das machst du doch nicht, oder?«

»Ich muss ihn hinhalten.«

»Kannst du ihn nicht einfach auszahlen?«

»Das würde bedeuten, dass ich mein Haus verkaufen muss. Die Möglichkeit ziehe ich auch in Betracht.«

»Verfluchte Scheiße, Malcolm. Wenn es was hilft, ich kann dir was leihen …«

Fox schüttelte den Kopf. »Ich schaff das schon, Siobhan.«

»Weiß deine Chefin davon?«

»Na klar.«

»Und du erzählst mir das jetzt nur …?«

»Aus Langeweile.«

»Na schön, da du schon mal in Plauderlaune bist – was weißt du über Johns Gesundheit?«

»Wieso sollte er ausgerechnet mir was darüber erzählen?«

»Irgendwie hab ich das Gefühl, dass ich die Einzige bin, die nicht im Bilde ist.«

»Ich bin sicher, es ist alles in Ordnung.«

»Und du, Malcolm – ist bei *dir* alles in Ordnung?«

»Ich wünschte, du hättest die Beförderung nach Gartcosh bekommen, Siobhan. Ich war zufrieden, wo ich war.« Er hielt inne. »Und du fehlst mir.«

Clarke schwieg einen Augenblick, dann griff sie rüber und drückte seine Hand. »Danke«, sagte sie.

»Willst du dich für deine Reaktion auf die Nachricht von meiner Beförderung entschuldigen?«

Sie zog die Hand zurück. »Verdirb jetzt nicht den schönen Moment, ja?« Sie sahen einander an und grinsten.

Fox nahm flüchtig etwas im Seitenspiegel wahr.

»Achtung«, warnte er Clarke. Ein Mann schlappte über den Gehweg, an einem Arm eine Tüte mit Einkäufen. Er ging vorsichtig wie ein Betrunkener, der sich nichts anmerken lassen will.

»Tagsüber saufen ist doch was Schönes«, meinte Clarke, als der Mann, ohne sie zu bemerken, an ihrem Wagen vorbeigegangen war. In seinem Mundwinkel hing eine Selbstgedrehte, und er hustete. Sein blondes Haar war ausgedünnt, Jeans und Jacke ausgewaschen, die braunen Arbeitsstiefel verschrammt. Er sah aus, als könnte ihn ein plötzlicher Windstoß einfach umpusten. Er blieb am richtigen Türchen stehen und stieß es mit einem Knie auf.

»Dann ist er's wohl«, sagte Clarke. »Komm, wir warten, bis er drinnen ist.«

Der Mann schloss mit einem Schlüssel auf, brauchte dafür allerdings mehrere Versuche. Dann verschwand er im Haus, ließ die Tür hinter sich zufallen.

»Okay«, sagte Clarke und stieg aus dem Wagen.

Sie hatten die Haustür kaum erreicht, als diese aufflog. Der Mann hatte die Einkaufstüte abgestellt und wirkte plötzlich gleichermaßen ernüchtert wie geschockt. Als er die beiden Gestalten vor sich sah, wollte er die Tür wieder zuknallen, aber Fox warf sich mit der Schulter dagegen, so dass der Mann mitsamt Tür rückwärts flog.

»Ich hab nichts gemacht!«, platzte er heraus, während er versuchte, sich wieder aufzurappeln.

»Anscheinend ist Ihnen was abhandengekommen, Mr Bates«, erklärte Clarke. »Darüber würden wir uns gerne ein bisschen mit Ihnen unterhalten ...«

24

Die Nachricht aus dem Western General lautete, dass Anthony Brough schlief. Man hatte ihm Blut abgenommen, und dieses wurde derzeit noch untersucht. Am Abend dürfe man möglicherweise damit rechnen, dass der Patient aufwache und reden könne. Zu diesem Zweck waren Clarke und Fox jetzt wieder an den Gayfield Square zurückgekehrt. Christine Esson reichte eine Kopie von Bates' Vorstrafenregister herüber. Die Vergehen reichten zurück bis in seine Schulzeit, bereits vier Gefängnisstrafen hatte er absitzen müssen. Sein letzter Zusammenstoß mit dem Gesetz lag allerdings fast drei Jahre zurück, und nichts wies darauf hin, dass er die Karriereleiter aufgestiegen und zum Großdealer geworden war. Clarke übergab Fox die Unterlagen und ließ ihm Zeit, sie zu lesen, während sie Ronnie Ogilvie musterte. Dieser saß an seinem Schreibtisch und beschäftigte sich mit seinem Computer, aber irgendwas war anders …

»Du hast den Schnurrbart abrasiert«, stellte sie fest.

Er fuhr sich über die Oberlippe. »Äh, ja«, sagte er, während Esson sich ein Grinsen verkniff.

»In den zwei Stunden, seit ich zuletzt hier war«, fuhr Clarke fort.

»Ich hatte plötzlich eine Eingebung.«

Fox hatte fertig gelesen. Er legte Clarke den Bericht auf den Tisch.

»Was machen wir, bis der Anwalt kommt?«, fragte er.

Esson hatte ihr klingelndes Telefon genommen. Sie legte eine Hand über das Mundstück. »Ist schon unten an der Anmeldung«, verkündete sie.

»Bist du bereit?«, fragte Clarke Fox.

»So gut wie«, erklärte er und knöpfte seine Anzugsjacke zu.

Der Anwalt wirkte überarbeitet, der oberste Hemdknopf unter seiner hellblauen Krawatte stand offen. Seine schwarzgeränderte Brille rutschte ihm wieder die Nase herunter. Clarke nickte freundlich und legte zwei Bänder in das Aufnahmegerät, während Fox darauf achtete, dass das Video funktionierte.

»Mein Klient ...«

Clarke unterbrach ihn, nannte ihren Namen und den von Detective Inspector Malcolm Fox. Sie hielt inne und wartete.

»Mein Name ist Alan Tranter, ich vertrete Mr Edward Bates«, sagte der Anwalt und ging die Unterlagen durch, die er vor sich hatte.

»Und wer sind Sie?«, fragte Clarke Bates, ihn mit ihrem Blick durchbohrend.

»Eddie Bates«, brummte er schließlich. »Niemand nennt mich Edward.«

»Ich werde drauf achten, dass die Wärter das gesagt bekommen«, behauptete Clarke. »So nennen wir die ... die Kollegen, die Sie im Auge behalten, solange Sie hier in der Zelle sitzen.«

»Was wird ihm vorgeworfen?«

»Freiheitsberaubung. Ich bin nicht sicher, ob wir von einer Entführung sprechen können, da bislang niemand eine Lösegeldforderung erhalten hat. Aber Freiheitsberaubung genügt völlig. Das bedeutet, jemand wird gegen seinen Willen festgehalten, und das ist ziemlich ernst. Wenn dazu noch organisierter Drogenhandel kommt ...«

»Ich weiß nichts von Drogen.«

»Sie wurden aus Ihrer Küche ins Labor in Howden Hall gebracht. Dort werden sie gerade gewogen, gezählt, analysiert, und die Verpackungen werden auf Fingerabdrücke untersucht – ebenso wie wir auch von Ihnen Fingerabdrücke nehmen werden, Mr Bates.«

»Ich sage Ihnen doch, jemand muss sie mir untergeschoben haben.«

»Vor Ihrer Nase? Ohne dass Sie's gemerkt haben? Vielleicht haben dieselben Leute auch Anthony Brough in das Zimmer gesperrt, ohne dass Ihnen das funkelnagelneue Vorhängeschloss oder der Gestank nach Scheiße und Kotze aufgefallen ist? Sie sind wohl kein sehr neugieriger Mensch, Mr Bates?«

»Ist dieser Ton wirklich notwendig, DI Clarke?«, fragte Tranter.

»Ihr Klient steckt ziemlich tief in der Scheiße, Mr Tranter. Sie täten gut daran, dafür zu sorgen, dass er das kapiert. Wir werden seine Fingerabdrücke auf dem Eimer, der Wasserflasche und dem Bettgestell finden ...«

»Nicht zu vergessen, an dem Vorhängeschloss«, setzte Fox hinzu.

»Das heißt aber, Sie haben die Fingerabdrücke noch nicht, oder?«, fragte der Anwalt.

»Die Kollegen von der Spurensicherung sind gerade dabei.« Clarke richtete ihre Aufmerksamkeit jetzt wieder auf Bates. »Ich sollte Sie warnen, die sind *sehr* gut.«

Tranter sah erneut in seinen Notizen nach. »Hat dieser Anthony Brough irgendwas gesagt? Ist es möglich, dass er sich freiwillig in dem Haus aufgehalten hat? Ich habe von meinem Klienten erfahren, dass Mr Brough selbst auch keine einwandfrei weiße Weste hat ...«

Er unterbrach sich, sah Clarke direkt an.

»Was soll das heißen?«, fragte sie.

»Mein Klient hat Mr Brough in der Vergangenheit mit geringen Mengen gewisser Substanzen versorgt.«

»Wie gering?«

»Sollte dieser Fall vor Gericht kommen, werden wir die Frage gerne beantworten. Mr Brough arbeitet im Banken- und Investmentwesen, richtig? Sind Sie sicher, dass es im Interesse von Mr Brough liegt, Mr Bates anzuzeigen? Glauben Sie wirklich, dass er selbst dafür plädieren würde?«

»Das ist egal – wir werden ihn anzeigen.«

Einige Augenblicke herrschte Stille im Raum, außer Bates' schwerem Atem war nichts zu hören.

Fox räusperte sich, knöpfte sein Jackett auf. »Wenn Sie Brough wirklich Stoff verkauft haben«, sagte er zu Bates, »müsste er Sie doch auf Fotos erkennen können. Und Ihren Namen kennen.«

Bates sah auf seine Hände, mit denen er sich an der Tischkante festklammerte.

»Direkt habe ich ihm nie was verkauft«, behauptete er.

»Wem dann?«

»Hören Sie«, schaltete sich der Anwalt ein, »ich bin sicher, die Frage wird sich klären, wenn mein Klient…«

»Seiner Sekretärin«, platzte Eddie Bates heraus.

Fox und Clarke sahen sich an. »Nennen Sie mir einen Namen«, sagte Fox, »dann kann ich vielleicht anfangen, Ihnen zu glauben.«

»Sewell«, sagte Bates selbstbewusst. »Molly Sewell.«

»Gibt es eigentlich keine Anmeldung, an der du nicht vorbeikommst?«, fragte Clarke und sah Rebus durch den Gang auf sich zukommen. Sie trank lauwarmen Tee und hatte ein halbes Schinken-Tomate-Sandwich gegessen. Das Brot war unappetitlich feucht, und die Tomaten schmeckten vergoren.

»Ich bin wie einer aus *Gesprengte Ketten,* nur andersrum«, meinte Rebus. »Was hab ich da über Anthony Brough gehört?« Clarke starrte ihn an. »Ich habe meine Quellen, Siobhan.«

»Quellen im näheren Umfeld, nehme ich an«, erwiderte Clarke und warf einen Blick durch die Tür zu dem Schreibtisch, an dem Christine Esson saß und ihrem Blick auswich. Fox, der Stimmen gehört hatte, kam aus dem Büro. Auch er hatte ein Sandwich in der Hand, mit dem er ebensowenig fertig zu werden schien.

»Tut mir leid, dass ich euch in der Mittagspause störe«, sagte Rebus. »Oder ist das ein frühes Abendessen?« Er tat, als wolle er auf seine Armbanduhr schauen.

»Brough war bis zum Anschlag zugedröhnt und wurde gewaltsam festgehalten«, fing Clarke an. »Sein Kerkermeister ist ein Dealer namens Eddie Bates – kennst du ihn?«

»Der Name kommt mir bekannt vor.« Rebus legte die Stirn in Falten.

»Er behauptet, Brough habe ihn nur besucht. Wäre nicht unbedingt mein favorisiertes Ausflugsziel, wenn ich im Geld schwimmen würde und mal blaumachen wollte, aber so hat er uns die Geschichte verkaufen wollen.«

»Wer – Brough oder Bates?«

»Bates.« Clarke warf die Reste ihres Sandwichs in einen Eimer und klopfte sich die Krümel von den Händen. »Brough ist noch zu fertig und wird gerade mit Vitaminen vollgepumpt. Wir können wahrscheinlich bald mit ihm reden.«

»Wurde Francesca verständigt?«

Clarke nickte. »Und Molly Sewell.«

»Und was ist es, das ihr mir nicht erzählt?«

»Laut Bates hat Sewell den Kurierdienst übernommen. Sie hat die Ware für ihren Chef bestellt und das Geld gebracht.«

»Okay.«

»Trotzdem haut das alles nicht hin. Brough saß dort nicht gerade in einem Partyhaus. Er war eingesperrt, nackt in einem Raum mit verbarrikadiertem Fenster, und musste in einen Eimer pissen. Er war halb verhungert, und man hatte ihm Gott weiß was gespritzt.«

»Die Geschmäcker sind verschieden«, meinte Rebus, während Clarke den Kopf schüttelte. »Du meinst also, Bates hat eine Möglichkeit gesehen, mehr Geld rauszuschlagen, indem er den Chef erpresst? Habt ihr so was wie eine Lösegeldforderung gesehen?«

»*Wir* nicht – du vielleicht?«

»So was würde ich doch nicht für mich behalten.«

»John, genau so was würdest du für dich behalten.«

»Ich sag aber die Wahrheit. Dieser Bates, kommt der euch wie ein Entführer vor?«

»Ich würde nicht wissen, wie einer sein muss, damit er mir wie ein Entführer vorkommt«, maulte Clarke.

»Ich würde sagen, nein«, schaltete Fox sich ein. »Er ist schon mal gar nicht schlau genug. Für eine Entführung muss man viel berechnender sein.«

»Und warum hat er Brough dann festgehalten?«, wollte Clarke wissen und verschränkte die Arme.

»Vielleicht wird Brough uns das erzählen«, schlug Rebus vor. »Wann wolltet ihr ihn besuchen?«

»Bald. Sehe ich das richtig, dass du auf eine Einladung wartest mitzukommen?«

»So vermessen wäre ich nie. Aber wenn ihr drauf besteht ...«

Fox' Handy piepte und teilte ihm mit, dass er eine SMS bekommen hatte.

»Christie?«, fragten Rebus und Clarke einstimmig, starrten einander anschließend an.

»Ausnahmsweise mal nicht«, erwiderte Fox. »Alvin James fragt sich, weshalb ich nicht an meinem Schreibtisch sitze.«

»Sag ihm, du bist in Gartcosh-Angelegenheiten unterwegs«, riet Rebus ihm.

»Genau das werde ich machen«, sagte Fox und tippte auf sein Display.

»Nur eins noch«, setzte Rebus hinzu. »Egal, mit welchem Wagen wir fahren, ich kann nicht hinten sitzen, da wird mir schlecht.«

»Immer vorausgesetzt, dass wir dich überhaupt mitnehmen«, gab Clarke zurück.

»Lieber geladener Gast als Partystürmer, findet ihr nicht?«

»Hast du vergessen, was das letzte Mal passiert ist, als du im Krankenhaus warst?«

»Das war was anderes, Siobhan, vertrau mir …«

Um Anthony Broughs Bett herum herrschte Gedränge. Als Francesca Rebus hereinkommen sah, sprang sie wie ein aufgeregtes Kind zu ihm, drückte seine Hand und stellte sich auf die Zehenspitzen, ihren Mund an seinem Ohr.

»Mein Bruder ist der Teufel, wussten Sie das?«

Sie hatte die Ärmel hochgeschoben. Rebus sah die Narben.

Alison Warbody näherte sich ihr, zog ihr die Ärmel wieder herunter.

»Du wolltest dich doch benehmen«, säuselte sie. »Denk dran, was ich gesagt habe.«

Francesca ließ sich wieder zurück ans Bett führen, wo Molly

Sewell bereits stand. Francesca stellte Rebus ihrem Bruder vor, der im Bett saß, drei Kissen unter dem Kopf.

»Er ist Polizist«, verkündete sie. »Interessiert sich *sehr* für Maria Turquand.«

»Kannst du ihr kein Valium geben oder so?« Anthony Brough sah Warbody an.

»Ach ja«, erwiderte sie. »Drogen sind genau das, was ihr noch gefehlt hat.«

Clarke und Fox hatten inzwischen das Bett erreicht und sich vorgestellt.

»Augenblick mal«, sagte Warbody und zeigte auf Rebus. »Er hat gesagt, *er* ist Fox.«

Clarke schenkte Rebus einen verstimmten Blick. »Das ist John Rebus«, erklärte sie Warbody. Dann an Brough gewandt: »Sie sehen schon sehr viel besser aus, Sir.«

»Hab trotzdem nur Watte im Kopf«, erwiderte Brough. »Watte und einen Presslufthammer.« Er sprach mit der tiefen, sonoren Stimme der schottischen Oberschicht. Sein Gesicht hatte wieder ein bisschen Farbe bekommen, die Wangen wurden allmählich rosig, und sein gelocktes sandfarbenes Haar war gekämmt, vermutlich von einer Krankenschwester. Brough fuhr sich zögerlich mit der Hand hindurch, als wollte er seine Frisur verändern.

»Sie müssen viele Fragen haben«, sagte er an die Gruppe gewandt. »Ich weiß jedenfalls, dass ich einige habe. Aber im Moment ist das alles noch ein einziges Durcheinander, also verzeihen Sie mir bitte, wenn ich keine Antworten weiß.«

»Zunächst wüssten wir gerne, ob Sie sich aus freien Stücken in dem Haus aufgehalten haben, Sir«, begann Clarke.

»Ich weiß nicht einmal, wo ich war. Das war wie ein schlechter Traum, alles. Nackt durch die Straße laufen – so was macht man doch in Alpträumen, oder?«

»Sie waren in einem Haus in West Pilton, ein Mann namens Eddie Bates wohnt dort.«

»Hab den Namen nie gehört.«

Clarke wandte sich von Brough ab. »Und Sie, Miss Sewell?«

»Was?« Molly Sewell wirkte verdattert. »Keine Ahnung.«

Francesca hatte angefangen, immer wieder leise Bates' Namen vor sich hin zu sagen und einen Rhythmus dabei zu entwickeln.

»Was hat das alles überhaupt mit Maria Turquand zu tun?«, fragte Brough.

Clarke schüttelte den Kopf. »Deshalb sind wir nicht hier, Mr Brough.«

Aber Brough starrte Rebus an, als sei sein Interesse geweckt. Dann kniff er die Augen zu, presste die Zähne vor Schmerz aufeinander.

»Ich wünschte, die würden mir noch ein paar Tabletten bringen.« Er zupfte am Oberteil seines schlichten Krankenhauskittels. »Schweißausbrüche hab ich auch. Hier ist es heiß wie im Backofen.«

»Feuerheiß«, schaltete sich seine Schwester mit aufgerissenen Augen ein und fing an zu kichern. Brough sah erneut Warbody an.

»Alison«, sagte er. »Ich weiß die gute Absicht durchaus zu schätzen, aber solltest du meine Schwester jetzt nicht allmählich mal nach Hause bringen?«

»Ich mag keine Krankenhäuser«, erklärte Francesca allen, die zuhörten.

»Niemand mag Krankenhäuser«, erwiderte ihr Bruder.

»Sie wollte dich sehen«, meinte Warbody.

Francesca wirkte verblüfft. »Wollte ich?«

»Das weißt du genau.«

428

»Wahrscheinlich.« Francesca zuckte mit den Schultern.

»Dürfen wir uns kurz mit Ihnen unterhalten?«, fragte Clarke Molly Sewell. »Alleine?«

»Kann das nicht warten?«

»Dauert nur fünf Minuten. Mr Brough läuft uns nicht weg.«

Clarke ging voran, Fox folgte der widerwilligen Molly Sewell in der Mitte.

»Worum geht es denn?«, fragte Brough Rebus.

»Darf ich mich setzen? Ich bin nicht mehr so jung wie andere hier.« Rebus ließ sich auf dem einzigen Stuhl nieder.

»Sie sind alt«, behauptete Francesca. »Richtig, *richtig* alt. Bestimmt sterben Sie bald.«

»Francesca!« Warbody packte sie an einem Arm und schüttelte sie.

»Geh mit ihr raus, spazieren«, bat Brough. »In den Laden oder sonst wohin – frische Luft schnappen.«

»Na schön«, sagte Warbody und hielt Francesca an der Hand. »Aber wir kommen gleich wieder.«

»Kann's kaum erwarten«, sagte Brough und warf seiner Schwester eine Kusshand zu, die sich duckte, als wollte sie ihr ausweichen. Sie sang, während sie sich von Warbody aus der Station führen ließ.

»Ganz schön anstrengend«, sagte Rebus verständnisvoll. »Ich nehme an, Sie zahlen für ihren Unterhalt und ihre Pflege.«

»Ist jeden Penny wert.«

»Komisch, mir fällt ein, dass ich gehört habe, Ihre Schwester würde ihre Pflegerin aus eigener Tasche zahlen. Sir Magnus hat ihr genug hinterlassen – nur gut, dass sie ihr Geld nicht Ihnen zur Investition anvertraut hat, hm?«

Brough starrte Rebus böse an. »Ich kann Ihnen wirklich nichts sagen.«

»Können Sie nicht, oder wollen Sie nicht?«

»Ich kann nicht.«

»Woran können Sie sich als Letztes erinnern, bevor Sie in dem Zimmer aufgewacht sind?«

»Wie viele Tage war ich da?«

»Schätzungsweise knapp über eine Woche.«

Brough legte seinen Kopf aufs Kissen, starrte an die Decke. »Ich war zu Hause. Das Übliche wie immer abends.«

»Und das wäre?«

»Ein oder zwei Whisky und ein bisschen Koks. Oder auch ein paar Downer, wenn mir nach einem schönen, langen Schläfchen ist.« Brough dachte einen Augenblick nach. »Auf einmal ist mir schwummrig geworden; und bevor ich wusste, wie mir geschah, saß ich in einem fremden Zimmer auf dem verfluchten Boden und hab gebibbert.« Seine Augen verengten sich. »Wieso sind Ihre Kollegen mit Molly weg?«

»Sie wollen wissen, ob es eine Lösegeldforderung gegeben hat?«

»Glauben Sie, dass es das war? Eine Entführung?«

»Was glauben *Sie,* Mr Brough?«

»Ehrlich gesagt, ich habe keine Ahnung.«

»Aber es muss Ihnen doch in den Kopf gekommen sein…«

»Was?« Brough drehte den Kopf zu Rebus um.

»Dass Glushenko auf der anderen Seite der Tür steht und sich bereit macht, Ihnen die Kehle durchzuschneiden.« Rebus wartete, ob Brough etwas sagen wollte. Seine Lippen bewegten sich, aber es kam nichts raus. »Sehen Sie, wir wissen alles«, fuhr Rebus fort, erhob sich vom Stuhl, beugte sich über das Bett und stützte sich auf der Matratze ab. »Sie kratzen jetzt aber nicht ab, oder? Hatte kürzlich erst so einen Fall. Noch ein Toter würde nicht gut aussehen…«

»Wer ist dieser Glushenko, von dem Sie sprechen?«

»Der Mann, dem Sie Millionen geklaut haben. Die Wohnung über dem Klondyke Alley? Sie und Ihr Kumpel Darryl Christie? Die ganzen Briefkastenfirmen, mit denen Sie Geld rund um den Globus verschieben oder zumindest aus dem Blickfeld der Steuerbehörde verschwinden lassen. Plötzlich kommt ein Haufen Geld aus der Ukraine. Ihre Investitionen sind im Keller, und Ihre Klienten sind unzufrieden, also schöpfen Sie erstmal was ab, bevor Sie's weiterschicken. Aber natürlich fällt das auf, und Glushenko ist stinksauer. Er will Ihnen und Darryl einen Besuch abstatten. Sie tauchen unter, lassen Darryl die Misere ausbaden.« Rebus hielt inne. »Wie mache ich mich bis hierher?« Brough schwieg. »Ach ja, und Ihre armen Investoren bekommen am Ende von der abgeschöpften Kohle nichts zu sehen, oder? Sie haben alles für sich selbst behalten, Darryl und Sie.«

»Das ist nicht wahr.« Brough schüttelte langsam den Kopf. »Ich wollte ihnen ihren Teil auszahlen, hab sogar die notwendigen Überweisungen veranlasst. Aber das Geld war nicht da.«

»Wie meinen Sie das?«

»Es war nicht da.«

»Christie?«, vermutete Rebus.

»Wer sonst?«

»Sie wissen, dass er vor seinem eigenen Haus überfallen wurde?«

»Gut. Ich hoffe, die haben ihm ordentlich was aufs Dach gegeben.«

»Dann vermute ich, das ist nicht auf Ihre Anordnung hin geschehen.«

»Ich wünschte, ich hätte so weit gedacht.« In Broughs Mundwinkeln sammelte sich Speichel.

»Existiert Glushenko überhaupt?«

Brough verengte erneut die Augen. »Natürlich.«

»Haben Sie ihn persönlich kennengelernt? Mit ihm gesprochen? Ist er nicht nur ein frei erfundener Bösewicht, der die anderen nervös machen soll – insbesondere Darryl Christie?«

»Es gibt ihn.«

»Dann ist das aber doch ganz schön verdreht, oder? Die ganze Zeit, in der Sie eingesperrt waren, befanden Sie sich in Sicherheit, aber jetzt, wo Sie fliehen konnten …« Rebus sprach den Satz nicht zu Ende. Er sah, dass Broughs Gedanken rasten, Kopfschmerzen hin oder her.

»Können Sie mir helfen?«, fragte Brough schließlich, seine Stimme kaum mehr als ein Flüstern.

»Wie soll ich Ihnen helfen?«

»Ich brauche zwei Dinge – Freiheit und Sicherheit.«

»Beides ist absolut erstrebenswert«, stimmte Rebus ihm zu.

»Ich hab auch was im Gegenzug dafür.«

»Ach ja? Wollen Sie etwas von dem nicht existierenden Geld einem verdienten ehemaligen Polizisten in die Tasche stecken?«

»Vielleicht ziehen Sie ja eine Auflösung dem schnöden Mammon vor.«

»Es gibt wohl für alles ein erstes Mal.«

Brough fuhr sich mit der Zunge über die Lippen, feuchtete sie an. »Ich weiß, wer sie getötet hat«, sagte er.

»Wen?«, fragte Rebus und wusste bereits, welchen Namen er hören würde.

»Maria Turquand«, sagte Brough.

Sie fanden drei Plätze im Foyer. Überall liefen Angestellte und Besucher umher, einige telefonierten, aber niemand achtete auf Clarke, Fox und Molly Sewell. Wahrscheinlich sahen sie aus wie Angehörige, die sich um einen ihrer Lieben auf einer der Stationen sorgten. Fox rückte seinen Stuhl so zurecht, dass sie eine Art Kreis bildeten. Sewell schaute alles Mögliche an, nur nicht die beiden Detectives.

»Wir müssen Ihnen ein paar Fragen stellen«, sagte Clarke leise. »Und Sie müssen ehrlich antworten.« Sie hielt inne. »Sehen Sie mich an, Molly.« Die junge Frau kam der Aufforderung nach. »Ich frage Sie jetzt noch einmal: Sagt Ihnen der Name Eddie Bates etwas?«

»Nein.«

»Wenn Sie uns anlügen, handeln Sie sich ernsthafte Schwierigkeiten ein«, unterbrach Fox sie. »Ist Ihnen das bewusst?«

»Eddie Bates scheint Sie zu kennen«, fuhr Clarke fort. »Er sagt, er hat Ihnen Drogen für Anthony Brough verkauft. Wollen Sie behaupten, dass er lügt?«

»Das muss er wohl.« Sewell sah zu, als Francesca Brough und Alison Warbody Hand in Hand vorbeispazierten und das Gebäude verließen.

»Ein seltsames Paar«, meinte Fox.

»Alison ist absolut heroisch. Nicht jeder hätte so eine Geduld wie sie.«

»Francesca scheint allerdings recht anstrengend zu sein.«

»Sie kann nichts dafür.« Sewells Stimme klang jetzt kälter. »Zu viele Tragödien und Drogen …«

»Womit wir«, fiel ihr Clarke ins Wort, »wieder bei Eddie Bates wären. Angenommen, wir würden Sie zu einer Gegenüberstellung auf die Wache mitnehmen …«

Sewell kaute auf ihrer Unterlippe. Erneut sprang ihr Blick im Raum umher. »Kann sein, dass ich ihn kenne«, räumte sie ein.

»Und Sie sind sicher, dass Sie nie irgendeine Art von Löse-geldforderung erhalten haben? Irgendeine Mitteilung?«

Sewell begegnete erneut Clarkes Blick. »Wollen Sie behaupten, Eddie hat Anthony entführt?«

»Ihr Chef war zu Hause bei Eddie Bates in ein Zimmer gesperrt. Sie wissen, wo das ist?« Sewell schüttelte den Kopf. »Hat Anthony es gewusst?«

»Die beiden sind sich nie begegnet.«

»Aber Bates wusste, für wen die Drogen sind?«

Sewell dachte über ihre Antwort nach, dann nickte sie langsam. »Er ist manchmal ins Büro gekommen.«

»Auch zu Anthony nach Hause?«

Sewell schüttelte neuerlich den Kopf. »Normalerweise haben wir uns auf der Straße draußen vor dem Büro getroffen. Eddie meinte, das sei praktisch, weil er noch einen anderen Kunden auf der anderen Straßenseite habe.«

»Bruce Collier?«, riet Fox. Sewell zuckte nur mit den Schultern.

»Eddie könnte aber Anthonys Adresse herausgefunden haben«, spekulierte sie. »Heutzutage ist nichts unmöglich.«

»Nur um das klarzustellen – Anthony hat nie gewusst, wo die Drogen herkamen, und auch nicht, wo Bates wohnt.«

»Sie meinen, dass sie ihm vielleicht ausgegangen sind, er dringend Nachschub wollte und selbst hin ist?« Sewell dachte darüber nach. »Na ja, kann sein.«

»Nur haben Sie uns gerade erklärt«, sagte Fox, »dass Ihr Chef keine Ahnung hatte, wer seine Bezugsquelle war.«

»Vielleicht hat er Eddies Nummer irgendwo auf meinem Schreibtisch gefunden«, schlug Sewell vor.

»Also, wie ist das gelaufen? Anthony hat Sie gebeten, einen Dealer zu suchen, und Sie haben das gemacht?«

Sewell zuckte mit den Schultern. »Eine gute Assistentin macht so was.«

»Wie haben Sie das angestellt – in den Gelben Seiten nachgeschlagen?«

»Am Wochenende ziehe ich manchmal durch die Clubs. Ich hab einen Freund gefragt, der einen anderen gefragt hat, und schließlich hab ich eine Telefonnummer bekommen.«

»Und welche Clubs?«, fragte Clarke.

»Das Ringo's.« Sie hielt inne. »Vielleicht auch mal das Devil's Dram – ist das wichtig?«

»Vermutlich nicht. Seit wann kennen Sie Bates?«

»Seit ein paar Jahren.«

»Haben Sie eine Ahnung, woher Ihr Chef vorher seinen Stoff bezogen hat?«

»Von jemandem, der im Gefängnis gelandet ist.«

Clarke sah Fox an, um zu sehen, ob er noch weitere Fragen hatte. Nachdenklich rieb er sich das Kinn.

»Hat Eddie gesagt, dass er Anthony wegen Geld festgehalten hat?«, fragte Sewell.

»Wir versuchen noch, schlau daraus zu werden«, gestand Clarke.

»Stecke ich in Schwierigkeiten?«

»Weil Sie Ihrem Chef Drogen besorgt haben?« Clarke überlegte. »Kann sein.«

»Komme ich dafür ins Gefängnis?«

»Das wohl nicht, aber es könnte nicht schaden, wenn Sie uns alles sagen, was wir Ihrer Meinung nach wissen sollten.«

Sewell zuckte mit den Schultern. »Mir fällt nichts ein. Ist es okay, wenn ich wieder nach oben gehe?«

Clarke zog einen Notizblock aus der Tasche und gab ihn ihr. »Schreiben Sie Ihre Adresse und ein paar Telefonnummern auf, damit wir Sie erreichen können. Wir werden uns noch mal mit Ihnen unterhalten müssen, um ein richtiges Protokoll Ihrer Version der Ereignisse zu erstellen.«

Sewell beugte sich über den Block, legte ihn auf ihr rechtes Knie. Als sie fertig war, nahm Clarke ihn wieder an sich und vergewisserte sich, dass sie die akkurate Handschrift auch wirklich lesen konnte.

»Kann ich jetzt gehen?«

Clarke nickte, sah Sewell aufspringen. Auch Fox erhob sich und stellte seinen Stuhl wieder dorthin, wo er ihn hergeholt hatte.

»Was jetzt?«, fragte er.

»Vielleicht nochmal mit Eddie Bates sprechen?« Clarke sah ihn an. »Musst du nicht in Gartcosh Bescheid sagen wegen Brough?«

»Das sollte ich vermutlich. Wollen wir Brough noch ein paar Fragen stellen?«

»Wenn sich die erste Aufregung gelegt hat.«

»Mir ist gerade bewusst geworden, dass wir John mit dem Patienten alleine gelassen haben. Ich frage mich, ob das schlau war.«

»Wieso fragen wir ihn das nicht selbst?« Clarke nickte in Richtung der Gestalt, die das Foyer durchquerte. Sie winkte, und Rebus sah sie. Er nickte ihr kurz zu und gab ihr durch eine Geste zu verstehen, dass er sie später noch einmal anrufen würde. Dann verschwand er durch die automatische Tür.

»Was war das denn?«, fragte Fox.

»Ich denke, dass jemand Ärger bekommen wird«, erwiderte Clarke. »Schon eine Weile her, dass ich das letzte Mal diesen Blick bei ihm gesehen habe …«

25

Als niemand aufmachte, klingelte Rebus erneut. Die Sonne ging unter, und die Vögel zwitscherten. Nicht dass er die Vögel hätte sehen können – sie waren einfach nur *da*, anwesend, aber größtenteils unsichtbar. Er griff nach dem großen Metallklopfer und versuchte es damit.

»Ja, ja, ja«, wurde eine Stimme hinter der Tür vernehmbar. »Dauert eine Weile, meine Hüfte, wissen Sie?« Als die Tür aufging, brauchte John Turquand einen Augenblick, bis er den Mann wiedererkannte, der vor ihm stand.

»Sie waren doch neulich schon mal da«, sagte er.

»Stimmt. Darf ich reinkommen?«

»Es passt gerade wirklich schlecht.«

»Na so was, ist das nicht verdammt schade?« Rebus ging an Turquand vorbei in die Diele und weiter in die Bibliothek. Er schenkte sich einen kleinen Whisky ein und hatte ihn schon hinuntergekippt, als Turquand eintraf. »Lange Fahrt von Edinburgh hierher«, erklärte er.

»Sie wirken aufgebracht«, stellte Turquand fest. Er trug dieselbe Kleidung wie auch schon bei Rebus' letztem Besuch und hatte sich seither offensichtlich nicht rasiert.

»Setzen Sie sich«, befahl Rebus und nahm selbst Platz.

Der Bridgetisch wartete immer noch darauf, dass jemand dort spielte. Rebus nahm die Karten auf und mischte sie, während sich Turquand auf den Stuhl ihm gegenüber setzte.

»Peter Attwood war ein Freund von Ihnen – ein guter Freund. Muss Sie doch wahnsinnig wütend gemacht haben, dass er mit Maria geschlafen hat.«

»Klar, als ich dahintergekommen bin, schon.«

»Aber das war eine ganze Weile, bevor sie gestorben ist, oder? Entgegen der Geschichte, die Sie bei Ihrer Vernehmung erzählt haben.«

»Wollen Sie mir was unterstellen? Soll ich meinen Anwalt rufen?«

»Es war Sir Magnus' Idee«, fuhr Rebus fort. »Er hat sich Sorgen gemacht, dass Marias Affären Ihre Arbeit beeinträchtigen könnten, und für die Übernahme der Royal Bank brauchte er Sie auf der Höhe Ihrer geistigen Fähigkeiten. Er hat Ihnen geraten, sie zur Rede zu stellen, und das haben Sie auch versucht – Sie sind ihr gefolgt, Sie wussten, in welchem Zimmer sie im Caley abgestiegen war. Sie haben sogar versucht, sie dort anzurufen, aber dann haben Sie Angst bekommen. Sir Magnus war unerbittlich – etwas musste geschehen, und wenn Sie nicht mit ihr sprechen würden, würde *er* es tun. Also haben Sie sich zusammengerissen und sind ins Hotel gefahren, standen vor ihrem Zimmer und haben geklopft. Als sie die Tür aufgemacht hat, dachte sie, Peter Attwood stünde davor. Sie hatte keine Ahnung, dass er Schluss mit ihr machen wollte.«

»Hören Sie bitte auf.« Turquands Oberlippe bebte.

»Ihr Gesichtsausdruck – sie hat gestrahlt, war bereit, ihrem Geliebten um den Hals zu fallen. Sie wurden nie so von ihr empfangen, und auf einmal haben Sie rotgesehen, sie ins Zimmer gestoßen und ihr die Hände um den Hals gelegt.«

»Nein…«

»Sie haben sie erdrosselt.«

Turquand hielt den Kopf in den Händen, die Ellbogen auf

den Tisch gestützt. Rebus mischte weiter Karten, während er fortfuhr.

»Ein Verbrechen aus Leidenschaft, würde man vermutlich sagen – nur dass sie die Leidenschaftliche war. Als es vorbei war, sind Sie zu Ihrem Chef gegangen und haben alles gebeichtet. Er hat behauptet, alles würde schon wieder gut werden, hat Sie beruhigt und gesagt, dass er Ihnen ein Alibi verschaffen würde. Angeblich waren Sie den ganzen Nachmittag in einer Besprechung mit ihm. Natürlich wurden Sie verdächtigt, aber andere ebenso. Und irgendwann hat selbst die Polizei das Interesse verloren, weshalb Sie weiter Millionen scheffeln und ausgeben konnten.«

»Woher wissen Sie das? Wer hat Ihnen das gesagt?«

Rebus legte die Karten auf den Tisch. »Sir Magnus hat sich auf dem Totenbett seinen Enkelkindern anvertraut. Er wollte, dass sie es wissen.«

Turquand blickte zwischen seinen Fingern auf. »Was?«

»Dass eine bestimmte Sorte Mensch mit allem davonkommt – selbst mit einem Mord. Er wollte sie nach seinem eigenen Vorbild prägen und glaubte, dass ihm das auch gelungen war. Sie sollten hart, skrupellos und käuflich sein – alle Eigenschaften aufweisen, die man für ein erfolgreiches Unternehmen und vielleicht auch fürs Leben braucht.«

»Das ist schrecklich«, sagte Turquand.

»Ihr Arbeitgeber war ein schrecklicher Mensch. Und gewiss hat das auch auf Anthony abgefärbt. Er hat immer etwas gegen Sie in der Hand gehabt. Deshalb haben Sie seine Investmentfirma auch so eifrig unterstützt, und deshalb konnte er sich so freizügig bei Ihnen bedienen.« Rebus hielt inne.

»Und deshalb sind Sie jetzt machtlos, da er das ganze Geld verloren hat. Wenn ich mich hier umsehe, wissen Sie, was ich sehe? Ein Gefängnis. Ein hübscher Ort, um sich darin einzusperren, aber Sie sind schon hier, seit Maria gestorben ist. Und deshalb haben Sie auch nie wieder geheiratet. Sie sitzen eine lebenslängliche Strafe ab, Mr Turquand, und die Familie Brough wacht darüber.«

Turquand ließ die Arme sinken und lehnte sich zurück, der hölzerne Stuhl knarzte aus Protest.

»Es muss einen Grund geben, weshalb er es Ihnen gesagt hat.«

»Anthony ist im Krankenhaus, erholt sich von einer Entführung. Er kann nicht beweisen, dass Sie dahinterstecken, sich endlich an ihm rächen wollen, aber er weiß, dass Sie finanziell am Ende sind. Vielleicht denken Sie, Sie hätten nichts mehr zu verlieren, wenn Sie ihn quälen?«

»Entführt? Davon höre ich gerade zum ersten Mal, glauben Sie mir das!«

»Ich weiß«, sagte Rebus leise und stand auf.

»Und … was passiert jetzt?«

»Na ja, Sie könnten auf jede beliebige Polizeiwache gehen und ein Geständnis ablegen. Mit freundlicher Unterstützung von Maxine Dromgoole könnten Sie vielleicht sogar einen Buchvertrag herausschlagen. Sie könnten berühmt werden, was vermutlich besser ist als nichts.«

»Und wenn ich mich dagegen entscheide?« Turquand presste die Finger auf den grünen Filz der Tischplatte.

»Wenn Sie auspacken wollen, Mr Turquand, hätten Sie das vor Jahren tun sollen, alleine schon, um sich Anthony vom Hals zu schaffen. Jetzt ist es eigentlich sinnlos, besonders da die Geldschränke mehr oder weniger leer sind. Die Broughs haben bereits genug Schaden angerichtet, so oder so.«

»Sie wollen mich nicht festnehmen?«

440

»Ich bin kein Polizist. Und schließlich steht Ihr Wort gegen das von Anthony. Außerdem halten auf dem Totenbett abgelegte Geständnisse vor Gericht selten stand.«

»Verstehe«, pflichtete Turquand ihm bei. »Sir Magnus kann sich die ganze Geschichte schließlich auch nur ausgedacht haben, oder? Ein letztes kleines Spielchen, das er mit seinen Enkelkindern spielen wollte.« Er versuchte, auf die Beine zu kommen, sah Rebus hilfesuchend an, der nicht daran dachte, ihm die Hand zu reichen. Schließlich standen sich beide Männer gegenüber.

»Aber wir beide kennen die Wahrheit, Sie und ich«, sagte Rebus.

»So ist es.« Turquand hielt inne. »Wird Anthony wieder gesund, nach allem, was er durchgemacht hat?«

»Er befindet sich bereits auf dem besten Wege zu einer vollständigen Genesung.«

»Das höre ich ungern«, sagte Turquand und schlurfte hinter Rebus her, als dieser in die Diele zurückkehrte. »Wissen Sie, ich hab sie geliebt, auf meine Art. Aber Maria war das nie genug.«

»Wollen Sie mir jetzt sagen, dass sie's provoziert hat? Verschwenden Sie nicht Ihren Atem.«

»Ich wollte nur …« Der Satz verebbte, unvollendet.

Rebus hielt auf der Schwelle inne, sah die Tür langsam zufallen.

Er schnupperte in die kalte Luft. Moderige Blätter und feuchtes Gras. Einige wenige Vögel zwitscherten immer noch, aber längst nicht mehr so viele wie zuvor. Fox hatte recht gehabt, dachte er – der Whisky in der Karaffe war wirklich billig gewesen. Er ging wieder ein paar Stufen hinauf, zog seinen Hosenstall auf und pinkelte. Zehn Sekunden später wurde die

Tür ein paar Zentimeter weit aufgezogen. Turquand musste auf das Geräusch des davonfahrenden Saab gewartet haben. Jetzt machte er ein erschrockenes Gesicht, als der Strahl die Schwelle traf, die Tür vollspritzte.

»Die Fahrt zurück nach Edinburgh ist lang«, erklärte Rebus und zog seinen Reißverschluss wieder hoch.

Clarke und Fox waren früh bei Giuliano's am Union Place essen gegangen. Auf der anderen Straßenseite hatte das Playhouse Theatre gerade seine Pforten geöffnet. Es wurde ein Musical gegeben, die eifrigsten Zuschauer stellten sich bereits an, um ihre Karten vorzuzeigen. Andere saßen noch an den Tischen ringsum und aßen vor der Vorstellung noch schnell eine Pizza, darunter auch eine ausgelassene Gruppe von Frauen mittleren Alters, jede mit einer pinkfarbenen Federboa um die Schultern. Während Clarke und Fox auf ihr Essen warteten, wurden weitere Flaschen Rotwein bestellt.

»Was haben die in Gartcosh gesagt?«, fragte Clarke.

»Dort fragt man sich dasselbe wie wir auch – wer hat die Entführung in Auftrag gegeben, und was passiert jetzt, wo Brough wieder frei herumläuft?«

»Niemand glaubt, dass Bates auf eigene Faust gehandelt hat?«

»Ich hab die Kollegen davon überzeugt, dass das sehr unwahrscheinlich ist.«

»Wissen sie über Judes Schulden Bescheid?«

»Würde ich dann noch an dem Fall arbeiten?«

Clarke nahm einen Schluck Tonic Water. »Was eine andere Frage aufwirft – *solltest* du weiter an dem Fall arbeiten? Von wegen Interessenskonflikt und so weiter?«

»Hast du den Eindruck, dass ich die Ermittlungen irgendwie behindert habe?«

Clarke zuckte mit den Schultern. »Das könnte die Staatsanwaltschaft anders sehen.«

»Die Staatsanwaltschaft betrachtet die Welt nicht mit unseren Augen.«

»Du klingst schon wie ein gewisser pensionierter Polizist, den wir beide kennen.« Clarke sah sich um, wartete ungeduldig auf ihr Essen.

»Ich wurde wegen dem Überfall auf Darryl Christie hergeschickt«, fuhr Fox fort. »Die in Gartcosh wollten wissen, ob es einen Zusammenhang zwischen seinen Geschäften und Anthony Brough gibt – Brough ist die eigentliche Zielperson. Durch den Tod von Robert Chatham hat sich der Fokus zwangsläufig verschoben, und jetzt stellt sich heraus, dass es tatsächlich einen Zusammenhang zwischen den beiden gibt.«

»Aber Brough bleibt nach wie vor unantastbar?«, spekulierte Clarke. Sie nickte, als ihr Handy klingelte. »Der besagte ehemalige Polizist«, erklärte sie Fox und meldete sich. Rebus klang, als würde er Auto fahren.

»Warst du nochmal bei Brough?«, fragte er, offensichtlich nicht in Stimmung für Small Talk.

»Noch nicht. Wir haben uns stattdessen noch mal Bates vorgeknöpft und ihn anschließend in seiner Zelle schmoren lassen.«

»Ihr solltet ins Krankenhaus fahren.«

»Wieso?«

»Weil er Angst hat. Könnte sein, dass er jetzt bereit ist zu reden.«

»Über die Briefkastenfirmen?« Clarke sah Fox direkt an.

»Über alles, Hauptsache, wir versprechen, ihm den Arsch zu retten.«

»Bitte sag mir, dass *du* ihm nichts versprochen hast.«

»Wie sollte ich?«

»Das hat dich doch noch nie von irgendwas abgehalten.« Sie lehnte sich zurück, als ihr Teller Gnocchi kam.

»Er wandert ins Gefängnis, Siobhan. Möglicherweise wegen dem falschen Vergehen, aber er weiß, dass es ihm nicht erspart bleiben wird. Die Frage ist nur, welches Gefängnis und für wie lange.«

»Immer vorausgesetzt, Glushenko schnappt ihn sich nicht vorher.«

»Das vorausgesetzt.«

Sie lauschte der Stille. »Wie meinst du das, ›wegen dem falschen Vergehen‹?«

»Er hat einen Mord auf dem Gewissen, Siobhan. Und damit ist er in zwei Stunden schon der Zweite, der damit davongekommen ist.«

»Was?«

»Erkläre ich dir später.«

»Wo bist du jetzt?«

»Ich fahre.«

»Aber wohin?«

»Ist Malcolm bei dir?«

»Ja.«

»Indisch oder Italienisch?«

»Italienisch.«

»Ich wünschte, ich wäre bei euch.«

»Ist noch Platz am Tisch.«

»Vielleicht später noch auf einen Drink in der Oxford Bar – wenn ihr mit Brough gesprochen habt.«

»Was sollen wir ihm sagen?«

»Malcolm soll Rücksprache mit seinen Freunden von der Steuerbehörde halten. Das schmutzige Geld, das verschwunden ist … Die Tage in dem Zimmer in West Pilton – Brough wird wieder, aber jetzt ist er schwach und hat keine Ahnung, was er als Nächstes machen soll. Deine Aufgabe ist es, ihm den Weg zu weisen.«

»Vielleicht würde ein Stadtplan helfen.«

»Du brauchst keinen Stadtplan, Siobhan.«

»Um wie viel Uhr in der Oxford Bar?«

»Zehn?«

»Da bin ich normalerweise schon im Bett, aber ich versuch's.«

»Also, bis dann.«

Die Verbindung wurde unterbrochen. Clarke fasste das Gespräch für Fox zusammen. Bevor sie fertig war, hatte Fox sein Handy aus der Tasche gezogen und Sheila Grahams Nummer eingegeben. Während er sich mit ihr unterhielt, klingelte Clarkes Handy erneut. Sie hielt es sich ans Ohr.

»Ja, Christine?«

»Ich bin schon auf dem Weg nach Hause«, sagte Esson, »aber die von der Wache haben gerade noch mal angerufen. Bei dir haben sie es auch versucht, aber da war besetzt.«

»Was ist los?«

»Es geht um deinen Freund Eddie Bates. Anscheinend will er reden.«

»Wir sind mit ihm noch lange nicht fertig.«

»Na ja, anscheinend hast du ihn beim ersten Vorsprechen überzeugt – er will dich wiedersehen.«

»Ich wollte gerade zu Anthony Brough.«

»Dann werft doch eine Münze. Ich nehme an, Malcolm hat dich zu Giuliano's eingeladen, und wenn mich nicht alles täuscht, ist das nur zwei Minuten vom Gayfield Square entfernt …«

Clarke legte auf und machte Fox Zeichen.

»Augenblick mal, bitte«, sagte Fox in sein Handy und hielt es auf eine Armeslänge Abstand von sich weg.

»Ich muss erst noch mal zu Bates«, warnte Clarke ihn. Als Fox fragend schaute, zuckte sie mit den Schultern und schob ihr unberührtes Essen von sich.

»Alan McFarlane kommt extra aus London her«, sagte Fox, als sie die Polizeiwache betraten und in das Vernehmungszimmer gingen. Clarke hatte angerufen und veranlasst, dass Bates aus seiner Zelle rübergebracht wurde.

»Wann kommt er an?«

»Morgen früh, denke ich. Zum Fliegen ist es jetzt schon zu spät.«

»Wollen wir hoffen, dass Brough dann immer noch die Düse geht.«

»Nichts hält uns davon ab, anschließend noch mal bei ihm vorbeizuschauen«, sagte Fox.

»Du bist schrecklich dienstbeflissen – willst wohl immer noch einen guten Eindruck machen?«

»Bei wem?«

»Jedem, den's interessiert.« Clarke lächelte ihn an, um ihm zu verstehen zu geben, dass sie ihn nur aufzog – dann öffnete sie die Tür zum Vernehmungszimmer. Zwei Beamte warteten bei Bates. Sie nickte, um ihnen zu verstehen zu geben, dass sie gehen konnten. Bates war nervös, rieb und kratzte sich die Arme.

»Auf Entzug?«, fragte Fox. »Ein guter Dealer konsumiert nicht selbst.«

»Manchmal zahlt sich Geselligkeit aus«, meinte Bates.

Clarke nahm den Stuhl ihm gegenüber, Fox blieb nicht weit davon entfernt stehen. Neben dem sitzenden Bates wirkte er riesengroß und bedrohlich, was genau der Sinn und Zweck war.

»Um alles nochmal zusammenzufassen«, fing Clarke an, »als wir uns das letzte Mal begegnet sind – oh … ungefähr vor fünfundsiebzig Minuten –, sind Sie bei Ihrer Geschichte geblieben. Und wir haben Sie auf Ihre Situation hingewiesen, nämlich dass Sie wegen Freiheitsberaubung und Drogenhandel sehr lange hinter Gitter wandern werden.« Sie unterbrach sich. »Ist Ihr Anwalt unterwegs?«

»Ich brauche keinen Anwalt. Ich will einen Deal machen.«

»Alle wollen irgendwas, Eddie«, behauptete Fox und verschränkte die Arme.

»Sehen Sie, das ganze Zeug, das ich euch erzählt habe … ich dachte, ich würde das aus den richtigen Gründen sagen. Ich hab nämlich so was wie Ehrgefühl, wisst ihr.«

»Sie sind kein Verräter?«

»Genau! Aber es kommt eine Zeit, da muss jeder für sich alleine sehen, wo er bleibt, hab ich recht?«

»Ich kann nicht widersprechen.«

Bates sah von Clarke zu Fox und wieder zurück, während er mit sich selbst diskutierte. Er stieß die Luft aus seinen aufgeplusterten Wangen aus und konzentrierte sich auf die zerkratzte Tischplatte.

»Molly war's«, sagte er schließlich.

»Molly Sewell?«

Bates nickte. »Sie hat das alles arrangiert, mir sogar gesagt, welches Zimmer ich nehmen und wie ich es ausstatten soll. Als hätte sie's schon eine ganze Weile geplant.«

»Molly wollte, dass Sie ihren Chef gefangen halten? Hat sie auch gesagt, warum?« Clarke versuchte, nicht zu erstaunt zu klingen.

Bates schüttelte den Kopf. »Sie hat ihm Drogen in den Whisky getan. War bei ihm zu Hause und hat nachgesehen, ob er auch wirklich bewusstlos war. Dann haben wir ihn zu ihrem Wagen getragen und zu mir gebracht.«

»Ohne dass euch jemand gesehen hat?«

»Wahrscheinlich hat es ausgesehen, als würden wir einem betrunkenen Freund helfen.«

»Wie ist sie in sein Haus gekommen?«, fragte Fox.

»Was?«

»War die Tür nicht abgeschlossen?«

»Wahrscheinlich nicht. Oder sie hatte einen Schlüssel.«

»Wie lange sollten Sie auf ihn aufpassen?«

»Nicht mehr lange, höchstens noch einen Tag.«

»Und Sie wissen nicht, warum?«

»Das hat sie nicht gesagt. Ich meine, ja, ich dachte natürlich, dass es um Geld geht. Leuchtet ja ein, wenn man sich das mal überlegt – du lässt deinen Chef entführen, zahlst das Lösegeld und kassierst es selbst ein, dann lässt du ihn frei.«

»Aber Geld wurde doch gar keins gefordert.«

Bates sah erneut Clarke an. »Dann hab ich keine Ahnung, worum es ging – das müssen Sie sie selbst fragen. Was mich betrifft, ich hab ihr nur einen Gefallen getan.«

»Ihnen ist schon klar, dass das klingt, als wollten Sie uns einen immer größeren Bären aufbinden?«, fragte Clarke. »Kaum haben wir eine Geschichte widerlegt, denken Sie sich eine noch abgefahrenere aus.«

Bates zuckte mit den Schultern. »Das ist die Wahrheit, bei Gott – und ich erwarte von Ihnen, dass Sie sich das merken.«

»Oh, wir merken uns das – Sie haben einen Entführer unterstützt und eine Geisel gehalten, auch wenn kein Lösegeld gefordert wurde.« Clarke wandte sich an Fox. »Was denkst du?«

»Wahrscheinlich dasselbe wie du. Du hast Sewells Anschrift und ihre Telefonnummer – lass uns hinfahren und sie fragen.«

Clarke nickte, behielt Eddie Bates dabei im Blick. »Dadurch gewinnen Sie Zeit, sich eine neue Geschichte auszudenken – wie wär's beim nächsten Mal mit Aliens, hm?«

Sie ging aus dem Raum, gefolgt von Fox, und gab den wartenden Kollegen Zeichen, dass Bates wieder zurück in seine Zelle gebracht werden konnte. Beide Detectives sahen zu, wie er abgeführt wurde. Dann nahm Clarke den Block mit Molly Sewells Angaben aus der Tasche. Zuerst versuchte sie es unter ihrem Festnetzanschluss zu Hause. Jemand mit amerikanischem Akzent meldete sich.

»Ist Molly da?«, fragte Clarke.

»Ich glaube, Sie haben sich verwählt.«

Clarke hielt den Block höher, las die Nummer ab.

»Okay, das ist die richtige Nummer, aber hier gibt es keine Molly, es sei denn, einer meiner Mitbewohner hatte gestern Abend Glück…«

Clarke entschuldigte sich und legte auf, dann versuchte sie es auf dem Handy. Sofort sprang eine automatische Ansage an.

»*Die von Ihnen gewählte Rufnummer ist nicht vergeben.*«

Sie versuchte es noch einmal, mit demselben Ergebnis. Fox nickte.

»Los«, sagte er.

Sie brauchten nur zehn Minuten, um die Adresse zu erreichen. Duncan Street befand sich zwischen Ratcliffe Terrace und Minto Street. Einbahnstraße, was bedeutete, dass Clarke drei Mal rechts abbiegen musste, bevor sie langsam vorankriechend die Hausnummer 28 suchen konnten. Auf der einen Seite der Straße befanden sich georgianische Reihenhäuser mit beeindruckenden Eingangsportalen. Auf der anderen unter anderem eine Zahnarztpraxis und eine Autowerkstatt.

»Es geht nur bis vierundzwanzig«, sagte Fox, als sie an der Kreuzung zur Minto Street angekommen waren. Anstatt sämtliche Häuser noch einmal abzufahren, drehte Clarke und parkte. Sie gab Fox den Block.

»Da steht einwandfrei achtundzwanzig«, bestätigte er.

»Sie hat uns übers Ohr gehauen.«

Fox nickte. »Aber nicht komplett. Das Haus neben dem Pub ist die Nummer vierundzwanzig, das heißt, das Pub an der Ecke könnte sechsundzwanzig sein. Das ist nur ganz knapp neben der Adresse, die sie hier aufgeschrieben hat.«

»Und?«

»Und wenn sie sich das einfach so ausgedacht hat, wie hoch stehen dann die Chancen, so knapp dran vorbeizuschrammen?«

»Sie muss die Straße kennen«, sagte Clarke und nickte.

»Vielleicht wohnt hier ein Freund von ihr ...«

»Oder sie befindet sich in einem der anderen Häuser.« Clarke drehte sich zu Fox um. »Was hältst du von ein bisschen Klinkenputzerei?«

»Ich bin bereit, wenn du's bist.«

Sie fingen auf der Seite der Minto Street an, nannten Sewells Namen und beschrieben sie. Einige Bewohner meinten, die Person käme ihnen bekannt vor, kannten aber von den meisten Nachbarn nicht die Namen. Das hochherrschaftliche Haus neben der Arztpraxis war einst Sitz eines Verlags gewesen, jetzt standen rund ein Dutzend Namen auf den Klingelschildern neben der Tür. Der erste Bewohner, bei dem sie es versuchten, lud sie gleich ein einzutreten. Der Mann war Mitte dreißig, trug eine Brille und einen grünen Pulli, hatte die Ärmel hochgekrempelt.

»Ja, Molly«, sagte er, nachdem Clarke ihr Anliegen vorgetragen hatte. »Die wohnt in Wohnung sechs.« Er zeigte ihnen sogar den Weg. Clarke versuchte es an der Tür, aber niemand rührte sich. Es gab keinen Briefschlitz – sämtliche Post wurde durch die Haustür eingeworfen und dort eingesammelt. Sie versuchten es noch einmal mit Klopfen.

»Wann haben Sie Miss Sewell zum letzten Mal gesehen?«, fragte Fox den Nachbarn. »Schon ein paar Tage nicht mehr. Heute hab ich irgendwann die Tür gehört – könnte ihre gewesen sein. Draußen hat ein Taxi gewartet.«

»Ein Taxi?«

»Na ja, auf jeden Fall ein Auto, aber vom Klang her würde ich sagen, es war ein Taxi.«

Fox nickte dankend. Clarke bewegte die Lippen, wog die Alternativen gegeneinander ab.

»Sie waren uns eine große Hilfe«, erklärte Fox dem Mann, gab ihm zu verstehen, dass sie ihn nicht mehr brauchten. Der Mann verneigte sich ein kleines bisschen und kehrte in seine Wohnung zurück.

»Sie hat das Geld eingesackt, oder?«, tippte Clarke. »Und als Brough dahintergekommen ist … nein, das haut nicht hin. Aber vielleicht hatte er allmählich eine Ahnung.«

»Aber wieso ist sie dann nicht gleich damit über alle Berge?«

»Jemand musste die Schuld auf sich nehmen. Vielleicht hat Brough ja Vorbereitungen getroffen, um sich zu verdünnisieren.«

»Weil er vor Glushenko fliehen wollte?« Fox nickte langsam.

»Als Glushenko in die Stadt kommt, lässt Bates Brough gehen, damit er ihm direkt in die Arme läuft. In der Zwischenzeit macht Sewell sich klammheimlich aus dem Staub, und niemand hat irgendwas davon mitbekommen.«

»Zumindest niemand, der noch lebt.«

Sie musterte ihn. »Wie klingt das?«

»Vorstellbar.«

»Aber auch wahrscheinlich?«

»Man braucht starke Nerven, um zu bleiben, wenn das Geld schon verschwunden ist. Brough wollte herausbekommen, wer es hat und wie viel fehlt.«

»Als Erstes würde er Christie verdächtigen«, sagte Clarke. »Dadurch gewinnt Sewell Zeit. Dann all die anderen Verbrecher, mit denen Brough Geschäfte gemacht hat.«

»Aber sie musste er auch auf der Liste gehabt haben.«

Clarke nickte. »Aber die Tatsache, dass sie geblieben ist…«

»Könnte ihn von ihrer Spur abgelenkt haben.«

Sie schwiegen, gingen die Theorie noch einmal durch, versuchten, andere mögliche Erklärungen zu finden.

»Sollen wir eine Fahndung an die Flughäfen, Fähren und Bahnhöfe rausgeben?« fragte Fox.

»Was glaubst du, wo sie hin will?«

»Mit zehn Millionen auf dem Konto?« Fox wog die verschiedenen Möglichkeiten ab. »Center Parcs?«, schlug er vor.

Siobhan Clarke musste laut lachen.

26

Christies weißer Range Rover parkte in der Auffahrt, und in der Diele brannte Licht. Rebus klingelte und wartete, betrachtete die Kameraattrappen und die Alarmanlage. Nichts passierte. Er versuchte es erneut, dann ging er ans Wohnzimmerfenster. Die Vorhänge waren bis auf einen kleinen Spalt zugezogen. Licht brannte.

Er ging seitlich ums Haus. Ein Bewegungsmelder sprang an, wies ihm den Weg zur Hintertür, rechts daneben stand die teilweise geschmolzene Mülltonne. Er drehte den Knauf, und die Tür ging nach innen auf.

»Hallo?«, rief er.

Er trat ein und rief Christies Namen.

Nichts.

Er konnte eine moderne Küche rechts sehen, in der Mitte einen Frühstückstresen. Teller und Töpfe stapelten sich neben der Spülmaschine.

»Darryl? Ich bin's, Rebus!«

In die Diele. Er spähte die Treppe hinauf und sah, dass oben alles dunkel war. Die Tür zum Wohnzimmer stand offen, also stieß er dagegen.

»Komm rein«, befahl eine kehlige Stimme.

Der Mann stand in der Mitte des Raums, trug einen langen schwarzen Ledermantel, schwarze Jeans und Cowboystiefel. Sein Schädel war kahlrasiert, aber er trug ein Ziegenbärtchen.

Auch dieses war schwarz. Die Augen waren Stecknadeln, die Nase hakenförmig. Ende zwanzig oder Anfang dreißig? Nicht übermäßig groß, doch der Krummsäbel in der einen Hand und der Revolver in der anderen verliehen ihm Format.

Rebus sah Darryl Christie an. Er saß im Sessel vor Glushenko, die Arme um den Oberkörper geschlungen, seine Knie zitterten.

»Schönes Zimmer, Darryl«, sagte Rebus und versuchte, seinen Herzschlag zu beruhigen. »Darf ich davon ausgehen, dass deine Mum sich um die Inneneinrichtung gekümmert hat?«

»Bitte«, sagte der Ukrainer, »stellen Sie sich vor.«

»Ich bin als Versicherungsvertreter tätig«, sagte Rebus. »Und wollte Mr Christie einen Kostenvoranschlag unterbreiten.« Dann wandte er sich erneut an Christie. »Ist deine Familie nicht da?«, vergewisserte er sich.

»Mein Gast war so freundlich abzuwarten, bis sie im Kino waren.« Christies Stimme klang gefasst, auch wenn seine Körpersprache etwas anderes verriet.

»Sind Sie Polizist?«, fragte Glushenko.

»Ach was.«

»Lügner.« Glushenko grinste und entblößte dabei strahlend weiße Zähne. »Geben Sie mir Ihre Brieftasche.«

Rebus wollte in seine Jackentasche greifen, aber der Ukrainer gab ihm zu verstehen, dass er dies sehr, sehr langsam tun sollte. Rebus hielt ihm die Brieftasche hin.

»Legen Sie sie auf den Kaminsims.«

Rebus tat, wie ihm geheißen.

»Jetzt ziehen Sie einen Stuhl ran, setzen Sie sich neben das Arschloch.«

Glushenko sah zu, wie Rebus der Aufforderung nachkam. Er lehnte den Säbel an den Kamin, hielt den Revolver aber zwischen die beiden Sitzenden gerichtet, während er die Brieftasche aufschlug. Ein paar Visitenkarten fielen heraus.

»Detective Inspector Malcolm Fox«, las Glushenko. »Abteilung für Schwerstverbrechen.« Er sah Rebus an. »Beeindruckend ...«

»Das höre ich immer wieder«, meinte Rebus.

Glushenko nickte. »Ihr Handy bitte.«

Rebus zog es heraus.

»Schieben Sie es über den Boden zu mir.«

Als es angekommen war, trat Glushenko mit dem Stiefelabsatz drauf. Rebus hörte das Display knacken. Der Mann griff erneut nach dem Säbel.

»Wie haben Sie das Ding denn durch den Zoll bekommen?«, fragte Rebus.

»Hab's hier in Ihrem Land gekauft. So was wird als Zimmerschmuck verhökert, ich hab's nur ein bisschen geschärft.«

»Ich glaube, er plant, mich zu enthaupten«, erklärte Christie.

»Ganz genau.«

»Damit meine Mum und die Jungs mich finden.«

Glushenko nickte. »Oder«, sagte er, »du gibst mir einfach das Geld, das du gestohlen hast.«

»Ich hab's nicht. Hab's nie gehabt.«

»Wenn Sie mich fragen«, sagte Rebus, »ist das die Wahrheit. Es wurde dem Mann gestohlen, der es Ihnen gestohlen hat.«

»Brough?« Glushenko sah aus, als wollte er bei der Erwähnung des Namens ausspucken. »Der Unsichtbare?«

»Genau genommen ist er ins Land der Lebenden zurückgekehrt«, sagte Rebus. »Heute. Wer auch immer Ihr Geld geklaut hat, hat ihn unter Drogen gesetzt und festgehalten.«

Glushenko starrte Rebus an. »Wer *sind* Sie? Wie kommt es, dass Sie so viel wissen?«

Rebus wandte sich zu Christie um. »Ich weiß, dass du selbst die Prügel in Auftrag gegeben hast. Darauf geachtet hast, dass Chatham wusste, dass die Kameras draußen nur Attrappen sind. Die aufgeschlitzten Autoreifen und die Mülltonne – das warst alles du. Hast gedacht, du könntest Zeit damit schinden – Mr Glushenko würde vielleicht nicht eingreifen, wenn er denkt, jemand wie Brough sei bereits hinter dir her. Außerdem war dir damit ein gewisser Polizeischutz sicher, der ihn vermutlich auch abschrecken würde. Aber als Chatham klar wurde, wen er da verprügelt hatte, und Craw Shand davon erzählte, hast du dich mit demjenigen in Verbindung gesetzt, der die Prügel für dich organisiert hatte, und von ihm verlangt, dass er Chatham beseitigt.«

Christie schüttelte langsam den Kopf. »Kenny Arnott sollte Chatham nur ein bisschen Angst machen, damit er in Zukunft die Klappe hält.«

»Was ist schiefgelaufen?«

»Er hat seinen Job zu gut gemacht. Chatham wollte abhauen und ist ins Wasser gefallen. Die hatten ihn mit Whisky abgefüllt, weil sie das genau so gemacht hätten, wenn sie ihn wirklich hätten umbringen wollen.«

»Und von Arnotts Leuten konnte keiner schwimmen?«

»In unserer Branche nennt man so was ein beschissenes Totalversagen.«

»Das Geständnis eines Verurteilten?« Glushenko schien Spaß zu haben. »Dann kannst du von allen Sünden gereinigt sterben.«

»Soll ich stehen oder knien?«, fragte Christie.

»Eine gewisse Würde kann man ihm nicht absprechen«, sagte Glushenko zu Rebus.

»Dabei hat er das Geld aber doch wirklich nie gehabt«, rief Rebus ihm in Erinnerung.

»Aber er war der Partner desjenigen, der es hatte! Und jetzt erzählen Sie mir, Brough ist in der Stadt. Mit dem habe ich meinen nächsten Termin ...«

Christie war aufgestanden. Er verschränkte die Hände hinter dem Rücken, wirkte plötzlich ruhiger und gefasster, als Rebus ihn je erlebt hatte.

»Zehn Millionen von einer knappen Milliarde«, sagte Christie. »Macht das wirklich einen so großen Unterschied?«

»Wenn sich herumspricht, dass man mich ungestraft betrügen kann? Ja, das macht einen Unterschied.«

Christie hatte den Kopf jetzt in Richtung des noch sitzenden Rebus geneigt. »Ich kann mir nicht vorstellen, dass er Zeugen haben will«, warnte er und ging auf ein Knie hinunter.

»Daran hab ich auch schon gedacht, Darryl.«

Rebus sah, wie Glushenko den Revolver in die Tasche seines Ledermantels steckte, um den Säbel mit beiden Händen zu packen. Er holte weit aus, gleichzeitig schnellte Darryls Rechte blitzschnell hinter seinem Rücken hervor. Die Pistole musste in seinem Hosenbund gesteckt haben. Er zielte auf Glushenkos Gesicht und drückte ab.

Der Knall erfüllte den ganzen Raum. Rebus wurde von einem warmen Sprühregen getroffen. Durch den Qualm hindurch sah er Blut an die Wand über dem Kamin spritzen. Rebus versuchte, dem Ukrainer möglichst nicht in das zerstörte Gesicht zu schauen, während dessen Knie nachgaben, er auf den Boden sank und der Säbel klappernd neben ihm zu Boden fiel. Christie stand wieder auf den Beinen, die Waffe auf die liegende Gestalt gerichtet. Als sich der Qualm verzogen hatte, stand er immer noch so da. Rebus blieb, wo er war, konzentrierte sich auf die Pistole, wollte lieber nicht auf sich aufmerksam machen, bevor Christie das Geschehene verarbeitet hatte. Mit den Worten, die diesem schließlich über die Lippen kamen, hatte Rebus allerdings nicht gerechnet.

»Was für eine Schweinerei – Mum bringt mich um.« Er sah Rebus an und verzog das Gesicht zu einem angestrengten, kränklichen Grinsen. Sein Gesicht und seine Kleider waren voller Blut. »Dürfte schwierig werden, das nach Selbstmord aussehen zu lassen.«

»Wahrscheinlich«, pflichtete Rebus ihm bei. »Jetzt verstehe ich auch, warum du geblieben bist, wo du warst – du hast dich rechtzeitig abgesichert.«

»Damit?« Christie hielt die Pistole hoch. »Dafür hab ich Cafferty zu danken – er hat vorgeschlagen, dass ich mir eine Waffe zulege.«

»Hat er das?«

Christie verengte die Augen. »Du meinst, er hat vorausgesehen, dass so was hier passiert?«

»Er muss mit der Möglichkeit gerechnet haben.«

»Glushenko bringt mich um oder ich ihn – so oder so, Cafferty hat gewonnen.«

Christie dachte nach. »Dieses gerissene alte Arschloch«, brummte er.

»Jetzt wo du's getan hast, meinst du, du könntest das Ding weglegen?« Rebus nickte in Richtung der Pistole. Christie legte sie auf den Kaminsims, nahm Rebus' Brieftasche und ging damit zu ihm.

»Das solltest du vielleicht ein bisschen sauber machen, DI Fox.«

»Und mir ein frisches Hemd anziehen«, setzte Rebus hinzu, während er an sich hinuntersah. »Wieso hast du ihn nicht gleich erschossen?«

»Weil er mit einem Revolver auf mich gezielt hat. Ich wusste, dass ich die beste Chance habe, wenn er sich auf seinen Säbel konzentriert, ich vor ihm knie und mich auf mein Ende vorbereite.« Christie hielt inne. »Und was jetzt?«

»Jetzt rufst du die Polizei.«

»Ich?«

Rebus zeigte auf das, was von seinem Handy übrig war. »Mein Telefon ist hinüber.«

»Aber das war doch Notwehr, oder?«

»Ich kenne Anwälte, die's auf jeden Fall damit versuchen würden«, pflichtete Rebus ihm bei.

»Und du stellst dich in den Zeugenstand und hilfst mir?«

»Ich sage, was ich gesehen hab.«

Christie dachte einen Augenblick darüber nach. »Drei bis fünf? Fünf bis sieben?«

»Acht bis zehn«, sagte Rebus. »Richter werden schnell skeptisch, wenn zu viele Pistolen im Spiel sind.«

»Dann bin ich in fünf Jahren wieder draußen?«

Rebus nickte langsam, als Christie sich im Sessel niederließ.

»Das Haus wird mir fehlen«, sagte er. »Und Mum natürlich.«

»Sie kommt dich bestimmt besuchen. Cal und Joseph auch.«

»Natürlich«, sagte Christie leise. »Vielleicht sollte ich doch Caffertys altes Haus kaufen und sie dahin umziehen lassen. Hier werden sie nicht mehr wohnen wollen…« Er hielt inne. »Ich hab's vermasselt, oder? Bin Cafferty direkt in die Falle gelaufen…«

»Fallen sehen häufig aus wie etwas, das man will oder braucht«, bestätigte Rebus.

Christie starrte den Kaminsims an. »Vielleicht könnte ich noch einen kleinen Besuch machen, bevor die mich holen.«

»Ich glaube nicht, dass das eine gute Idee wäre, Darryl. Zwei Morde sehen gar nicht mehr nach Notwehr aus.«

Christie nickte schließlich. Auf einem kleinen Tisch am Fenster stand ein schnurloses Telefon in der Ladestation. Rebus ging hin, nahm es und hielt es hoch.

»Mach du«, sagte Christie und klang plötzlich erschöpft. Rebus gab die Nummer ein und wartete. Er ging zurück zum Fenster und zog die Vorhänge zurück, fragte sich, ob der Schuss die Nachbarn auf den Plan gerufen hatte – vielleicht hatten sie längst die Polizei verständigt. Als er hinter sich eine Bewegung hörte, drehte er sich um und sah Christie hinausgehen.

»Darryl!«, schrie er, mit Blick auf den Kaminsims, von dem die Pistole verschwunden war. Am anderen Ende meldete sich jetzt eine Telefonistin, die ihn fragte, welche Art von Notfall er melden wolle.

»Keine Zeit«, sagte er und ließ das Telefon fallen. Er war schon fast draußen, als ihm noch etwas einfiel. Er sprang zurück ins Zimmer, nahm den Revolver aus Glushenkos Tasche und erreichte die Hintertür, gerade als der Range Rover mit einem Affenzahn rückwärts an einem der Torpfosten entlangschrammte und aus der Ausfahrt raste.

Rebus rannte zu seinem Wagen und stieg ein, legte die Waffe auf den Beifahrersitz, den Lauf Richtung Tür. Er hatte beim Fahren telefonieren wollen, doch dann fiel ihm wieder ein, dass er ja gar kein Telefon mehr hatte.

Am ersten Pub, an dem er vorbeikam, trat er auf die Bremse und kam mit quietschenden Reifen zum Stehen. Die Raucher auf dem Gehweg guckten amüsiert, als er ein Handy verlangte. Eine Frau gab ihm ihres.

»Brennt's etwa?«, fragte sie.

Rebus kannte Caffertys Nummer auswendig. Eine Automatenstimme bat ihn, nach dem Signalton eine Nachricht zu hinterlassen. »Verschwinde!«, schrie er. »Christie will dir das Hirn rausblasen und ist schon unterwegs!«

Nächster Anruf: Siobhan.

»Ich hab Neuigkeiten …«, fing sie an.

»Christie hat Glushenko erschossen«, fiel Rebus ihr ins Wort. »Jetzt hat er dasselbe mit Cafferty vor und ist schon auf dem Weg zu ihm!« Er hielt inne, damit die Botschaft auch bestimmt ankam. »Können deine Neuigkeiten warten?«

»Ja«, erwiderte Clarke.

Rebus gab der Frau das Handy zurück. »Brennt das genug?«, fragte er, ohne eine Antwort abzuwarten.

Er überfuhr jede rote Ampel, hielt nur an, wenn er auf ein unbewegliches Hindernis stieß, eine Straßenbahn, die im gewohnt behäbigen Tempo die Princes Street entlangfuhr. Er nutzte die Gelegenheit, den Revolver zu betrachten. Er sah fast schon antik aus, aber die Kugeln in den Kammern glänzten wie neu. Er ließ ihn wieder zuschnappen und wog ihn in der Hand. Langsam und unhandlich – an Christies Pistole kam er nicht heran.

Die Straße vor ihm war jetzt frei. Rebus trat aufs Gas, drückte auf die Hupe und raste The Mound hinauf.

George IV Bridge … um die Einbahnstraße herum, dann abbiegen in den Lauriston Place …. anschließend links nach Quartermile. Der weiße Range Rover parkte mit eingeschalteten Scheinwerfern auf einer doppelten, durchgezogenen gelben Linie, die Fahrertür stand sperrangelweit offen, der Motor lief. Rebus fuhr neben ihn heran und stieg aus. Das Metalltor vor Caffertys Wohnblock stand ebenfalls offen, und offensichtlich hatte jemand auf die Tür geschossen, das Holz neben dem Schloss war gesplittert. Rebus stieß sie mit dem Fuß auf und ging hinein. Ein uniformierter Wächter stand mit

Funkgerät in der Eingangshalle. Beim Anblick des Revolvers erstarrte er.

»Ich bin von der Polizei«, versuchte Rebus ihn zu beruhigen. »Haben Sie schon einen Notruf abgesetzt?«

Der Wächter nickte, starrte auf Rebus' blutverschmiertes Hemd.

»Ich bin wirklich von der Polizei. Der Mann oben ist bewaffnet – am besten, Sie bleiben hier.«

Laut der Digitalanzeige war der Fahrstuhl in den obersten Stock gefahren. Rebus nahm lieber die Treppe, als zu warten. Die letzten Stufen musste er sich mit wummerndem Herzen schwer keuchend hinaufschleppen. Er unterdrückte einen Hustenanfall, zog die Tür auf, trat in den gemeinschaftlich genutzten Flur. Ganz hinten hatte offensichtlich die Pistole erneut den Schlüssel ersetzt. Rebus atmete den inzwischen vertrauten Korditgestank ein, stieß die Tür auf und rannte in die Wohnung.

»Er ist nicht hier!«, fauchte Christie. Er lief in der großen offenen Wohnküche herum, die Pistole an seiner Seite. Rebus hielt den Revolver hinter dem Rücken versteckt, als er sich näherte.

»Das Licht brennt, aber es ist keiner da«, beklagte sich Christie. Auf der Arbeitsfläche in der Küche stand ein Becher Tee. Rebus berührte ihn: noch warm.

»Du hast ihn gewarnt, oder?«, tobte Christie.

»Mein Handy ist kaputt, schon vergessen?«

»Trotzdem hast du ihn gewarnt – ich seh's dir doch an!« Christie zeigte mit der Pistole auf Rebus' Kopf.

»Mich willst du nicht, Darryl«, erinnerte Rebus ihn. »Ich hab dich nicht in die Scheiße geritten, denk dran.«

»Dann sollte ich vielleicht zu Brough fahren – mir Big Ger für später aufheben.«

»Ist auf jeden Fall ein Plan.« Rebus konnte eine Sirene näher kommen hören. »Aber beeil dich lieber – anscheinend hat jemand die Schüsse gehört.«

Die Pistole war immer noch auf Rebus' Kopf gerichtet, aber das Feuer in Christies Blick erlosch allmählich.

»Bist ein echter Glückspilz, Rebus – hat dir das schon mal jemand gesagt?«

»Das mit Brough ist ein komplett anderes Ding, vergiss das nicht – kaltblütiger Mord lässt sich vor Gericht nicht gut verteidigen.«

»Der Wichser hat es verdient.«

»Selten bekommen wir, was wir wirklich verdienen, Darryl.«

»Vielleicht kann ich das ja ändern – erst Brough, dann Cafferty.«

Christie begab sich auf den Rückzug zur Tür, sah dabei aber nicht, dass sich eine der anderen Türen rechts langsam und geräuschlos öffnete. Ein Hammer sauste nieder und erwischte ihn am Schädel. Er wankte zurück, ein Schuss löste sich. Rebus konnte spüren, wie er an ihm vorbeisauste, die gläserne Balkontür durchschlug. Christies ganzer Körper verzerrte sich, fiel gegen die Wand, dann sackte er zusammen. Rebus ging auf ihn zu.

»Hast du dich auf dem Klo versteckt?«

»Für was anderes blieb keine Zeit«, erklärte Cafferty.

»Ist das der zweite Hammer?«

Cafferty hielt ihn hoch, nickte.

»Ich wollte dich schon fragen, wofür du eigentlich zwei gekauft hast.«

»Die waren im Sonderangebot«, sagte Cafferty. »Bei einem Schnäppchen kann ich nicht nein sagen.« Er betrachtete die bewusstlose Gestalt am Boden. »Bist du sicher, dass Glushenko tot ist?«

»Ein Schuss aus kürzester Entfernung ins Gesicht.« Rebus zeigte auf sein blutverschmiertes Hemd.

»Von deinem Großvater?« Cafferty meinte den Revolver.

»Der hat dem Ukrainer gehört. Und einen schönen scharfen Säbel hatte er auch dabei. Zum Glück hast du Darryl ja einen guten Rat gegeben.«

Die beiden starrten einander an.

»In der Hinsicht war ich immer schon großzügig«, sagte Cafferty schließlich.

Rebus' Wohnung.

Mitternacht war längst vorbei. Nachdem er am Gayfield Square seine Aussage gemacht hatte, wurden eine DNA-Probe und Fingerabdrücke genommen, seine Kleidung wurde als Beweismittel beschlagnahmt. Rebus stand lange unter der Dusche, während Clarke und Fox im Wohnzimmer am Tisch saßen und Fish & Chips in sich reinstopften, die sie gerade noch kurz vor Ladenschluss bekommen hatten. Clarkes Handy lag neben ihr, nur für den Fall, dass es etwas Neues über Molly Sewell gab. Endlich kam Rebus frisch gekleidet herein, rubbelte sich mit einem Handtuch übers Haar, klaute Fox ein Stück Pommes.

»Dachte, du hast keinen Hunger.«

»Hab ich auch nicht«, sagte Rebus, zog einen Stuhl heran und setzte sich. Die Turquand-Unterlagen waren beiseitegeschoben. Er starrte sie an.

»Cafferty hat schwer mitgemischt«, sagte Clarke. »Er hat Christie diesen Floh mit der Pistole ins Ohr gesetzt.«

»Auf der anderen Seite, hätte er's nicht getan, würde Darryl morgen früh bei Deb auf der Bahre liegen und nicht der Genosse Glushenko.«

»Nach dem, was du erzählt hast, kommt eine gewöhnliche Identifizierung wohl nicht in Frage.«

»Wird nur über DNA oder besondere Kennzeichen funktionieren, Gesicht hat er jedenfalls keins mehr«, stimmte Rebus ihr zu. »Gibt's was Neues von Miss Sewell?«

»Nichts«, sagte Clarke und schaute auf ihr Display.

Rebus wirkte kurz nachdenklich. »Als wir auf die Polizei gewartet haben, hat Cafferty mir ein Geheimnis anvertraut.«

»Und zwar?«

»Eddie Bates hat mit Caffertys Segen gedealt – seinem Segen und seiner Unterstützung.« Rebus sah, dass alle beide ihm aufmerksam zuhörten.

»Bates wusste, dass Molly Sewell für einen reichen Mann arbeitete. Er hat es Cafferty gesteckt, weil er dachte, der könnte vielleicht was damit anfangen. Und Cafferty hat sich mit Molly getroffen.«

»Wann?«

»Vor ein paar Monaten. Er hat gehofft, sie könnte ihm Informationen liefern.«

»Das heißt, er wusste längst, dass Brough und Christie gemeinsame Sache machten?«

Rebus nickte. »Molly hat ihm erklärt, wie und warum. Dann, als sie Cafferty schon ein bisschen besser kannte, hat sie ihm von ihrem Vorhaben erzählt. Sie kannte Francesca und hatte sich mit Alison Warbody angefreundet. Alison hat ihr gestanden, wie sehr sie Brough verabscheut. Ihrer Ansicht nach ist es seine Schuld, dass Francesca so geworden ist. Das hat so lange an Molly genagt, bis sie beschlossen hat, etwas zu tun.«

»Nämlich, ihn auszunehmen.«

»Und das Geld mit Warbody zu teilen. Francesca hatte aufgrund gesunkener Zinsen und teurer Pflegekräfte nur noch eine halbe Million. Relativ gesehen war sie arm wie eine Kirchenmaus.«

»Was hat Brough ihr denn angetan?«, fragte Fox. »Francesca, meine ich.«

»Auf dem Totenbett hat der alte Sir Magnus den beiden erklärt, dass sie gegen jede Vorschrift verstoßen können und mit allem davonkommen werden. Die Lektion hatte Anthony noch ganz frisch im Kopf, als er Julian Greenes Kopf im Swimmingpool unter Wasser tauchte und festhielt.«

»Und Francesca hat zugesehen?«, fragte Clarke.

Rebus nickte. »Anthony war mit Francescas Verehrer nicht einverstanden. Seitdem will sie nur noch vergessen.«

»Einmal«, sagte Fox, »hat sie sogar eine Teufelsaustreibung verlangt.«

»Aber doch eher für ihren Bruder als für sich selbst.«

»Hast du das auch von Cafferty?«, fragte Clarke Rebus.

»Das hab ich mir mehr oder weniger zusammengereimt«, erwiderte er schulterzuckend. »Aber ich habe keinerlei Zweifel daran, dass es die Wahrheit ist.«

»Hat Warbody ihren Anteil bekommen?«

»Keine Ahnung.«

»Sollten wir sie nicht fragen?«

»Doch, sicher.«

»Aber sie wird es uns kaum verraten, oder?«

Es wurde erneut still im Raum, bis Rebus fortfuhr.

»Darryl hat sogar Cafferty um Hilfe bei der Suche nach Brough gebeten.«

»Damit er Glushenko Brough ausliefern konnte?«

»Nein – damit Glushenko Wind davon bekommt, glaubt, dass die beiden was miteinander zu tun haben und Cafferty sich nach ihm umhört.«

»Und anschließend eher Big Ger als Darryl an den Kragen will?«

»Wobei Cafferty natürlich nicht ernsthaft gesucht hat. Er hat Darryl hingehalten.«

»Er hat uns alle hingehalten«, meinte Clarke.

Erneut wurde geschwiegen, bis Rebus sich über den Tisch beugte. »Angenommen, du schnappst dir Molly und stellst sie vor Gericht – was genau haben wir gegen sie in der Hand? Wird Brough aussagen, dass es bei seiner Entführung um Geld ging, das er von einem Konto abgezweigt hat, auf dem Unmengen an schmutzigem Geld lagen, das von Gangstern gewaschen wurde?«

»Da ist vermutlich die Steuerbehörde gefragt«, sagte Fox.

»Viel Glück. Wenn Molly die Klappe hält, Brough und Cafferty auch …«

»Bleibt immer noch Christie«, entgegnete Clarke. »Der hat eine lange Haftstrafe vor sich. Vielleicht würde er kooperieren?«

»Meinst du wirklich?«

»Eigentlich nicht«, gestand sie. »Was ist mit Craw Shand?«

»Den hat Cafferty sich geschnappt und es so aussehen lassen, als wäre Gewalt dafür nötig gewesen.«

»Damit wir den Druck auf Darryl Christie verstärken?«

Rebus nickte. »Craw ist jetzt auf dem Weg nach Hause, hat eine schöne Zeit in einer Pension in Helensburgh verbracht. Sein neuer Freund hat sämtliche Kosten übernommen.«

Fox schaute von Rebus zu Clarke und wieder zurück. »Also ist Darryl Christie der Einzige, der ins Gefängnis wandert?«

»Du vergisst Eddie Bates – aber im Prinzip ja.«

»Und was bedeutet das für die Stadt?«

»Das bedeutet«, sagte Rebus, »dass Big Ger Cafferty das beste Ergebnis seiner Karriere erzielt hat.«

»Hat eben alles Gute auch sein Schlechtes«, sagte Siobhan Clarke seufzend. »Wollen wir's Alvin James heute Abend oder morgen sagen?«

Rebus sah Fox an. »Mag sein, dass Jude jetzt aus dem Schneider ist, Malcolm. Aber wenn Cafferty in Darryls Fußstapfen tritt...« Er zuckte mit den Schultern. »Liegt bei dir, was du ihr erzählen willst.«

»Wie meinst du das?«

»Wenn sie denkt, dass sich ihre Schulden in Luft aufgelöst haben, denkt sie vielleicht nochmal anders über ihr Leben nach – Neustart und so.«

Fox nickte, tippte mit einem Finger auf die Akte Turquand.

»Nur schade, dass *du* deinen Fall nicht aufklären konntest, John.«

»Ah«, sagte Rebus und lehnte sich zurück. »Darauf wollte ich gleich noch kommen...«

Tag neun

Die Galvin Brasserie.

Ein frühes Abendessen. Rebus und Deborah Quant waren die einzigen Gäste in diesem Teil des Restaurants. Sie hatte eine Bloody Mary bestellt und in drei Zügen getrunken.

»Harter Tag?«, tippte Rebus.

»Hast du schon mal jemanden gesehen, dem ...?« Sie unterbrach sich. »Tut mir leid, hab ich ganz vergessen – du warst ja *dabei*. Und hast du nicht auch an Kenny Arnotts Bett gestanden, als er gestorben ist?«

»Schuldig im Sinne der Anklage.«

Sie tat, als würde sie ihren Stuhl ein paar Zentimeter von ihm wegrücken.

»Ist nicht ansteckend«, sagte er grinsend.

»Also, was feiern wir? Bis vor einer Stunde hatte ich noch ein Abendessen mit Mikrowelle und Korkenzieher geplant.« Sie hielt inne. »Du hast übrigens ein bisschen Farbe bekommen. Und man sieht auch, dass du abgenommen hast.«

»Dann sollten wir das vielleicht feiern. Und die Neuigkeiten, die ich habe.«

»Ach?«

»Hank Marvin wird mir jetzt doch nicht gefährlich.«

Sie sah verwirrt aus, aber statt einer Erklärung grinste Rebus. »Und noch was – die Geschichte, deren Anfang ich dir neulich erzählt habe?«

»Das Rätsel des verschlossenen Zimmers? Sag nicht, du hast eine neue Theorie?«

Der Kellner wartete, um die Essensbestellung aufzunehmen.

»Das erzähle ich dir beim Hauptgang.« Rebus sah auf die Speisekarte. »Ich glaube, ich nehme zwei Steaks.«

»Zwei?«

»Eins nehme ich mit nach Hause für Brillo.«

»Von mir aus gerne, wenn du zahlst.«

Ein weiteres Paar kam herein und wurde vom Oberkellner begrüßt. Rebus erkannte Bruce Collier und fragte sich, ob die sonnengebräunte, exotisch gekleidete Frau seine gerade aus Indien zurückgekehrte Ehefrau war. Vermutlich gab es ein paar Leute, die er besser beruhigen sollte – nicht nur Collier, sondern auch Peter Attwood und Dougie Vaughan. Hatten sie es nicht verdient, die ganze Geschichte zu erfahren? Vielleicht würde einer von ihnen deswegen sogar etwas unternehmen.

Collier sah Rebus zunächst nicht. Seine ganze Aufmerksamkeit galt seiner Begleitung. Deborah Quant hatte bestellt, dann sagte Rebus dem Kellner, was er wollte.

»Na, was denkst du?«, fragte Quant, als der Kellner gegangen war.

»Ich bin gerade draufgekommen, welche Musik hier läuft«, sagte er. »Das ist John Martyn, *Over the Hill.*«

»Und?«

»Und nichts. Nur, vielleicht bin ich doch noch nicht so weit, noch nicht drüber, auf dem absteigenden Ast.«

»Das hat auch niemand behauptet.«

»Ich hab's fast geglaubt, vor all dem.«

»All dem was?«

»Vor letzter Woche, bevor das alles passiert ist. Dadurch ist mir klar geworden, dass längst nicht alles erledigt ist.«

»Es ist nic alles erledigt, John.«

»Vielleicht, vielleicht aber auch nicht.«

»Glaubst du, du kannst das ändern?«

»Solange ich noch einen letzten Funken Kraft in mir habe …«

»Wir reden von Cafferty, oder?«

»Wie kommst du denn darauf?«

»Der ist drüber – das hast du mir selbst gesagt. Drüber und auf dem absteigenden Ast.«

»Wenn du ihn jetzt sehen würdest, müsstest du die Ansicht möglicherweise revidieren.«

»Wieso?«

Rebus gab dem Kellner Zeichen, dass er weitere Getränke bestellen wollte. »Weil der alte Teufel zurück ist …«

Neun Uhr, die Nachtschwärmer schoben sich durch Grassmarket und die Cowgate, machten an verschiedenen Pubs und Clubs halt. Cafferty hatte Craw Shand mit hundert Pfund Taschengeld versehen an der Bar des Pirate stehen lassen, weshalb dieser plötzlich bei den anderen Stammgästen ungeheuer beliebt war. Er trat hinaus in die Dunkelheit, zog seine schwarzen Lederhandschuhe über und ging den kurzen Weg zum Devil's Dram. Die Türen waren abgeschlossen – kein roter Teppich, keine Türsteher. Ein halbes Dutzend Studenten sahen aus, als könnten sie's kaum glauben, dann gingen sie woanders einen Raum voller Lärm und blinkender Lichter suchen.

Cafferty trat ein paar Mal gegen die Tür, dann ging er zum Hintereingang, trat und rüttelte dort an der Tür. Schließlich wurde sie von innen aufgestoßen.

»Wir haben geschlossen«, fauchte der Mann.

»Wer bist du?«, fragte Cafferty.

»Wer will das wissen?«

»Man nennt mich Big Ger.«

Der Mann schluckte. »Ich bin Harry.«

»Und du führst den Laden hier, Harry?«

»Eigentlich nicht. Er gehört…«

»Ich weiß, wem er früher gehört hat, und wir wissen beide genau, dass er seine Rechnungen eine ganze Weile lang nicht bezahlen wird. Nach allem, was ich gehört habe, könnte der Laden eine Goldgrube sein, vorausgesetzt, der Richtige übernimmt die Führung. Normalerweise gehen die Geschäfte immer schlecht, wenn die Türen verschlossen bleiben.«

»Ja, aber…«

»Hast du alle nach Hause geschickt? Den DJ? Die Leute an der Bar? Den Koch?«

Harry nickte.

»Häng dich ans Telefon und pfeif sie zurück!«

Cafferty zwängte sich an Harry vorbei und marschierte durch den Vorratsraum und die Küche in den eigentlichen Club. Dort sah er sich um, betrachtete die Teufelchen, Kobolde und allgemeinen Darstellungen schlechten Betragens, dann stieg er zur Galerie hinauf und nahm Platz. Schließlich kam auch Harry nach oben.

»Ich sehe dich gar nicht telefonieren, Junge«, sagte Cafferty böse. Harry fingerte sein Handy aus der Tasche und gab eine Nummer ein. Cafferty streckte die Arme aus, legte sie auf die Rückenlehne der Sitzbank.

»Um halb elf brummt der Laden, ist das klar? Danach kannst du dich zu mir setzen und mich über die Details aufklären.«

»Welche Details?« Harry schaute von seinem Display auf.

»Was es über das Imperium deines alten Chefs zu wissen

gibt. Macht man das nicht in jedem Unternehmen bei einem Führungswechsel so?«

»Ja, Sir.«

»Und hol mir eine Flasche Malt – den besten, den du finden kannst. Wird Zeit, dass die Spelunke hier ihrem Namen wieder gerecht wird.«

Morris Gerald Cafferty sah zu, wie der junge Mann die Treppe runterflitzte, dann schloss er die Augen, gönnte sich einen Augenblick der Entspannung, lockerte den Kiefer und entkrampfte den Nacken.

Es hatte lange gedauert.

Sehr lange.

»Aber jetzt bin ich wieder da«, sagte er. »Und diesmal bleibe ich.«

Ian Rankin im Goldmann Verlag:

 Die Titel sind zum Teil nur als E-Book erhältlich.

GOLDMANN
Lesen erleben

Unsere Leseempfehlung

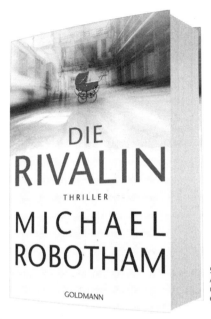

512 Seiten
Auch als E-Book
und Hörbuch
erhältlich

Agatha, Ende dreißig, Aushilfskraft in einem Supermarkt und aus ärmlichen Verhältnissen, weiß genau, wie ihr perfektes Leben aussieht. Es ist das einer anderen: das der attraktiven Meghan, deren Ehemann ein erfolgreicher Fernsehmoderator ist und die sich im Londoner Stadthaus um ihre zwei Kinder kümmert. Meghan, die jeden Tag grußlos an Agatha vorbeiläuft. Und die nichts spürt von ihren begehrlichen Blicken. Dabei verbindet die beiden Frauen mehr, als sie ahnen. Denn sie beide haben dunkle Geheimnisse, in beider Leben lauern Neid und Gewalt. Und als Agatha nicht mehr nur zuschauen will, gerät alles völlig außer Kontrolle ...

Um die ganze Welt des
GOLDMANN Verlages
kennenzulernen, besuchen Sie uns doch
im Internet unter:

www.goldmann-verlag.de

Dort können Sie
nach weiteren interessanten Büchern *stöbern*,
Näheres über unsere *Autoren* erfahren,
in *Leseproben* blättern, alle *Termine* zu Lesungen und
Events finden und den *Newsletter* mit interessanten
Neuigkeiten, Gewinnspielen etc. abonnieren.

Ein *Gesamtverzeichnis* aller Goldmann Bücher finden
Sie dort ebenfalls.

Sehen Sie sich auch unsere *Videos* auf YouTube an und
werden Sie ein *Facebook*-Fan des Goldmann Verlags!

www.goldmann-verlag.de
www.facebook.com/goldmannverlag